Der Weihnachts-Deal

Weitere Bücher von Keira Andrews

In deutscher Sprache

Weihnachten
Der Weihnachts-Deal
Der Weihnachts-Sprung
Das Weihnachts-Veto
Santa Daddy (Deutsche Ausgabe)
Im Notfall

Action & Abenteuer
Jenseits des Ozeans
Codename: Valor
Testphase Valor

Fantasy
Vermählt mit dem Barbaren: Band 1 (Barbaren Dilogie)
Der Schwur des Barbaren: Band 2 (Barbaren Dilogie)

Historische Romantik
Geisel des Piraten

Sport
Wertvoller als Gold
Kalter Krieg

In englischer Sprache

Contemporary
The Spy and the Mobster's Son
Honeymoon for One
Beyond the Sea
Ends of the Earth
Arctic Fire

Holiday
The Christmas Deal
The Christmas Leap
The Christmas Veto
Only One Bed
Merry Cherry Christmas
Santa Daddy
In Case of Emergency
Eight Nights in December

If Only in My Dreams
Where the Lovelight Gleams
Gay Romance Holiday Collection
Lumberjack Under the Tree (free read!)

Sports
Kiss and Cry
Reading the Signs
Cold War
The Next Competitor
Love Match
Synchronicity (free read!)

Gay Amish Romance Series
A Forbidden Rumspringa
A Clean Break
A Way Home
A Very English Christmas

Valor Duology
Valor on the Move
Test of Valor
Complete Valor Duology

Lifeguards of Barking Beach
Flash Rip
Swept Away (free read!)

Historical
Kidnapped by the Pirate
Semper Fi
The Station
Voyageurs (free read!)

Paranormal

Kick at the Darkness Trilogy
Kick at the Darkness
Fight the Tide
Defy the Future

Fantasy

Barbarian Duet
Wed to the Barbarian
The Barbarian's Vow

Der Weihnachts-Deal

von Keira Andrews

Der Weihnachts-Deal
Geschrieben und veröffentlicht von Keira Andrews

ISBN: 978-1-998237-35-7

Übersetzung: Simone Richter
Korrektur: Veronika Kothmayer
Cover: Dar Albert
Formatiert von BB eBooks

Danksagung

Vielen Dank an Anara, DJ, Mary, Leta und Rai für ihre Freundschaft und ihre Hilfe mit Logan und Seths Geschichte. Ho, ho, ho! <3

Kapitel Eins

ALS DAS TELEFON erneut klingelte, erlaubte Logan sich einen Moment der Hoffnung, bevor er sie wieder verwarf. Nein, das war nicht der Manager der Lagerhalle um ihn zurückzurufen, weil er doch einen Job für ihn hatte. Es gab keine Weihnachtswunder.

Er starrte auf das Display. Es graute ihm davor, den Anruf anzunehmen. Es war die Rencliffe Akademie, was bedeutete, dass er kurz davor war, einen Haufen Ärger zu bekommen weil der Kleine sich danebenbenommen hatte.

Mal wieder.

Nur in Unterhosen zitterte Logan auf der Seite des Bettes. Der Parkettboden war eisig unter seinen Füßen, nachdem er alle Heizungen so niedrig wie möglich eingestellt hatte, in der Hoffnung, die kommende Rechnung zahlen zu können. Fuck, er war versucht sich unter seiner Decke zu verkriechen und wieder einzuschlafen. Mit was auch immer die von ihm wollten, könnte er sich auch später noch beschäftigen.

Doch Veronicas enttäuschtes Gesicht erschien in seinen Gedanken. So dumm die Entscheidung sie zu heiraten gewesen war, er hatte es getan. Also war ihr Sohn nun seine Verantwortung. Er nahm den Anruf an.

»Mr. Derwood? Hier spricht die stellvertretende Rektorin Patel.« Sie sprach in einem ruhigen Ton mit ihm und hatte einen leicht britischen, vornehmen Akzent. Logan machte sich auf ihre nächsten Worte gefasst. Sie sagte: »Ich befürchte, es gab einen erneuten Vorfall. Haben Sie Zeit heute Vormittag für eine Besprechung zu uns zu kommen?«

Er war sich nicht sicher, wieso Rencliffe es klingen ließ als würden sie ihn für Häppchen und Chardonnay oder so einen Scheiß zu ihnen einladen. »Ja, ich bin da in—« Er stöhnte auf und erinnerte sich daran, dass sein Ford kaputt in der Werkstatt war. Natürlich war er das.

Nach einem Moment sprach die Frau wieder. »Mr. Derwood? Es ist wirklich wichtig. Connors Verhaltensauffälligkeiten—«

»Jaja, ich weiß. Ich komme so schnell ich kann. Danke.« Er legte auf und versuchte die Säure, die ihm in den Hals stieg, zu schlucken. Der einzige Vorteil daran, arbeitsunfähig zu sein war, dass er sich für diese Schulbesuche nicht freinehmen musste. Schade, dass seine Erwerbsunfähigkeitsleistungen schon aufgebraucht waren. Das machte die ganze Arbeitslosen-Sache ganz schön unangenehm.

Frohe verdammte Weihnachten.

Es blieb ihm nichts anderes übrig, als Jenna eine Nachricht zu schicken:

Kann ich dich in die Arbeit fahren und das Auto haben? Hol dich um 3 wieder.

Seine Schwester arbeitete nur halbtags, Montag bis Donnerstag, nachdem sie ihr zweites Kind geboren hatte. Hoffentlich erwischte er sie noch rechtzeitig. Die drei Punkte, die ihm anzeigten, dass sie bereits antwortete, erschienen. Sie schrieb:

Kein Prob. Verlasse gerade den Kindergarten. Alles okay?

Er lachte alleine in seinem Schlafzimmer laut auf. Er konnte sich nicht einmal mehr daran erinnern, wie sich *okay* anfühlte. Mal ganz abgesehen von *gut* und *großartig*. Diese Gefühle waren nichts weiter, als vage Erinnerungen. Er tippte zurück:

Muss nur eine Erledigung machen. Thx. Sie mussten für den Pickup ein neues Teil bestellen.

Ein neues Teil, dass er sich nicht leisten konnte, doch das

verschwieg er ihr besser. Außerdem hatte er Connor nicht erwähnt, andernfalls würde Jenna sich nur Sorgen machen und sie hatte schon genug worum sie sich kümmerte.

Scheiße, sie musste sich schon seit sie vierzehn war um viel zu viel kümmern.

Als der Krebs ihre Mutter besiegt hatte, war Jenna diejenige gewesen, die ihrem Vater mit dem Haus geholfen hatte, während Logan im Irak gewesen war. Er war sieben Jahre älter als seine jüngere Schwester und trotzdem war sie es gewesen, die sie alle über Wasser gehalten hatte.

Sie bemühte sich wahnsinnig, Connor in ihre Familie zu integrieren und er tolerierte sie immerhin. Für einen Moment überlegte Logan, ob er Jenna fragen sollte, ob sie mit ihm zur Schule fahren würde, aber nein. Sie musste arbeiten und sie musste sich Notfälle für ihre eigenen Kinder aufheben. Connor war seine Verantwortung. Logan war achtunddreißig Jahre alt und er sollte in der Lage sein, sein eigenes Leben auf die Reihe zu kriegen.

Er stand auf und verzog das Gesicht als er ein dumpfen Ziehen in seinen Muskeln und in seinem ehemals gebrochenen Knochen spürte. Nachdem er ewig im Streckverband gesteckt hatte, würde er es nie wieder für selbstverständlich erachten, sich bewegen zu können. Trotzdem, alles fühlte sich fester an, als früher und gelegentlich setzte ein Phantomschmerz ein. Allerdings hatte er natürlich seine Dehnübungen nicht gemacht, was konnte er also erwarten?

Er hatte keine Zeit mehr zu duschen und sich zu rasieren, allerdings wusch er sich schnell sein ruppiges Gesicht, fuhr mit einem Kamm durch sein kurzes dunkel Haar und rubbelte ein feuchtes Handtuch unter seine Arme. Er roch an fünf T-Shirts, bevor er ein graues Henley fand, das noch frisch genug zu sein schien. Schnell zog er es zusammen mit einer Jeans und seinen Springerstiefeln an. Vielleicht hätte er sich etwas mehr Mühe mit seinem Erscheinungsbild geben sollen, doch die Menschen, die er in Rencliffe antreffen würde, kannten ihn gut genug. Lippenstift auf ein Schwein zu schmieren änderte nichts.

Nachdem Jenna ihn abgeholt hatte, lauschte er ihren gutmütigen Beschwerden über ihre Kinder und ihren Ehemann und ihren Weihnachtseinkauf. Sie quasselte unaufhörlich, bis sie an dem sechsstöckigen Bürogebäude aus Glas ankamen. Jennas Arbeitsplatz befand sich in einem Gewerbegebiet am Rande von Albany.

Auf ihrer Schulter befand sich ein Kotzefleck, doch Logan sagte nichts. Sie würde es einen Spuckfleck nennen, doch Logan war sich sicher, dass es Kotze war. Es war bereits trocken und sie hätte sowieso keine Zeit mehr sich umzuziehen.

Nachdem sie den SUV vor dem Gebäude geparkt hatte, lächelte sie ihren Bruder an, bis Grübchen in ihren Wangen erschienen. Logan und Jenna hatten dieselben grünlich-braunen Augen, doch sie war die einzige, die das fröhliche Lächeln und den Optimismus von ihrer Mutter geerbt hatte.

»Ich habe dich überhaupt nicht zu Wort kommen lassen. Tut mir leid.« Ihr Lächeln verblasste. »Bist du dir sicher, dass alles in Ordnung ist?«

»Jep. Viel Spaß bei der Arbeit.«

Doch Jenna blieb hinter dem Steuer sitzen. »Hör zu, ich weiß, dass es noch zu früh ist, sich um Dating Gedanken zu machen—«

»Und trotzdem fängst du mit dem Thema an.«

Sie seufzte. »Es fällt mir nur so schwer dich so unglücklich zu sehen. Und versuch mir ja nicht zu erzählen, dass du es nicht bist. Ich weiß, du willst nicht dass ich mir Sorgen mache aber, Überraschung, das tue ich trotzdem. Vielleicht würde es dir helfen auf ein Date zu gehen.«

»Würde es nicht.« Der Gedanke daran eine Frau zu treffen und sie beeindrucken zu müssen, sie kennenzulernen und sie in sein Scheiß-Leben reinzulassen… es war einfach zu ermüdend.

Verdammt, Logan hatte nicht einmal genug Energie sich mit

Männern zu treffen, abgesehen von einem halbherzigen Hand-Job in den Toiletten des Einkaufszentrums vor ein paar Wochen. Es war schnell und grob gewesen, genau so, wie Logan es mochte, wenn er mit Männern zusammen war. Keine Küsse, keine Umarmungen, kein Grund liebevoll sein zu müssen oder sich Gedanken um Gefühle zu machen.

Daher wusste er auch, dass er hetero war. Er wollte das andere alles nur mit Frauen. Männer waren nur dafür da zu Kommen und das war's.

Jenna seufzte erneut. »Du hast recht. Keine Ahnung, wieso ich das gesagt habe.«

Er lächelte sie leicht an. »Weil du meine Probleme gerne für mich lösen würdest.« Weil Jenna gut und lieb war. Logan hatte sie nicht verdient. »Mach dir um mich keine Sorgen, okay? Geh lieber rein, bevor du noch zu spät kommst.«

»Oh, hast du von dem Lagerhallen-Job schon etwas gehört?«

Er zuckte mit den Schultern. »Noch nicht.« Logan hatte sich noch auf ein paar mehr Stellen beworben und hoffte, dass irgendjemand sich bei ihm melden würde. In der Zwischenzeit gab es aber keinen Grund Jenna zu beunruhigen indem er ihr gestand, dass er wiedermal versagt hatte.

»Ich drück dir die Daumen.« Sie zeigte ihm ihre Faust die sie um ihren Daumen geformt hatte, bevor sie sich zu ihm rüber lehnte und ihn auf die Wange küsste. »Hab einen guten Tag.«

Er lief um das Fahrzeug herum und winkte ihr noch einmal zu, bevor sie im Bürogebäude verschwand. Logan war sicherlich ein Kopf größer als seine kleine Schwester und er hatte gerade den Autositz und den Rückspiegel auf seine Größe eingestellt, als sein Telefon erneut klingelte. Er holte es aus der Tasche seiner Lederjacke und hatte auf einmal einen Kloß im Hals. Seine Vermieterin. Er drückte den Anruf weg. Es war nicht nötig, Mrs. Politano dabei zuzuhören, wie sie ihn erneut darauf hinwies, dass er zu spät dran war seine Miete zu zahlen.

Logan hätte sich nach ihrem Tod unmöglich die Miete für Veronicas Haus leisten können, also war er in einen kleinen Bungalow in einer heruntergekommenen Nachbarschaft gezogen. Auch wenn er das Geld gehabt hätte, die Vorstellung jede Nacht in dem Zimmer zu schlafen, in dem sie verstorben war, war nicht auszuhalten gewesen.

»Fuck«, murmelte er, als er sich auf den Weg nach Rencliffe machte. Die Schule war ungefähr 45 Minuten von ihm entfernt und Logan wünschte, er wäre schon da, einfach um das Treffen hinter sich zu bringen.

Irritiert presste er die Knöpfe am Radio und jeder einzelne Sender spielte entweder Werbung oder Weihnachtslieder, mit Schlittenglocken und Frieden auf Erden an einem warmen Kamin. Er entschied sich für einen Radiosender auf dem gerade Werbung für verlängerte Black Friday Angebote lief. Es schien, als würde Black Friday mittlerweile ungefähr sechs Wochen andauern.

Wenn er die Stelle in dem Lager bekommen hätte, hätte er vielleicht Hoffnungen auf ein anständiges Weihnachten. Immerhin hätte er Connor ein paar Geschenke kaufen können. Aber natürlich hatten sie ihm abgesagt. Niemand wollte ihm eine Chance geben, nachdem sie herausfanden, dass er von dem Bahnunternehmen gefeuert und für den Unfall verantwortlich gemacht worden war. Da schien es dann auch völlig egal, dass er seinem Land vier Jahre lang nach 9/11 bei der Marine gedient hatte. Er hatte sogar eine Auszeichnung erhalten.

Thank you for your service, aber jetzt bist du ein Sack Scheiße.

Angestrengt holte er einmal tief Luft und der tiefe Schmerz in seinem Brustbein, der nie wieder verschwunden war, flackerte auf. Logan zog an seinem Sitzgurt. Seine gebrochenen Knochen waren zwar wieder verheilt, aber ab und zu konnte er verdammt nochmal nicht atmen. Normalerweise, wenn er sich überanstrengte. Jetzt gerade war es vermutlich sein verdammter Kopf, das hieß aber nicht, dass es nicht schmerzte.

Das Schild, das die geschlängelte Auffahrt zu Rencliffe zierte, war frisch in gold und marineblau gestrichen worden und deklarierte:

Rencliffe Akademie
Die hellsten Köpfe seit 1909

Logan folgte der Auffahrt zwischen den überragenden Bäume hindurch, an denen nur noch vereinzelt rote, goldene und scheißebraune Blätter hingen. Immerhin war der Winter im Anmarsch. Der Besucherparkplatz war leer, abgesehen von einem silbernen Audi. Vögel zwitscherten fast verzweifelt, als er den Weg zu dem grauen Hauptgebäude antrat, welches mit Weihnachtskränzen mit roten Schleifen geschmückt war. Außerdem hatte jemand Lichter aufgehängt, die allerdings aus waren.

Die Schule erstreckte sich über fünf oder sechs Gebäude, inklusive dem Wohnheim. Ein Neubau, der gerade erst fertig gestellt worden war, war im selben Stil des Hauptgebäudes erschaffen worden. Mit vielen Türmchen und hohen Rundbögen, wie ein Schloss. Veronica hatte es Gothic genannt, was offenbar nicht gruselig bedeutete, auch wenn Logan das Ganze ziemlich unheimlich fand. Rencliffe war definitiv der Ort, an dem ein verrückter Mörder im Film zuschlagen würde.

Er betrat das gewölbte Foyer des Hauptgebäudes und seine Schritte hallten durch den Raum. Er blieb vor einem riesigen Weihnachtsbaum stehen, der mit weißen Lichtern, altem hölzernen Baumschmuck in Vogelform, Tannenzweigen und Engeln geschmückt war. Vermutlich hatten die Schüler das alles selbst gemacht.

Die Stille, die über der Eingangshalle aus poliertem Holz und Marmor lag, erinnerte ihn an eine Kirche. In seiner Kindheit war seine Familie Ostern-und-Weihnachten Kirchgänger gewesen, doch in den letzten Jahren hatte sich das geändert. Obwohl Rencliffe keine religiöse Schule war, erwartete er dennoch fast, dass ein Priester oder eine Nonne vor ihm erscheinen würde, um ihn zu begrüßen. Stattdessen kam eine ältere Dame auf ihn zu, die ihn einen gruselig stillen Korridor entlang führte, bis sie an Mira Patels Büro angelangt waren, das rundum mit Büchern gefüllt war.

Sie war überraschend jung, wahrscheinlich um die dreißig. Laut der gerahmten Diplome hinter ihrem Tisch, hatte sie die Universität von Delhi und Oxford besucht, also war sie offensichtlich verdammt klug. Ihr schwarzes Haar war zu einem verdrehten Dutt zurückgebunden und ihre großen Augen blickten durch eine gold-gerahmte Brille.

Wären sie in einem Porno, würde sie gleich ihr Haar fallen lassen, ihre Brille ablegen und sich die cremefarbene Bluse aufreißen, um ihre riesigen Titten zu enthüllen. Sie würde ihren Rock hochziehen und—

»Danke fürs Kommen, Mr. Derwood. Schön Sie kennenzulernen.« Sie saß in einem gepolsterten Lederstuhl hinter ihrem Tisch als Logan sich auf einem der Gästestühle niederließ und seine dummen Pornogedanken vertrieb. »Die Rektorin ist derzeit aufgrund von privaten Gründen abwesend, daher kümmere ich mich für den Moment um Connors Fall.«

»Okay. Tut mir leid, wenn der Kleine sich wieder daneben benimmt.«

»Hmm.« Sie lehnte sich in ihrem Stuhl nach vorne und verschränkte die Hände auf dem glänzenden Holztisch. Ihre Fingernägel glänzten durch einen hellen Nagellack. »Ich hoffe es stört Sie nicht, wenn ich ein paar Einzelheiten mit Ihnen bespreche?«

»Ähm, Einzelheiten?« Großer Gott, er fühlte sich, als wäre er zurück in der High School und kurz davor durch einen Test zu fallen, für den er nicht gelernt hatte.

»Connors Vergangenheit. Wie wir dahin gekommen sind, wo wir uns gerade befinden. Ist es richtig, dass Sie erst vor kurzem in sein Leben getreten sind, bevor seine Mutter verstarb?«

Dumpfer Schmerz pochte in seiner Brust, bevor er sich dazu zwang einzuatmen. »Äh, ja. Veronica und ich haben uns ungefähr vor eineinhalb Jahren kennengelernt. Ich hatte einen Arbeitsunfall und war für ein paar Monate im Krankenhaus. Sie war meine Krankenpflegerin.«

Eine Erinnerung überkam ihn.

Der Hochzeitsmarsch ertönte aus irgendjemandes Handy in der Krankenhauskapelle. Logan zog einen IV Beutel hinter sich her und Veronica trug immer noch ihre violette Arbeitskleidung. Ihre Kolleginnen warfen Konfetti, das sie aus den Überresten des Abfalls aus dem Schredder gemacht hatten.

Logan räusperte sich, bevor er weitersprach. »Mein Leben war im Arsch und sie war das einzig Gute darin.« Er rutschte auf seinem harten Stuhl umher. »Ähm, entschuldigen Sie die Ausdrucksweise.«

Ms. Patel lächelte. »Shit happens. Es geht Ihnen besser?«

»Hauptsächlich ja. Wenn ich mich zu sehr anstrenge komme ich außer Atem. Es passt schon.«

Sie nickte. »Also haben Sie und Connors Mutter sehr schnell geheiratet?«

»Jep. Innerhalb von ein paar Monaten. Dumm, ich weiß. Aber ich habe sie geliebt und war mir sicher wir würden für immer zusammensein.« Er schnaubte. »Damals, wissen Sie. Die Realität sah dann relativ schnell anders aus. Sie hat mich vom Krankenhaus nach Hause gebracht und nach ein paar Wochen sind wir uns mächtig auf die Nerven gegangen. Mit jemandem zusammenzuleben ist nicht nur Rosen und Einhörner.«

»Das ist es definitiv nicht«, sagte Ms. Patel und lächelte leicht. »Kompromisse zu schließen ist nicht einfach.«

Er rutschte wieder auf dem Stuhl und fühlte ein beschämtes Kribbeln in der Magengrube. »Wir haben es versucht. Wirklich. Wir hatten uns wirklich gern, auch wenn wir nicht zusammengepasst haben.«

»Natürlich.«

»Und ich gebe mir Mühe mit Connor. Tue ich wirklich.« Innerlich verzog er das Gesicht ob des Bedürfnisses sich zu verteidigen.

Sie sah ihn mitfühlend an. »Das weiß ich. Es ist eine verzwickte Situation. Dreizehn ist sowieso ein schwieriges Alter und Connor musste gerade erst mit einem traumatischen Verlust und massiven Veränderungen zurechtkommen. Abgesehen davon sind Sie auf einmal alleinerziehender Vater gewesen. Das ist eine wahnsinnige Umstellung.«

Alleinerziehender Vater.

Es war so seltsam so über sich selbst zu denken. Er war alles andere als qualifiziert dafür jemandes Vater zu sein, ganz abgesehen von einem alleinerziehenden. Logan nickte. »Ja…«

»Wie war Ihre Beziehung bevor seine Mutter von uns ging?«

Von uns ging. Als wäre sie im strahlenden Sonnenschein einfach in eine andere Richtung gelaufen. Logan hasste es, wenn Menschen nicht einfach sagten was Sache war. Veronica war nirgendwo hingegangen. Sie verrottete in einem Loch im Boden. Er schluckte seinen Ärger runter. Ms. Patel versuchte nur höflich zu sein.

»Wir hatten nicht wirklich eine. Er war ziemlich angepisst, als ich seine Mutter geheiratet habe und das kann ich dem Kleinen nicht verdenken. Wenn er während der Schulferien zu Hause war, hat er kaum mit mir gesprochen und ich wusste sowieso nicht, was ich zu ihm sagen sollte. Die Beziehung zu Veronica wurde immer angespannter und dann… ist sie gestorben.«

»Es war ein Aneurysma? Das muss ein ganz schöner Schock gewesen sein.«

Er zog an einem losen Faden, der von seinem Ärmel abstand. »Ja. Ich hatte die Nacht auf der Couch meiner Schwester verbracht, nachdem Veronica und ich uns den ganzen Tag nur gestritten haben. Sie haben mir aber versichert, dass, selbst wenn ich zuhause gewesen wäre, das nichts genützt hätte.« *Aber vielleicht haben die Ärzte unrecht. Wenn ich da gewesen wäre…*

»Dann hat Connor sie am Morgen entdeckt, nachdem er Sommerferien hatte.«

Zu hören, wie Ms. Patel das laut aussprach, fühlte sich an wie ein Tritt mit Stahlkappen in Logans Eier. Schuldgefühle überkamen ihn. Mit aufeinander gebissenen Zähnen nickte er. Eine Uhr tickte an der Wand, jede Sekunde lauter als die Letzte. Seine Gedanken füllten sich mit roten Blinklichtern, den mitfühlenden und dennoch wahnsinnig misstrauischen Polizisten, die ihn in sein eigenes Haus führten. Ein Laken über Veronicas Körper auf dem Schlafzimmerboden, während sie auf einen Leichensack warteten. Der arme Junge, der mit einer Polizistin in der Küche saß.

Connor hatte nicht geweint und auch seitdem hatte Logan nie eine einzige Träne ausmachen können. Der Kleine war leer. Doch als Logan unbeholfen versucht hatte, seine Schulter zu drücken und ihm Trost zu spenden, war er vor Wut ausgerastet. Das war offenbar alles, was er noch in sich hatte.

Ms. Patel äußerte in ruhigem Ton, was verdammt nochmal offensichtlich war: »Das war ein wahnsinnig traumatisches Erlebnis für ihn. Wir haben versucht Connor die Unterstützung zu geben, die er braucht, aber er lässt sich einfach nicht darauf ein. Sein biologischer Vater ist komplett von der Bildfläche verschwunden?«

Logan schnaubte. »Absolute Platzverschwendung der Typ. Ist vor ein paar Jahren nach Florida abgehauen. Ab und zu taucht er wieder auf, mit teuren Geschenken und einem Haufen Geschichten die absoluter Bullshit sind. Dafür, dass Connor so klug ist könnte man meinen, dass er ihn durchschaut. Der Mann hat keinerlei Interesse daran ein Vater zu sein.«

»Wann hatten Sie das letzte Mal Kontakt zu Mr. Lisowski?«

»Keine Ahnung. Nach Veronicas Tod. Ich weiß nicht ob Connor seitdem mit ihm gesprochen hat.«

»Offenbar nur ein paar Nachrichten. Sie denken nicht, dass er in dieser Situation eine Hilfe sein könnte?«

»Scheiße, keine Ahnung.« Er verzog das Gesicht. »Entschuldigen Sie die Ausdrucksweise. Nochmal.«

Sie winkte seine Entschuldigung ab. »Ich brauche Ihre Zustimmung mit Mr. Lisowski über Connor reden zu dürfen, nachdem Sie der Erziehungsberechtigte sind. Habe ich richtig verstanden, dass seine Mutter ein Pflegekind war? Keinerlei Familie?«

»Richtig. Wenn Sie denken, dass er helfen kann, rufen Sie ihn an. Vermutlich wird er aber nicht rangehen. Mike interessiert sich kein Stück für seinen Sohn.«

Sie nahm einen gold-silbernen Kugelschreiber in die Hand und schrieb etwas in ein ledergebundenes Notizbuch. Logan sah ihr dabei zu, wie sie Schlaufen aufs Papier brachte, bevor sie den Stift weglegte und ihn wieder ansah. »Stimmt es, dass Sie derzeit keine Arbeit haben?«

Wut stieg in Logan auf. Was sie eigentlich sagen wollte war: *Stimmt es, dass Sie ein unnützer Sack Scheiße sind?* Er keifte sie an: »Reden wir jetzt über was auch immer Connor getan hat oder nicht?«

»Natürlich.« Sie verschränkte ihre Hände wieder auf dem Tisch und schien die Ruhe selbst zu sein. »Sie wissen, dass Connors Stipendium davon abhängt, dass seine Durchschnittsnote bei einer 2 liegt. Noch viel wichtiger ist allerdings, dass es davon abhängt, dass er ein geordnetes, freundliches und respektvolles Verhalten an den Tag legt. Um ihn und seine Klassenkameraden nicht zu gefährden.«

Fuck. »Was hat er getan?«

»Connor hat seinen Rucksack von einem höheren Stockwerk aus durch den Zwischenraum des Treppengeländers fallen lassen.«

»Oh.« Das schien ihm nicht so schlimm zu sein? »Hat er etwas kaputt gemacht?«

»Der Rucksack hat einen anderen Schüler am Bein erwischt und dadurch Schmerzen und einige blaue Flecken verursacht. Wenn es ihn am Kopf erwischt hätte, hätte ihn das umbringen können. Das ist keine Situation in der man Lächeln und „Jungs sind nunmal Jungs" sagen kann. Diese Fahrlässigkeit wird vielleicht an einer staatlichen Schule akzeptiert, aber das hier ist Rencliffe, Mr. Derwood.«

Alles was er tun konnte war zu nicken als wäre er selbst zurück im Büro der Rektorin. »Ich verstehe. Es war eine Dummheit und wird nicht wieder vorkommen.«

Sie seufzte und lehnte sich mit einem Knarzen des Leders in ihrem Stuhl zurück. »Das hoffe ich. Wir haben mehrfach versucht uns um ihn zu kümmern, aber er ist niedergeschlagen und unkooperativ. Connor hat einen brillanten Kopf. Er war einmal einer unserer besten Schüler. Wir haben ihm viel durchgehen lassen, aber er muss mit diesem zerstörerischen und verletzenden Verhalten aufhören. Nicht nur seinen Klassenkameraden gegenüber, sondern auch sich selbst.«

Logan gefroren die Adern. »Was meinen Sie? Verletzt er… sich selbst oder so etwas?«

»Nicht, dass wir wüssten. Aber er schwänzt den Unterricht, erscheint zu spät und macht seine Hausaufgaben nicht. Er bricht Streit vom Zaun, wie Sie von Ihrem Gespräch mit Mr. Howard vor ein paar Wochen bereits wissen. Connor wird durchfallen und das liegt keineswegs an seiner Intelligenz. Die Prüfungen finden nächste Woche statt und enden am Freitag den einundzwanzigsten Dezember. Danach sind Weihnachtsferien.«

»Okay.« Der farbenfrohe Keramikbaum in der Ecke des Büros schien ihn mit den fröhlichen Lichtern und dem leuchtenden Schnee ärgern zu wollen. Die Feiertage sollten für Kinder eine magische Zeit sein. Was konnte Logan Connor schon geben? Ein Dach über seinem Kopf, wenn er Glück hatte.

»Wenn Connor in seinen Prüfungen einen zweier-

Durchschnitt hat – was ihm auch ohne zu lernen gelingen sollte – und er sich benimmt, dann darf er im Januar zu uns zurückkehren.«

»Und wenn nicht?« Logan krallte seine Hände in die Armstützen seines Stuhls.

»Dann befürchte ich, dass Connors Zeit bei uns ein Ende finden wird. Sie sollten sich mit den staatlichen Schulen in Ihrer Nähe befassen. Auch, wenn ich hoffe, dass das nicht nötig sein wird.«

In meiner Nähe.

Wo genau war das? Dort, wo das gemietete Haus stand, aus dem er bald rausgeschmissen werden würde? Er rieb sich eine Hand über das Gesicht und der in der letzten Woche gewachsene Bart kratzte über seine Haut. »Okay.«

»Mr. Derwood, ich versichere Ihnen, dass wir Connors Erfolg sehen wollen. Es wäre wahrlich eine Schande, wenn er sein endloses Potential verschwendet. Er hatte die letzten zwei Jahre ein volles Stipendium bei uns, weil wir an ihn glauben. Aber er muss uns auch entgegenkommen. Seit Monaten weiß er sich nicht zu benehmen und während wir auf jeden Fall mit ihm fühlen, so müssen wir uns auch um die anderen Schüler:innen kümmern. Connor hat den Frieden hier schon viel zu lange gestört.«

»Ich verstehe.« Er stand auf. »Vielen Dank für Ihre Fairness.« Er streckte seine Hand aus, die sie fest schüttelte.

»Connor wartet im Atrium. Ich bringe Sie hin.«

»Ich kenne den Weg. Danke.«

Er erreichte das gläserne Gewächshaus am Ende des Gangs. Durch das Glas sah er die hohe Decke, Pflanzen, die jeden Zentimeter bedecken zu schienen und sogar einen vor sich hin plätschernden Brunnen. Dort fand er auch Connor, der Steine von einem Steingarten in das Wasser warf. Zwei Steinfische waren in der Mitte miteinander verschlungen und das Wasser strömte aus ihren offenen Mündern.

Connor drehte sich nicht zu ihm um und warf stattdessen einen Stein direkt an den Kopf einer der Fische. Seine marineblaue Schuluniform streckte sich über seine schmalen Schultern und die grauen Hosen waren etwas zu kurz.

Wenn er rausgeschmissen wird, muss ich wenigstens nicht für neue Uniformen blechen.

Das war leider kein sonderlicher Silberstreif. »Hey«, sagte Logan und schob seine Fäuste in seine Hosentaschen. Scheiße. Er wusste nie, was er zu dem Kleinen sagen sollte.

Connor ignorierte ihn und lehnte sich stattdessen runter um noch mehr Steine aufzuheben. Logan stand einfach da und ließ ihn die Steine ins Wasser werfen, bevor er wieder sprach. »Kannst du mit dem Scheiß aufhören, den du hier veranstaltest? Das weißt du doch besser.«

Noch ein Stein prallte vom Fischkopf ab. »Du weißt rein gar nichts über mich. Du bist nicht mein Vater.«

»Ich weiß. Aber ich bin…« Logan wusste es nicht. In den Augen von Ms. Patel war er ein alleinerziehender Vater und er fühlte sich wie ein Hochstapler. Aber er war alles, was der Kleine noch hatte.

»Du bist ein Arschloch Verlierer, den meine Mutter nur geheiratet hat, weil sie nicht alleine sein wollte.«

Das sollte ihn nicht verletzen, doch Logans Brust verengte sich, als hätte er sich überanstrengt. Sein Atem wurde flach. Das war gerade alles in seinem Kopf und er versuchte sich daran zu erinnern, als er sich dazu zwang tief Luft zu holen. Er war versucht Connor einfach stehen zu lassen, damit er weiterhin vor sich hin schmollen konnte und in seiner Misere schwelgen, doch er war der Erwachsene in dieser Situation.

»Du hast ewig gebraucht um hier aufzutauchen.« Connor drehte sich zu ihm um und sein dunkler Blick fiel auf Logan. Der Kleine war vielleicht eins-sechzig und damit einen ganzen Kopf kleiner als Logan und sicherlich nur einen Bruchteil so schwer.

Trotzdem zuckte er innerlich zusammen, als Connor ihn kritisch begutachtete. »Wette, du hast deinen Kater ausgeschlafen.«

Logan zwang sich dazu ruhig durchzuatmen und ignorierte das Stechen in seiner Brust. *Ich bin hier der Erwachsene. Er kennt mich überhaupt nicht wirklich.* »Ich hatte keinen Kater. Musste mir Jennas Auto ausleihen, meins ist in der Werkstatt.«

»Klar doch. Wahrscheinlich hast du die ganze Nacht mit Nutten rumgemacht, so wie du es getan hast bevor meine Mutter starb.«

»Hey!« Logan biss die Zähne aufeinander und stellte sich vor, dass sie von allen Seiten durch die Glaswände beobachtet wurden. Er spürte die Hitze versteckter Blicke auf seiner Haut. »Erstens, verwende dieses Wort nicht. Zweitens, ich habe deine Mutter nie betrogen. Nie«, zischte er.

»Ja, klar«, murmelte Connor.

»Habe ich nicht.« Verdammt, er hatte es sich kaum selbst besorgt, seit sie starb. Hatte nicht mal mehr eine Morgenlatte. Sogar sein Schwanz hatte erkannt wie nutzlos er war. »Hör zu—«

»Wieso?« Connors dunkelblondes Haar war ein wildes Chaos das sich über seine Ohren rankte. Das ging vermutlich gegen den Dresscode. War es Logans Aufgabe, ihn zum Friseur zu bringen?

Connor verzog hämisch den Mund, als Logan still blieb. »Du bist so ein Idiot. Kein Wunder, dass du es fast nicht durch die High School geschafft hast.«

Logan sah keinen Sinn darin, seine eigene Intelligenz zu verteidigen. Immerhin hatte der Kleine einen Punkt. Man musste sich nur ansehen, was Logan mit seinem Leben angestellt hatte. Doch er war der Einzige den Connor noch hatte, also blieb er stehen und ließ ihn reden.

Veronica hatte ein paar Monate bevor sie starb lautstark seine Treue angezweifelt. Logan konnte es ihr nicht verübeln, schließlich war er immer länger weggeblieben, um ihren Streitereien zu entgehen. Alles hatte sich in eine Diskussion verwandelt, angefangen vom Geschirr spülen bis zur richtigen Art, eine Klopapierrolle aufzuhängen. Sie hatte das Schlimmste von seiner Abwesenheit erwartet, doch er war nie untreu gewesen.

In dem kleinen Haus hatte Connor natürlich jeden Streit hören können. Logan wollte ihm in seiner Trauer – in *ihrer* Trauer – beistehen, doch zwischen ihnen schien alles verdorben zu sein. Und er hatte keine Ahnung, wie er das ändern sollte.

Mit einem weiteren tiefen Atemzug versuchte Logan ruhig zu bleiben und entspannte seine Hände. Er sprach ruhig aber bestimmt, genauso wie die ganzen Elternratgeber auf YouTube es ihm beigebracht hatten. »Hör zu. Sie werden dich rausschmeißen.«

Connor verdrehte die Augen. »Das würden sie nicht. Auf keinen Fall.«

»Würden sie. Du bist nur hier, weil sie Verständnis und Mitgefühl für dich haben, aber es reicht ihnen. Frag Ms. Patel. Du hättest den anderen Jungen mit deinem Streich ins Krankenhaus bringen können. Wieso würdest du einfach deinen Rucksack fallen lassen?«

Der Kleine zuckte unangenehm berührt mit den Schultern. »Weiß nicht. Um zu sehen was passiert.« Seine Stimme nahm einen verteidigenden Ton an. »Als ich losgelassen habe war da niemand! Dann ist der dumme Tim einfach rausgelaufen.«

»Du weißt, dass das nicht seine Schuld war. Aber hör zu, Ms. Patel meinte, dass du raus bist, wenn du bei den Prüfungen jetzt keinen Zweierdurchschnitt hast und anfängst, dich zu benehmen. Das ist ernst. Sie werden dich der Schule verweisen. Sie haben mir bereits geraten mir andere Schulen anzusehen.«

Connors üblicher finsterer Blick verschwand und er riss die Augen auf. Auf einmal sah er so verdammt jung aus und seine Stimme brach, als er fragte: »Wirklich? Das hat sie gesagt?«

Der Arme war wütend und verletzt und hatte obendrauf mit der Verwirrung von vermehrtem Testosteron zu kämpfen. Also versuchte Logan seine Stimme so sanft wie möglich klingen zu lassen. »Jep. Und wenn du hier rausfliegst, dann musst du mich Vollzeit ertragen. Also schlag die Bücher auf und hör auf dich zu streiten, okay?«

Sofort brauste die Wut wieder auf und Connor hob sein Kinn herausfordernd. »Ich zieh einfach zu meinem Dad nach Florida. Das Wetter hier geht mir sowieso auf die Nerven.«

Nein, wirst du nicht, weil dein Dad sich einen Scheißdreck für dich interessiert.

Logan zwang sich dazu ruhig zu bleiben, als er sagte: »Deine Mum hat immer davon gesprochen was für ein Genie du bist. Sie wusste das schon, bevor du richtig sprechen konntest.«

Connors Augenbrauen zogen sich zusammen, seine Finger zuckten und er verlagerte sein Gewicht von einem Fuß auf den anderen. »Hat… hat sie?«

»Jep. Sie war so stolz auf dich. Dass du es geschafft hast ein volles Stipendium für Rencliffe zu kriegen, noch bevor du aus der Grundschule raus warst. Sie hatte das größte Lächeln auf dem Gesicht wann immer sie von dir gesprochen hat. Du weißt schon, das wo ihre Augen sich zusammenkneifen und sie die Nase runzelt?«

Connor nickte und biss sich auf die Lippe. Sogar mit den Pickeln und seinem Verhalten sah er manchmal aus wie ein Baby. Logan wollte ihm sagen, dass alles gut werden würde und ihn umarmen, so wie Kinder umarmt werden sollten. Doch die paar Male, die er etwas ähnliches versucht hatte, wurde er von Connor weggeschubst.

Logan seufzte. »Ich weiß, dass du mich hasst. Ich kann's dir nicht verübeln.« Er lachte trocken. »Da gibt es genug zu hassen. Aber du hast es hier gut. Sie wollen dir helfen. Lass sie, okay? Du schaffst einen Zweierdurchschnitt im Schlaf. Hör auf den Unterricht zu schwänzen und dich zu streiten. Mach deine Mum stolz.«

Nach ein paar Sekunden nickte Connor, sein Kiefer angespannt. Er fummelte an einem Wollschal mit Schottenmuster herum, der um seinen Hals lag und Logan schaute ihn sich genau an. »Ist das der, den Jenna dir an Thanksgiving gegeben hat?« Aus irgendeinem Grund hatte jeder in Logans Familie schon immer ein Geschenk an Thanksgiving bekommen. Er wusste nicht einmal, wie diese Tradition angefangen hatte.

Connor schnaubte. »Keine Ahnung. Kann sein.« Er zog ihn sofort aus und stopfte ihn in die Jackentasche seiner Uniform. »Mir war kalt.«

»Ich soll dich übrigens von ihr grüßen.«

»Mir egal. Sag ihr Grüße zurück.« Er zuckte mit den Schultern.

»Okay. Wir sehen uns Ende nächster Woche wenn deine Ferien anfangen, ja?«

Vorausgesetzt du wirst in der Zwischenzeit nicht der Schule verwiesen. Logan konnte nur hoffen, dass er es irgendwie schaffen würde einen Job zu landen, damit er sich die Miete, Essen und vielleicht auch ein paar Geschenke für den Kleinen leisten konnte. Wenn es jemals Zeit für ein Weihnachtswunder gewesen war, dann war der Moment jetzt gekommen.

Connor verdrehte die Augen. »Freu mich schon.«

Ms. Patel erschien, bevor Logan noch etwas sagen konnte und lächelte freundlich. »Connor, hast du Lust mit mir zu quatschen, bevor du wieder zurück zum Unterricht gehst?«

Zum Glück nickte er und folgte ihr. Logan warf ihr ein nervöses Lächeln zu, bevor er das Hauptgebäude durchquerte und sich auf dem Parkplatz wiederfand. Die Vögel zwitscherten immer noch und die Sonne blitzte hinter ein paar Wolken hervor. Sein Handy vibrierte. Diesmal war es eine SMS von Mrs. Politano:

Ohne Miete kann ich nicht essen. Du bist zu spät. In zwei Tagen werden die Schlösser ausgetauscht, also nimm dein Zeug mit.

Logan drehte sich der Magen um. Offenbar war das ein „nein", was das Weihnachtswunder anging. Er kletterte wieder hinter das Lenkrad des neuen SUV seiner Schwester und versuchte die Tränen zurückzuhalten. Es war schon mehr als ausreichend, dass er ein nutzloses Stück Scheiße war, er musste nicht obendrein noch auf dem Parkplatz dieser Schule anfangen zu Heulen.

Kapitel Zwei

ALS DIE MITARBEITER E-Mail in seinem Posteingang landete, verdrehte Seth die Augen ob des in Großbuchstaben geschriebenen Betreffs: „WICHTIG!". Sofort widmete er sich wieder seiner Tabelle. Laut der Sekretärin/Office Managerin, war *alles* WICHTIG!. Das beinhaltete zum Beispiel dass die Mochaccino Kaffeekapseln in der Küche zu schnell aufgebraucht wurden, Mitarbeitende zu liberal mit den Heftklammern umgingen und die minimale Länge, die die Shorts an Casual Fridays im Sommer haben durften (mindestens 30cm).

Ein paar Schritte weiter in ihrem gemeinsamen Office-Bereich, japste Jenna an ihrem Tisch auf. »Sie ist hier! Oh mein Gott.«

»Hmm?« Seths Blick fiel auf sie, als sie sich in ihrem Bürostuhl drehte. Ihre Hand verfing sich in einer Girlande, wodurch eine knallpinke Baumkugel runterfiel und über ihren Tisch rollte.

Jennas Seite ihres Bereichs sah aus, als wäre Weihnachten explodiert. Nach Thanksgiving hatte sie sofort angefangen bunte Lichterketten über ihren Monitor zu hängen, und glitzernde rote Girlanden schlängelten sich an Familienfotos vorbei. Hier und da hatte sie Baumschmuck befestigt.

Seth hatte keinerlei solche Fotos, nachdem er keine Familie hatte. Zumindest keine, die mit ihm sprach. Nach zwölf Jahren war dieser spezielle Schmerz mittlerweile etwas verblasst, aber nachdem ihn ein weiteres einsames Weihnachten erwartete, musste er diese Gedanken und Erinnerungen stärker verdrängen als sonst.

»Angela Barker ist hier!«, zischte Jenna und sein Herz setzte aus.

»Warte, was? Wieso?«

»Überraschungsbesuch.« Jenna presste eine Hand über ihr Herz. »Was, wenn sie eine Neuorganisation machen? Aber der CEO würde nicht selbst anfangen Leute zu feuern, oder?«

»Sie haben uns versprochen, dass wir unsere Jobs sicher behalten als BRK uns gekauft hat.«

Sein Magen verdrehte sich. Er war nach Albany gezogen. Er hatte ein Haus gekauft. Wurde von seinem Freund sitzen gelassen. War die Kündigung das nächste? »Versprochen«, wiederholte er schwach. Natürlich wussten sie alle, was ein Versprechen eines Chefs heutzutage noch wert war.

Ich werde nichts haben außer einem halb-fertigen Haus.

»Wieso musste sie genau an dem Tag kommen, an dem ich einen Spuckfleck auf der Bluse habe?« Jenna rubbelte verzweifelt an dem Fleck auf ihrer Schulter herum, den sie bereits mit Seths Fleckenentferner Stift bearbeitet hatte, als sie im Büro angekommen war.

Es war nicht abzustreiten, dass die grüne Bluse einen Fleck hatte, doch Seth sagte: »Es fällt gar nicht mehr auf. Ich kann ihn kaum noch sehen.«

»Du bist ein Lügner, wenn auch ein süßer Lügner.« Jenna öffnete ihre oberste Schublade und holte einen Gesichtspuder raus. Sie tupfte damit ihr Gesicht ab, bevor sie ihre Blonden Locken aus dem üblichen Pferdeschwanz befreite. Mit zusammen-gekniffenen Augen begutachtete sie sich in dem kleinen Make-up Spiegel. »Nope«, murmelte sie, bevor sie ihre Haare wieder zusammenband. »Zu wuschelig.«

»Alles gut«, sagte Seth. »Du siehst toll aus.« Er blickte an sich runter.

Er trug sein übliches Arbeitsoutfit. Gepresste graue Slacks, ein blaues Hemd und eine dunkelblaue Krawatte. Seine schwarzen Oxford Schuhe waren frisch geputzt und er fuhr mit einer Hand über sein kurzes, dichtes braunes Haar, das er sorgfältig zurückgekämmt hatte.

»Wie ist es bei mir?«

Jenna sah nicht einmal auf, als sie den Fleck auf ihrer Bluse in dem kleinen Spiegel beobachtete. »Du siehst wie immer perfekt aus. Ich hätte heute früh meine Haare zurechtmachen sollen, aber das Baby hat sich aufgeregt und Ian hat sich geweigert lange Ärmel zu tragen, obwohl es heute schneien soll.«

Als sie vor sich hin murmelte, was für eine Pest am Arsch Fünfjährige sein konnten, rückte Seth den Knoten seiner Krawatte zurecht, bevor er mit einer Handfläche über die leicht gemusterte Seide strich. Er schnaubte geistig. *Perfekt.* Jenna bestand immer darauf, dass er gutaussehend war (*„Wie Jimmy Stewart!"*), doch wenn er wirklich so perfekt aussah, wieso hatte Brandon ihn dann verlassen?

Nope. Sofort abbrechen. Konzentrier dich auf die aktuelle Krise.

Er hielt sich gerade so davon ab, in einen gedanklichen Teufelskreis zu fallen, der sich um die Frage *warum* drehte. Eine Frage, für die er wohl niemals eine Antwort haben würde. Brandon war nicht mehr da. Fertig aus.

Das war schon über ein Jahr her, verdammt nochmal.

Weil ich nicht gut genug war. Deshalb.

»Konzentrier dich«, murmelte Seth sich selbst zu, als Matts Kopf über der Trennwand erschien, die Seth und Jennas Abteil vom nächsten abtrennten.

Matts rosige Wangen schienen noch mehr Farbe zu haben als sonst, und er sah sie durch sein helles, wildes Haar hindurch an. »Leute, ich hab Gossip.« Jenna rollte ihren Stuhl zu Seths Seite rüber und stieß leicht mit ihm zusammen. Die anderen beiden Tische hinter ihnen standen leer, nachdem die Werkstudenten für dieses Semester schon fertig waren.

Matt sah sich um und flüsterte dann über die Trennwand: »Sie werden umstrukturieren. Angeblich soll niemand gefeuert werden, aber das werden wir sehen. Angela sucht sich die fünf neuen Manager selbst aus. Das macht sie offenbar immer so. Ihr wisst ja, dass sie immer davon spricht die Firma sei wie eine Familie?«

»Uh-huh«, sagte Jenna, »Familie wird hier so wertgeschätzt, dass verheiratete Angestellte mit Kindern viel eher befördert werden.«

»Was?« Seth stotterte. »Aber das ist nicht fair.«

Jenna und Matt starrten ihn an als wäre ihm ein zweiter Kopf gewachsen. »Wieso weißt du das noch nicht? Ich habe dir den Link zu dem Subreddit über Angela und BRK Sync doch geschickt, als sie letztes Monat die Firma aufgekauft haben«, merkte Matt an.

Er fummelte am Kragen seiner Anzugjacke herum, die er über einem T-Shirt trug. Zweifellos trug er dunkle Wildleder Turnschuhe anstelle von Anzugschuhen, aber er war der Grafikdesigner der Communications Abteilung, also durfte er tun und lassen was er wollte. Die jungen, kreativen Typen und so.

»Dieses Internetforum?«, fragte Seth. »Ich hatte mit der Arbeit zu tun.«

Matt verdrehte die Augen. »Naja, das hier ist jeder Firma passiert, die von BRK aufgekauft wurde. Verheiratet mit Kindern bringt dich weiter. Becky sagte, Angela bleibt die ganze Woche und will manche von uns zu einem weihnachtlichen Familien-Betriebsurlaub nächstes Wochenende einladen. Haltet euch das also unbedingt frei. Das ist wohl ihre Art uns willkommen zu heißen.«

Matt hatte ein Verhältnis mit Becky, der aufbrausenden Sekretärin/Office Managerin, also hatte Seth keinerlei Zweifel daran, dass er die Wahrheit sagte. »Ist das hier ein Unternehmen oder ein Kult?«, murmelte Seth.

»Bisschen was vom Ersten, bisschen was vom Zweiten«, sagte Matt. »Es ist absolut verrückt, aber sie ist die Chefin, also…« Er lehnte sich näher zu ihnen rüber und lief Gefahr über die Trennwand zu fallen. Offensichtlich hatte er sich schon einige Tage lang nicht mehr rasiert. »Systemschulungsmanager ist eine der offenen Stellen. Wir wissen alle, dass sie dir gehören sollte, Mann.«

Seths ganzer Körper zog sich zusammen. »Die Stelle gibt es endlich?«

»Das war überfällig«, fügte Jenna hinzu. »Den Job machst du schon, seit du hier angefangen hast.«

Das hatte er. Das *hatte* er. Und dieser Job musste ihm gehören. Immerhin hatte er die Aufgaben auch ohne den Titel und die Gehaltserhöhung erledigt in der Hoffnung, es würde sich irgendwann für ihn bezahlt machen.

Er hatte, nach gründlicher Überlegung, sein ganzes Leben aufgeben um nach Albany zu ziehen mit dem Versprechen es würde eine Beförderung auf ihn warten.

Nun, da BRK sie aufgekauft hatte, war das seine Chance.

Schade, dass er weder einen Partner noch Familie vorzuweisen hatte. Nicht einmal Freunde waren ihm nach der Trennung übrig geblieben. Es gab ein paar Menschen die er in Georgia zurückgelassen hatte und deren Updates er ab und zu noch auf Facebook sah, doch mit denen sprach er eigentlich nicht. Sonst blieben ihm nur die Bekannten auf der Arbeit. Erst nachdem Jenna sich in ihren Mutterschaftsurlaub verabschiedet hatte, war ihm aufgefallen wie alleine er wirklich war.

Er hatte darüber nachgedacht sich in einem Club anzumelden. Allerdings auf keinen Fall bei dem Weinclub, zu dem Brandon ihn geschleift hatte, bevor er ihn hatte sitzen lassen.

Aber *was* für ein Club dann? Seth suchte schon seit… naja, fast einem Jahr im Internet nach Optionen.

Immerhin gab es Vor- und Nachteile zu beachten! Er wollte

sich nicht für den falschen Club entscheiden. Was, wenn er auf Brandon und seinen neuen Freund stieß? Dieser Gedanke war furchtbar. Letztendlich hatte er jedes Wochenende doch zu Hause verbracht. Alleine.

Bitterkeit überkam ihn. »Dann werde ich die Managerstelle wohl nicht bekommen. Single und schwul reicht nicht aus.« Er war sich nicht einmal sicher, auf wen er wütender war. Brandon, der ihn verlassen hatte, oder sich selbst, der so erbärmlich allein und unentschlossen war. Wenn er schon kein Glück in der Liebe verdient hatte, vielleicht stand das Glück auch in der Arbeit nicht auf seiner Seite.

»Ich glaube nicht, dass sie das schwul-sein irritiert.« Matts Gesicht hellte auf. »Tatsächlich scheint sie sich sehr für LGBTQ Inklusion einzusetzen. Sie meint, dass jeder die Freude Eltern zu sein erleben sollte. Außerdem ist sie echt geil drauf allen zeigen zu wollen, wie offen sie ist. Also, heirate einfach schnell irgendeinen Typen. Sag ihr, ihr wollt ein hungerndes Waisenkind adoptieren. Das wird sie lieben.« Schnell drehte er den Kopf um und zischte dann: »Sie kommt!«, bevor er sich auf seine Seite der Trennwand zurückzog.

Angela Barkers texanischer Akzent und nasaler Ton war zu hören, als sie sich ihren Weg durch das Labyrinth an Büroabteilen bahnte. Jenna schob einen Stapel Papier in ihre Schreibtischschublade und fing dann wieder an, über den Fleck auf ihrer Bluse zu reiben.

»Wieso ausgerechnet heute?«, murmelte sie.

Seths Puls fing an zu rasen, als er anfing seinen Schreibtisch aufzuräumen. Er fing ein paar lose Büroklammern ein und warf sie in ein Glas hinter seiner Tastatur. Sein Kugelschreiber und kleiner Post-it Block saßen wie üblich neben seinem Handy und sein Notizbuch lag auf der anderen Seite seines Monitors. Er presste nochmal die Reißzwecke fest, die den Kalender über seinem Tisch festhielt, um sicherzugehen, dass die verschneite Dezemberlandschaft bei Sonnenuntergang mittig an seiner Notiztafel angebracht war.

An der Tafel waren außerdem der Lunch-and-Learn Kalender für die ganze Belegschaft und ein 20% Gutschein für Bed, Bath & Beyond festgemacht, den Jenna ihm vermacht hatte. Offenbar wollte sie ihn ermutigen, mehr Möbel für sein Haus zu kaufen. Er hätte etwas Weihnachtliches aufhängen sollen. Er wettete, dass Angela auf Weihnachten stand.

Im Gegenteil zu Jennas Schreibtisch, sah seiner wahnsinnig leer aus. Seine schwarz-weiße Tasse hatte den Aufdruck: *Ich liebe meinen ~~Kater.* Nachdem sein Ex ihm die Tasse nur wenige Wochen bevor er abgehauen war zum Geburtstag geschenkt hatte, sollte er sie vermutlich wegwerfen, anstelle sich jeden Tag mit seinem morgendlichen Kaffee zu quälen. Zumal seine grummelige alte Kalikokatze, Agatha, ein paar Monate nachdem Brandon ihn verlassen hatte, verstorben war. Jenna hatte ihn einmal gefragt, wieso er die Tasse weiterhin verwendete und er hatte ihr erklärt, weil es das Letzte war, das Brandon ihm gegeben hatte.

Sie hatte ihren Kopf schief gelegt und ihn mitleidig angesehen. *»Er ist nicht tot. Er hat dich sitzen lassen und ist jetzt mit so einem Gym Häschen aus Schenectady zusammen. Das ist genau das, was du auch tun solltest. Misch dich unter die Leute, hab einen One-Night-Stand! Du bist erst siebenunddreißig, du bist immer noch jung!«*

Schade nur, dass der Gedanke an einen One-Night-Stand ihm nur noch mehr zuwider war als Brandons Verschwinden. Seth wünschte, er wäre einer dieser Typen – offenbar jeder andere Mann auf dieser Erde – der Sex mit Fremden haben konnte, ohne sich danach schuldig und leer zu fühlen.

Verdammt, er hatte ja schon Schuldgefühle beim masturbieren (auch, wenn ihn das nicht aufhielt). Er war seit Jahren nicht in der Kirche gewesen, doch offenbar konnte er die strikten Regeln, die ihm damals eingebrannt worden waren, nicht gänzlich ablegen.

Zähneknirschend schob er die blöde Tasse zurecht.

»Wie wunderbar Sie kennenzulernen, Lin!« Angela war nur

noch ein paar Schreibtische von ihnen entfernt und kam immer näher.

Seths Puls raste. Er war bereits seit drei Jahren der inoffizielle Systemschulungsmanager. Drei Jahre, in denen er weltweit Schulungsmaßnahmen für Kunden geplant hatte, die Greenwares Bürotelefonanlagen gekauft hatten.

Jetzt hießen sie Greenware Sync, nachdem BRK Sync sie übernommen hatte, doch das Equipment und die Systeme hatten sich nicht verändert. Zwar war er weder Jennas Chef, noch der Vorgesetzte der ständig rotierenden Werkstudenten, die ihnen mit den Schulungen halfen, doch er hätte es eigentlich sein müssen.

Als Seth vor eineinhalb Jahren von Atlanta nach Albany gezogen war, hatte man ihm eine Beförderung und einen Managertitel versprochen. Eine Gehaltserhöhung. Dennoch hat er nichts als Ausreden gehört. Und jetzt wurde er nicht einmal für die Managerrolle berücksichtigt, weil er weder verheiratet war, noch Kinder hatte?

Das war einfach nicht fair.

Leise flüsterte er Jenna zu: »Ich werde gleich gefickt, oder?«

»Und das nicht auf die Art und Weise auf die du es eigentlich bräuchtest.«

»Hallihallo Matt!« Angela Barker stand direkt vor ihrem Schreibtisch. Seth konnte schon den Ansatz ihres auftoupierten, gebleichten Haares über die Trennwand erspähen. Während sie sich mit Matt und noch ein paar anderen unterhielt, fingen Seths Gedanken an sich zu drehen. Er wollte diese Beförderung. Er brauchte die Beförderung. Vor allem aber, *verdiente* er die Beförderung.

Er rollte seinen Stuhl zu Jenna rüber und flüsterte: »Schade, dass ich keinen Zauberstab habe um mir eine schnell eine Familie zu erschaffen.« Er stieß sich mit den Füßen auf dem dünnen, beigen Teppich ab und rollte wieder zu seinem Platz zurück. Er klickte wahllos in seiner Excel Tabelle herum und versuchte gleichzeitig beschäftigt und entspannt auszusehen. Man konnte es eben nicht ändern. Es gab nichts, was er—

Auf einmal erschien ein gerahmtes Bild auf der linken Seite seiner Tischhälfte. Jenna flog in dem Moment zurück in ihren Stuhl, als Angela durch den weiten Eingang in ihr kleines Abteil kam.

Sie grinste breit. »Howdy ihr beiden!«

Bevor Seth die Ergänzung auf seinem Tisch verarbeiten konnte, stand er schon auf und begrüßte Angela mit einem festen Handschlag. Sie war um die fünfzig Jahre alt, klein und schlank und ihr grauer Hosenanzug war mühevoll gebügelt worden. Ein fuchsienfarbener Schal war um ihren Hals gewickelt und bei ihren Ohrringen handelte es sich um zarte kleine Weihnachtsbäume, die vermutlich mit Swarovskikristallen oder sogar Diamanten geschmückt waren.

»Ich bin Seth Marston«, stellte er sich vor.

Als nächstes schüttelte Jenna Angelas Hand. »Jenna Derwood-Kim.«

»Hi«, sagte Angela. »Ich weiß nicht, wie viel Sie über mich wissen, aber vor ein paar Jahren habe ich das Familienunternehmen übernommen. Mein Vater hat BRK Sync in den Achtzigern aufgebaut, und als Technologien und Zeiten sich geändert haben, haben auch wir uns weiterentwickelt.«

Seth fragte sich, wie oft sie diese Rede schon aufgesagt hatte. Vermutlich tausende Male. »Wundervoll Sie kennenzulernen, Ms. Baker«, sagte er.

»Oh, ich bin eine stolze Mrs., aber Sie können mich Angela nennen.« Ihr Blick wanderte über Jennas farbenfrohen Tisch und sie näherte sich, um sich die gerahmten Bilder anzusehen.

»Und wen haben wir hier, Jenna?«

»Das ist mein Ehemann, Jun-hwan, aber alle nennen ihn nur Jun, und unsere beiden Jungs. Ian ist fünf und Noah ist fast sechs Monate alt.«

»Jun. Ist das koreanisch?«, fragte Angela.

Jenna lächelte. »Ist es! Seine Eltern sind kurz vor seiner Geburt hierhergezogen.«

»Wie wundervoll. Ich hoffe Sie leben sich nach der Geburt wieder gut in der Firma ein?«

»Das tue ich. Ich bin vor ein paar Wochen in Teilzeit zurückgekommen. Es war wirklich viel leichter für mich, nachdem Sie die verlängerte Elternzeit eingeführt haben. Vielen Dank.«

»Oh, sehr gerne, Liebes! Ich weiß wie schwer es sein kann als berufstätige Mutter.«

»Seth hat fast den ganzen Workload alleine gestemmt. Er ist unglaublich. Die Schulungsabteilung wäre ohne ihn verloren!«, schwärmte Jenna aufgeregt.

Peinlich berührt zuckte er innerlich zusammen, während Jenna so maßlos übertrieb. Er behielt aber ein Lächeln auf seinem Gesicht, als Angela ihre Aufmerksamkeit wieder auf ihn und seinen Tisch legte. Und auf Jennas Ergänzung.

Angela lehnte sich näher an das gerahmte Foto heran und Seth bemerkte erst jetzt, dass es das neue Bild war, das Jenna nach Thanksgiving auf ihren Tisch gestellt hatte. Zu sehen waren ihr Bruder und dessen Stiefsohn. Der Rahmen bestand aus fröhlichen, farbenfrohen Holzecken, doch Logan und der Junge sahen alles andere als glücklich aus. Beide hatten nur den Ansatz eines Lächelns auf ihrem Gesicht und ihre Haltung war so steif, dass man denken könnte, sie stünden vor einem Exekutionskommando. Dabei handelte es sich nur um ein Familienfoto, vor dem neu geschmückten Weihnachtsbaum.

Jennas Bruder war gutaussehend auf eine schroffe Art und Weise, die auch Daniel Craig an sich hatte. Er war ein wilder Mann, den Seths Mutter herabblickend einen „Schlägertypen“ nennen würde. Seine Frau war im Sommer überraschend plötzlich verstorben und Jenna machte sich um ihn und den Jungen viele Sorgen. Soweit Seth wusste, war das eine ziemlich traurige

Geschichte.

»Und wer ist das?«, wollte Angela wissen.

Bevor Seth sich eine Antwort überlegen konnte um das Bild zu erklären, kam Jenna ihm zuvor. »Das ist Logan, Seths Verlobter, und ihr Sohn Connor. Seth hat so eine nette kleine Familie.«

Angela klatschte in die Hände und schien ehrlich entzückt zu sein.

»Das ist ja mal etwas! Wissen Sie, ich sage immer dass queere Menschen genau richtig sind. So, wie der gute Gott sie erschaffen hat.«

Meine Eltern und ihre Kirche würden da ausdrücklich widersprechen. Seth lächelte mechanisch. *Sag etwas!* »Ähm ja. Danke?«

»Familie ist das Herzstück unseres Erfolgs in diesem Leben. Zu viele Menschen versuchen es alleine zu bestreiten.« Angela schüttelte bestürzt den Kopf.

Seth wollte argumentieren, dass alleinstehende Menschen definitiv genauso glücklich und erfolgreich sein konnten – mal abgesehen von seinem eigenen traurigen Singleleben – und dass manche Menschen von ihren Familien rausgeschmissen wurden… doch er nickte nur und blieb stumm.

Angela strahlte ihn an. »Wann ist es denn soweit?«

»Oh, ähm, wir haben noch keinen Termin ausgemacht.«

»Vermutlich nächsten Sommer«, fügte Jenna hinzu.

»Ich freue mich auf die Hochzeitsfotos.« Angela begutachtete Seth eindringlich. »Nun, Seth, wenn ich mich richtig erinnere, dann ist Ihr Name gefallen als wir Kandidaten für die neuen Managerrollen rausgesucht haben.«

»Wirklich?«, fragte er und versuchte nicht zu aufgeregt zu wirken. Vielleicht schien er nicht aufgeregt genug? »Das würde ich gerne näher mit Ihnen besprechen.«

Und wenn ich so tue als hätte ich einen Verlobten, während sie da ist, dann ist das ja nicht so schlimm, solange ich die Beförderung bekomme, oder?

»Seth hat sich wirklich in die Systemschulungen reingekniet, seit er hier angefangen hat«, erklärte Jenna. »Er wäre der perfekte Manager.«

»Das freut mich zu hören! Seth, wir müssen uns bald mal zusammensetzen und uns austauschen.« Angela blickte auf ihre glänzende Rolex. »Ich muss los. Die Arbeit und ein Lunch-Meeting rufen.«

Wie aus dem Nichts erschien ein kleiner, dünner junger Mann mit dunkler Haut und betrat ihren Bereich. Er trug einen Anzug und eine Brille und sprach in einem tiefen Raunen. »Ich werde dem Fahrer Bescheid geben, dass Sie auf dem Weg sind.«

»Danke, Dale.« Angela stellte ihn mit einem breiten Grinsen vor. »Meine rechte Hand. Ohne ihn wüsste ich nicht wo rechts und links ist.«

Bevor Seth und Jenna ihr antworten konnten, lachte sie leise und sah sich um. »Nun, ich habe allen erzählt, ich bräuchte keine Begleitung, während ich mich hier umsehe, aber Mensch, jetzt habe ich doch keine Ahnung, wo ich bin.«

Dale öffnete den Mund, aber Seth kam ihm zuvor. »Wir begleiten Sie!« Zwischen beigen Trennwänden spürte er die Augen seiner Arbeitskollegen auf sich liegen. Es war ungewohnt still, als Jenna und er mit Angela und Dale zurück zur Rezeption liefen.

»Wie haben Sie ihren Verlobten kennengelernt?«, fragte Angela, als sie an Beckys perfekt aufgeräumtem Tisch vorbeikamen und sich der Glastür näherten, die zu den Aufzügen führte. Becky setzte sich fast komisch steif auf und grinste mit all ihren schimmernden Zähnen.

»Wir, ähm, haben uns durch Jenna kennengelernt.« Seth fragte sich, ob er vorlaufen und Angela die Tür öffnen sollte. War das anti-feministisch? Oder war es unhöflich es nicht zu tun? Dale öffnete sie nicht für sie. Sollte Seth—

In dem Moment, den er brauchte sich zu entscheiden, hatte Angela bereits die Tür aufgedrückt. »Oh! Hier ist ihr Verlobter schon!«

Als Seth versuchte die erfreuten und absolut erschreckenden Worte zu verarbeiten, starrte er Logan Derwood an. Logan sah wild – und wow, *umwerfend* – aus, in seiner schwarzen Lederjacke. Aus irgendeinem Grund stand er vor ihnen. Höchstpersönlich.

Seth betete, dass der polierte Boden unter seinen Füßen nachgeben und ihn mit Haut und Haaren, in einem Stück verschlucken würde.

Kapitel Drei

DIE AUFZUGTÜREN SCHLOSSEN sich hinter ihm und damit verstummte auch endlich die verdammt fröhliche Instrumentalversion von „Jingle Bells". Logan umschloss Jennas Schlüssel in seiner Hosentasche so fest, dass das Metall ihm in die Haut drückte. Wenn er den Schlüssel schnell abgab und mit dem Bus nach Hause fuhr, könnte er sogar vielleicht umgehen, ausgefragt zu werden. Dann müsste er nicht so tun als wäre alles in Ordnung und als stünde er nicht kurz davor, obdachlos zu werden.

»Oh! Hier ist ihr Verlobter schon!«, sagte eine Frau. Eine recht kleine und aggressiv blonde Frau. Ihre Zähne erstrahlten in einem breiten Lächeln. Neben ihr stand ein großer, schlanker Mann mit dunkelbraunen Haaren und blauen Augen, die er komisch weit aufgerissen hatte. Der Mann, der ihm vage bekannt vorkam, starrte Logan entsetzt an, während die Frau ihre Hand ausstreckte. »Logan, richtig?«

Automatisch schüttelte er ihre Hand. »Ähm, ja. Logan.« Das stimmte, allerdings war er ganz sicherlich niemandes Verlobter. Schon gar nicht der von dem versteiften Mann vor ihm. Seine Kleider waren perfekt gebügelt und das Hemd steckte ordentlich in der Hose. Nicht ein einziges Haar saß schief. Allerdings war sein Gesicht in diesem Moment hochrot und er sah aus, als wolle er auf die feinen Stilettos der Frau kotzen.

Jenna und ein weiterer Mann stießen zu ihnen. Auf Jennas

Gesicht hatte sich der Ausdruck von purem Horror eingebrannt, was Logan nervös machte. Er hasste es, sie unglücklich zu sehen. In dem Moment schien das Puzzle sich zu vervollständigen. Der große Mann war Jennas Kollege. Ihr Chef, vielleicht? Logan dachte, er würde ihn von dem ein oder anderen Facebook Post erkennen.

Nachdem Jenna und ihr Chef offenbar nicht in der Lage waren etwas anderes zu tun als ihn stumm anzustarren, und der kleinere Mann sich ausdruckslos neben die Frau stellte, war Logan gezwungen zu sprechen. »Ähm, schön Sie kennenzulernen…«

»Angela Barker aus Dallas, Texas. Präsidentin und CEO von BRK Sync. Uns gehört Greenware jetzt. Ich bin derzeit unterwegs, um die neue Familie willkommen zu heißen, so wie Ihren Verlobten. Seth hat mir von Ihren Hochzeitsplänen erzählt.«

»Oh, hat er das?«, fragte Logan. Hinter Angela fing Jenna an hektisch zu nicken. Sie machte eine rollende Bewegung mit ihrer Hand und sah ihn dabei durchdringend an. Logan versuchte zu lächeln und warf diesem Seth, der aussah, als würde er gleich hyperventilieren, einen Blick zu. Seine Brust hob und senkte sich immer schneller.

Was zum Teufel passiert hier?

Angela strahlte ihn an. »Ich finde es so wunderbar, dass Sie beide eine Familie mit Ihrem Sohn aufbauen. Familie kommt immer zuerst, sage ich immer. Egal ob schwul oder hetero!«

Mein Sohn? Er wollte schnauben, als er an Connors gesenkte Schultern und seinen hasserfüllten Gesichtsausdruck dachte. Scheiße, Logan wollte einfach nur alleine sein, aber Jenna flehte ihn mit ihrem Blick an, und er konnte ihr einfach nicht nein sagen.

Er schluckte den Impuls, klarstellen zu wollen, dass er nicht schwul war, herunter, und setzte ein freundliches Gesicht auf. Hoffte er zumindest. Offenbar war er in irgendeiner seltsamen Intrige gelandet, obwohl er einfach nicht verstand, um was es ging. Seth stand neben Angela und hatte ein steifes Lächeln aufgesetzt.

»Und was machen Sie beruflich, Logan?«, fragte Angela.

Da war sie wieder. Die Scham, die ihm irgendwie eiskalt und gleichzeitig kochend heiß den Rücken herunterlief. *Ich mache gar nichts beruflich. Ich bin ein nichtsnutziges Stück Platzverschwendung.* Er räusperte sich und sagte: »Ich arbeite bei der Bahn.« Immerhin war das über zehn Jahre lang wahr gewesen.

»Oh, wie faszinierend!« Ein Funkeln erschien in Angelas Auge. »Wissen Sie, ich bin momentan so viel unterwegs und würde mich so wahnsinnig über ein selbstgekochtes Mahl freuen.« Sie warf Seth einen Blick zu. »Was würden Sie beide dazu sagen, wenn ich mich schamlos selbst zu Ihnen einlade, während ich in der Stadt bin?«

Logan würde sagen, dass er keine verdammte Ahnung hatte, was hier vor sich ging, doch er hob nur eine Augenbraue in Seths Richtung, der das Sprechen für sie beide übernahm: »Uh, das, ähm, das wäre wundervoll, Angela! Es wäre uns eine Ehre.«

Zu dem kleineren jungen Mann, der vermutlich ihr Assistent war, sagte Angela: »Sprich mit Seth und macht etwas für nächste Woche aus. Vor dem Betriebsausflug.« Sie drehte sich wieder zu ihnen um. »Hoffentlich freuen Sie sich genauso auf den Betriebsausflug wie ich! Das wird ein Spaß für die ganze Familie. Ich weiß, ich überfalle Sie alle damit, aber ich hoffe wirklich, dass Sie die Zeit finden können.«

Die blechernen Töne eines Popsongs erklangen aus Angelas dunkelrosafarbenen Tasche. »Entschuldigung, das ist der Klingelton meiner Tochter. Sie liebt diesen Shawn Mendes.« Sie fuhr mit dem Finger über das Display, um zu antworten. »Hallo meine Süße! Warte einen Moment.« Dann strahlte sie Logan und Seth an. »Es war so wundervoll Sie kennenzulernen. Ich freue mich schon darauf, Sie beide ganz bald wiederzusehen! Keine Angst, ich esse alles!«

Logan nutzte die Gelegenheit um sich umzudrehen und den Knopf für den Aufzug zu drücken, damit er nichts weiter sagen musste. Zum Glück befand sich der Lift immer noch auf ihrem Stockwerk und die Türen öffneten sich sofort. Er nickte und versuchte sich an einem Lächeln, als Angela mit ihrem Assistenten in den Aufzug stieg und mit ihrer Tochter über einen Hund namens Pom-pom sprach, der offenbar über die ganzen Möbel pisste.

Jenna drehte eine lose Locke, die von ihrem Pferdeschwanz freigekommen war, um ihren Finger. Das machte sie überwiegend, wenn etwas sie wahnsinnig stresste. Sobald die Aufzugstüren sich schlossen, atmeten sie und Seth erleichtert aus. Seth rieb sich mit den Händen über das Gesicht und murmelte: »Das war eine furchtbare Idee.« Dann drehte er sich zu Jenna um und zischte: »Das war eine furchtbare Idee!«

Jenna sah sich in dem leeren Foyer um und Logan tat es ihr gleich. Auf ihrer rechten Seite saß eine junge, rothaarige Frau hinter einer Glastür und beobachtete sie mit ihrer vollen Aufmerksamkeit.

»Ich wollte doch nur helfen«, flüsterte Jenna.

»Möchte mir irgendjemand sagen, was zum Teufel hier gerade passiert?«, fragte Logan.

Seth verzog das Gesicht. »Es tut mir so leid. Danke fürs Mitspielen.«

»Für meinen Verlobten tu ich doch alles«, erwiderte Logan trocken. »Seth, stimmt's?«

»Seth Marston.« Er streckte ihm seine Hand entgegen. »Ich arbeite mit Jenna.«

Logan schüttelte seine schwitzige Hand. »Okay. Und wie genau haben wir uns verlobt? Guter Trick, wenn man bedenkt, dass wir uns noch nie getroffen haben und ich nicht schwul bin.«

»Lass uns das in einem Besprechungsraum bereden«, sagte Jenna und führte sie an der rothaarigen Frau vorbei, die nicht einmal versuchte, ihre Neugier zu verstecken. Sie betraten das mit Teppich ausgelegte Großraumbüro und blieben an der ersten Tür von vielen stehen, die über die ganze lange Wand verteilt waren. Nachdem Jenna geklopft und ihren Kopf reingestreckt hatte, winkte sie sie zu sich in den Raum.

Jenna stand neben dem ovalen Tisch in der Mitte des engen, fensterlosen Zimmers. »Ich dachte du kommst mich um drei abholen?«

»War schon früher fertig. Ich fahr mit dem Bus heim. Tut mir leid, dass ich euren kleinen Plan vermasselt habe, was auch immer es ist.« Logan verschränkte die Arme vor der Brust und funkelte Seth misstrauisch an. »Kommt das öfter vor, dass du Leuten erzählst, ich wäre dein Freund?«

»Nein! Tut es nicht, ich schwöre es! Es tut mir leid. Oh verdammt, das haben wir so versaut.« Er zog an seiner Krawatte, als könne er nicht atmen.

Jenna seufzte. »Das ist alles auf meinem Mist gewachsen. Spontane Idee. Wir haben herausgefunden, dass Angela hier ist und sie wird bald ein paar Angestellte zu Managern befördern. Seth verdient die Stelle *so* sehr, aber er ist alleinstehend und Angela hat eine Vorliebe für Familien. Neun von zehn Malen befördert sie jemanden der verheiratet ist und Kinder hat.«

»Das ist verdammt seltsam«, sagte Logan.

»Das ist es, aber es ist ihr Unternehmen. Und durch weitere Liberalisierungsmaßnahmen kann sie heuern, feuern und befördern, wen auch immer sie will. Naja, ich habe das Bild, das ich von dir und Connor gemacht habe eingerahmt. Du weißt schon, kurz nachdem wir den Baum aufgestellt haben?«

»Ja?« Logan erinnerte sich an Connors knochige, angespannte Schulter unter seinem Arm. Jenna, wie sie versucht hatte, sie zum Lächeln zu bringen. Ihre Wangen, die von einem Glas Wein bereits rosig aussahen. Er war überrascht gewesen, dass Connor überhaupt zugestimmt hatte für ein Bild zu posieren, doch Jenna hatte diese Ausstrahlung auf Menschen.

»Najaaaa…« Sie verzog das Gesicht. »Ich habe das Foto in der letzten Sekunde auf Seths Tisch gestellt und Angela erzählt, ihr wärt verlobt. Das kam alles von mir. Seth hatte keine andere Wahl als mitzuspielen. Andernfalls wäre das seltsam und unangenehm gewesen.«

»Gut, dass wir das vermieden haben«, murrte Logan trocken.

»Ich habe ja nicht erwartet, dass du auftauchst!« Jenna sah tatsächlich empört aus.

»Also ist das jetzt alles *meine* Schuld?«

»Lasst uns nicht streiten.« Seth sah zwischen ihnen hin und her und hob die Hände.

»Es ist definitiv Jennas Schuld.«

Logan spannte sich an. Sein Beschützerinstinkt schaltete sich ein, obwohl Seth auf seiner Seite war. Es war eine Sache, wenn Logan behauptete, dass seine Schwester Schuld an etwas hatte…

Doch Jenna fing an zu lachen und klatschte Seth leicht auf den Arm. »Okay, ja, es ist meine Schuld. Offensichtlich hatte ich nicht genug Zeit, um mir Gedanken über die Folgen zu machen. Ich dachte es könnte einfach eine kleine Notlüge sein, die Seth zu seiner Beförderung verhilft.«

»Und ich habe mich darauf eingelassen«, sagte Seth. »Entschuldige. Es war falsch von mir, dich und deinen Sohn miteinzubeziehen.«

»Stiefsohn.« Connors Stimme hallte in Logans Kopf: *»Du bist nicht mein Vater! Ich hasse dich!«* Das war gewesen nachdem Mike sich dazu entschlossen hatte, das Sorgerecht nicht zu wollen. Er hatte Connor einen Haufen Ausreden und leere Versprechen gegeben darüber, dass er sich „bald" in einer besseren Position befände.

Jenna runzelte die Stirn. »Das ist doch egal. Er ist Teil der Familie.«

Logan grunzte. »Für den Moment. Wenn es nach ihm ginge,

würde er mich nie wieder sehen wollen.«

Die Menschen um ihn herum taten vielleicht so, als wäre Logan jetzt sein Vater, aber Connor sah das ganz anders.

»Er ist dreizehn.« Sie schüttelte den Kopf. »Connor weiß nicht, was er will. Sei nicht eingeschnappt, nur weil ein Teenager sich ein bisschen aufführt.«

»Bin ich nicht.« Na gut, vielleicht war er es doch. Er wünschte sich, dass es ihn nicht störte. So viele Jahre lang hatte er große emotionale Verpflichtungen gemieden und diese Scheiße war der Grund dafür. Es ging ihm besser wenn er alleine war. »Wo wir gerade von Familie sprechen. Was genau ist dieser Betriebsausflug, den Angela erwähnt hat? Das klang, als würde sie mich dort erwarten?«

Jenna und Seth tauschten einen Blick aus. Jenna zog die Augenbrauen zusammen und sagte: »Wir haben noch nicht alle Details bekommen. Lass mich nur… ich komme gleich zurück.« Sie deutete auf den Eingang, bevor sie durch die Tür verschwand und sie hinter sich zufallen ließ.

Logan und Seth starrten sich gegenseitig an. Seth senkte seinen Blick auf seine Fingernägel und lehnte sich gegen den Rand eines Whiteboards, auf dem noch Stichpunkte über irgendwelche Ziele standen.

Es gibt kein Limit!
Aber sei realistisch
Frag nach Hilfe, wenn du sie brauchst
Arbeite im Team
Lerne mit Stress umzugehen
Wir arbeiten zusammen!
Was für ein Scheiß.

Seth räusperte sich. »Arbeitest du wieder bei der Bahn? Hat Jenna gar nicht erzählt. Ich erinnere mich daran, dass du diesen furchtbaren Unfall hattest. Freut mich, dass es dir besser geht.«

Seine Scham trieb ihm die Hitze in die Wangen und Logan starrte den hässlichen beigen Teppich an. »Nee, bin nie zurückgegangen. Ich bin auf der Suche nach etwas Neuem, hatte aber keine Lust das irgendeiner Fremden zu erzählen.«

»Ah, verstehe. Ich bin mir sicher, du findest bald etwas.«

Logan zuckte nur mit den Schultern. Er fühlte sich nicht dazu in der Lage auf Seths Blick zu treffen. Die Sekunden vergingen in unangenehmer Stille, bevor Jenna zum Glück rasch zurückkam. Sie lehnte sich gegen die geschlossene Türe und biss sich auf die Unterlippe.

»Naja, die gute Neuigkeit ist, dass die Firma uns ein Wochenende in Lake Placid bezahlt. Wir sind in einer Hütte untergebracht, es gibt Winteraktivitäten, und so weiter.« Sie verzog den Mund und Logan machte sich auf den Rest gefasst. »Die schlechte Neuigkeit ist, dass sie wollen, dass unsere Partner und Kinder mitkommen.«

Seth runzelte die Stirn. »Wann ist das? Nicht dieses, sondern nächstes Wochenende? Das Wochenende des zweiundzwanzigsten?« Als Jenna nickte, lachte er ungläubig auf. »Und das kündigen sie so kurz vorher an? Das ist lächerlich. Leute haben Pläne, vor allem um die Feiertage herum. Sie haben ein Leben.«

Jenna bedachte Seth mit einem schiefen Lächeln. »Manche von uns schon, ja.«

»Ich habe ein Leben!«, protestierte Seth. »Jedenfalls werde ich einfach sagen, dass wir es nicht schaffen. Keiner wird einfach alles stehen und liegen lassen, nur weil Angela Barker einmal mit den Fingern geschnippt hat, oder? Offensichtlich werde ich nicht Logan und seinen Stiefsohn fragen, ob sie mit zu diesem Ausflug kommen und über das Wochenende meine Familie spielen.«

»Gut. Kann ich gehen? Wenn du der Bosslady sagen willst, dass ich dein Partner bin, nur zu. Solange ich da nicht mit reingezogen werde. Ich habe im Moment echt genug andere Sorgen«, sagte Logan schließlich. Gerade wollte er einen Schritt auf die Tür zumachen, als Jenna sich ihm in den Weg stellte und die Stirn in Falten legte.

»Warte, was ist passiert?«

Er versuchte sie abzulenken. »Nichts. Ich bin nur gestresst mit der Job Situation, weißt du?« Er musste sich dringend etwas überlegen, bevor er ihr von den neusten Katastrophen berichtete.

Doch sie ließ sich nicht einfach so abwimmeln. »Ich kenne den Ton. Irgendetwas ist passiert.«

Es klopfte an der Tür und Jenna drehte sich um, um einen jungen Mann mit verwuschelten Haaren hereinzuwinken. Der Neuankömmling flüsterte: »Was ist los? Becky sagte, ihr habt mit Angela bei den Aufzügen gesprochen und versteckt euch jetzt hier drin.« Er nickte Logan zu und streckte seine Hand aus. »Hi. Ich bin Matt. Du bist Jennas Bruder, richtig?«

Logan schüttelte seine Hand. »Stimmt. Ich bin gerade am Gehen.«

Matt sah ihn verwundert an. »Das seltsame ist, dass Becky dachte, gehört zu haben, dass du und Seth bald heiratet?«

Seth stöhnte laut auf. »Das heißt, dass alle es innerhalb der nächsten zehn Minuten wissen.«

»Nein, ist schon okay«, sagte Matt. »Becky behält es noch für sich. Ich dachte mir, ich sollte euch etwas mehr Zeit beschaffen. Wie genau ist das mit der Verlobung passiert? Also, *mazel tov*, aber es ist definitiv eine Überraschung.«

Jenna erzählte ihm rasch die Wahrheit und fügte dann hinzu: »Wir können uns einfach eine Ausrede einfallen lassen, wieso Logan und Connor es nicht zu dem Familien-Firmenausflug schaffen.«

Matt verzog das Gesicht. »Es heißt, dass wenn Angela Leute zu diesen Events einlädt, dann geht man besser hin, außer man hat eine Ausrede, bei der es um Leben und Tod geht. Es ist absolut unsinnig, aber sie sieht es als einen Test an. Sie zahlt für alles, was sehr großzügig ist, aber die Schattenseite davon ist, dass wir nur 10 Tage im Voraus Bescheid kriegen und ihr beweisen müssen, dass wir BRK Teamplayer sind. Egal ob single oder verheiratet oder was auch immer. Und wenn man Kinder hat, sollte man die unbedingt mitbringen. Kann sein, dass das nicht so schlimm ist, wenn es nicht so nah an den Feiertagen stattfindet, aber es wird passieren. Wenn sie denkt, dass Logan und Seth zusammen sind…«

»Was wir nicht sind«, bemerkte Logan. »Kann ich jetzt gehen?« Er brauchte eine neue Bleibe bevor seine Vermieterin ihn rauswarf und definitiv, bevor die Weihnachtsferien des Kleinen anfingen. Irgendwie musste er eine Kaution zahlen können. Jenna zu fragen, ob er bei ihr bleiben könnte, war sein allerletzter Ausweg.

Jenna stöhnte auf und ignorierte ihn. Zu Matt sagte sie: »Angela hat sich außerdem bei Seth und Logan zum Abendessen eingeladen.«

»Whoa, das ist…« Matt grinste, was Logan seltsam erschien. »Das ist großartig. Das ist wie…wie eine *Geheimmission*. Wer will schon *kein* Spion sein?«

Logan starrte ihn an und fragte sich von welchem Planeten Matt kam, als Seth sich einschaltete:

»*Ich*. Außerdem kann ich Angela nicht zum Abendessen einladen. Meine Küche ist nicht fertig. Ich habe keinen Esstisch. Es gibt so viel zu tun und ich weiß nicht, wo ich anfangen soll.«

»Aber der Abriss ist fertig und die Trockenbauwand steht«, sagte Jenna. »Hast du nicht schon die ganzen Kabinetts und das Zeug bei dir in der Garage? Es würde nur ein paar Tage dauern, das alles einzubauen. Du weißt, dass unser Vater Bauunternehmer war. Wenn du jemanden findest, der die Muskeln mitbringt, bin ich mir sicher, dass er das ganze überwacht. Das gäbe ihm etwas anderes zu tun als den ganzen Tag nur fernzusehen. Und er würde sich bisschen bewegen. Er weigert sich immer noch, Sport zu treiben.«

Seth schüttelte den Kopf. »Das ist Wahnsinn, Jenna. Selbst wenn ich das Haus rechtzeitig fertigkriege, wieso würde Logan so tun wollen, als wäre er mein Verlobter?«

Logan hatte plötzlich eine Idee. Und zwar eine, die eine unbekannte Emotion über seinen Körper wandern ließ, bis er sich fühlte, als wäre er außer Atem. War das... *Hoffnung?* Diese ganze Situation war absolut verrückt, aber vielleicht konnte er Seth und sein Problem kurzzeitig mit einem Schlag lösen.

Was zum Teufel habe ich schon zu verlieren?

Jenna war gerade am sprechen. »Ich weiß, das ist ein riesiger Gefallen, aber...«

Er unterbrach sie, bevor er sich selbst davon abhalten konnte. Sein Magen befand sich schließlich weiterhin in einem dauerverdrehten Zustand bei dem Gedanken, dass er und Connor bald obdachlos sein könnten. »Ich könnte die Renovierung übernehmen. Zwar bräuchte ich etwas Hilfe beim Tragen und um alles gerade aufzuhängen, aber ich habe als Teenager mit unserem Vater zusammen gearbeitet. Ich kann das. Das Problem ist nur...«

Er zögerte. Die Hitze, die die erwartungsvollen Blicke von Jenna, Seth und Matt in ihm auslösten, brachten ihn zum Schwitzen. Scham prickelte in seinem Nacken und für einen Moment wollte er einfach alles zurücknehmen und ihnen sagen, sie sollen es vergessen.

Jenna kam einen Schritt auf ihn zu, Sorge und Sanftheit in ihrem Gesichtsausdruck. »Was ist los?«

Logan spuckte es einfach aus, obwohl er Angst hatte, sich dabei übergeben zu müssen. »Ich bin aus dem Haus geflogen. Connor und ich brauchen eine Unterkunft. Nicht lange, nur über die Feiertage, bis er zurück ins Internat zieht. Vor Januar finde ich bestimmt einen neuen Job.«

Er musste einen finden. Es gab keine andere Wahl.

»Was?« Jenna ergriff seinen Arm und schreckliches Mitgefühl zeichnete sich in ihren Augen ab. Logan hatte es so satt, sich von seiner kleinen Schwester bemitleiden lassen zu müssen. Er hasste, dass sie sich ständig Sorgen um ihn machen musste, nur weil sein

Leben eine solche Katastrophe war.

»Wieso hast du nichts gesagt?«, fragte sie.

Logan verzog den Mund. »Du hast schon genug mit den Kindern und Dad zu tun. Das letzte, was du brauchst, ist mich auf deiner Couch. Und was ist mit Connor? Du hast nicht genug Platz. Außerdem ist es erst heute Morgen passiert. Ich muss bis Freitag raus sein. Und ich habe doch schon von der Lagerhalle gehört. Hab den Job nicht bekommen.« Er zuckte mit den Schultern und schüttelte dabei Jennas Hand ab, als wäre ihm das alles egal. »Es ist in Ordnung.«

Für ein paar Sekunden herrschte absolute Stille. Unangenehme Stille, die schließlich von Matt gebrochen wurde.

»Leute, das ist perfekt«, sagte er aufgeregt. »Nicht, dass du rausgeschmissen wirst, Mann, das ist scheiße. Aber Seth braucht einen Fake Partner und du brauchst eine Unterkunft. Zwei Fliegen, eine Klappe.« Er spielte vor, einen Basketball im Netz zu versenken. »Nothing but net.«

Als Seth und Logan sich gegenseitig dubios ansahen, fing Jenna an aufgeregt auf die Zehenspitzen zu hüpfen. »Ja! Ihr könnt dieses Wochenende mit Dad die Küche herrichten. Dann Angela zum Essen einladen und nächstes Wochenende eine glückliche kleine Familie bei dem Ausflug vorspielen. Seth ist sowieso schon viel zu lange alleine in diesem Haus.«

Seth funkelte sie böse an. »Stimmt nicht.«

Jenna erwiderte den Blick mit einem eigenen ungläubigen und ungeduldigen Gesichtsausdruck, den Logan schon viele Male selbst zu spüren bekommen hatte. »Seth. Ich weiß, dass du erstmal eine ausführliche Pro und Contra Liste machst, bevor du dich auf etwas einlässt, aber die Zeit hast du nicht. Du hast die Beförderung verdient. Was hast du zu verlieren?«

»Meinen Job, wenn sie herausfindet, dass das alles eine Lüge war?«

»Oh, stimmt.« Jenna verzog das Gesicht. »Guter Punkt. Aber

das wird sie nicht. Denk daran wie viele Mitarbeiter Angela Barker hat. BRK hat Büros auf der ganzen Welt. Du wirst sie nach dem Wochenende jahrelang nicht wiedersehen.«

»Was ist mit deinen anderen Kollegen?«, wollte Logan wissen.

Jenna zuckte mit den Schultern. »Wir sagen einfach, dass ich dich mit Seth verkuppelt habe und es Liebe auf den ersten Blick war.«

»Die Leute werden definitiv glauben, dass Jenna Kuppler gespielt hat«, meinte Matt. »Was sie eher nicht glauben werden, ist, dass du das für dich behalten und nicht jeder einzelnen Person inklusive des Hausmeisters erzählt hast.«

Logan wollte sie verteidigen aber, naja… Jenna lachte kurz. »Ich kann ein Geheimnis für mich behalten! Ich wusste schon Monate bevor ihr es bekannt gegeben habt, dass da etwas zwischen dir und Becky läuft.«

»Na gut.« Zu Seth und Logan sagte Matt: »Und? Seid ihr bereit einen Deal zu schließen?« Er grinste.

Seth war sichtlich nervös und ließ die Knochen in seinen Fingern knacksen. »Es scheint ein verlockendes Angebot für beide Seiten zu sein?« Er sah Logan nachdenklich an. »Aber ich weiß, dass du trauerst und wenn sich das auf irgendeine Weise unangebracht anfühlt, dann verstehe ich das absolut.«

Logan verlagerte unangenehm berührt sein Gewicht von einem Bein aufs Andere. Ihm war bewusst, dass alle ihn ansahen. »Ist schon in Ordnung.«

Ja, Logan trauerte um Veronica, doch er vermisste die großartige, fürsorgliche Krankenschwester die er gekannt hatte, bevor ihre Beziehung den Bach runterging. Und das machte ihn vermutlich zu einem Ober-Arschloch, weil er sie nicht unbedingt als seine Ehefrau vermisste. Allerdings konnte er auch keine Gefühle aufbringen, wo einfach keine waren. Vielleicht war er kaputt.

»Ihr seid herzlich willkommen, bei mir während der Feiertage zu wohnen. Auch danach. So lange, bis du im neuen Jahr einen neuen Job findest«, versprach Seth.

»Ich würde mich nützlich machen.« Der Gedanke daran, ein Fall für die Wohlfahrt zu sein, ließ ihn in die Defensive übergehen.

»Na natürlich!«, sagte Seth schnell. »Glaub mir, es gibt genug zu tun.«

Er lachte ungläubig. »Das ist der komplette Irrsinn, aber vielleicht funktioniert es ja?«

»Geheimmission, Geheimmission, Geheimmission!«, rief Matt aufgeregt und reckte seine Faust in die Luft.

Jenna biss sich auf die Lippe. »Könnte etwas dauern, Connor davon zu überzeugen.«

Logan grunzte. »Das wird schon. Es läuft nicht so gut in der Schule. Das erzähle ich dir dann später.«

»Und du weißt, dass ihr beide immer willkommen seid in meinem Haus«, fügte Jenna hinzu. »Es würde funktionieren, das ist überhaupt keine Frage.«

Warme, familiäre Zuneigung für seine Schwester überkam Logan. »Weiß ich. Aber wenn wir damit echt durchkommen, ist das vielleicht gar keine schlechte Idee.«

»Geheimmission, Geheimmission, Geheimmission«, flüsterte Matt und boxte wieder mit der Faust in die Luft.

Logan sah zu Seth und sie fingen beide an zu lachen. Er hatte sich nicht einmal vorstellen können an diesem Scheißtag zu lächeln, geschweige denn richtig zu lachen. Dieser kleine Funken Hoffnung schien immer heller zu werden. Der Plan war wahnsinnig, aber es war alles, was er hatte.

Mit einem reumütigen Lächeln fragte Seth: »Also haben wir einen Deal? Denkst du du kannst so tun als wärst du ein paar Wochen lang in mich verliebt?« Er hielt Logan seine Hand hin.

Auf gar keinen Fall würde Logan sich je in einen Mann *verlieben*, doch es sollte ein Einfaches sein es vorzuspielen. Er nahm Seths Hand fest in seine und schüttelte sie. »Deal.«

Kapitel Vier

AM NÄCHSTEN TAG nach der Arbeit, fuhr Seth in den Vorort, in dem Logan lebte. Offenbar hatte keiner von ihnen seinen Verstand zurückgewonnen, denn sie waren immer noch dabei mit diesem irrsinnigen Plan voranzuschreiten. Zugegeben, Logan hatte gerade sein Haus verloren und nicht wirklich eine andere Wahl. Seth konnte den Deal schlecht abblasen und den Mann auf der Straße sitzen lassen.

Es war gerade nach fünf Uhr abends und leichter Schnee rieselte in der frühen Dunkelheit auf ihn hinab. Er zitterte vor Kälte und drehte die Heizung hoch. Seth wusste nicht, ob er sich jemals an die nördlichen Winter gewöhnen würde. Er war in Georgia aufgewachsen, wo auch nur der Hauch von Frost alles zum Stehen brachte. Natürlich hatten sie im Süden keine Winterreifen und jetzt war sein SUV für alles, was Mutter Natur ihm in den Weg werfen könnte – und würde – bestens vorbereitet.

Im Moment war alles unter einer sehr leichten Schneeschicht bedeckt und nachdem Seth die Hauptstraße verlassen und in ein Wohngebiet abgebogen war, fand er doch Gefallen daran. Die Häuser waren schon für Weihnachten geschmückt. Bunte Lichter waren um Bäume gewickelt und der Schnee ließ alles so wundervoll magisch glitzern. „I'll be Home for Christmas" spielte im Radio und obwohl Seth sich auf den üblichen Anfall Sehnsucht vorbereitete, mit dem er jedes Jahr lebte, schien er ihn doch aus den Socken zu hauen, als es ihn endlich traf.

Weihnachten war immer die schönste Zeit im Jahr gewesen. Die Lichter und die Musik, der Duft von frischen Plätzchen im Ofen und Geschenke unter dem Baum. Freunde und Familie, die zusammenkamen um diese heilige Zeit zusammen zu feiern. Er hatte es sogar genossen an Weihnachten in die Kirche zu gehen und Weihnachtslieder zu trällern, bis er heiser war. Zu Weihnachten interessierte es niemanden, ob man einen Ton halten konnte oder nicht.

Er schaltete das Radio ab. Nur in seinen absurdesten Träumen würde er jemals wieder zu Weihnachten nach Hause zurückkehren. Er hatte nicht einmal Dekorationen. Brandon hatte es nie geschätzt die Feiertage zu zelebrieren, und nach den furchtbaren Weihnachten von vor zwölf Jahren hinterließ die ganze Jahreszeit einen bitteren Geschmack in Seths Mund.

Weihnachten war nichts mehr für ihn.

Er folgte den Weganweisungen seines Handys und bog ein paar Straßen weiter ab. Je weiter er fuhr, desto heruntergekommener waren die Häuser. Nummer zweiundachtzig war ein kleiner Bungalow, der weder mit Lichtern noch mit anderen Dekorationen geschmückt war. Er sah Jennas SUV an der Straßenseite und parkte direkt dahinter. Seine Scheinwerfer beleuchteten die Boxen, die schon bis unter die Decke in ihrem Auto gestapelt waren.

Schnee knisterte unter seinen Schuhen, als Seth ausstieg und die Einfahrt hochlief. Seine nackten Hände steckte er schnell in seine Manteltaschen. Der Wind war ruhig und dicke Schneeflocken fielen friedvoll um ihn herum vom Himmel. Dieser Frieden wurde jedoch gestört, als Schreie aus dem Haus kamen. Es war so laut, dass Seth fast dachte irgendetwas explodierte. Es klang wie das *rat-tat-tat* von Schüssen, obwohl die Tür geschlossen war. Seth blieb unschlüssig davor stehen und überlegte sich zu klopfen.

»Das ist mein Zeug! Fass ja nichts mehr an.«

Logans raue Stimme erklang. »Ich versuche nur zu helfen.«

»Du hattest kein Recht, irgendwas von mir anzufassen!«, schrie die junge Stimme. Das musste Connor sein, sein Stiefsohn.

»Verdammt nochmal, ich habe doch nur die Kleidung zusammengepackt die in dem Schrank war. Ich hätte einfach all deine Sachen mitnehmen können ohne dir Bescheid zu sagen, aber ich wollte deine Privatsphäre respektieren. Jetzt beeil dich, weil alles was in der nächsten halben Stunde nicht in den Umzugskisten ist wird hier gelassen. Wir haben schon zu viel Zeit mit Streiten vertrödelt.«

»Fick dich! Ich gehe nirgendwo hin.«

Logans Stimme hob sich. »Doch wirst du. Wir bringen unser Zeug in Seths Haus und dann bringe ich dich zurück zur Schule damit du die Sperrzeit nicht verpasst. Also los jetzt.«

Schockiert lauschte Seth der Ausdrucksweise und entschied sich doch dazu lieber zu klopfen, anstelle weiterhin einfach zuzuhören. Er wusste, dass er furchtbar verklemmt war was Fluchen anging, doch Logan und Connor schienen einfach so wahnsinnig wütend aufeinander.

Als die Tür sich öffnete, beschwerte Connor sich weiterhin lautstark, doch Seth versuchte das auszublenden und sich auf Logan zu konzentrieren, der ihn mit einem verzerrten Gesichtsausdruck hereinbat. Er trug ein schwarzes T-Shirt und Jeans. Die Baumwolle umarmte schon fast die festen, breiten Muskeln seiner Brust und seines Rückens. Und gute Güte, seine Arme waren auch beachtlich. Seth hatte schon immer gedacht, dass Logan wirklich gut aussah wenn er ihn auf Jennas Bildern entdeckte, aber persönlich war er… wow.

»Hi. Tut mir leid. Es ist ein bisschen…« Als Connor wieder anfing zu fluchen, zuckte Logan zusammen und rieb eine Hand über sein bärtiges Gesicht mit einem hörbaren Kratzen.

Seth fragte sich, wie die Stoppeln sich wohl anfühlen würden, wenn sie gegen seine eigene Wange strichen.

»Chaotisch?«, warf er ein. »Das ist Umziehen immer.« Er blickte in das Wohnzimmer, wo immer noch eine karierte Couch und ein hölzerner Kaffeetisch stand. »Du hast gesagt die Möbel gehören nicht dir?«

»Stimmt. Ich hab das Haus hier schon möbliert gemietet.« Er warf einen Blick über seine Schulter und senkte seine Stimme. »Als Veronica starb sind einige Rechnungen offen geblieben. Dazu kam dann, was ich der Versicherung noch für meine Krankenhausrechnungen geschuldet habe. Da musste ich so ziemlich alles verkaufen.«

Seth nickte und schämte sich dafür, Logans Körper bewundert zu haben.

Seine Frau ist nicht einmal vor sechs Monaten verstorben. Benimm dich.

»Das verstehe ich. Nun ja, ich habe die Rückbank umgelegt. Da sollte genug Platz für alles sein, das noch übrig ist.«

»Danke«, sagte Logan und zuckte zusammen als ein stumpfer Aufprall ertönte. Wahrscheinlich aus Connors Zimmer. »Du hast noch Zeit das ganze abzublasen.«

Eine kleine Stimme in Seths Hinterkopf meldete sich damit, dass er tatsächlich jetzt schon überfordert war, aber er konnte Logan jetzt wohl kaum einfach sitzen lassen. Er versuchte sich an einem einfachen Lächeln. »Nö. Wir haben einen Deal. Du hilfst mir genauso viel.«

Logan grunzte. »Bin mir nicht sicher ob das wahr ist, aber danke.« Sein Blick fiel auf den Flur. Das Fluchen aus Connors Richtung war mittlerweile verstummt. Logan sprach trotzdem leise. »Ich wollte nicht einfach durch seine Sachen gehen, also habe ich ihn nach der Schule abgeholt, um ihm persönlich zu erzählen was los ist. Ihm eine Chance geben selber zu packen, damit er nicht komplett unwissend ist.«

»Klingt nach einem Wahnsinnsspaß.« Das gewann ihm ein sarkastisches Lächeln von Logan und Seth versuchte die sexy kleinen Grübchen zu ignorieren, die sich in seinen Wangen bildeten. Bevor Seth noch etwas anderes sagen konnte, kam ein schlaksiger Junge der dringend einen neuen Haarschnitt gebrauchen könnte, den kurzen Flur entlang. Er trug Schuluniform Hosen und ein weißes Hemd. Die Ärmel hatte er bis zu seinen knochigen Ellbogen hochgekrempelt und seine Krawatte fehlte. Er funkelte Seth wütend an.

»Oh, hallo«, sagte Seth mit einem Lächeln. »Du musst Connor sein. Ich arbeite mit deiner Tante Jenna zusammen. Freut mich dich kennenzulernen.«

»Sie ist nicht wirklich meine Tante«, murmelte Connor und verschränkte die Arme über der Brust.

»Connor«, warnte Logan.

Seth lächelte weiterhin, fühlte sich aber wahnsinnig unbeholfen. »Naja… es ist trotzdem schön dich kennenzulernen.«

»Ist ja auch egal. Ich rufe meinen Dad an, der holt mich zu sich nach Florida über Weihnachten, also bleibe ich nicht bei dir.«

Seth warf Logan einen Blick zu, der nur mit den Schultern zuckte. Sein Gesichtsausdruck war neutral, als er Connor ansprach: »Okay. Ruf ihn an.«

Connors vernichteter Blick ruhte nun auf Logan. »Hab ich schon. Ich habe ihm auf die Mailbox gesprochen. Er wird mich jeden Moment zurückrufen. Wahrscheinlich ist er noch auf der Arbeit. *Er* hat nämlich einen Job. Er ist nicht so ein Loser wie du.«

Seth biss sich fast auf die Zunge als er darauf wartete, dass Logan Connor für seine Aussage maßregelte. Doch Logan ließ sich nicht provozieren und sagte einfach: »In der Zwischenzeit kannst du weiter deine Sachen packen.« Er hob eine Kiste im Flur hoch. »Seth, es gibt nicht viel, was in deinen SUV muss. Hauptsächlich Connors Kisten.«

»Uh, okay.« Seth fischte seine Schlüssel raus und öffnete die Haustür für Logan, bevor er ihm in den Schnee raus folgte. Dicke Flocken verfingen sich in Logans dunklen Haaren und seine breiten Schultern waren angespannt, als er vor Seth herlief. Am Auto angekommen öffnete Seth die Heckklappe und fragte:

»Brauchst du keine Jacke?«

Logans Muskeln, die sich zusammenzogen, als er die Kiste in den Kofferraum hob, waren das einzige Anzeichen dafür, dass es doch nicht so leicht war, wie er es aussehen ließ. Er stellte sich gerade hin und atmete einmal lange aus. Vor seinem Mund bildete sich eine Dunstwolke in der kalten Luft. »Hol ich gleich. Ich musste da gerade einfach raus bevor wir uns wieder streiten.«

»Verstehe. Mir war nicht bewusst, dass sein Vater noch auf der Bildfläche ist?«

Logan schüttelte hämisch den Kopf. »Ist er nicht. Egoistischer Hurensohn. Ich schätze, dass er erst in ein paar Tagen zurückruft und Connor dann alle möglichen Ausreden auftischt. Aber ich versuche vor dem Kleinen nicht schlecht über ihn zu sprechen.«

»Verstehe«, wiederholte Seth. »Das ist wahrscheinlich sinnvoll. Das muss er selbst herausfinden.«

Logan fing an zu zittern und rieb über seine nackten Arme. Jenna hatte beiläufig bemerkt, dass Logan hart daran gearbeitet hatte nach seinem Unfall wieder in Form zu kommen. Seth konnte sich nicht vorstellen, wie gut er wohl davor ausgesehen haben musste, obwohl sein Gehirn es verzweifelt versuchte.

»Dafür, dass er so klug ist, dauert es ganz schön lange bis er es checkt«, meinte Logan.

Seth dachte an seine eigenen Eltern. Das runde Gesicht seiner Mutter und ihre riesigen Locken im Achtziger Jahre Stil. Er dachte an seinen Vater, seine Halbglatze und seine Drahtgestellbrille. Er fragte sich, was sie wohl tun würden, wenn er tatsächlich anrief. »Es ist schwierig das zu akzeptieren.« Er wusste, dass seine Eltern zweifellos sofort auflegen würden und dennoch dachte er, vielleicht…

»In einer Sache hat der Kleine aber recht, sein Arschloch Vater hat immerhin einen Job.«

»Hey, es ist nicht deine Schuld, dass du momentan arbeitslos bist.«

»Das sieht die Bahn anders. Hab da mehr als 10 Jahre gearbeitet und sie haben mich einfach so vor die Tür gesetzt. Ich bin nicht gerast und ich weiß, dass ich rechtzeitig gebremst habe. Ich weiß es.«

Offenbar sprach er von dem Unfall. »Da bin ich mir sicher.«

»Das ist sowieso egal. Allerdings scheine ich keine neue Stelle zu bekommen, ohne eine Referenz von denen, nachdem ich da so lange gearbeitet hab.« Er lief zurück in Richtung Haus. »Naja.«

Seth folgte ihm ins Innere, blieb aber im Türrahmen stehen, während Logan sich eine schwarze Lederjacke und Handschuhe anzog. Ansonsten war es still in dem Haus und Seth hoffte, dass das bedeutete, dass Connor zusammenpackte. »Im neuen Jahr wird sich etwas ergeben.«

»Hoffentlich. Um unser beider Willen.« Logan verzog das Gesicht. »Aber keine Panik, ich werde schon etwas finden. Der Deal geht bis Januar und dann verziehen wir uns wieder aus deinem Leben. Danke nochmal.«

»Hey, du tust mir wirklich einen riesen Gefallen.«

»Was für ein Gefallen?«, fragte Connor. Er musste der Unterhaltung gelauscht haben und näherte sich ihnen jetzt. Nur in Socken gekleidet, klatschten seine Füße auf das Parkett.

Seths Herz sank ihm in die Hose bei dem Gedanken das Ganze erklären zu müssen. Das wäre ihm so peinlich. Er sah zu Logan rüber, der seufzte und murmelte: »Soweit waren wir noch nicht.« Er drehte sich zu Connor um. »Das ist keine große Sache. Seth muss so tun als wäre er verlobt, damit er eine Beförderung auf der Arbeit bekommt, die er wirklich verdient hat. Also tue ich so als wäre ich sein Verlobter.«

Connors Gesicht verzog sich vor Verwirrung und vielleicht auch etwas Ekel. »Was zum Teufel?«

Es kam Seth so komisch vor, den Kleinen fluchen zu hören wie er es tat und nicht dafür geschimpft zu werden. Seth hätte den Gürtel seines Vaters zu spüren bekommen, wenn ihm auch nur ein „verdammt“ oder „zur Hölle“ rausgerutscht wäre. Sogar „Mist“ oder „verflixt“ war verboten gewesen, nachdem sie von Schimpfwörtern abzuleiten waren. Logan schien andauernd zu fluchen, doch er war immerhin ein Erwachsener.

Seth räusperte sich. »Ich bin mir sicher, dass sich das etwas verwirrend für dich anhört.« Er versuchte sich an einem Lächeln. »Es ist auch für uns ein bisschen seltsam. Es hat als Notlüge angefangen und hat sich in diese… Geheimmission, könntest du es nennen, verwandelt.«

Connor starrte Seth an und dann Logan. Logan knurrte er entgegen: »Du bist jetzt also schwul?« Es klang nach einer bissigen Anschuldigung.

»Nein. Ich tue nur eine Weile so. Das ist keine große Sache.«

Connor grunzte und verlagerte seine Aufmerksamkeit auf Seth. Er sah ihn sich von oben bis unten an und seine Lippe verzog sich zu einem hämischen Grinsen. »Also bist du eine Schwuchtel mit der niemand ausgehen will?«

Seth zuckte zusammen. Er wusste nicht, ob ihm das Schimpfwort oder die völlig richtige Einschätzung seines Liebeslebens mehr ausmachte. »Ähm…«

Logan starrte Connor sichtlich ungläubig an. Dann stellte er sich gerade auf und wirkte dabei noch größer als vor einem Moment. »Was zum Teufel ist das für ein Wort? Verdammt nochmal, das weißt du besser«, brüllte er.

Connor öffnete seinen Mund als wollte er zurück schreien, doch dann errötete sein pickeliges Gesicht und sein Blick fiel auf seine Füße. »Entschuldigung«, murmelte er.

»Was würde deine Mum dazu sagen, wenn sie dich so reden hört?«

Innerhalb einer Sekunde kehrte der trotzige Ärger zurück. Connors Kopf schoss hoch und seine Augen funkelten. »Sie würde nichts sagen. Sie ist tot. Und das ist deine Schuld.«

Seth blinzelte überrascht. Soweit er wusste, war es ein natürlicher Tod gewesen. Ein Aneurysma vielleicht? Herzinfarkt? Doch auf Logans Gesicht war definitiv Schuld zu sehen und seine Schultern senkten sich, als er murmelte: »Du weißt trotzdem, dass sie es hassen würde dich sowas sagen zu hören.«

Zu Seth sagte Logan: »Entschuldige. Hör zu, ich verstehe es, wenn du einen Rückzieher machen willst.« Sein Blick traf kurz auf Seths, doch dann sah er gleich wieder weg.

Seth widerstand dem Drang, nach ihm zu greifen und Logans Arm zu berühren, um ihm etwas Trost zu spenden, nur schwer. Er schüttelte den Kopf. »Nein, wir haben einen Deal. Glaub mir, ich habe schon Schlimmeres gehört.«

Logans Nasenflügel blähten sich auf. »Das solltest du aber nicht müssen. Und das wirst du auch nicht, vor allem nicht von Connor.« Er hob eine Augenbraue, als er wieder in Richtung des Jungen blickte. »Seit wann beschimpfst du schwule Menschen? Ist dein Kumpel Jayden nicht schwul?«

Connor wirkte peinlich berührt und sein Gesichtsausdruck war zerknirscht. »Ja.« Dann schien Panik ihn zu ergreifen und er zog einen scharfen Atemzug ein, als er anfing Logan mit großen Augen anzuflehen: »Sag ihm bitte nicht, dass ich das Wort benutzt habe!«

»Werde ich nicht«, versicherte Logan ihm. »Ich glaube das würde seine Gefühle ziemlich verletzen.«

Connor atmete erleichtert auf. Zu Seth sagte er: »Ich hab es nicht so gemeint. Es tut mir echt leid. Keine Ahnung, wieso ich das gesagt habe.«

Weil du wütend bist und verwirrt und dir nicht anders zu helfen weißt. Seth lächelte den Jungen sanft an. »Entschuldigung angenommen. Es wäre wirklich schön, wenn wir Freunde sein könnten. Was meinst du?« Er streckte Connor seine Hand entgegen, der sie misstrauisch begutachtete, bevor er sie kurz schüttelte. Seine eigene kleine Hand war feucht.

Zum Glück blieb Connor danach still. Er packte seine Sachen

fertig und half ihnen die Kisten zum Auto zu tragen, ohne sich noch einmal zu beschweren. Sie füllten den Kofferraum von Seths SUV und fuhren zurück nach Saratoga Springs. Logan und Connor folgten ihm in Jennas Auto. Seth bog auf seine 30 Meter lange Auffahrt ab und sein Blick fiel für einen Moment auf den retro metallenen Briefkasten am Straßenrand. Sein Magen zog sich zusammen, als er die Flyer sah, die oben herausragten. Er hatte seit zwei Wochen seine Post nicht mehr reingeholt. Er musste einfach in den sauren Apfel beißen und sich dem Stellen, was ihn vermutlich im Briefkasten erwartete, aber…

Ich schaue morgen nach.

Nachdem er am Ende der Auffahrt geparkt hatte, folgte er dem unebenen Backsteinweg und stieg die zwei Stufen zu seiner Eingangstür hinauf.

Die Außenleuchte hatte sich automatisch angeschaltet und erhellte den weichen Schnee, der immer noch auf sie herunter rieselte. Logan und Connor näherten sich und sahen sich um.

Logan pfiff beeindruckt. »Das ist wirklich ein schönes Zuhause, das zdu da hast. Sehr viel Land.«

»Danke.« Er deutete nach links und nach rechts. »Durch die Bäume kann man die Lichter der Nachbarn sehen. Sie sind nah aber nicht zu nah, was perfekt für mich ist.« Er ließ sie eintreten und sie stampften in der Eingangshalle alle auf, um ihre Schuhe von dem Schnee zu befreien, bevor sie sie auszogen und in dem kleinen Foyer verräumten.

Seth winkte in Richtung Treppenaufgang. »Oben sind zwei Schlaf- und Badezimmer.« Er führte sie nach links und durch ein kleines Wohnzimmer, in dem momentan nur ein Sessel stand. »Ähm. Ich glaube es ist offensichtlich, dass ich noch nicht fertig bin mit einrichten.« Er lachte etwas verlegen und ging dann mit ihnen in Richtung Küche, die sich links von ihnen befand. Rechts war das Esszimmer.

Logan streckte seinen Kopf in die Küche. »Hast du ein paar

Wände eingerissen und den Raum hier vergrößert, als du eingezogen bist?«

»Ja.« Er zuckte bei dem Anblick der breiten Ablagen, die immer noch in Sperrholz eingepackt waren, zusammen. Das war nämlich auch schon das Einzige, was sich in dem Raum befand, nachdem die Kabinette noch bei ihm in der Garage standen. Immerhin war der Hartholzboden, der durch das ganze Stockwerk führte, schon verlegt. Allerdings waren die Wände an den Stellen, wo die bläulich gefärbten Subway Tiles angebracht werden sollten, noch kahl.

»Wie ihr sehen könnt, muss noch einiges gemacht werden. Die Speisekammer in der Ecke ist fertig, also lagere ich dort Essen und sowas.« Sein Blick wanderte in den Raum zu seiner Rechten. »Es fehlen noch ein Esstisch und Stühle. Als wir von Georgia hier hochgezogen sind, wollten wir alles neu kaufen.«

Connor, der sofort neugierig in die Vorratskammer gewandert war, fragte: »Wer ist „wir"?«

Logan sah aus als würde er ihn schimpfen wollen, doch Seth sprach, bevor er es konnte. Er versuchte einen lockeren Ton aufzusetzen. »Naja, „wir" waren ich und Brandon. Wir haben uns in Atlanta kennengelernt. Bei meinem ersten Job nach dem College. Wir haben beide im Personalmanagement gearbeitet damals. Wir waren ziemlich lange zusammen und als ich vor eineinhalb Jahren hierher versetzt wurde, habe ich das Haus gekauft und Brandon ist mitgekommen.« Ein Klos bildete sich in seinem Hals, den er versuchte loszuwerden. »Das hat aber nicht funktioniert. Wir haben uns letzten Oktober getrennt.«

»Das ist scheiße«, meinte Connor und verzog sich wieder in die Vorratskammer. Er schien die kleine Sammlung an Halloween Süßigkeiten zu beäugen, die Seth Anfang November zum halben Preis gekauft hatte. Anstelle sich irgendwelchen Menschen zu stellen, hatte er sich an Halloween in seinem Zimmer verkrochen. Allerdings war er sich sowieso nicht sicher, ob irgendwelche

Kinder vorbeigekommen wären.

»Hast du Hunger? Du kannst dir nehmen, was du möchtest«, sagte Seth.

Logan fluchte leise. »Ich hab das Abendessen vergessen.«

»Ich bestell Pizza.« Seth holte sein Handy raus. »Was wollt ihr denn?«

»Nein, ich bestell die. Du hast uns schon beim umziehen geholfen.« Logan griff nach seinem eigenen Smartphone.

Seth schüttelte den Kopf. »Ich bestehe darauf. Du kannst die nächste Pizza übernehmen.« Natürlich hatte er nicht vor, Logan für irgendwas zahlen zu lassen. Verdammt nochmal, der Mann war arbeitslos und war aus seinem Haus geschmissen worden. »Glaube mir, es wird genügende Gelegenheiten geben. Ich koche nicht so viel wie ich sollte.« Nachdem er alleine war, erschien ihm das ein zu großer Zeitaufwand.

»Salami und extra Käse«, sagte Connor. »Ähm, bitte. Danke.« Er hob eine Snackpackung Doritos hoch. »Kann ich die haben?«

»Natürlich«, sagte Seth. »Logan, was willst du für eine Pizza?«

Er zuckte mit den Schultern. »Ist egal.« Gewissenhaft begutachtete er die Küche. »Du meintest, dass du die ganzen Schränke und Ablagen schon hast?«

»Jep. Alles in der Garage.« Seth tippte eine Bestellung für eine Salamipizza und eine mit Würstchen und Pilzen ein. Beide mit extra Käse. »Denkst du das ist machbar?«

»Auf jeden Fall.« Logan warf einen Blick in das Esszimmer. »Du brauchst definitiv einen Tisch und Stühle, wenn die Bosslady zum Essen kommt. Zumindest muss hier drin gestrichen werden.«

»Ja, stimmt.« Die weiße Leiste war immerhin fertig und die Wände waren vorübergehend in einem hellen Grau gestrichen. Seth stöhnte auf. »Das hätte ich längst machen sollen.«

»Keine Panik, das bekommen wir schon hin.«

»Wow!« Connors Ausruf ertönte von hinter dem kleinen Raum, der nicht ganz ein Durchgang war und der in das große

Wohnzimmer auf der Rückseite des Hauses führte.

Seth lächelte als er und Logan sich zu ihm gesellten. Das war der einzige Raum, auf den Seth wirklich stolz war. Eine gewölbte weiße Decke mit Holzbalken, hohe und breite Fenster, ein eleganter Gasofen in einer Ecke und ein riesiger Fernseher in der anderen. Eine gebogene schwarze Ledercouch mit Sesseln an beiden Enden dominierte die rechte Seite und war sowohl auf den Ofen als auch auf den TV ausgerichtet. Auf der anderen Seite des Zimmers führten Glasschiebetüren in den Garten.

»Das ist dope«, sagte Connor und sah sich offenbar erfreut um.

Seth fühlte sich seltsam stolz darauf, ihn beeindruckt zu haben. »Danke.«

Logan schien genauso überrascht. »Wow.« Er lief über den dicken Teppich, der ein Rautenmuster in dunkelblau und grau hatte, und legte die Hände um seine Augen um aus den Schiebetüren in den Garten linsen zu können. »Ist das ein eingebauter Grill?«

»Jep. Wir haben eine Gasleitung verlegen lassen und dachten uns wieso nicht?« Er benutzte ihn kaum und rutschte verlegen mit den Füßen auf dem Boden. »Da draußen ist auch noch eine Feuerstelle. Der Gartenbereich war ein ziemlich gutes Verkaufsargument. Und das Zimmer hier natürlich. Ich habe eine Firma beauftragt die Decke zu wölben und neue Fenster einzubauen. Vorher war es hier eher klein und dunkel und jetzt... naja, ist es das hier. Eine Verbesserung denke ich.«

Logan sah ihn ernst an. »Das könnte man so sagen. Wir sollten die Kisten reinbringen. Connor muss um neun wieder in der Schule sein.«

Mit dem Mund voller Doritos sagte Connor: »Jep. Du bist am Arsch, wenn ich da nicht zurück bin.«

Es war immer noch schockierend zu hören wie Connor und Logan so frei fluchten, doch das ging Seth eigentlich nichts an.

Logan schien es nicht zu stören, aber er war natürlich auch beim Militär gewesen. Seth konnte sich vorstellen, dass er von dort noch viel mehr Obszönitäten gewöhnt war.

Sie zogen ihre Stiefel wieder an und gingen nach draußen um die Kisten und Taschen in das Foyer zu tragen. Nachdem sie zu dritt waren, dauerte das nicht lange. Einige Kisten enthielten Küchengeräte und andere Gegenstände, die Seth erstmal in dem leeren Wohnzimmer stehen ließ, bevor er Connors Sachen in den ersten Stock und in das Gästezimmer brachte. Es war nichts besonderes, ein Doppelbett, eine Kommode, ein Schrank und beiläufig ausgesuchte Bilder von einem Segelschiff und einer Landstraße, die an den hellgrauen Wänden angebracht waren.

Seth räusperte sich als Logan und Connor hinter ihm ins Zimmer kamen. »Also ich habe leider nur das eine Gästezimmer. Ich dachte mir, dass zwei Schlafzimmer ausreichen, nachdem ich keine Familie habe und Brandons Eltern kaum ihr Zuhause verlassen. Es gab noch ein kleineres Zimmer, aber das haben wir für die hohe Decke in dem großen Wohnzimmer geopfert.«

Connor runzelte die Stirn. »Wieso hast du keine Familie?«

»Sei nicht so neugierig«, maßregelte Logan ihn. Etwas zu streng, fand Seth.

Bevor Connor zurückschießen konnte, sagte Seth ruhig: »Das ist in Ordnung. Ich habe kein Problem darüber zu sprechen.« Es machte ihm zwar keinen Spaß, aber er versuchte, sachlich zu bleiben, wenn das Thema aufkam. »Meine Familie hat mich enterbt, nachdem ich ihnen gesagt habe, dass ich schwul bin. Das ist jetzt zwölf Jahre her. Sie sind wahnsinnig religiös und ihre Kirche ist ziemlich homophob. Sie glauben daran, dass ich mich für ein Leben der Sünde entschieden habe und sowas.« Er zuckte mit den Schultern. »Ich wusste, dass das passieren würde, als ich mein Coming Out hatte, aber ich habe doch gehofft, dass es anders sein würde.«

Connor und Logan schienen das verarbeiten zu müssen. »Tut

mir leid, Mann.«

»Schon okay.« Seth erzwang ein Lachen. »Also es ist nicht okay, aber es ist wie es ist. Es war nicht machbar diesen Teil von mir zu verschweigen. Ich glaube an einen Gott, der Menschen so erschaffen hat, wie sie sein sollen.«

Connor beobachtete ihn still. Dann platzte es aus ihm heraus. »Deine Familie besteht nur aus Arschlöchern, oder?«

Diesmal musste Seth wirklich lachen. »Das tut sie.« Natürlich fühlte er sich sofort schuldig so etwas auch nur gedacht zu haben und sein Lächeln verschwand. »Das sollte ich nicht sagen. Sie sind gute Menschen… sie haben nur ihren festgefahrenen Glauben.«

»Das queere Menschen in die Hölle kommen?«, fragte Connor und seine Augenbrauen hoben sich. »Das ist absoluter Bullshit. Gute Menschen würden das nicht glauben. Gute Menschen würden sich nicht dafür entscheiden, ihr Kind nie wieder zu sehen aufgrund dessen, wie sie geboren wurden.«

Logan fügte hinzu: »Da kann man nicht widersprechen.«

»Mein Freund Jayden? Seine Eltern sind cool. Die lieben ihn genau so, wie er ist. Das ist, was Eltern tun sollten.«

Die aufbrausenden Schuldgefühle waren immer noch leicht zu spüren. Als wären sie ein alter Kaugummi unter einem Schuh. Er sagte einfach: »Jedenfalls sollten wir uns überlegen wo wer schläft.«

»Okay, ich werde einfach auf der Couch schlafen, wenn das in Ordnung ist?«, fragte Logan. »Connor, das hier kann dann dein Zimmer sein während wir bei Seth wohnen.«

»Du könntest hier schlafen, während Connor in der Schule ist.« Seth wusste, dass sein Sofa bequem war, aber er fühlte sich trotzdem wie ein schlechter Gastgeber.

Connors Blick war auf seine Schuhe gerichtet. »Nein, die Couch reicht mir«, beteuerte Logan. »Connor, wieso packst du nicht schon ein paar Sachen aus? Wir bringen die restlichen Kisten rein, bevor die Pizza hier ist.«

»Es sollte bald soweit sein«, fügte Seth hinzu. »Die Pizzeria, bei der ich bestellt habe, braucht manchmal ein bisschen, aber das ist es wert.« Er lächelte Connor an, bevor er mit Logan wieder ins Erdgeschoss ging.

Im Foyer sah Logan ihn über seine Schulter hinweg an und flüsterte: »Ich hoffe es ist okay, wenn ich auf der Couch schlafe? Er musste schonmal umziehen nach dem Tod seiner Mutter und jetzt das... Ich glaube es würde ihm helfen, wenn er sein eigenes Zimmer hat, in dem er sich nicht auch noch mit mir rumschlagen muss.«

»Natürlich, das macht Sinn. Er hat schon einiges an Veränderungen mitmachen müssen.«

»Danke, dass du es verstehst. Wir werden zusehen, dass wir so schnell wie möglich wieder abhauen. Ich suche jeden Tag nach Jobanzeigen und egal was passiert, ab Januar sind wir weg.« Er verzog das Gesicht. »Bist du dir sicher, dass es in Ordnung ist, wenn wir über die Feiertage hier sind? Du hast sicherlich Pläne?«

Dazu bräuchte ich erstmal ein Leben. »Tatsächlich nicht, nein. Ich bin kein großer Freund von Weihnachten.«

»Oh.« Seine Stirn kräuselte sich.

»Was?« Seth fühlte sich plötzlich unwohl, versuchte sich aber trotzdem an einem Lächeln.

»Du wirkst nur, als stündest du wahnsinnig auf diese ganzen netten Weihnachtssachen.«

Vermutlich denkt er ich bin furchtbar langweilig. »Hab ich mal, aber...«, gab Seth zu.

Verständnis zeigte sich auf Logans stoppeligen, attraktiven Gesicht.

»Stimmt. Die Familien Geschichte.«

»Jep. Werden du und Connor Weihnachten mit Jenna verbringen? Ich weiß, dass sie euch wahnsinnig gern da hat.«. Armer Connor. Sein erstes Weihnachten ohne seine Mutter und er hatte nicht einmal ein richtiges Zuhause.

»Den Heiligabend denke ich. Der erste Feiertag wird bei den

Eltern ihres Mannes gefeiert.« Er winkte ab. »Aber wir werden unser Bestes tun, dir nicht im Weg zu sein. Danke nochmal.« Logan klopfte mit einer starken Hand auf Seths Schulter und Seth versuchte das Kribbeln zu ignorieren, das sich durch die feste, warme Berührung in ihm ausbreitete.

Sie machten sich wieder an die Arbeit und trugen Connors restliche Kisten nach oben.

Die Pizza kam und sie setzten sich alle auf die Couch im großen Wohnzimmer. Seth hatte ein paar Geschirrtücher über den hölzernen Beistelltisch ausgebreitet, wo er die Pizzakartons drauflegte um zu verhindern, dass das Fett auf den Tisch durchsickerte. Ihm fiel auf, dass er keine Servietten mehr hatte, doch Connor und Logan benutzten unbeirrt die Papierhandtücher.

Er und Logan ließen Connor ein Fernsehprogramm aussuchen. Er entschied sich für *Mythbusters* auf einem der Streamingkanäle und lobte Seths Soundsystem über die Kinolautsprecher, die er hatte einbauen lassen.

Seth trank von seinem Sprite und platzierte einen Untersetzer unter Connors Cola.

Er hatte ein Six-Pack Limo bestellt, nachdem er realisiert hatte, dass er nichts außer Wasser, Kaffee und Tee zur Hand hatte. Er sollte eine Liste machen mit allem, was die beiden gerne mochten und sich einen Vorrat davon zulegen. Vor allem für Logan, nachdem Connor vor dem Firmenausflug noch im Internat war.

Seth blieb bei der Erinnerung an den Teamausflug ein Bissen Pizza im Hals stecken. Der extra Käse schien auf einmal keine so gute Idee mehr zu sein. Konnten er und Logan tatsächlich alle hinters Licht führen? Vor allem Angela? Und ihnen vorgaukeln ein Paar zu sein? Würde Connor sich benehmen? Würde er überhaupt mitkommen?

Vielleicht war es besser, wenn er sich dazu entschied nicht mitzukommen. Allerdings war Angela so von Familien begeistert, dass es vermutlich helfen würde, wenn er mitkäme. Vorausgesetzt er verriet sie nicht. Seth war nicht abgeneigt ihn zu bestechen.

Sie aßen und sahen sich einen Videobeitrag darüber an, ob es tatsächlich schneller war mit einem Auto um die Kurve zu driften, anstelle herunterzubremsen, um dann wieder Gas zu geben. Tatsächlich kam heraus, dass es sich bei dem Driften um einen Mythos handelte. »Offenbar hat Vin Diesel das nicht mitbekommen.«

Logan lachte leise und wischte sich mit einem Papierhandtuch den Mund ab. »Fairerweise muss man sagen, dass das der einzige *Fast and the Furious* Film ist, in dem er nicht mitspielt.«

Connor schnaubte. »Tut er wohl. Er hat eine Szene am Ende.« Er schüttelte den Kopf als wäre Logan ein kompletter Idiot, was Seth etwas unruhig machte.

Doch Logan zuckte nur mit den Schultern. »Ja, okay.«

Seth dachte, dass Logan sicherlich hatte lernen müssen in welchen Situationen er einen Streit anfing und wann nicht. Doch Connors Anfeindungen schienen einfach so... unnötig. Seth wusste, dass der Junge litt und trauerte, aber es war eine Schande, dass er sich so darauf konzentrierte Logan als den Gegner anzusehen.

Nachdem sie aufgegessen hatten, fuhren sie mit beiden Autos zuerst zu Connors Schule, wo er ausstieg und wegschlurfte, ohne sich zu verabschieden und dann zu Jenna, um ihr ihren SUV wiederzubringen. Seth war ein wenig zurückgefallen, nachdem er von einer Ampel angehalten wurde. Es überraschte ihn, als er feststellte, dass Logan auf der Straßenseite auf ihn wartete. Hinter ihm war Jennas einfaches Haus durch goldene Weihnachtslichter erleuchtet und drum herum hingen einige andere Dekorationen.

Und wenn Seth auf einmal Schmetterlinge im Bauch hatte, weil seine Scheinwerfer auf Logans großen, muskulösen Körper fielen, dann war das völlig normal. Logan war heiß und sah aus wie ein klassischer Bad Boy mit seiner Lederjacke und den Springerstiefeln. Es war nichts verwerflich daran, dass Seth die

Aussicht genoss. Ja, Logan war verwitwet aber ein paar Blicke waren doch harmlos.

Ich darf mich zu anderen Männern hingezogen fühlen, auch, wenn ich nicht in sie verliebt bin!

Doch egal wie oft er das in seinen Gedanken wiederholte, es blieb weiterhin ein kleiner Funken Schuld übrig.

Bei Brandon hatte Seth sich selbst davon überzeugt, dass er nicht sündigte, weil sie sich gegenseitig liebten. Doch nun war Brandon lange hinfort und Seth sollte einen anderen Mann bewundern können, ohne sofort Schuldgefühle zu bekommen. Ohne zu denken, dass er etwas Falsches tat. Es war... naja, er arbeitete daran.

Logan kletterte auf den Beifahrersitz. Er öffnete den Mund, doch dann legte er die Stirn in Falten. »Alles in Ordnung?«

»Was? Oh, ja! Mir geht's gut.« Seth errötete und er war froh, dass es in dem Auto relativ dunkel war. »Jep, jep.«

»Ich habe Jun die Schlüssel gegeben. Jenna war damit beschäftigt die Kinder ins Bett zu bringen und ich habe gerade nicht so viel Lust mit ihr zu reden.«

»Oh. Okay.« Seth fuhr die Straße entlang. Ehrlich gesagt wurde es langsam spät und er fühlte sich auch nicht danach mit ihr zu sprechen.

»Nicht, dass ich meine Schwester nicht liebe. Sie ist wundervoll. Aber manchmal ist sie...«

»Ein bisschen anstrengend?«

Logan schmunzelte. »Oh ja.« Dann fügte er schnell hinzu: »Aber sie ist die beste.«

»Absolut! Seit ich hier her gezogen bin, war sie immer lieb und hilfsbereit.« Seth blieb an einer roten Ampel stehen und war froh, dass es aufgehört hatte zu schneien. »Ich weiß nicht, was ich letztes Jahr nach... Brandon, ohne sie gemacht hätte. Nachdem wir uns... getrennt haben.«

»Stimmt.«

Stille breitete sich aus und Seth wollte gerade das Radio einschalten, als Logan fragte: »Ihr wart erst vor ein paar Monaten umgezogen, nachdem ihr euch getrennt habt?«

Seths Finger verkrampften sich um das Lenkrad, bevor er anfing an dem Scheibenwischer herumzufummeln obwohl die Scheibe klar war. »Ja. Vier Monate. Die Renovation hat ewig gedauert und das war für uns beide wahnsinnig stressig. Noch dazu nachdem wir gerade erst von der anderen Seite des Landes gekommen sind. Aber es war fast fertig. Es war nicht gut, aber ich dachte mir da ist Licht am Ende des Tunnels. Wir waren so viele Jahre zusammen.«

Er besprühte die Windschutzscheibe mit Scheibenwischwasser und die Wischer gingen ihrer Arbeit nach, bis er sie abschaltete und versuchte zu lachen. »Wie sich herausgestellt hat, hat er ein Loch in die Seite des Tunnels gesprengt und ist mit einem Typen, den er im Fitnessstudio kennengelernt hat, und der noch nicht einmal dreißig ist, geflohen.« Seth zuckte zusammen als er merkte, wie verbittert er klang.

»Fuck. Das ist heftig.«

»Jep.« Dann schaltete Seth wirklich das Radio an und blieb erst bei einem Sender stehen, der keine Weihnachtslieder spielte, sondern auf dem ein Beitrag über den Klimawandel lief.

»Ist das in Ordnung?«

»Alles, was du willst.«

Der Erduntergang sollte ihn mehr deprimieren als sein Beziehungsende mit Brandon aber Seth beschloss, dass das Rennen unentschieden war. Es fühlte sich seltsam an in der Gegenwart von Jennas Bruder zu sein und zurück zum Haus zu fahren. Es war nicht ganz das Zuhause das Seth sich erträumt hatte, als er die Renovierung in Angriff genommen hatte.

Er hätte wissen müssen, das Brandon schon mit einem Fuß aus der Tür war. Brandon hatte Seth alle Entscheidungen überlassen als hätte er es tief in sich schon gewusst, dass er das fertige Resultat nie sehen würde.

Während die Menschen im Radio über Inseln voll Plastik im Ozean sprachen, fuhr Seth auf die Autobahn. Er musste wahnsinnig auf den Schneematsch aufpassen, der sich zusehends zu vervielfältigen schien. Aus seinem Augenwinkel betrachtete er Logan. Wie seltsam, dass Logan ab jetzt bei ihm wohnte.

Es war noch seltsamer darüber nachzudenken, dass sie bald so tun würden, als wären sie verliebte Partner. Wie sollten sie das nur schaffen? Vermutlich sollten sie sich einen Plan überlegen, doch er sagte nichts.

Wie viel Zuneigung mussten sie in der Öffentlichkeit zeigen, um ihre Beziehung echt aussehen zu lassen?

Hitze durchflutete Seth und wanderte in eine südliche Richtung. Logan verkörperte seine geheimen jungen Fantasien, die er über Dylan McKay gehabt hatte. Ohne den neunziger Jahre Haarschnitt und die Kotletten.

Seth versuchte den Schmerz, den er empfand, wenn er an die vielen Nächte dachte, in denen er mit seiner großen Schwester Christine zusammengesessen hatte, zu unterdrücken. Die Lautstärke war so niedrig wie möglich gewesen, als sie die heimlich aufgenommenen Folgen 90210 anschauten nachdem alle anderen schon schliefen.

Jetzt tat sie so, als gäbe es mich nicht mehr.

Er atmete schwer aus, irritiert mit sich selbst, dass er überhaupt an Logan und Zuneigung und seinen Schwarm als Teenager nachgedacht hatte. Das war ein Deal, den er und Logan gemacht hatten und er musste… professionell bleiben. Logan schlief in seinem Haus. Seth hatte die Verantwortung ein guter Gastgeber zu sein.

Schläft er in seiner Unterwäsche oder Pajamas? Oder vielleicht in gar nichts… Und was für Unterwäsche trägt er? Ist er behaart?

Nein. Es war falsch, dass Seth darüber nachdachte, auch wenn er das nur in seinem völlig verwirrten Kopf tat. Er rutschte auf dem Autositz nach vorne und seufzte. Ja, Logan war attraktiv. Na gut, wahnsinnig gutaussehend und sexy—

»Alles okay?«, fragte Logan.

»Was?«, war Seths zu laute Antwort. »Oh, ja. Nur etwas frustriert über das ganze Plastik in der Natur. Das ist furchtbar.«

»Oh. Stimmt.«

Seth drehte die Lautstärke hoch und versuchte jegliche Gedanken an Logan, Lederjacken und *vor allem* Unterwäsche, fest aus seinen Gedanken zu verbannen.

BOXER BRIEFS.

Sie waren schwarz und saßen eng über einem spektakulären Hinterteil und über heftige Schenkel gespannt. Seth stand wie versteinert auf der obersten Stufe der kleinen Treppe, die in das etwas abgesunkene große Wohnzimmer führte. Die Tasse Kaffee, die er Logan bringen wollte, hielt er fest umklammert.

Logan lag auf einem Ende der Couch auf dem Bauch. Sein linker Arm ausgestreckt und das Bettlaken unter seinem Körper völlig verdreht. Die Decke hatte er bis zu seinen Füßen herunter gestrampelt. Er hatte gefragt ob er den Gasofen anschalten könnte. Natürlich hatte Seth es ihm erlaubt. Jetzt war es wahnsinnig warm und Kondenswasser glitzerte an den Fenstern.

»Man muss die höchste Temperatur einstellen, damit es sich von selbst ausschaltet und es nicht zu heiß wird.« Eine Sekunde später realisierte er, dass er das laut gesagt hatte. Sein Herz fing an zu rasen und er versuchte sich auf irgendetwas anderes zu konzentrieren außer auf die Lust, die er beim Anblick von Logans halb-nacktem – eher dreiviertel nackten – ausgestreckten Körper empfand.

Jenna hatte recht. Bei Seth hatte sich einiges angestaut, und er musste dringend versuchen einen Mann zu finden mit dem er ausgehen konnte, bevor er sich noch selbst blamierte und vor seinem Gast mit einem Zelt in seinen Slacks herumlief.

Logan grunzte und versuchte sich aufzusetzen. »Hä? Was?« Noch etwas benommen sah er sich um und seine sexy Stimme war noch ganz kratzig so kurz nach dem Aufwachen.

Jep. Behaarte Brust. Wie würde die sich wohl unter Seths Fingern anfühlen? Er zwang seinen Blick zurück auf Logans verschlafenes Gesicht. »Tut mir leid! Ich bin es offenbar so gewohnt mit mir selbst zu sprechen, dass ich gar nicht mehr merke, wenn ich es tue.« Er deutete auf die beschlagenen Fenster. »Es ist bisschen zu heiß geworden, oder? Ich kann den Ofen so einstellen, dass er sich selbst abstellt, nachdem er eine bestimmte Temperatur erreicht hat.« In der anderen Hand hielt er immer noch die Tasse fest, die ruckartig von sich streckte. »Kaffee? Der ist schwarz, aber ich habe Milch und Zucker wenn du willst?«

»Schwarz ist gut, danke.«

Seth ging zur Couch rüber und konzentrierte sich auf seine Atmung. Er stellte die Tasse auf dem Tisch ab, nervös, er würde den Inhalt verschütten ob der nackten Haut die sich ihm darbot, wenn er versuchte Logan die Tasse selbst zu geben.

Hmm. Auch die Beine und Arme sind behaart.

Seth stellte sich sofort wieder aufrecht hin und entfernte sich. Was stimmte nicht mit ihm?

Er traf die ganze Zeit attraktive Männer und nie hatte er ein Problem mit seiner Libido.

Lag es daran, dass er schon so lange alleine und enthaltsam war, dass er unter der aktuellen Situation zerbrach? Oder lag es daran, dass es wahnsinnig intim war, Logan unter seinem Dach schlafend vorzufinden? In seinen Boxer Briefs?

Wie Matt sagen würde: Bisschen was vom Ersten, bisschen was vom Zweiten.

»Ich gehe besser zur Arbeit. Hab einen schönen Tag! Fühl dich wie zu Hause. Oh, ich bringe dir ein Handtuch.« Schnell drehte er sich wieder um und floh aus dem Zimmer, bevor Logan ihm antworten konnte. Er versuchte, sich Logan nicht nackt und nass in seiner Dusche vorzustellen.

Er versagte kläglich, doch er hatte es immerhin versucht.

Kapitel Fünf

»ICH ZAHL DIR das zurück.«

Gekonnt balancierte Jenna den Autositz mit einem schlafenden Noah darin in den Armen und schloss trotzdem ihre Eingangstür auf. »Hi Dad!«, rief sie. »Ich weiß, ich hab dich die ersten drei Male schon gehört«, sagte sie zu Logan.

Er nickte und trat die Tür hinter sich zu. Seine Hände waren damit beschäftigt mehrere wiederverwendbare Einkaufstüten zu tragen. Zu seinem Unmut hatte er sich das Geld, um seinen Truck reparieren zu lassen, von Jenna leihen müssen. Die Werkstatt wollte, dass er sein Auto so schnell wie möglich abholte und wenn Logan für die nächste Zeit in Saratoga Springs wohnte, dann brauchte er eine Transportmöglichkeit.

Freitags hatte Jenna im Moment frei, so lange, bis sie im neuen Jahr wieder anfing Vollzeit zu arbeiten. Daher hatte sie ihn bei Seth abgeholt und ihn in die Werkstatt gefahren.

Logan zog seine Stiefel und seine Lederjacke aus und folgte ihr bis in die Küche. Noah schlief immer noch tief und fest in seinem Autositz, den Jenna auf dem Küchentisch abstellte. Währenddessen fing Logan an, die Taschen auszupacken und legte ihren Einkauf auf die Küchenablage.

»Seths Haus ist so schön«, bemerkte sie schon zum hundertsten Mal und festigte ihren Pferdeschwanz. Sie trug einen Jogginganzug mit einem dunklen Fleck von etwas, das offenbar auf ihre Brust heruntergetropft war. Sie seufzte, als sie sich in ihrer beige-pinken Küche umsah und setzte ein trauriges Gesicht auf. »Gott, das ist alles so Neunziger. All dieses Laminat. Ugh.«

»Es ist nett.«

Jenna funkelte ihn an. »Versuche nicht einen Bullshitter zu bullshitten. Ich hätte so gerne eine neue Küche, aber diese Kinder hören einfach nicht auf Essen zu wollen und so.« Ihr Gesicht leuchtete auf. »Aber wow, Seths großes Wohnzimmer ist der Wahnsinn! Ich habe es nur einmal kurz gesehen bevor Brandon sich verpisst hat. Da habe ich mich mal schamlos zu ihm eingeladen. Es ist jetzt so schön.«

»Jep. Ich habe so gut auf der Couch geschlafen.« Das breite Leder war weich gewesen, trotzdem fest und Seth hatte ihm ein Kissen mit Kühlschaum gegeben. Logan hatte besser geschlafen als die Wochen davor, obwohl es während der Nacht durch den Ofen doch etwas warm geworden war.

Logan war ein arbeitsloser Verlierer, der sich nicht einmal Miete leisten konnte, aber Seth hatte ihm trotzdem eine heiße Tasse Kaffee gebracht und sich verhalten, als wäre er ein richtiger Gast anstelle eines Schmarotzers. Sie hatten zwar ihren Deal, aber Logan fand, dass er in jedem Fall mehr davon hatte.

Generell hatte er bemerkt, dass er viel über Seth nachdachte. Er war nicht wie die meisten Leute, die er kannte. Er war... eleganter. Nicht arrogant, aber die Tatsache, dass er nicht fluchte und alles was er tat, tat er ordentlich und fein-säuberlich...

Aus irgendeinem seltsamen Grund erinnerte es Logan an das Wohnzimmer seiner Oma, mit unechten Blumen in Vasen und Plastik auf den Sofas. Das klang vermutlich nach einer Beleidigung, doch so meinte er es gar nicht.

Er hatte immer das Plastik von den Möbeln reißen und darauf herumspringen wollen.

Logan frage: »Ist er ein guter Chef?«

»Oh ja, der Beste. Also ich meine eigentlich ist er gar nicht mein Chef aber er sollte es sein. *Wird* es sein nach der Geheimmission.« Sie grinste und wackelte mit den Augenbrauen, bevor sie frische Bananen in die Obstschale neben dem Toaster legte. »Ich kann immer noch nicht glauben, dass du da mitmachst.«

Er schnaubte aus. »Ich auch nicht. Mir bleiben nicht so viele Optionen übrig.«

Ihr Gesicht wurde sanft. »Weiß ich. Aber Seth ist wirklich toll. Lieb, großzügig, geduldig. Er verdient diese Beförderung so sehr. Ich bin wirklich froh, dass ihr euch gegenseitig helft. Er hat mich während der Schwangerschaft so viele Male gerettet, als ich kotzend im Bad abgehangen bin und hat so viel von meiner Arbeit gemacht. Ich wünschte, er wäre etwas netter zu sich selbst. Aber ich glaube das kommt von seiner Erziehung.«

»Stimmt. Fanatische religiöse Eltern?«

Jenna verzog den Mund. »Jep. Ich meine, wir sind mit einem normalen Level katholischer Schuld aufgewachsen, aber die evangelikale Kirche seiner Familie hat die ganze Sünden-Geschichte in ganz neue Höhen getrieben. Seth war schon immer etwas schüchtern, aber als Brandon ihn verlassen hat, war das ein riesiger Schock. Das hat ihn wirklich komplett aus der Bahn geworfen.«

»Was ist passiert?« Logan hatte längst beschlossen, dass dieser Brandon ein riesiger, verdammter Idiot war.

»Ugh.« Sie öffnete den Kühlschrank und füllte das Gemüse-fach wieder auf. »Ich vermute, dass Brandon schon Bedenken hatte, bevor sie umgezogen sind, aber dachte, dass ihnen ein Szenenwechsel gut tun würde. Als würde ein neues Haus all ihre Probleme lösen. Als würde ein Neubeginn helfen, dass er sich wieder in Seth verliebte. Offenbar hat er genau das Seth gesagt, als er dann gegangen ist. Natürlich funktioniert das nie, also hat er einen anderen Typen im Fitnessstudio getroffen und ist mit dem abgehauen. Das ist jetzt über ein Jahr her und Seth scheint…steckengeblieben zu sein.«

Jenna öffnete einen Küchenschrank und holte ein Glas natürliche Erdnussbutter raus. Sie steckte einen Löffel rein und schob ihn sich in den Mund, als sie sagte: »Ich glaube die Geheimmission wird ihm helfen. Immerhin kriegt er sein Haus fertig.« Sie hielt ihm die Erdnussbutter hin, inklusive Löffel.

Logan füllte seinen Mund mit der klebrigen Erdnussbutter und dachte darüber nach, was Jenna ihm erzählt hatte. Als er schluckte, die Zunge immer noch ziemlich belegt, fragte er: »Seth ist sonst mit niemandem mehr ausgegangen?«

»Nicht, dass ich wüsste. Natürlich wollte ich mich aber auch nicht einmischen.«

»Natürlich nicht«, antwortete Logan trocken.

Sie grinste schief. »Halt die Klappe. Soweit ich weiß hat er aber das ganze letzte Jahr keinen Freund gehabt. Er ist so ein Geschenk! Attraktiv und lieb. Das siehst du doch auch so, oder?«

Logan zuckte mit den Schultern. »Kann sein.« Normalerweise dachte er nicht über das Aussehen oder die Persönlichkeit von Männern nach, nachdem ihm das beides egal war, wenn das einzige Ziel ein Orgasmus war.

Aber ja, Seth war durchtrainiert und hatte ein charmantes Lächeln und blaue Augen.

Außerdem hätten viele Leute den Deal platzen lassen, wenn sie Logan und Connor beim Streiten zugehört hätten. Doch Seth war geduldig mit ihnen gewesen.

»Ich bin mir sicher, dass er sofort einen One-Night-Stand finden könnte«, bemerkte Logan.

Jenna seufzte. »Das könnte er, wenn er wollte. Aber ich glaube, er hat Probleme was zwanglosen Sex angeht. Ich habe ihm vorgeschlagen es mal mit Grindr zu versuchen, da dachte ich er erstickt an seiner eigenen Zunge.«

Logan musste lachen. »Kümmerst du dich jemals um deine eigenen Probleme?«

»Nö.«

»Weißt du, ich habe mir Gedanken über das Haus gemacht.

Seth hat gesagt, dass *er* es gekauft hat, nicht dass *sie* es gekauft haben.«

»Ja, offenbar war Brandon noch nie gut mit Geld umgegangen.« Sie drehte den Löffel in dem Erdnussbutterglas herum. »Es ist ein Segen, dass Seth schlau genug war nur seinen eigenen Namen anzugeben und nicht beide ihrer Namen. Ehrlich gedacht denke ich, dass er vielleicht auch so seine Zweifel hatte, auch wenn er das vor sich selbst nicht zugibt.«

»Kann sein.« Logan dachte an die Stimme, die darauf bestanden hatte, dass es absoluter Irrsinn war Veronica zu heiraten, nachdem sie sich kaum kannten. Doch sein Leben war scheiße gewesen und sie war da. Schön und lieb und hatte sich um ihn gekümmert.

»Denkst du, Connor kommt mit zu dem Firmenausflug nächstes Wochenende?«, fragte Jenna. »Und was viel wichtiger ist, dass er sich benimmt?«

»Vielleicht. Offenbar hat er keine andere Wahl. Und wenn er nicht anfängt nach den Regeln der Schule zu spielen, dann wird er dauerhaft mit mir abhängen müssen.« Logan zögerte kurz. Was soll's, einfach raus damit. »Er wird der Schule verwiesen, wenn er es nicht tut.«

Der Löffel knallte auf die Küchenablage. »Scheiße.«

»Jep.«

»Aber er ist ein Genie. Erinnerst du dich daran, als Veronica gesagt hat, er hätte ein fotografisches Gedächtnis?«

»Ja, aber er schwänzt den Unterricht und erledigt seine Aufgaben nicht. Ist ein Arschloch den anderen Schülern gegenüber. Verhält sich rücksichtslos... er muss gute Ergebnisse bei den Prüfungen nächste Woche erziehen, sonst ist er raus.«

»Vielleicht hilft es, wenn du ihn das Wochenende über beobachtest. Sicher stellst, dass er lernt.«

Logan packte eine Riesenpackung Haferflocken aus. »Vielleicht.«

»Ich denke, Seth wird einen guten Einfluss auf ihn haben. Und auf dich.«

»Auf mich? Ich lerne auf absolut gar nichts.« Er schob ein paar Gläser Babybrei über die Ablage. »Zum Glück. Du weißt genau, dass mir die Schule nicht gelegen ist.«

Sie verdrehte die Augen. »Ich mein ja nur, du und Seth könntet… du weißt schon.« Jenna zuckte mit den Schultern. »Freunde werden.«

Plötzlich fing Logans Nacken an zu kribbeln. Nun war er es, der mit den Schultern zuckte. »Ich gehe Dad hallo sagen.«

»Nein, nein, nein.« Sie stellte sich ihm in den Weg und starrte ihn mit den Händen in den Hüften an. »Du weichst mir immer aus, wenn ich das anspreche. Du bist die ganze Zeit mit deinen Kumpeln von der Bahn abgehangen. Wann hast du das letzte Mal mit ihnen gesprochen? Sie gesehen? Einen ihrer Facebook Beiträge geliked?«

Er schnaubte. »Du weißt, dass ich den Scheiß hasse.«

»Mir ist klar, dass du und Social Media euch nicht versteht. Aber du bist jede Woche mit den Jungs weggegangen und ihr habt euch Footballspiele zusammen angeschaut. Wieso rufst du sie nicht einfach mal an?«

Seine Lunge zog sich zusammen und er zwang sich dazu tief Luft zu holen. »Lass es einfach.«

»Aber die Jungs—«

»Diese Jungs haben mich nie im Krankenhaus besucht.« Er hob seine Stimme und ballte die Hände zu Fäusten. »Okay?«

Sie blinzelte und streckte ihr Kinn raus. »Was?«

»Die Chefs haben gesagt, dass der Unfall meine Schuld war. Huey hat das so akzeptiert. Sagt, er kann sich an nichts erinnern. Alle wussten, dass ich beschuldigt wurde, damit sie nicht zugeben mussten, dass die Geräte schon alt und kaputt waren. Nachdem es auf dem Rangierbahnhof passiert ist und nicht auf der freien Strecke und nachdem dabei niemand gestorben ist, gab es keine

Untersuchung. Vielleicht haben sie die Polizei bestochen, keine Ahnung. Aber sie sagten Huey wurde wegen mir verletzt. Danach war ich für alle wie Gift. Ich habe meine verdammten Freunde nicht gesehen, seit ich komplett gebrochen an einem Beatmungsgerät aufgewacht bin.«

Jenna öffnete und schloss ihren Mund wieder. Dann fingen ihre Augen an mit Tränen zu glitzern und Logan fühlte sich schlecht. »Wein bitte nicht. Es ist okay, wirklich«, bat er.

»Es ist nicht okay! Das hätte ich wissen sollen!« Sie umarmte ihn fest und stellte sich sogar auf ihre Zehenspitzen. Sie roch nach Vaseline und Speichel und Logan presste sie an sich. Mit einer rauen Stimme sagte sie: »Das macht so viel Sinn. Wieso du dich so in die Beziehung mit Veronica geworfen hast.«

Es war sinnlos es zu verleugnen. »Jep.«

»Ich hätte es wissen müssen.« Sie trat einen Schritt zurück und schüttelte den Kopf. »Wieso habe ich das nicht gewusst?«

»Weil ich es dir nicht erzählt habe?«

»Ich hätte es bemerken müssen.«

»Du kannst meine Gedanken nicht lesen. Außerdem verbringst du dein ganzes Leben damit, dich um andere zu kümmern, was habe ich jemals schon für dich gemacht?«

Sie klopfte ihm auf den Arm. »Du tust genug. Du bist mein großer Bruder. Erinnerst du dich daran, als du dieses Arschloch Billy Morgan erschreckt hast, nachdem er sich über meinen Sport BH lustig machte? Nicht, dass ich ein Fan davon bin, jemandem Gewalt anzudrohen.«

Logan lachte sanft und wischte ihre Tränen mit seinen Daumen Weg. »In letzter Zeit habe ich nicht viel gemacht.«

»Stimmt«, witzelte sie mit einem Augenzwinkern. »Vielleicht kannst du eine halbe Stunde oder so auf Noah aufpassen, bevor ich Ian von seinem halben Tag Vorschule abhole?«

Logan war mehr als bereit, nicht länger über dieses ganze emotionale Zeug zu reden. »Sicher.« Der Kleine schlief immer noch fest, also sollte das ziemlich leicht sein.

»Cool! Ich weiß, irgendwann, wenn Ian in Connors Alter ist und er nichts mehr mit mir zu tun haben will, werde ich mich an die Tage zurücksehnen, wo er nicht von mir getrennt sein wollte, aber…manchmal ist es so schön alleine auf's Klo zu gehen. Vielleicht sogar komplett alleine zu duschen.«

»Tob dich aus. Noah wird es bei mir gut gehen.« Dann runzelte er die Stirn. »Wenn du Hilfe mit den Kindern brauchst, kann ich rüberkommen. Es ist ja nicht so als hätte ich einen Job.«

Das hätte er ihr schon vor Ewigkeiten anbieten sollen, dachte er, und trat sich mental in den Hintern. *Nichtsnutziges Stück Scheiße. Kann nicht mal Babysitten.*

»Nein, nein, alles okay. Jun hilft vor und nach der Arbeit. Ich sollte mich nicht beschweren.«

»Wieso nicht? In Frieden kacken zu gehen kann man ja wohl verlangen, das ist nicht die Welt.«

Sie verzog das Gesicht. »Musst du Dad's alte Ausdrucksweisen verwenden? Und ich weiß das, aber die Kinder sind sowieso schon in der Vorschule und im Kindergarten. Im Januar werde ich wieder Vollzeit arbeiten gehen. Es ist sowieso super, dass ich wieder in Teilzeit einsteigen konnte.«

»Wenn die Bosslady so geil auf Familien ist, könnte sie ruhig mehr für die Elternzeit blechen.«

Jenna schmunzelte. »Stimmt. Aber sie zahlt sowieso schon viel, im Vergleich. Ich hatte so ein Glück fast sechs Monate daheimbleiben zu können, weil BRK die Firma übernommen hat. Bei Ian habe ich nicht einmal einen ganzen Monat gehabt. Okay, wenn er anfängt zu schreien, ruf mich einfach.«

Ihr Blick fiel auf Noah und sie hauchte einen Kuss auf seine Stirn, bevor sie sich wieder aufrichtete. »Und…es ist nur…tut mir leid, dass ich dich so ausgefragt habe. Ich will doch nur, dass du wieder glücklich bist.«

»Weiß ich. Jetzt geh schon Facebook lesen und kacken.« Er

küsste sie auf die Wange und winkte sie aus dem Zimmer, bevor er einen Stuhl am Küchentisch vorsichtig rauszog. Sonnenlicht schien über die Spüle, die voller dreckigem Geschirr war. Logan fragte sich, ob er es leise genug abspülen konnte.

Der Fernseher murmelte in der Distanz aus dem Inneren des Hauses. Es klang als würde Dad sich eine Spielshow ansehen. Noah schlief immer noch fest und wimmerte nur ab und zu leicht auf. Dabei öffnete und schloss er seinen runden winzigen Mund. Sein dunkles Haar stand in alle Richtungen ab, so wie Ians es auch getan hatte.

Es war so seltsam sich vorzustellen, dass Ian und Noah irgendwann in Connors Alter sein würden. Genauso schwer war es daran zu denken, dass Connor auch einmal so klein und friedvoll gewesen war. Natürlich war er das, Logan hatte die Fotos gesehen. Veronica hatte immer gesagt, dass Connor ein glückliches, einfaches Baby gewesen war und ein gutes Kleinkind, bis sein Vater sie verlassen hatte.

Als Noah sich rührte und mit seinem kleinen beschuhten Fuß in die Luft trat, während er mit seinen winzigen Fingern ins Nichts griff, fragte Logan sich, ob Connor wohl jemals wieder glücklich sein würde. Oh Gott, er hoffte es. Er wollte ihm dabei helfen, doch war er gänzlich ungeeignet eine Vaterrolle zu spielen. Hatte Mike überhaupt Connors Nachrichten beantwortet? Manchmal dauerte das Wochen.

Er hielt Noah seinen Finger zum Greifen hin und das Baby hielt ihn mit erstaunlicher Kraft umklammert, als er dasig zu ihm aufblinzelte. Logan versuchte sich vorzustellen das eigene Kind zu verlassen, doch er schaffte es nicht. Es musste einen extra Platz in der Hölle geben für solch feige Volltrottel wie Mike.

Noah trat immer heftiger um sich und fing an zu weinen, also schnallte Logan ihn vorsichtig ab und hob ihn aus dem Kindersitz. Er zog ihm seine Jacke und Schuhe aus und hielt ihn einfach im Arm. Das Kind schien sich etwas zu beruhigen, als Logan anfing mit ihm durch den Raum zu laufen, ihm sanft auf den Rücken zu klopfen und besänftigende Geräusche von sich zu geben, so wie er es bei Jenna und Jun beobachtet hatte.

Logan ging in das Fernsehzimmer, als Noah ein ziemlich feucht klingendes Gurgeln von sich gab. Die Jalousien waren unten, vermutlich damit der Bildschirm nicht geblendet wurde. Der Weihnachtsbaum stand gold erleuchtet in der Ecke und dünne silberne Dekoration lag auf dem Teppichboden. Unter dem Baum lagen noch keine Geschenke.

»Hey Dad«, sagte Logan und näherte sich mit Noah immer noch in seinen Armen.

Sein Pop, der auf seinem uralten gepolsterten Sessel saß, mit den Füßen auf der dazu passenden orangenen Fußlehne, grunzte nur. Er hatte noch nie viel geredet, doch nach seinem Schlaganfall tat er es noch weniger. Er *konnte* zwar sprechen, nachdem Jenna ihm stundenlange Sprachtherapie bezahlt hatte, entschied sich aber meistens dazu, es nicht zu tun. Vor allem, wenn der Fernseher lief. Auf dem Bildschirm spielte ein Kandidat gerade Plinko.

»Jemand schon einen genauen Preis erraten heute?«, fragte Logan und sah sich die gläsernen Baumkugeln und die Eiszapfenanhänger, die zusammen mit den alten Dekorationen, die er aus seiner Kindheit kannte, genauer an. Er schmunzelte, als er den unfassbar hässlichen Beagle sah, den er bei den Pfadfindern gemacht hatte. Die Zunge zu lang und die Ohren zu kurz. Er wusste zwar nicht, wieso Jenna darauf bestand, dieses ganze Zeug aufzuheben, aber er musste zugeben, dass er es genoss, es jeden Dezember zu sehen.

»Dad?«

»Nö. Diese Typen können gar nichts.« Sein Vater nahm einen Schluck seines Kaffees, der vermutlich mittlerweile eiskalt war. Er verschränkte die Hände über seinem Bauch und der Fernseher reflektierte in seiner Brille.

Der Mann war erst sechzig Jahre alt, aber nach dem Schlaganfall vor fünf Jahren hatte er aufgehört sein ausfallendes Haar zu färben. Mittlerweile war es komplett grau. Seine Brille rutschte auf seine Nasenspitze und er war ständig damit beschäftigt, sie wieder hochzuschieben.

Logan verlagerte Noah in seinen anderen Arm und hob die Hand, um seine Finger gegen das ausgefranste Kleid des alten Engels zu streifen. Seine Mutter hatte diesen Engel mit dem goldenen Heiligenschein, der sich eines Jahres während der Lagerung verbogen hatte, geliebt. Der Heiligenschein war immer noch etwas krumm, aber der Engel strahlte, als wäre die ganze Welt perfekt.

»Wird schon groß«, bemerkte Dad.

Logan schauckelte Noah sanft. »Wird er.«

»Wie gehts Connor?«

»Gut«, log Logan und setzte sich dann vorsichtig zusammen mit Noah auf die durchgesessene Couch.

Dad grunzte und sah wieder auf den Bildschirm. Sie blieben dort in einigermaßen friedsamer Stille sitzen, bis zum nächsten Werbeblock. »Jenny sagt du brauchst Hilfe eine Küche einzubauen.«

»Jep. Das Grundgerüst steht schon. Es fehlen nur noch Kleinigkeiten.«

Ehrlich gesagt hätte Logan die Arbeit vermutlich selbst erledigen können, solange ihm jemand dabei half die schweren Gegenstände zu heben. Doch es täte seinem Vater sicherlich gut, ein bisschen aus dem Sessel rauszukommen. »Könnte wirklich deine Hilfe gebrauchen.«

Er grunzte wieder. »Wenn es dich und Jenny glücklich macht.« Dad war der einzige, der Jenna einen Spitznamen geben durfte.

»Danke. Vielleicht können wir rüberfahren und uns das Ganze mal ansehen. Überlegen, was für Equipment und Material wir brauchen.«

Diesmal wurde sein Grunzen von einem Achselzucken begleitet. »Wenn *The Showcase Showdown* vorbei ist.«

»Klingt gut.«

»Das ist die Küche von Jennys Chef? Sie sagte, du wohnst bei ihm?«

»Ja, nur vorübergehend.« Sie hatten beschlossen, dass es keinen Grund dafür gab, Dad von dem Deal zwischen Seth und Logan zu erzählen. Das würde ihn sicherlich nur verwirren. Doch Logan wollte das Thema auch einfach nicht ansprechen. Sein Vater schien nie ein Problem mit queeren Menschen gehabt zu haben, aber… Ja, er wollte das Thema einfach nicht ansprechen.

»Der Job bei der Lagerhalle hat nicht geklappt?«

Scham brodelte in Logans Magen und er wartete auf das Urteil seines Vaters. Doch Dad grunzte nur, als Logan nickte. Nach ein paar Momenten fügte Logan hinzu: »Ich werde bald einen Job finden.« Noah gurgelte und fing an sich in seinen Armen zu winden, also fing Logan wieder an, ihn hin und her zu schauckeln. »Ich versuche es.«

Das ließ Dad vom Fernseher aufblicken. Seine buschigen Augenbrauen trafen sich fast in der Mitte. »Natürlich tust du das. Diese Idioten bei der Bahn haben dich verarscht. Hurensöhne. Du hast dich schon immer angestrengt. Hast dir die Knie wund gerubbelt, konntest aber vor allen anderen Kindern in deinem Alter Fahrrad fahren.«

Logan blinzelte. Er konnte sich nicht daran erinnern, wann Dad das letzte Mal von etwas aus der Vergangenheit gesprochen hatte. Nach dem Schlaganfall war es schon ein wahnsinniger Erfolg gewesen, ihn dazu zu kriegen, über *Der Preis ist heiß* zu sprechen. Er überlegte fieberhaft nach einer Antwort, die er ihm geben konnte, nachdem er sich plötzlich fühlte ,als hätte er einen Klos im Hals.

Dad drehte sich zum Fernseher zurück und furzte. Logan lächelte nur und ließ sich zurück auf die Couch fallen. Vielleicht ging es ihm nicht gut oder großartig, aber er hatte sich sehr lange nicht so okay gefühlt. Er hatte zwar immer noch keinen Job, sein Stiefsohn hasste ihn, aber durch den Deal mit Seth hatte er immer hin ein Dach über dem Kopf. Er schaute zusammen mit seinem Vater *The Showcase Showdown*, der die Kandidaten wegen ihrer Entscheidungen anschrie, und ließ Noah an seinem Finger nuckeln, bis das Kind anfing vor Hunger zu schreien.

Kapitel Sechs

»LINKS!«, RIEF BILL Derwood, auf seinem Gehstock lehnend. Seth, Logan und Jun bewegten sich angestrengt und versuchten den Quarztresen perfekt mit der Kücheninsel aufzureihen. Erst als Bill zustimmte, senkten sie das schwere Bauteil und Seth atmete tief durch und rollte seine Handgelenke, nachdem er loslassen konnte.

Ian saß in dem Raum, der in ein weiteres Wohnzimmer verwandelt werden sollte, spielte mit einem Spielzeug Abfalllaster und klatschte. Noah saß in seinem Autositz, trat um sich und gurgelte. Jun hob die Hände, damit Seth und Logan ihm ein High-Five geben konnten.

Jennas Ehemann war etwas kleiner, trug eine runde Brille und hatte eine Statur, die Seths Mutter als „stämmig" beschreiben würde. Natürlich lag dahinter bewusst die Andeutung, dass sich das ganz schön schnell in „fett" umwandeln könnte, wenn man nicht aufpasste.

Wieso er immer noch das Aussehen anderer Leute durch die Linse der Beurteilung seiner Mutter zur Kenntnis nahm wusste er nicht. Vielleicht, weil er jedes Mal, wenn er in den Spiegel blickte, darüber nachdachte, wie sie über ihn urteilen würde.

Sie hatte immer kurze, getrimmte Haare, glatt rasierte Gesichter, Hemden in Hosen und Slacks mit einer Hosenfalte bevorzugt. Brandon hatte sich immer über Seth lustig gemacht, wenn er seine Pajamas gebügelt hatte.

Seth wand sich vor Verlegenheit, als er daran dachte, wie er gerade gekleidet war. Er trug ein Polo Hemd, das er in seine khakifarbene Hose gesteckt hatte und Oxfords, nachdem Bill darauf bestanden hatte, dass jeder während der Arbeit festes Schuhwerk tragen musste. Bill, Logan und Jun hatten alle alte Jeans und T-Shirts an. Bill trug sogar noch einen ausgefransten Cardigan drüber und natürlich Arbeitsstiefel.

Als Logan sich vornüberbeugte und der Stoff seiner Jeans sich fest über seinen Hintern spannte, versuchte Seth sein Möglichstes nicht hinzusehen und beschäftigte sich stattdessen mit etwas am Fuße der Küchenzeile.

Wenn ich so einen Hintern auf Grindr finden könnte, würde ich sogar nach rechts wischen. Oder links. Oder was auch immer man tun muss.

Spottend lachte er leise for sich hin, drehte sich um und fuhr mit seinen Händen über die neue Küchenzeile, die um ein rechteckiges Spülbecken verlief. Die eiskalte Wahrheit war, dass er viel zu viel Angst davor hatte, eine der schwulen Hookup Apps auszuprobieren. Zum Einen, weil er sich nicht auf Sex mit Fremden einlassen konnte und zum anderen, weil er nie mit jemand anderem als Brandon intim gewesen war und es ihn…einschüchterte. Der einzige Grund, wieso er plötzlich für Logan schwärmte war nur, weil es in einer Millionen Jahre nicht passieren würde.

»Hi!« Jennas Stimme erklang. »Wow, ihr wart ja richtig flei-ßig!«

Sie lehnte sich zur Eingangstür herein, die sich hinter dem kleinen Wohnzimmer befand und versuchte den Schnee von ihren Stiefeln zu trampeln. »Hi, Baby!«, rief sie, als Ian auf sie zulief. Er umklammerte ihre Beine als hätte er sie tagelang nicht gesehen, dabei waren es nur ein paar Stunden gewesen. Angestrengt wackelte sie ins Haus und Connor erschien hinter ihr auf der provisorischen Rampe, die sie gebaut hatten um die Schränke und den Quartz reinrollen zu können.

»Connor!« Seth lächelte und schickte ein Stoßgebet in den Himmel, dass es dieses Mal zu keinen Streitereien kam. »Ich freue mich dich zu sehen.«

Mit den Schultern bis zu den Ohren hochgezogen, starrte Connor Seth misstrauisch an. Offenbar hatte Jenna ihn zum Friseur gebracht, nachdem man jetzt wieder einen richtigen Schnitt erkennen konnte.

»Hey.« Sein Blick wanderte zu Logan. »Sie sagte, ihr braucht meine Hilfe.«

Logan sah zu Jenna, offenbar sprachlos, also mischte Seth sich ein. »Das tun wir! Alle Mann an Deck! Bald müssen wir sogar Noah einstellen.« Zum Glück lachte Jun über den lahmen Witz, als er Noah aus dem Autositz hob.

Jenna drückte Connors Schulter liebevoll, mit Ian immer noch um die Beine gewickelt. »Wir brauchen dich immer um uns.«

Connor verdreht die Augen, aber Seth sah das Lächeln, das er nicht ganz unterdrücken konnte, und er versuchte, sich nicht von ihr loszureißen. Er murmelte: »Sicher doch«, und warf Logan einen kurzen Blick zu.

Leider entschied sich dieser dazu in dem Moment zu sprechen: »Bist du dir sicher, dass du nicht für deine Prüfungen lernen solltest?«

Jetzt riss er sich doch von Jennas Berührung los. »Ich habe in den letzten Tagen mehr gelernt, als du es vermutlich in deinem ganzen Leben hast.« Er erinnerte Seth an einen streunenden Hund, der so gerne geliebt werden würde, doch aus Angst bellte und zubiss.

»Gut«, knurrte Logan zurück und spannte seinen Kiefer an.

Jun hielt Noah in den Armen und er versuchte Ian mit dem Versprechen von Keksen zu sich zu locken. Bill hatte es sich in einem Klappstuhl bequem gemacht, den Seth aus der Gerage geholt hatte und schien ins Nichts zu starren.

In einem ruhigen und neutralen Ton sagte Jenna: »Logan, ich weiß, dass du dir bloß Sorgen um Connors Zukunft machst, stimmt's?« Sie sah zu Connor, der einen finsteren Blick aufgesetzt und die Hände in den vorderen Taschen seiner Jeans vergraben hatte.

»Stimmt«, sagte Logan. »Natürlich.«

Sie lächelte, ihre Stimme beruhigend. »Ihr wollt beide dasselbe. Dass Connor seine Prüfungen gut besteht und im Januar zurück nach Rencliffe gehen kann. Connor und ich haben schon darüber gesprochen wie wichtig es ist, dass er sein Bestes gibt.« Sie warf ihrem Vater einen kurzen Blick zu und sprach noch etwas leiser. »Wir haben auch darüber gesprochen wie wichtig der Firmenausflug nächstes Wochenende ist. Er versteht das, richtig?«

»Jep«, murmelte Connor. »Ich werde es nicht vermasseln.«

»Danke«, schaltete sich Seth ein. »Ich weiß deine Hilfe wirklich zu schätzen.« Er sah zu Logan, der dem ganzen Gespräch wachsam folgte, als würde er sich darauf vorbereiten, dass Connor jeden Moment ausflippte. Als er nichts dazu sagte, fügte Seth hinzu: »Wir wissen das beide wirklich zu schätzen.«

»Ja«, sagte Logan diesmal und nickte.

»Gibt's bald Mittagessen?«, fragte Bill laut.

»Ja!« Seth war froh einen Vorwand zu haben, etwas anderes zu tun und die seltsame Stille zu brechen. Sie hatten den Kühlschrank in das kleine Wohnzimmer gebracht, wo Seth jetzt hineilte um sofort alle Zutaten für Sandwiches rauszuholen.

Sie aßen im großen Wohnzimmer und Jenna gelang es, die Unterhaltung leicht und friedlich zu halten. Sie lachten alle, als sie eine Geschichte über einen Vorfall mit einer explodierten Windel von Noah erzählte. Es war vielleicht nicht das beste Gesprächsthema beim Essen, aber wenn es eine Sache gab, die wirklich alle Menschen zusammenbrachte, dann waren es peinliche Kack-Geschichten.

Als Jenna dann aufstand um ihre Geschichte bildlich darzustellen, weinten sie fast vor Lachen und Seth fiel auf, wie lange er schon kein wahres Gelächter mehr in dem Haus gehört hatte. Nicht das gelegentliche Kichern während man *The Good Place* anschaut, sondern richtiges *Gelächter*, tief aus dem Bauch heraus. Es hallte von der hohen Decke und füllte ihn mit angenehmer Wärme.

Er wusste, dass er im kommenden Januar wieder allein sein würde, sobald die Geheimmission abgeschlossen war und Logan weiterzog. Doch in der Zwischenzeit konnte Seth es genießen, eine Familie um sich zu haben. Auch, wenn sie nicht seine Familie waren, empfand er es als tiefgreifend und wunderschön, wie drei Generationen hier zusammen kamen. Zusammen aßen und witzelten.

Nach dem Mittagessen verließen Seth und Logan das große Wohnzimmer, wo alle anderen sich entspannten. Jun las Ian eine Geschichte vor, bevor der seinen Mittagsschlaf machte, Jenna stillte Noah mit den Füßen auf dem Sofa und einer Decke über ihr und Bill machte auf der anderen Seite der Couch ein Nickerchen.

Seth und Logan zogen ihre Stiefel und Mäntel an und Seth fragte Connor, ob er mitkommen wollte. Er zuckte mit den Schultern, folgte ihnen aber.

In der Garage, in der hoffentlich bald Seths SUV statt der unfertigen Renovierungsmaterialien stehen konnte, hoben sie die Küchenschränke aus deren Kisten und luden sie auf einen kleinen Wagen. Logan sagte zu Connor: »Halt den Wagen fest, wenn wir die Schränke drauf heben.«

Connor verdrehte die Augen. »Ich kann mehr tun.«

»Oh, verdammt nochmal«, schnauzte Logan ihn an. »Kannst du einfach einmal das tun, was dir aufgetragen wird?«

»Fick dich! Ich wusste, dass du mich hier gar nicht haben willst.« Mit einem dramatischem Aufstampfen drehte er sich um und marschierte die Auffahrt runter. Schnee knarzte laut unter seinen Schuhen.

Seth sah ihm schockiert hinterher. Er war völlig erstaunt darüber, wie schnell die Situation eskaliert war. Im einen Moment war alles in Ordnung gewesen und im nächsten, *bam.* Logan und Connor schienen sich nicht miteinander unterhalten zu können, ohne dass Wut und Feindseligkeit zwischen ihnen explodierte. Ohne Grund, nachdem Seth wusste, dass der Wagen eigentlich nichts damit zu tun hatte.

Er räusperte sich. »Soll ich ihm nachgehen?«

Logans Gesicht war errötet und seine Nasenflügel blähten sich auf. »Nein, lass ihn einfach schmollen.«

Er murmelte etwas in seinen Bart und machte sich, nachdem er sich ein Brecheisen geschnappt hatte, mit neugefundenem Enthusiasmus wieder an die Arbeit.

Seth versuchte ihm zu helfen, sah jedoch zu, Logan nicht in die Quere zu kommen, nachdem dieser offenbar seine Frustration an den Kisten ausließ. Er brach das Holz auf, hob die Schränke raus und platzierte sie auf dem Wagen. Doch als ein Grunzen sich in ein Japsen verwandelte, griff Seth nach ihm.

»Okay?«, fragte er ihn. Logans Gesicht war rot angelaufen und seine Arme zitterten unter dem Gewicht des Küchenschranks. Seth nahm ihm das Möbelstück aus der Hand und setzte es auf dem Boden ab. Sein Herz fing an zu rasen. »Logan?«

Logan keuchte und presste sich eine Hand auf die Brust als könne er nicht atmen. Seths eigener Atem stockte, als Logan auf dem Beton auf die Knie fiel. Seine Schultern bebten. Seth ging neben ihm in die Hocke und sah nach ob Logan ein Notfall-Armband oder -Halskette trug, das ihm bislang nicht aufgefallen war.

»Ist es Asthma? Hast du Schmerzen in der Brust?«, fragte Seth. Logan schüttelte den Kopf, doch seine Augen waren wild und er schien immer noch keine Luft zu kriegen. »Ich rufe einen Krankenwagen. Bin gleich zurück.« Seth sprang auf, doch Logan umklammerte sein Handgelenk fest und schüttelte den Kopf. »Geht…vorbei«, ächzte er.

Er hielt immer noch Seths Handgelenk fest mit seiner Hand umklammert, die eiskalt war. Seth ging wieder vor him in die Hocke und drehte sich leicht, sodass Logan sich immer noch an ihm festhalten, er ihm aber mit der anderen Hand über den Rücken streicheln konnte. Streicheln, nicht klopfen. Das half nicht bei Ersticken und schon gar nicht bei was auch immer das hier war. Eine Panikattacke? Seth hoffte, dass es nicht doch ein Herzinfarkt war und Logan den typischen harten Mann spielte, der darauf beharrte, dass ihm nichts fehlte.

»Was ist mit ihm?«

Seth blickte über seine Schulter, wo Connor mit einem Fuß in der Garage stand. Seine Augen waren weit aufgerissen und auf Logan gerichtet. Logan ließ Seth los, atmete tief ein und ächzte: »Nichts.« Er zwang sich dazu wieder auf die Füße zu kommen. Sein Atem war immer noch zu schnell und Schweiß glitzerte auf seiner Stirn, trotz der kalten Luft, in der sich kleine Dustwolken bildeten sobald er ausatmete.

»Es ist alles okay. Das war nur ein kleiner…«, sagte Seth. Er hatte keine Ahnung was er sagen sollte und landete schließlich auf dem Wort, das seine Großmutter benutzt hätte. »Nur ein kleiner Anfall.«

Connor starrte sie an, sein Blick wanderte von Logan zu Seth. Zu ihm sagte er: »Ihm sollte es besser gehen.« Er biss die Worte hervor als wären sie eine Anschuldigung, doch Seth konnte die Angst dahinter spüren. Der arme Junge hatte so plötzlich seine Mutter verloren und musste sich an ein ganz neues Leben gewöhnen. Seth schaffte es zu lächeln und ging langsam auf ihn zu.

Er hoffte, dass er nicht log, als er sagte: »Tut es.« Er legte ihm die Hand auf die Schulter und drückte einmal fest. Trotz dessen, dass Connor abwehrend das Kinn hob, konnte er das leichte

Beben seiner Schulter spüren. Connor versuchte unbesorgt zu klingen, als er sagte: »Na gut. Ist egal.«

Seth ignorierte das. »Ich bin froh, dass du wieder da bist. Wir brauchen deine Hilfe wirklich.«

»Ich hab mein Handy vergessen«, antwortete Connor trocken.

Hah, hätte ich wissen müssen. »Na gut. Naja, ich bin trotzdem froh. Kannst du mir helfen, diese ersten Schränke ins Haus zu bringen? Ich schiebe und du ziehst.« Seth deutete auf den langen Wagen, dann sah er zu Logan, der mit Dankbarkeit in seinen braunen Augen nickte.

Seth spürte eine angenehme Wärme in ihm aufsteigen bei dem Gedanken Logan geholfen zu haben. Er fasste die kalten Metallgriffe an und japste auf. »Ugh! Wir müssen uns Handschuhe holen, wenn wir reingehen. Meinst du wir schaffen es trotzdem?«

Connor nickte, so wie Seth es sich erhofft hatte. Der Junge warf einen kurzen Blick auf Logan, als er die Griffe auf der anderen Seite des Wagens umfasste und daran zog. *Er will beweisen wie stark er ist*, dachte Seth. Er würde wetten, dass Connor sich mehr nach Logans Bestätigung sehnte, als den beiden bewusst war.

Seth nickte Connor einmal zu und sie bewegten sich mit dem Wagen aus der Garage und über die provisorische Rampe zur Eingangstür hinauf. Es war nicht zu schwer und sie schafften es, den Wagen durch die Tür zu bekommen, ohne dass Seth sich dabei zu sehr anstrengen musste. Trotzdem spannten sich die Muskeln in seinen Schenkeln an, als er sich fest auf den Boden verankerte und schob.

Drinnen angekommen fragte er Connor: »Willst du Jun helfen die abzuladen und dich kurz aufwärmen? Ich bin gleich zurück.« Seth schnappte sich seine Handschuhe und hastete wieder raus. Er atmete erleichtert auf, als er Logan in der Garage stehen sah. Er hatte wieder Farbe im Gesicht und schien auch normal zu atmen.

»Geht's dir gut?«, fragte Seth, als er sich näherte. Er streichelte über Logans Arm, wobei das Leder seiner Handschuhe und Logans Lederjacke laut aneinander rieben. Moment, verhielt er sich zu vertraut? Er ließ seine Hand wieder fallen.

Logan nickte. »Danke«, murmelte er mit einer kratzigen Stimme.

»Was ist passiert?«

»Nichts weiter.« Logan zuckte mit den Schultern. »Keine große Sache. Lass uns wieder an die Arbeit gehen.«

Seth blieb wie angewurzelt stehen. »Ich dachte, du hast einen Herzinfarkt. Das war eine ziemlich große Sache.«

Logan rieb mit einer Hand über sein Gesicht, wodurch das kratzige Geräusch entstand bei dem es bei Seth ein Prickeln im Bauch auslöste. »Ich denke ich habe mich etwas zu überanstrengt. Die Ärzte haben dafür ein schickes Wort: Dyspnoe. Heißt einfach Kurzatmigkeit. Wegen des Unfalls.«

»Ah.« Vielleicht ging es ihn nichts an, aber Seth konnte sich nicht aufhalten zu fragen: »Es war eine Entgleisung?«

»Jep.« Logan spannte den Kiefer an, Blick fest auf den Betonboden gerichtet. »Ich bin mit der Lokomotive gefahren. Wollte sie nur auf die andere Seite der Gleise fahren. Der Zugführer hat zum Glück alle anderen Wagons schon abgekoppelt gehabt. Das wäre noch viel schlimmer gewesen. Sie meinten, ich wäre zu schnell gewesen. Dass ich angeben wollte oder sowas. Ich weiß aber, dass ich nicht gerast bin. Die Bremsen haben nicht gegriffen. Ich war nicht zu schnell und habe rechtzeitig gebremst, aber es war einfach…« Er erschauderte. »Quietschendes Metall, so wie du es noch nie gehört hast.«

»Meine Güte«, flüsterte Seth. Er konnte sich die Panik kaum vorstellen.

»Die Gleise gingen um den Bogen und wir sind direkt drüber geflogen. Das letzte, woran ich mich erinnere ist, dass mein Kumpel Huey geschrien hat und mir auf die Brust klopfte, als würde ein Elefant auf mir herumtrampeln.«

Logan schluckte schwer, hob den Kopf und sah unfokussiert auf einen Punkt hinter Seth. »Einer der Monitore hat sich abgelöst und mich in der Brust getroffen. Massive Lungenprellung. Meine Lungen waren so angeschlagen, dass ich ein Beatmungsgerät gebraucht habe. So bin ich aufgewacht, mit einem Schlauch in meinem Hals.«

Seth erschauderte. »Das muss furchtbar gewesen sein.«

»Ja.« Sein Blick hing immer noch in der Distanz fest. »Habe mir die Schulter ausgekugelt und den Arm gebrochen. Der musste in einen Streckverband. Rippen angeknackst, es war alles einfach… kaputt.« Er atmete tief ein und schien sich selber einen Ruck zu geben, bevor er Seths Blick traf. »Naja, jedenfalls bekomme ich ab und zu Atemschwierigkeiten. Ich denke dass viel davon vermutlich in meinem Kopf passiert, aber heute habe ich mich überanstrengt. Connor muss mich für ein Weichei halten.« Er sah wieder weg. »Du auch.«

»Was? Nein, überhaupt nicht. Ich bin froh, dass es eine Erklärung gibt. Ich kann mir nicht vorstellen, wie viel Arbeit es gekostet hat sich wieder so aufzurappeln, wie du es hast. Es wäre mir nie aufgefallen, dass du vor Kurzem erst so schwer verletzt warst.«

»Die Physio hat geholfen. Ein Ziel zu haben. Und Veronica…« Er zog die Achseln hoch. »Sie hat mich unterstützt.«

»Connors Mutter? Mein herzliches Beileid.«

»*Beileid*«, murmelte er dunkel. »Ich fühl mich immer scheiße, wenn das jemand sagt.«

»Oh. Tut mir leid.« Seth überlegte sich, was er stattdessen sagen konnte.

»Nein, nicht deine Schuld.« Logan hob die Hände, bevor er sie wieder fallen lies. »Es ist nur, dass unsere Beziehung schon vorbei war. Also fühle ich mich wie ein Arschloch, wenn mir jemand sein Beileid aufdrückt, als wäre ich der Hauptleidende. Weißt du, was ich meine?«

»Ja, das verstehe ich. Das habe ich so nicht gesehen.«

»Nicht, dass ich nicht traurig bin, dass sie tot ist. Ich habe sie geliebt. Sie war eine gute Frau, aber wir waren nicht füreinander gemacht. Ich wünschte, ich könnte viel von dem, was passiert ist, ändern.« Er zuckte wieder mit den Schultern. »So ist das Leben. Sie ist mit vierunddreißig gestorben und ich kann es nicht ändern. Connor hat die Arschkarte gezogen, so viel steht fest.«

»Der arme Junge. Das bricht einem das Herz.« Seth runzelte die Stirn und griff noch einmal etwas auf, das Logan vor einer Weile gesagt hatte. »Aber weißt du, ich glaube nicht, dass Connor denkt du wärst ein Weichei. Oder dass er dich wirklich nicht leiden kann. Es hat ihn wahnsinnig erschreckt, dich so zu sehen.«

Logan lachte spöttisch auf. »Der wäre hoch erfreut, wenn ich tot umfallen würde.«

»Das kannst du nicht wirklich glauben? So sehr er seinen biologischen Vater gerne in seinem Leben hätte, du bist derjenige der hier ist. Wenn ihr beiden mal fünf Minuten lang aufhören könntet euch zu streiten…«

Für ein paar Sekunden war Logan still. »Aber er hat mich noch nie gemocht. Ich versuche ja die Geduld mit ihm nicht zu verlieren, aber er ist einfach…« Er machte eine stechende Bewegung mit seinem Zeigefinger.

»Er provoziert dich. Habe ich gemerkt.« Seth sah sich um, um sicherzugehen, dass sie immer noch alleine waren. »Ich denke, du solltest dir die Dinge, die Connor sagt, nicht zu Herzen nehmen. Ich weiß, das ist leicht zu sagen, aber er hat offenbar so viel Weltschmerz und schlägt deshalb wild um sich. Du bist ein einfaches Angriffsziel.«

»Stimmt.« Logan schenkte Seth ein reumütiges Lächeln. »Und nachdem ich nicht mehr dreizehn bin, sollte ich wirklich versuchen der Erwachsene zu sein, hm? Nicht sofort auszurasten.«

»Genau«, stimmte Seth ihm sanft zu. »Lob ihn. Versuch sein Selbstbewusstsein aufzubauen.«

»Aber es interessiert ihn nicht, was ich denke.«

»Sehe ich anders. Ich denke er interessiert sich sehr wohl dafür. Egal, was er sagt.«

Logan schien darüber nachzudenken. »Kann sein. Scheiße, Jenna und Jun können das alles so gut. Ich bin nutzlos.«

»Redet Jenna… nicht mit dir über diese Sachen?« Er versuchte seine Frage so vorsichtig wie möglich zu verpacken. »Normalerweise ist sie sehr…bemüht zu helfen.«

Logan lachte laut auf und kratzte sich am Kopf. »Das ist sehr höflich ausgedrückt. Sie hilft, aber sie hat mehr Vertrauen in mich als sie haben sollte. Außerdem hat sie so viel zu tun mit ihren Kindern und Dad und der Arbeit. Als unsere Mutter starb…«

»Ihr wart Teenager, richtig?«

»Jenna, ja. Vierzehn. Ich war einundzwanzig und bei der Marine. Dad hatte den Schlaganfall erst vor fünf Jahren aber als unsere Mutter starb hat er Betreuung gebraucht. Verdammt, ich glaube er hätte nicht einmal die Mikrowelle bedienen können. Jenna hat sich der Aufgabe angenommen, so wie sie es immer tut. Sie hat es kaum geschafft, nach dem College auszuziehen, weil Dad dann krank wurde und bei ihr und Jun einzog. Er wird hier sein, bis er in ein Altersheim muss, oder sie ihn mit den Füßen voraus hier raustragen.«

Logan holte tief Luft und atmete laut wieder aus. »Ich habe sehr viele Stunden gearbeitet bei der Bahn. Ich musste auf Abruf bereit stehen und wusste nie genau, wann ich zur Arbeit kommen musste, oder für wie lange. Das kam darauf an, wann und wie Lieferungen ankamen und wo sie dann hin mussten. Manchmal war ich ein paar Tage weg, weil wir mindestens zehn Stunden in einem Wohnheim verbringen mussten, bevor wir zurückfahren durften. Regulationen und sowas. Dad hat einfach Beständigkeit gebraucht.«

Seth versuchte ihm zu versichern, dass er sich nichts vorzuwerfen hatte. »Natürlich. Es ist nicht deine Schuld, dass du nicht der Hauptpflegende sein konntest. Und mit Connor bist du immer noch am Lernen. Soweit ich das verstanden habe, müssen alle Eltern lernen mit Kindern umzugehen.«

Logan verzog den Mund. »Das ist es halt. Es ist nicht so als wäre ich ein *Elternteil*. Ich bin absolut verdammt ungeeignet dafür.«

»Aber… du bist es. Ein Elternteil, meine ich. Ob du dafür bereit bist oder nicht, Connor braucht dich.« Seth dachte an seine Mutter und Vater mit einem plötzlichen Anfall Sehnsucht, worauf sofort der Schmerz folgte. »Seine Mutter ist nicht mehr da und sein Vater kümmert sich nicht. Er braucht einen Dad auf den er sich verlassen kann. Der sich um ihn kümmert, egal was passiert. Von seinen Eltern verstoßen zu werden ist… das wünsche ich niemandem. Schon gar nicht einem verwirrten Teenager.«

Nach einem Moment sagte Logan sanft: »Ein Elternteil sein«, als wolle er sehen, wie sich die Wörter in seinem Mund und seinem Herzen anfühlten. »Die Frau in der Schule hat mich einen alleinerziehenden Vater genannt. Das ist so verdammt seltsam so über mich selbst zu denken. Ich, ein…ein Vater.«

Fusstapfen kamen immer näher und sie drehten sich um, als Connor den langen Wagen zurück in die Garage schob. Diesmal trug er Handschuhe. Für einen Moment sagte niemand etwas. Dann runzelte Connor die Stirn und blickte auf den Wagen. »Habe ich es falsch gemacht?«

»Nein, überhaupt nicht«, versicherte Seth ihm schnell.

Logan räusperte sich. »Du hast einen tollen Job gemacht. Danke.«

Es war dämlich von Seth, sofort stolz und erfreut zu sein, dass Logan seinem Rat gefolgt war, doch er fühlte es dennoch.

Connor beobachtete Logan misstrauisch. »Okay.« Dann winkte er mit seiner Hand in Logans Richtung. »Bist du…?«

»Oh, ja, mir gehts gut. Keine Sorge.«

Connors Blick fiel auf Seth, als warte er auf eine Bestätigung, also nickte Seth und lächelte. »Lasst uns zurück an die Arbeit gehen. Team Geheimmission muss die Küche fertig machen, richtig?« Er hielt seine Handfläche für eine Runde High-Fives hoch, was vermutlich etwas nerdig war, aber er hatte nie so getan, als wäre er cool.

Nach einem Moment klatschten Logan und Connor brav ein und Seth grinste breit, als sie weiterarbeiteten.

AM SPÄTEN SONNTAG Nachmittag fielen dicke Schneeflocken auf die Hauptstraße. Die Sonne war um 16:30 Uhr bereits untergegangen und die Bäume wurden von weißen Weihnachtslichtern erleuchtet. Weihnachtskränze mit roten Schleifen hingen von den altmodischen Straßenlaternen, und andere Shopper kamen und gingen aus den Antiquitätengeschäften und Geschenkläden.

»Ich glaube, der hier ist es«, sagte Seth. »Ich kann mir nicht vorstellen, dass wir einen besseren Esstisch in einem Laden finden, ohne auf eine Spezialanfertigung oder eine Lieferung zu warten.« Obwohl ihm bei dem Gedanken ein so großes Möbelstück zu kaufen, ohne sich alle Optionen in allen Geschäften in der Gegend, und online, anzusehen etwas übel wurde. Und natürlich ohne eine ausführliche Pro und Kontraliste anzufertigen.

Logan sagte: »Sieht gut aus. Ein Tisch ist ein Tisch, stimmt's?«

Seth lachte. »Du willst doch nur nicht mehr shoppen gehen. Du machst schon seit dem zweiten Laden von vor zwei Stunden einen abwesenden Eindruck.«

»Ertappt.« Logan bedachte ihn mit einem sexy kleinen Schmunzeln.

Hör auf darüber nachzudenken, wie sexy er ist.

Das war ein echter Kampf. So sehr Seth versuchte nicht darüber nachzudenken wie heiß Logan war, seine Attraktivität war einfach… da. Mal abgesehen davon wie er aussah, war es sehr anziehend, dass Logan mit ihm zum Möbel Einkauf mitgekommen war und sich nicht einmal beschwert hatte, obwohl das ganze Gerede über Holzmaserung und rustikal oder klassisch ihn sicherlich zu Tode gelangweilt hatte.

Ein-, zweimal hatte Seth vielleicht auch so getan, als wäre Logan sein Freund, und wenn ein paar Ladenbesitzer diese Vermutung geäußert hatten, hatte er sie nicht berichtigt. Er sagte sich, es sei nur Übung, doch da log er sich selbst an. Wenn es ihm nur darum ginge etwas vorzuspielen, dann würde er nicht darüber nachdenken, wie es sich anfühlte Logans Hand zu halten, als sie die Straße entlang spazierten.

Oder wie es wohl wäre, einen Kuss unter den Mistelzweigen zu stehlen, die vor dem Buchladen hingen. Ihre Lippen kalt und ihre Nasen rot in der eisigen Kälte… Wie sie sich gegenseitig aufwärmen könnten, Logans Arme stark um ihn gelegt, die ihn fest an seinen Körper zogen…

Seth räusperte sich. »Okay, lass uns noch kurz in einen weiteren Laden rein und—« Atemlos blieb er ruckartig stehen und stolperte fast über seine eigenen Füße.

Oh, grundgütiger Gott.

Oder grausamer und überhaupt nicht grundgütig, so wie es aussah, denn direkt vor ihm stand Brandon. Seth blinzelte und wünschte sich, dass dieser Albtraum wieder vorüberging. Aber nein, das war definitiv, einhundert Prozent Brandon, der ein paar Meter von ihnen weg stand, und in ein Schaufenster blickte. Schnee verfing sich in seinem buschigen Hipster- Bart, den er sich hatte wachsen lassen. Seth wusste das nur von den Facebookposts, mit denen er sich gequält hatte.

Er schloss seine Augen und öffnete sie wieder. Immer noch Brandon.

Natürlich, weil die Situation so furchtbar wie möglich sein musste, sprach Brandon mit Peter, der, sogar aus der Entfernung gesehen, offenbar immer noch an Seilen hochkletterte und mit einer Hand Autos stemmte, oder was auch immer Leute bei

CrossFit taten.

Bei ihnen standen Bethany und Jake – nein, Joe – aus ihrem Weinclub, was Seth überhaupt nicht hätte stören sollen, schließlich hatte er den überheblichen Weinclub sowieso nie gemocht. Wieso sollte es ihn etwas angehen, dass Brandon offenbar immer noch mit Peter hinging? Wieso hatte er sich überhaupt seine Facebook -Beiträge angesehen?

Dass Seth fallen gelassen und sofort, ohne mit der Wimper zu zucken, ersetzt worden war, *schmerzte*.

Seine Füße fühlten sich an, als steckten sie im Eis fest. »Das kann jetzt echt nicht wahr sein«, murmelte er. Als Logan neben ihm stehen blieb, offenbar verwirrt, hatte Seth das überwältigende Gefühl einfach nur weglaufen zu wollen.

Kapitel Sieben

LOGAN BLINZELTE DEN Gehsteig entlang um auszumachen, was der Grund dafür war, dass Seth aussah als müsse er sich gleich übergeben. Sein Gesicht war rot angelaufen wie in dem Moment, als Logan ungeplant in seinem Büro aufgekreuzt und Angela Barker getroffen hatte.

Seths Mund stand offen als er vier Menschen anstarrte, die in ihrer Nähe in ein Schaufenster lugten. Das Geschäft verkaufte offenbar Kerzen und Öle und dieses ganze experimentelle Zeug, das Logans ex Jacinta geliebt hatte. Ihn erschauderte es bei dem Gedanken jemals wieder Lavendel oder Sandelholz riechen zu müssen.

Seth krallte sich an Logans Arm fest und trat einen Schritt zurück. Seine Finger pressten durch das Leder und als eine Frau aus der Gruppe zu ihnen rübersah und einen überraschten Gesichtsausdruck aufsetzte, blieb er wie versteinert stehen. Sie war blond, um die dreißig Jahre alt und hatte nette Titten, die unter ihrer engen Jacke verborgen waren.

Ihre Augen weiteten sich für einen Moment, als sie und Seth einander anstarrten. Dann setzte sie ein gespielt aussehendes Lächeln auf und rief: »Oh mein Gott, bist du das, Seth?«

Seth ließ Logans Arm los als hätte er Feuer gefangen und lachte unsicher. »Hi, Bethany. Joe«, rief er zurück. Er hielt inne, bis auch der Rest der kleinen Gruppe zu ihnen sah. »Brandon.«

Oh Scheiße. Logan war sich nicht sicher, welcher der drei

Männer Brandon war, aber er ging davon aus, dass es einer der beiden war, die sofort ihre Hände miteinander verschränkten und ein fieses Lächeln aufsetzten. Die zwei Paare kamen näher und Seth stand immer noch stocksteif neben Logan. Sein Atem bildete kleine Wolken in der kalten Luft, die immer schneller zu kommen schienen.

Er sah verängstigt aus und Logan fragte sich, ob er dasselbe Gesicht in der Garage gemacht hatte, als er nicht mehr atmen konnte. Verdammt, er hasste es, wenn er sich so fühlte…so…hilflos und…nackt. Seth war gut zu ihm gewesen und jetzt, wo Logan seine Angst sah, wollte er nichts mehr als ihn zu beschützen.

Naja, sie mussten ja sowieso vorgeben, verlobt zu sein, oder? Ein bisschen Übung schadete sicherlich nicht.

Er schlang einen Arm um Seths Schultern und drückte ihn fest gegen sich, als er fühlte wie stark Seth zitterte. Diese Trennung hatte Seth hart getroffen und Logan würde nicht zulassen, dass dieser Dummkopf von einem Ex ihm noch mehr Kummer bereitete. In einer Welt voller Arschlöcher war Seth der einzig Gute.

Logan setzte sein eigenes, gekünsteltes Lächeln auf und sagte: »Hallo!« Er streckte seine freie Hand aus und hielt sie dem Mann, der ihnen am nächsten stand hin. »Logan Derwood. Seths Partner.«

Die Augenbrauen des Mannes schossen so weit in die Höhe, dass Logan schon befürchtete, dass sie nie wieder runter kamen. Er blickte zwischen Logan und Seth hin und her und sein Lächeln schien zu flackern. »Oh! Wow. Ähm. Hi.« Er musste die Hand seines Freundes loslassen, um Logans schütteln zu können. »Brandon Templeton.«

Logan drückte seine Hand. Fest. »Schön dich kennenzulernen.« Er ließ seine Augen über Brandon wandern. Klein, Zähne zu groß für seinen Mund, und einer dieser buschigen Bärte, mit dem er sicherlich für seinen kleinen Schwanz kompensieren wollte.

Dann sah er herablassend wieder weg und konzentrierte sich auf Brandons Freund, Peter. Dicker Hals, nahm sicherlich Steroide aber konnte es vermutlich trotzdem mit Logan aufnehmen. Dann schüttelte er die Hände des Mann/Frau Paares, dessen Namen Logan vergessen hatte, sobald er sie gehört hatte.

Brandon lächelte Seth unsicher an. »Babe, ich habe gar nicht mitbekommen, dass du einen neuen Freund hast.«

Was für ein Arschloch. Er hatte kein Recht darauf, Seth mit Kosenamen anzusprechen, schon gar nicht vor Logan! Wie dreist. Klar, sie spielten nur, als wären sie in einer Beziehung, aber Brandon wusste das nicht. Seth stand stocksteif gegen Logan gelehnt, der hoffte, dass er sich bald entspannen würde.

»Ähm, ja«, brachte Seth hervor, seine Stimme höher als Logan sie je gehört hatte.

»Das ist toll, Babe.« Brandon legte den Kopf schief und legte sich die Hand auf die Brust. »Das freut mich für dich.«

Wäre Seth sauer, wenn Logan diesem herablassenden Arschloch eine reinhaute?

Logan wünschte, er wäre ein besserer Schauspieler. Ihm fiel nichts ein, was er sagen konnte ohne Brandon, seinem hipster Bart und seinem winzigen Schwanz ganz genau klar zu machen, wohin sie sich verpissen konnten.

Es wurde leichter, als Seth ausatmete und seinen Arm um Logans Hüfte legte. Vielleicht hätte sich das komisch anfühlen sollen, doch Logan empfand es als ermutigend.

Sie spielten gemeinsam etwas vor.

Seth sagte: »Ich freue mich auch für uns«, in einer ruhigeren Stimme.

Tu so als wäre Seth dein Freund!

Logan versuchte an etwas Kitschiges zu denken, das er sagen konnte, um verliebt zu klingen. Er entschied sich für: »Ich auch«, und lehnte sich zu Seth rüber, um einen langsamen Kuss auf seine weiche Wange zu pressen. Er spürte nur einen leichten Schatten Stoppeln unter seinen Lippen.

Er verweilte in diesem andauernden Kuss. Ein Kuss, der mehr versprach, wenn sie nur alleine wären. Seths Körper bebte und er drehte den Kopf um Logans Blick zu treffen.

Seine blauen Augen waren dunkel und er leckte sich über die Lippen. Logans Blick folgten der Bewegung, bevor er Seth wieder in die Augen sah. Ein Schwall Lust schoss in seine Eier, der auch seinen Schwanz aufweckte.

Wow.

Die Frau lachte seltsam berührt. »Naja, dann denke ich, wir sollten die beiden Verliebten mal wieder alleine lassen.«

Logan riss seinen Blick nur schwer von Seths los, sah sie aber dann an, als wäre sie wahnsinnig langweilig. Was sie vermutlich auch war. »Das solltet ihr wohl.« Er blickte nicht einmal in die Richtung der anderen, als er mit Seth an seiner Seite weiterging und die Gruppe dazu zwang, ihnen Platz zu machen, wenn sie nicht mit seinen Springerstiefeln in Berührung kommen wollten.

Er spürte ihre Blicke auf ihnen und sein Nacken vibrierte fast unter der Aufmerksamkeit. Er wusste, dass sie untereinander flüsterten, obwohl er und Seth bereits zu weit weg waren, um zu hören was sie sagten. Es lag in der Luft und wirbelte mit dem Schnee umher.

Seth passte sich seiner Geschwindigkeit an, Arm immer noch fest um Logans Hüfte geschlungen. »Wow.«

»Oh sieh mal, Schatz, dieser Stuhl wäre perfekt für unseren neuen Tisch«, sagte Logan und blieb vor dem Schaufenster eines Möbelladens stehen. Leise fügte er hinzu: »Lächle und spiel mit, aber was auch immer du tust, schau nicht zurück.«

»Das ist ein großartiger Stuhl!«, sagte Seth und deutete drauf. Er flüsterte: »Denkst du sie beobachten uns noch?«

»Da kannst du deinen Arsch darauf verwetten, dass sie uns beobachten.« Er musste etwas tun, was nur ein Partner tun würde, also strich er sanft frischen Schnee aus Seths dunklem Haar. Er lehnte sich näher zu ihm und murmelte: »Denkst du, ich sollte dich am Hintern packen?«

Seth schluckte so schwer, dass Logan es hören konnte. »Okay.«

Langsam fuhr Logan mit seiner Hand Seths starren Rücken runter. Er ging auf Nummer sicher, dass ihre Gesichter nur Millimeter voneinander entfernt waren, als würden sie kuscheln. Seth trug einen dieser Caban Mäntel und Logan streichelte ihm über seinen wunderbar runden Hintern, bevor seine Hand unter dem Saum des Mantels verschwand und er fest zupackte.

»Stell dir vor, ich sage etwas wahnsinnig Schmutziges«, flüsterte er in Seths Ohr.

Seth entfleuchte ein scharfes Geräusch, das ein Lachen sein musste. Er umfasste Logan und hielt ihn an den Schultern fest, bevor er ihm mit einer Hand über den Kopf strich. Er kraulte seinen Nacken und fuhr mit seinen stumpfen Fingernägeln über Logans kurze Haare am Nackenansatz, was Funken in Logan versprühte und die Aufmerksamkeit seines Schwanzes erlangte.

Mit Männern war es immer schnell und hart, doch das hier war anders. Logan dachte, dass sie sich sicherlich benahmen wie ein Paar. Er musste seinen Teil des Deals einhalten, also würde er tun was auch immer es verlangte.

Außerdem mochte er Seth und dieser Ex war ein Volltrottel, ihn für den breiten Nacken, der vermutlich dank der ganzen Steroide einen winzigen Schwanz hatte, zu verlassen. Seth verdiente Logans Meinung nach etwas so viel Besseres, und es war eine Genugtuung, Brandon zu zeigen, dass Seth ihn kein Stück vermisste.

Doch dann fragte er sich, ob Seth ihn vermisste. »Wünschtest du, er hätte dich nicht verlassen?«, fragte er, bevor er sich davon abhalten konnte.

Seth spielte mit Logans Haaren in seinem Nacken, was angenehme kleine Blitze durch ihn durch schickte. Er stoppte die

Bewegung und ließ seine nackte Hand in Logans Nacken ruhen, warm und schwer.

»Weißt du was? Nein.« Ein Lächeln zog an seinen Mundwinkeln. Er lachte laut auf, als könne er es selbst kaum glauben. »Ihn jetzt zu sehen hat mir klargemacht, wie sehr ich ihn *nicht* vermisse. Nicht, dass wir über die Jahre keine gute Zeit gehabt hätten. Das haben wir, viele gute Zeiten sogar.«

»Ich glaube es dir einfach mal.«

Lachend sagte Seth: »Wirklich. Aber das scheint mir schon so lange her zu sein. Ihn jetzt zu sehen war so seltsam. Ich habe mir sein Profil auf Facebook angeschaut und Bilder gesehen, doch es ist über ein Jahr her, seit wir uns gegenüber gestanden haben. Und er ist mir so vertraut, abgesehen von diesem lächerlichen Bart. Ich habe ihn so gut gekannt, so…innig. Ich denke, ich habe seinen Körper vor seinem Gesicht erkannt. Aber jetzt ist er ein anderer Mensch. Ich würde ihn nicht zurück haben wollen. Ich will ihn nicht.«

»Gut. Er ist ein Volltrottel.« Logan fiel auf, dass seine Hand immer noch auf Seths Hintern lag, doch er bewegte sie nicht, er drückte nur einmal kurz zu.

Seth schien atemlos, als er fragte: »Denkst du, sie sehen immer noch her?«

»Vielleicht. Lass uns noch ein bisschen weitermachen, um sicher zu gehen.« Wenn sie sich schon auf dieses Spiel einließen, dann sollten sie es auch mit Hingabe tun. Er massierte Seths Arsch und nippte an seinem Kiefer. Er fuhr mit seinen Zähnen über Seths Haut und grinste, als dieser aufjapste.

»Okay, ich werde hinsehen«, murmelte Seth, sein Atem heiß über Logans Mund. Einen Moment später seufzte er und entfernte sich. Logan ließ seine Hand fallen und Seth tat es ihm gleich.

»Die Luft ist rein«, bestätigte Seth. Er blinzelte in das Schaufenster. »Weißt du, der Stuhl sieht wirklich gut aus. Lass uns nachsehen, wie viele sie davon haben.«

Logan schob seine Hände in seine Hosentaschen. Er war auf einmal unsicher, was er mit ihnen tun sollte. »Klar.«

Als Seth die Tür öffnete, erklang eine Glocke. Er drehte sich zu Logan um.

»Übrigens, Danke für gerade eben.« Er lachte und seine Wangen erröteten.

»Du warst sehr überzeugend.«

»Klar«, wiederholte Logan und spürte Wärme in seine eigenen Wangen steigen. »Jederzeit.«

Kapitel Acht

»*S*TELL DIR VOR, *ich sage etwas wahnsinnig Schmutziges.*« Obwohl Seths Vorstellungskraft nicht sonderlich ausgeprägt war, wenn es um Sex ging, dieser heiße Hauch der geflüsterten Wörter hallte am nächsten Tag endlos durch seinen Kopf. Zusammen mit aufregenden, verbotenen Wörtern. Wörter wie *lutsch* und *fick.* Oder *Ko—*

»Ich habe Logan lange nicht mehr so viel Lächeln sehen.«

Seth erschrak sich so sehr, als er Jennas Stimme hörte, dass seine Knie gegen die Unterseite seines Schreibtisches stießen. Sie lachte. »Tut mir leid, ich wollte dich nicht aus tiefen Gedanken reißen.«

Er drehte sich auf seinem Stuhl um. »Meine Gedanken sind nicht tief!« Seth zuckte zusammen, als er merkte, wie seltsam er sich verhielt. »Ich meine—ja. Ähm. Ich war gedanklich nicht da.«

Ich war zu beschäftigt, mir schmutzige Dinge vorzustellen, die vermutlich aus der Sicht anderer Leute immer noch ziemlich langweilig sind. »Was hast du gesagt?«

»Oh, dass Logan am Wochenende endlich mal wieder gelächelt hat.« Sie sprach ruhig und rollte ihren Stuhl näher an ihn heran.

Seths Herz machte einen Satz, als er an Logans Grinsen dachte, als er Seth „Schatz" genannt hatte. »Oh, naja… das ist schön.«

»Natürlich haben sich seine Probleme nicht in Luft aufgelöst, aber er war so niedergeschlagen. Es ist so schön zu wissen, dass er ein paar Wochen mit dir hat. Ich glaube, du bist ein guter Einfluss für ihn. Du gehst wahnsinnig gut mit Connor um.«

»War ihre Beziehung schon immer so…angespannt?«

Jenna überkreuzte ihre Beine und wippte mit dem Fuß. Ihr Schuh hing nur noch halb an ihr, als sie eine Grimasse zog. »Oh ja, seit dem ersten Tag gab es nur Sticheleien und Streitereien. Connor war misstrauisch, was Logan angeht, und ich kann nicht sagen, dass ich es ihm verüble. Vor allem, wenn man bedenkt, wie schnell Logan und Veronica geheiratet haben. Ich meine, Logan war immer noch im Krankenhaus. Er hatte Connor vor der Hochzeit nicht einmal kennen gelernt. Das ist bestimmt ein wahnsinniger Schock für ein Kind.«

»Ein verdammt riesiger Schock.«

Jenna lächelte kurz. »Verdammt riesig, ja. Und als Veronica Logan mit zu sich nach Hause brachte, ist alles noch viel schlimmer geworden. Sie schienen sich wirklich zu lieben und er hat sie so sehr gebraucht. Ich denke, dass sie es gebraucht hat, gebraucht zu werden. Macht das Sinn? Aber, sobald er wieder gesund war, ist ihre Beziehung in die Brüche gegangen. Vielleicht war es… sowas wie ein Florence Nightingale Syndrom oder sowas. Krankenschwester und Patient, die sich ineinander verlieben.« Sie lachte. »Ich glaube nicht, dass man es so nennt. Vielleicht sollte ich noch einen Kaffee trinken.«

Seth lächelte. »Ich verstehe, was du sagst.« Er hielt ihr seine alberne Katzentasse hin, und sie trank die letzten Schlucke mit einem dankbaren Grinsen aus.

»Jedenfalls schien er ein bisschen ruhiger am Wochenende. Er ist seit einer langen Zeit immer angespannt. Und du bist auch nicht die entspannteste Person, wenn wir mal ehrlich sind.«

Er konnte nur lachen. »Offenbar sind wir das. Ja, ich bin generell unentspannt, das kann ich nicht abstreiten.«

Jenna legte den Kopf schief. »Ihr seid auf unterschiedliche Weisen verklemmt, aber zusammen schafft ihr es vielleicht, etwas lockerer zu werden.« Sie lachte und klatschte sich mit der Hand gegen die Stirn, bevor sie flüsterte: »Oh mein Gott, was sage ich denn da! Ich höre mich an, als wärt ihr beide wirklich ein Paar und nicht in einer gestellten Beziehung.«

Nun lachte Seth und er verriet ihr: »Wir haben gestern Brandon und Peter getroffen.«

Sofort setzte sie sich gerade auf, ihre Augen weit aufgerissen. »Was? Wie? Wo?«

»Saratoga Springs. Wir haben einen Tisch und Stühle gekauft.«

Jennas Augenbrauen hoben sich. »Okay, ich brauche eine Minute, um das Bild von meinem Bruder in…Antiquitäten Geschäften zu verarbeiten.«

»Er hat das gut gemacht. In jeglicher Hinsicht.«

Nach einer kurzen Stille stupste Jenna Seths Arm an. »Was ist passiert? Erzähl schon!«

Seth gab ihr die Schnellzusammenfassung. »Also hat er so getan, als wäre er mein Partner und dann sind wir weggegangen als… als wären Brandon und Peter und die anderen uns komplett egal.«

»Ja!« Sie boxte die Luft mit ihrer Faust und flüsterte: »Ich liebe es.«

Seth musste grinsen. »Es hat sich ziemlich gut angefühlt.« *Genauso wie die Hand deines Bruders auf meinem Hintern.* Seth stellte sich vor, er könne immer noch den Druck von Logans Hand und seinen Fingern am Rande seines Gesäßes spüren.

Sie fragte: »Hey, hat Dale einen Termin für das Abendessen festgelegt?«

»Oh. Lass mich nachsehen.« Normalerweise nahm Seth sich am Abend und am Wochenende immer die Zeit, nochmal in sein Arbeitspostfach reinzuschauen. Erst in dem Moment fiel ihm auf, dass er das die letzten Tage nicht getan hatte.

Auf einmal schossen ihm Bilder von Momenten des letzten Wochenendes durch den Kopf. Er hatte Brandon und Peter gesehen, Logans heißer Atem und seine Stoppeln an seinem Gesicht, seine Hand an Seths Hintern…

»Stell dir vor, ich sage etwas wahnsinnig Schmutziges.«

»Bist du dir sicher, dass es dir gut geht?«

»Jep!« Seth spürte Jennas Blick auf ihm. Seine Haut prickelte, als er zu fest mit der Maus klickte, um seine E-Mails zu öffnen. Da war es:

Absender: Gupta, Dale Betreff: Abendessen mit Angela Barker

Seth doppelklickte auf die Nachricht und las sie schnell durch. Zu Jenna sagte er leise: »Donnerstag Abend, sieben Uhr.«

Sie lehnte sich über ihn und las die kurze E-Mail selbst. Sie roch nach Äpfeln und Meer. »Okay, das ist doch gut.«

Er atmete tief ein. »Abendessen am Donnerstag, und dann fahren wir am Freitag nach der Arbeit zu diesem Betriebsausflug.«

Jenna sagte: »Der Gedanke daran, Logan…mit dir kuscheln zu sehen, macht mich immer noch fertig.«

»Naja, wir sind in einer festen fake Beziehung«, murmelte er. »Er hat das wirklich gut gemacht. Ich gebe zu, ich war überrascht.« Schnell fügte er hinzu: »Nicht, dass ich dachte, Logan wäre homophob oder so etwas. Er kommt nur sehr… macho rüber, denke ich.«

»Stimmt. Nachdem er bei den Marines war und dann bei der Bahn… Er tut sich schwer mit Gefühlen und so. Nicht, dass alle schwule Männer sich damit leicht täten.« Sie sah ihn nachdenklich an. »Wo wir gerade davon sprechen. Ich hätte erwartet, dass du heute schmollst und Brandon vermisst, nachdem du ihn gesehen hast. Zumindest viel darüber nachdenkst.«

Hm. Da hatte sie recht. »Woher willst du wissen, dass ich das nicht tue?«

»Nicht was tust?« Matts wuscheliger Kopf erschien über der Trennwand zwischen ihnen. »Worüber flüstert ihr?« Er formte das Wort »Geheimmission?«, mit seinen Lippen.

Jenna nickte und winkte ihn ungeduldig zu ihnen rüber. In seinen üblichen Turnschuhen und dunkler Jeans, kam Matt um die Trennwand herum und schnappte sich einen der Bürostühle, den die Werkstudenten genutzt hatten. Er drehte ihn, bis er sich rückwärts auf den Stuhl setzen konnte, und legte seine Unterarme auf der Rückenlehne ab. Unter seiner Anzugsjacke blitzte ein T-Shirt hervor, auf dem das Bild einer Gitarre und der Name einer Band, von der Seth noch nie etwas gehört hatte, abgebildet waren.

Nachdem Jenna ihm alles erzählt hatte, grinste Matt. »Oh Mann. Wie sehr liebst du es, dass du diesem Trottel deinen neuen Freund ins Gesicht reiben konntest?«

»Fake Freund«, flüsterte Seth. »Naja, Fake Verlobter eigentlich.«

»Egal. Trottel muss das ja nicht wissen.« Matt runzelte die Stirn. »Aber ja, mich überrascht es, dass du dir über das Aufeinandertreffen nicht mehr Gedanken machst.«

»Und nochmal: Woher wollt ihr wissen, dass ich das nicht tue?«

»Du machst keine nervösen Bewegungen. Kein Bein wippen«, sagte Jenna. »Daran merken wir immer, dass du über Brandon nachdenkst. Du wippst mit dem Fuß, als würdest du versuchen aus deiner Haut rauszuklettern.«

Matt fügte hinzu: »Ich kann deinen Stuhl hören, wenn du es tust. *Quietsch, quietsch, knarz, quietsch.*«

»Oh.« Seth war überrascht. Er rutschte dann auf seinem Stuhl umher und schlug seine Beine wieder übereinander. Er fühlte sich wahnsinnig entblößt. Sein Stuhl *knar-quieeeeeeeetschte.* Sein ganzer Körper versteifte sich.

»Ähm. Offenbar bin ich schuldig.«

»Oh, vergiss nicht die Dekoration für dein Haus!«, wechselte Jenna das Thema. »Angela liebt Weihnachten.«

Ufff. »Oh, stimmt. Ich werde etwas einkaufen müssen.« Es war dumm, eine solche Angst vor Dekoration zu haben. »Das ist nicht wirklich mein Ding.«

Matts Augenbrauen schossen nach oben. »Wirklich? Hm. Ich

dachte, du wärst sicher einer von denen, die sofort die Nikolausstrümpfe mit viel Liebe zum Detail am Kamin aufhängen. Am
besten noch mit Keksen und Milch für den Nikolaus.«

Ich habe Weihnachten nicht verdient.

Der Gedanke schoss ihm in den Kopf, doch zum Glück konnte er ihn blockieren, bevor er ihm über die Lippen kam.

Ein Gedankenwirbel vergangener Weihnachtsfeiertage hinterließ einen dumpfen Schmerz. Die Nikolausstrümpfe, die vom
Kamin hingen, und der Kaminsims, auf dem seine Mutter ihre
ganzen hässlichen Weihnachtsfiguren aufgestellt hatte, inklusive
eines Krippenspiels. Die Farbe, die bereits von den Heiligen Drei
Königen abblätterte…

»Ich kümmere mich um einen Baum und bespreche mit Logan, was für einen ich holen soll. Unser Cousin hat eine
Tannenbaumfarm, da bekomme ich einen guten Preis.«

»Uhm, okay.« Seths Gedanken drehten sich. Er würde einen
echten Weihnachtsbaum haben. Er hatte immer nur den künstli-
chen Baum seiner Eltern gekannt, der, als er ihn das letzte Mal
gesehen hatte, schon ziemlich kahl gewirkt hatte. Natürlich lag das
schon ein paar Jahre zurück. Sicherlich hatten sie sich in der
Zwischenzeit einen neuen gekauft. Vermutlich hatten sich viele
Dinge bei ihm Zuhause verändert.

Zuhause.

»Ho, ho, ho!« Tara aus der Buchhaltung erschien am Eingang
zu ihrem Abteil, und ihre Nikolausmütze rutschte ihr über die
Stirn. Sie schob das Stück Stoff wieder hoch und die kleine Glocke
am Ende klingelte kurz. »Habt ihr schon etwas zur Sammlung für
die Tafel beigetragen? Wir wollen, dass es die größte Spende ist die
wir jemals gespendet haben! Angela wird am Freitag hier sein,
wenn die Mitarbeiter kommen um sie abzuholen.«

Sie versprachen noch mehr Dosen Tunfisch und Erdnussbut-
tergläser mitzubringen. Seth fühlte sich schuldig, dass er bislang
noch gar nichts dazu beigetragen hatte. Er hatte vorgehabt,

einkaufen zu gehen und dabei ein paar Dinge mitzunehmen, aber insgeheim wünschte er, er könnte ihnen einfach das Geld geben.

Matt ging in sein Abteil zurück und Jenna rollte zurück zu ihrem Schreibtisch. Seth tippte auf seinem Keyboard und las sich ein paar neue E-Mails durch. Dieses Mal hatte Becky ihnen DRINGEND! mitgeteilt, dass die Tintenpatronen vom Drucker bald leer seien.

Als Seth noch eine E-Mail überflog, fiel sein Blick auf das gerahmte Foto von Logan und Connor, das immer noch auf seinem Tisch stand. Logan war wirklich gutaussehend und… maskulin. Er erinnerte sich an das Gefühl von Logans Hand auf seinem Hintern und stellte sich ihn dann in nur seinen Boxer Briefs vor. Ausgestreckt auf der Couch, mit der Decke um seinen Beinen…

Seth klickte mit seiner Maus und räusperte sich. Mit einem Mal realisierte er, dass Jenna recht hatte. Er dachte wirklich nicht über Brandon nach. Ihn und Peter zu treffen hätte ihn in der Vergangenheit völlig aus der Bahn geworfen, doch nun dachte er fast gar nicht über sie nach. Stattdessen kreisten seine Gedanken um Logan und das geheime Flüstern in Seths Ohr.

ALS SETH IN der frühen Dunkelheit auf seine Einfahrt einbog, fing sein Herz an schneller zu schlagen, als er Logan auf einer Leiter an der vorderen Hauswand entdeckte. Das Herzrasen kam nicht unbedingt davon, dass er auf einer Leiter stand, sondern daher, dass er da war. Seth begutachtete die bereits vertraute Form seiner breiten Schultern in der Lederjacke. Seine Jeans umrahmten sein Hinterteil, das perfekt zur Schau gestellt wurde, als Logan nach oben griff, um eine Reihe Weihnachtslichter am Rande des schrägen Daches anzubringen.

Seth konnte die Schmetterlinge in seinem Bauch und seine

Aufregung nicht verleugnen. Er grinste vor sich hin, als er vor der Garage parkte und den Motor abstellte. Vielleicht hatte er sich ein bisschen verguckt. Das war immer noch verdammt besser, als Brandon nachzuweinen. Sich für jemand anderen zu interessieren, war vielleicht genau was er gebraucht hatte, um über Brandon hinwegzukommen.

Er ließ die Tüten voller Dosenessen im Kofferraum seines SUV und hantierte mit den restlichen Jutebeuteln in der Hand, während er das Auto mit einem *piep* verschloss. Auf dem Weg zur Tür rief er: »Sieht gut aus!« Sein Gesicht errötete, obwohl sein Atem in der kalten Luft leichte Wolken bildete. Sollte er verdeutlichen, dass er die Lichter meinte? Obwohl die Lichter noch gar nicht an waren. Momentan sah er nur eine dunkle Reihe kleiner Glühbirnen. Wieso hatte er das gesagt?

»Sollte passen«, antwortete Logan. Er sah auf Seth hinunter und gab ihm ein kleines, zufriedenes Lächeln, das sein Gesicht weicher zu machen schien. Trotz seiner besten Versuche es davon abzuhalten, schien Seths Herz törichterweise in seiner Brust anzuschwellen.

Als Logan noch ein paar Meter Lichterkette anbrachte und sich gefährlich weit nach rechts lehnte, zog Seth scharf die Luft ein. »Sei vorsichtig da oben!« Er ließ die Tüten auf den vom Schnee befreiten Weg fallen und hielt die Leiter fest.

Logan grunzte und kletterte wieder runter, bevor er die Leiter etwas verschob. »Schon okay, es fehlt nicht mehr viel.« Sein Blick viel auf die Einkaufstaschen und er legte die Stirn in Falten. »Die werden nass.«

»Stimmt! Ich werd nur…« Seth schnappte sich die Henkel und trug die Taschen ins Haus. Er trampelte den Schnee von seinen Schuhen und zog sie aus. Die Tür ließ er geöffnet.

Ein bunter Adventskranz aus glitzernden Baumanhängern in traditionellen Weihnachtsfarben, sowie pink und violett hing an der Haustür. Er hatte ähnliche Kränze in der Nachbarschaft bewundert, wenn er daran vorbeigefahren war, und es weckte ein seltsames Gefühl der Freude in ihm, jetzt einen eigenen zu haben.

Aber das ist nur für Angela. Nur zur Schau. Das ist nicht wirklich meiner.

Seth lehnte sich nach draußen. »Der Kranz ist schön!«

»Ja? Jenna meinte, ich solle einen behängten Kranz kaufen und der sah gut aus.«

»Er ist perfekt.« *Er gehört nicht wirklich mir. Das hier ist alles eine Täuschung. Das kann ich nicht haben.*

»Kannst du die Lichter einschalten?«, rief Logan ihm zu.

Seth legte den Schalter neben der Eingangstür um und lehnte sich wieder raus. Lichter in allmöglichen Farben erhellten das Dach und dicke Schneeflocken fielen vom Himmel, um das Bild noch perfekter zu machen. »Es sieht wirklich toll aus!«

Logan kletterte die Leiter wieder runter und stellte sich ans andere Ende des mit Schnee bedeckten Vorgartens. Er streckte seinen Hals und nickte. »Das passt.«

»Du musst am erfrieren sein! Komm rein. Ich mache Abendessen. Naja, ich werde das Grillhähnchen und den käsigen Kartoffelbrei in die Mikrowelle schmeißen. Zum Glück gibt es eine Fertigessen-Abteilung.«

Logan grinste. »Ich räum nur schnell die Leiter und den ganzen Scheiß auf.«

»Okay. Ich liebe übrigens auch den Kranz. Danke.«

»Ja? Ich war mir nicht sicher, ob er zu bunt ist. Aber er sieht hübsch aus. Jenna hat mir eine Liste voll Sachen gegeben, die ich für drinnen besorgen soll, hatte heute aber nur Zeit für die Außendekoration. Musste Dad zu einem Arzttermin fahren.«

»Ich hoffe, es ist alles in Ordnung?«

Er zuckte mit den Schultern. »Immer der selbe alte Scheiß. Dad hört nicht darauf das Fast Food wegzulassen. Mal abgesehen von rotem Fleisch und Scotch.«

»Ah. Ich gebe zu, ich genieße auch ab und zu einen guten

Scotch.«

»Ja? Allerdings glaube ich nicht, dass Dad das gute Zeug säuft.« Er griff nach der Leiter und trug sie zurück in die Garage.

Seth beeilte sich seine Einkäufe auszupacken und versuchte das aufdringliche Gefühl der Aufregung zu ignorieren. Er hatte nur einen kleinen Crush! Niemand musste je davon erfahren. Er und Logan hatten keine echte Beziehung, aber Seth konnte seine Gesellschaft genießen. Er konnte sich daran erfreuen nicht so furchtbar alleine zu sein.

Als er die Tür zur Speisekammer öffnete, hielt er inne. Das war der Moment, in dem er normalerweise an Brandon dachte und das Gefühl eines Verlusts spürte. Manchmal war es stumpf, manchmal messerscharf, doch heute...

Nein, es war nicht da. Er vermisste Brandon nicht. Vielleicht vermisste er Brandon schon seit einer ganzen Weile nicht mehr.

»Brauchst du Hilfe?«

Er erschrak und wirbelte herum, wobei er eine Packing Macaroni fallen ließ, die ratternd zu Boden fiel. »Nein, alles gut.«

Logan sah ihn misstrauisch an. »Okay.«

Seth musste irgendetwas sagen und er überlegte fieberhaft nach einem Thema, als er sich runterbeugte um die Nudeln aufzuheben. »Wie gehts Connor?«

Nach einem Moment antwortete Logan: »Ähm gut, denke ich?«

»Du hast heute nicht mit ihm gesprochen?« Seth machte sich wieder daran die Lebensmittel auszupacken.

Logan zog die Augenbrauen in der Mitte zusammen. »Nein. Wir... Er will nicht mit mir sprechen.«

»Okay. Ich höre, was du sagst...«

»Aber?« Logan schnaubte. »Komm schon, ich halt's aus.«

»Naja, ich weiß, dass ihr euch viel streitet, aber...« Seth versuchte die richtigen Worte zu wählen, um Logan nicht zu verletzen. »Die Sache ist die, wenn du dir keine Mühe mit ihm gibst, wird er denken, dass er dir egal ist. Auch wenn ihr euch am Ende streitet, glaube ich trotzdem, dass es ihm hilft, wenn du ihn kontaktierst. Er ist wütend und verängstigt und schwierig, aber ich denke wenn du es immer weiter versuchst, wird sich das ändern.«

Logan runzelte die Stirn und schien über Seths Worte nachzudenken. »Ich will ihn nicht nerven, weißt du?«

»Verstehe ich. Es muss auch keine große Sache sein. Vielleicht schreibst du ihm einfach einmal am Tag und fragst ihn, wie es ihm geht. Es könnte auch etwas sein, wie mit ihm über Sport zu reden oder ihm ein lustiges Video zu schicken. Einfach… Kontakt. Zeig ihm, dass du an ihn denkst. Dass er dir wichtig ist.«

»Das macht Sinn.« Logan rubbelte mit einer Hand über seine kurzen Haare und lächelte verlegen. »Hab dir doch gesagt, dass ich nutzlos bin.«

»Du bist nicht nutzlos. Du lernst.«

»Aber du hast keine Kinder. Wieso bist du da so gut drin?«

»Ich bin alles andere als ein Experte.« Trotzdem errötete er freudig bei dem Kompliment. »Ich mach das Essen warm. Was ist mit einem Drink?« Der Gedanke daran, an einem Montag Alkohol zu trinken, fühlte sich seltsam rebellisch an.

Er musste wirklich anfangen etwas aus sich rauszukommen, oder?

Logan sagt: »Ja, danke.«

»Wir können genauso gut etwas gefährlich leben, stimmt's?«

»Sicher«, stimmte Logan mit einem grummelnden Lachen zu.

Seth versuchte wirklich, wirklich stark, nicht daran zu denken, welche Worte Logan wohl benutzen würde, wenn er schmutzige Dinge zu ihm sagen würde.

Kapitel Neun

SETH STELLTE DEN Fernseher auf stumm, als noch ein Werbeblock vor dem Post Game gespielt wurde. Logan war überrascht gewesen, als Seth vorgeschlagen hatte, das Footballspiel zum Essen anzuschauen. Jetzt saßen sie entspannt auf der Couch, Bäuche voller Hähnchen und käsigen Kartoffeln. Nach dem Bier zum Abendessen, waren sie zu einem Scotch übergegangen.

Logan nahm kleine Schlucke aus seinem Glas und genoss das angenehme Brennen. Offenbar konnte Seth sich das gute Zeug leisten und Logan beschwerte sich nicht. Statt eines scharfen, leeren Nachgeschmacks, wurde er von einer würzigen Reichhaltigkeit überrascht, die ihn an das Früchtebrot seiner Großmutter erinnerte.

Auf dem stummen Fernseher spielten Hunde Basketball in einer Versicherungswerbung oder so etwas. Es schneite und wenn er die Augen zusammenkniff, konnte er durch die Schiebetüren sehen, wie sich der Schnee sich auf der Terrasse anhäufte. Der Gasofen wärmte den Raum perfekt.

Er sollte sich wirklich um einen Baum und das Zeug kümmern, bevor die Bosslady zu ihnen zum Abendessen kam. Logan musste zugeben, dass der Raum wahnsinnig gut aussehen würde, wenn er ordentlich dekoriert war. Auch, wenn es nur zur Schau war und es sich nicht um die echte Dekoration einer echten Familie handelte.

Seth war still geworden, doch es war keine unangenehme

Stille. Hier auf dem großen Sofa zu sitzen, und dem ruhigen Knacken des Feuers zuzuhören, war seltsam schön.

»Ich muss—« Seth unterbrach sich selbst und trank von seinem Scotch, bevor er das Eis in dem Glas herumwirbelte. »Es ist dumm.«

»Ähm…was?«

»Oh, tut mir leid. Mein Gehirn hört einfach nicht auf zu denken und ab und zu rede ich mit mir selbst.«

»Über was?«

»Alles. Oh, du meinst im Moment?« Er lachte kurz und rubbelte mit der Hand über sein Gesicht, wobei sein Bartschatten ein kratziges Geräusch gegen seine Handfläche machte.

»Du musst es mir nicht sagen.« Allerdings war Logan gespannt.

»Wenn du es nicht willst.«

»Vielleicht täte es mir gut, einen Rat einzuholen.«

»Ich weiß nicht, ob ich dir da eine Hilfe bin. Das ist normalerweise Jennas Abteilung.«

Seth kreiste wieder mit seinem Glas, wobei das Eis gegeneinander stieß. Er lächelte. »Ob wir wollen, oder nicht.«

»Haha, ja.« Normalerweise würde Logan schon bei der kleinsten Kritik an Jenna ausrasten, doch Seths Lächeln war nett. Was hieß das doch gleich? Liebevoll.

»Naja, erzähl schon, wenn du meinen dummen Rat willst.«

Nachdem Seth die Stirn runzelte, sagte er: »Ich hatte mein Coming Out vor zwölf Jahren, weil ich es einfach nicht mehr vor meiner Familie verstecken konnte. Ich konnte nicht so tun, als wäre Brandon nur mein Mitbewohner und dass ich nur das richtige Mädchen noch nicht getroffen hatte. Ich hasste die Lügen so sehr.«

Er starrte den Fernseher an, doch seine Augen schienen unfokussiert. »Das Lügen fühlte sich noch sündhafter an als das schwul sein. Und hier sitze ich nun, über zehn Jahre später und fühle mich immer noch schuldig, weil ich…« Er seufzte. »Du weißt schon.«

Logan runzelte die Stirn. »Hm?«

»Naja, körperliche Bedürfnisse.«

»Sprichst du vom Ficken?«

Seth sah ihn an und lachte. »Ja, tue ich. Ich kann es nicht einmal *sagen*. Es ist nicht als würde ich…Sex nicht mögen. Ich mag ihn! Sehr sogar.«

»Okay.« Nun war Logan an der Reihe sein Glas zu schaukeln, damit die Eiswürfel sich drehten. Er beobachtete Seth aus seinem Augenwinkel. Seth trug Slacks und ein Hemd. Er hatte seine Krawatte ausgezogen, die Ärmel bis zu seinen Ellbogen hochgekrempelt und saß etwas vornüber gebeugt, Beine leicht gespreizt.

Logan dachte daran, wie fest Seths Hintern sich angefühlt hatte, als sie sich am Tag davor näher gekommen waren, um seinem Arschloch Ex eins auszuwischen. Und jetzt dachte er an Seth beim Sex. Mit einem anderen Mann. Nicht nur Handjobs oder harte Nummern mit einem Kopfnicken und kurzem Dank danach. Ordentlichem Sex, mit Küssen und allem drum und dran.

Richtigem Sex.

Wie seltsam. Außerdem seltsam heiß.

Darum war es Logan nie gegangen, wenn er sich mit Männern vergnügt hatte. Ums heiß-sein, oder was auch immer. Nicht so, wie er es mit Frauen empfand und wie schön sie waren. Wie sexy. Er konnte sich nicht daran erinnern, jemals einen Mann sexy gefunden zu haben.

Sein Blick fiel auf Seth und seine gespreizten Beine. Auf sein Hemd, das oben aufgeknöpft war und seinen Hals freilegte.

Offenbar hatte sich das gerade geändert.

Logan schluckte seinen Scotch runter und starrte auf den Bildschirm, wo gerade ein harter Tackle wiederholt wurde. Seth war wieder still, also war das Thema sicherlich abgeschlossen und—

»Ich habe Brandon geliebt, und er mich. Bis er damit aufgehört hat.« Seth schüttelte den Kopf als stünde er immer noch unter Schock. Ein kleines Lächeln zog an seinen Mundwinkeln. »Und nachdem ich ihm jetzt endlich wieder gegenüber gestanden bin, habe ich realisiert, dass ich ihn wirklich nicht mehr liebe. Ich bin nicht *verliebt* in ihn. Was gut ist.«

Logan nickte und versuchte, nicht Seths volle Lippen anzustarren. »Das ist es.« Dieses Arschgesicht hatte Seth nicht verdient.

»Vor ihm bin ich mit ein paar anderen Typen ausgegangen, aber da war nichts Ernstes dabei. Ich habe nie…« Er errötete leicht, setzte sich anders hin und tippte mit dem Finger gegen sein Glas. »Ich habe mit den anderen Männern nie viel gemacht. Es kam mir immer vor, als müsse ich verliebt sein. Um… du weißt schon… um Sex zu haben.«

Logan versuchte ihn nicht anzustarren. »*Wieso*?«

Seth lachte kurz auf und verdrehte die Augen. »Ich weiß, es ist dumm. Aber es wurde in der Kirche und Zuhause so in mich eingehämmert. Dass Sex nur für Eheleute war. Nachdem Brandon und ich damals nicht heiraten konnten, habe ich diesen… diesen Deal gemacht. Mit mir selbst. Mit Gott. Es musste ein Ausdruck von Liebe sein und dann war es okay.«

»Religionen vermurksen ganz schön viele Menschen. Äh, nimm's mir nicht übel.«

Seth lachte und lehnte den Kopf für einen Moment zurück. Sein langer Hals streckte sich. »Tu ich nicht. Glaub's mir. Es ist wirklich dumm. Wie ich mich die ganzen Jahre verstellt habe. Wieso sollte ich mich schlecht fühlen nur weil ich… weil ich…*ficken* will?« Er sagte es, als wäre es das vulgärste, was er je ausgesprochen hatte.

»Solltest du nicht.«

»Nein, sollte ich nicht! Ich bin ein erwachsener Mann, ich kann tun was ich will.« Seth rutschte auf der Couch hin und her, offenbar aufgebracht. Logan stellte sich vor, dass Seths Wangen sich warm unter seinen Fingern anfühlen würden.

Er runzelte die Stirn. »Bist du betrunken?«

»Nein!« Er lachte wieder. »Vielleicht ein bisschen angeheitert. Es ist nett. Ich habe keine Lust mehr traurig und einsam zu sein. Wieso bestrafe ich mich selbst damit, enthaltsam zu leben? Wieso denke ich, dass ich keinen Sex verdient habe, wenn mich niemand liebt? Es ist keine Sünde, Sex zu haben, wenn man nicht verliebt ist, oder?«

»Definitiv nicht. Diese ganzen Sündenkacke ist Bullshit.«

»Das ist es, stimmt's? Wieso sollte ich hier rumsitzen und auf… was genau eigentlich warten? Prinz Charming? Mr. Right?«

»Versuchst du mir zu sagen, dass du das ganze letzte *Jahr* keinen Sex hattest?«

Seth leerte sein Glas und stellte es auf einem Untersetzer auf dem Holztisch ab. »Genau das sage ich dir. Hatte zu viel Angst mit jemandem auszugehen.« Er verzog das Gesicht. »Dieser ganze…Aufwand. Es kommt mir zu anstrengend vor. Jetzt gibt es da diese Apps und ich werde wahrscheinlich alles falsch machen. Benutzt du sie?«

Bevor Logan antworten konnte, zog Seth scharf die Luft ein. »Obwohl du und deine Frau euch nicht getrennt habt, sie…« Er hielt sich eine Hand vor den Mund und, als er sie wieder fallen ließ, war sein Gesicht noch röter. »Tut mir leid. Ich wollte keinen Vergleich aufstellen. Das war wahnsinnig undurchdacht.«

»Schon okay.« Vielleicht hätte Logan sich schlechter fühlen sollen, doch Veronica war nicht mehr da. Ihm ging es die meiste Zeit nicht gut wegen vieler verschiedener Gründe, und er hatte es so satt. »Wie schon gesagt, unsere Heirat war von Anfang an eine schlechte Idee und die Ehe war schon vorbei. Das kann ich nicht mehr ändern. Aber hey, du kannst wieder raus gehen. Von vorne anfangen.« Er sollte seinem eigenen Rat folgen.

»Ja«, sagte Seth. »Ja«, wiederholte er und murmelte zu sich selbst: »Ich muss meine Angst überwinden.«

Oh man, Seth war wirklich verklemmt. »Es ist so einfach wie Fahrradfahren, das verlernt man nicht.«

»Brandon gestern zu sehen… ich war richtig panisch.« Er schüttelte den Kopf und atmete schwer aus bevor er schief lächelte. »Das hast du bestimmt gemerkt.«

»Vielleicht ein bisschen.«

Seth drehte sich um, damit er Logan besser ansehen konnte. Sein rechtes Bein stützte er auf der Ledercouch ab und seine Augen waren hell und aufrichtig. »Du hast mir geholfen. Dich hier zu haben…Nichts davon ist wahr, aber Brandon muss das ja nicht wissen. Ihn zu sehen war, als müsse ich einen tosenden Fluss überqueren, und ich bin endlich auf der anderen Seite angekommen. Weißt du, was ich meine? Wenn ich Brandon und Peter nochmal treffe, kann ich einfach Lächeln und ihnen das Beste wünschen und das war's dann. Ich habe das Hindernis überwunden. Ich kann dir nicht sagen, wie befreiend sich das anfühlt. Danke.«

Zufriedenheit erfüllte Logan. Die meiste Zeit war er so verdammt nutzlos und gebraucht zu werden erwärmte sein Herz mehr als der Scotch es tat. »Gern geschehen.« Er zuckte mit den Schultern. »Ich mag es, dir zu helfen«, sagte er ohne darüber nachzudenken. Es war die Wahrheit und Seth strahlte ihn an, seine blauen Augen so verdammt aufrichtig, dass Logan eine Idee kam.

Eine verdammt verrückte Idee.

Es mochte zwar sein, dass er die meiste Zeit nutzlos war, aber Sex? Das konnte er. Vielleicht waren es das Bier und der Scotch – obwohl sein Glas nicht einmal drei Finger hoch gewesen war – oder Seth, der über Sex sprach, aber die Idee durchströmte ihn mit einem Schlag Adrenalin.

Vielleicht würde Seth ihn direkt abweisen, aber… Verdammt. Logan wollte wirklich, wirklich damit helfen, sein Leben besser zu machen. Er wollte, dass Seth ihn nochmal ansah, als wäre er besonders und *gut*.

Bevor er die Nerven verlor, sprudelte es aus ihm heraus: »Ich habe noch einen Deal für dich. Ich helfe dir zu kommen. Dein Problem damit zu überwinden.«

Seths Augen weiteten sich und er starrte Logan an. Sein Mund öffnete und schloss sich wieder.

»Du wirst…Was hast du gerade gesagt?«

Logan zuckte mit den Schultern, obwohl Aufregung ihn durchfuhr. Vielleicht war es dumm, so wie die meisten seiner Ideen, aber sein Schwanz meldete sich bei dem Gedanken. »Wir könnten bisschen rummachen. Aber wenn du das nicht willst—«

»Das habe ich nicht gesagt.« Seth leckte sich über die Lippen und lehnte sich weiter zu ihm. Seine Augen waren hell, die Aufrichtigkeit wurde durch pure Lust ersetzt. »Aber du bist hetero, oder?«

»Na und? Heißt nicht, dass ich ab und zu nicht einfach abspritzen will. Männer sind weniger kompliziert. Wir wissen, was wir wollen. Man muss sich keine Gedanken um Gefühle und sowas machen. Das macht's einfacher.«

Seth starrte ihn an. Er hielt eine Hand hoch, quetschte seine Augen zusammen und öffnete sie wieder. »Willst du mir sagen… Du meinst, dass du Verhältnisse mit anderen Männern hast?«

»Meinst du Sex? Klar, ab und zu. In der Marine hat man sich gegenseitig geholfen. Oder im Wohnheim der Bahn. Manchmal einfach nur schnell in einer Toilette. Wenn mir jemand einen Blick zuwirft und anbietet meinen Schwanz zu lutschen, sage ich nicht nein.«

»Ich…« Seth starrte ihn an, als hätte er auf einmal zwei Köpfe. »Das hätte ich niemals gedacht. Hm. *Hm.*« Für einen Moment war er still und biss sich auf die Lippe. »Hast du es jemals getan? Warst du jemals derjenige der…?« Er wedelte mit der Hand.

»Gelutscht hat?« Als Seth mit einem knallroten Gesicht nickte, antwortete Logan. »Ein paar Mal, als ich im Irak war. Das ist nur fair. Hauptsächlich waren es aber Handjobs oder ich habe jemandes Arsch gefickt, wenn sie es wollten. Wie gesagt, da geht es nur ums Kommen.« Er zuckte mit den Schultern. »Nicht, dass es falsch ist einen Schwanz zu lutschen. Ich habe da keine Vorurteile oder so.«

Seths Augenbrauen hoben sich. »Ah. Gut zu wissen. Also… warst du jemals… der Bottom?«

»Nein. Das wäre zu… Nein. Da steh ich nicht drauf.« Er könnte zugeben, dass er es nie versucht hatte, aber der Gedanke daran gefickt zu werden war zu viel. Zu schwul, obwohl er das nicht laut sagen würde. Es war nicht so, als würde damit etwas nicht stimmen, es war einfach nur nicht sein Ding.

Und vielleicht hatte er ein oder zweimal darüber nachgedacht und war neugierig gewesen, aber nein. Einen Typen das machen zu lassen wäre… Verdammt, er wusste nicht was, aber es war besser die ganze Sache mit Männern so einfach wie möglich zu gestalten.

»Was ist mit Küssen?«

Er verzog das Gesicht. »Nein. Das ist zu…« Schnell nahm er einen Schluck Scotch und fühlte die Wärme in ihm aufsteigen. »Vermutlich sage ich das alles ganz falsch. Mit Typen ist es schnell und einfach.«

»Aber du bist nicht schwul.«

»Genau.« Jetzt verstand Seth es.

»Oder bi?«

Logan prustete. »Ist das nicht einfach ein Ausdruck für Leute, die nicht wissen was sie wollen?«

»Nein.« Seths Augenbrauen zogen sich zusammen und für einen Moment war er still.

»Weißt du, es ist absolut berechtigt sich zu Männern und Frauen hingezogen zu fühlen. Bisexualität gibt es wirklich.« Er klopfte mit einer Hand auf Logans Schulter und ein hitziger Blitz prickelte von der Berührung bis in Logans Fingerspitzen. »Das ist wirklich okay.«

»Sicher. Ist nichts falsch damit. Das bin ich nur nicht. Ich bin hetero. Seit ich fünfzehn war, hatte ich nur Beziehungen mit Frauen. Ich liebe es sie zu ficken. Das Zeug mit Männern ist anders. Abgegrenzt.«

»Hm. Darüber habe ich etwas gelesen. Männer die Sex mit Männern haben, aber sich nicht unbedingt als schwul oder bi oder irgendwo sonst auf dem LGBTQ-plus Spektrum identifizieren.«

»Spektrum?«, wiederholte Logan. Er hatte keine Ahnung, wovon Seth sprach. Er war hetero und manchmal hatte er Sex mit Typen. Es gab keinen Grund da ausgefallene Wörter zu benutzen.

Seths Hand hielt immer noch Logans Schulter fest und er sah darauf hinab als wäre er sich nicht sicher, wie die da hingekommen war. Er bewegte sie allerdings nicht und Logan sah keinen Grund sich zu beschweren. Seine Berührung war warm und stark. Logans Schwanz gefiel es und er rubbelte seinen Handballen über die Beule in seiner Hose ohne darüber nachzudenken.

Seths Blick folgte ihm und starrte auf seinen Schritt. Er schluckte schwer.

»Bist du…? Willst du…?«

»Jep.« Es war das erste Mal seit Monaten, dass er geil war und er realisierte, dass es vielleicht doch gar nicht so seltsam war, dass Seth seit einem Jahr mit niemandem geschlafen hatte. Vielleicht fühlte er sich innerlich so leer wie Logan es tat. Aber jetzt fing Logans Blut an zu brodeln und er brauchte Erlösung.

Noch mehr als das wollte er aber Seth helfen.

»Ich denke, das hier ist die surrealste Konversation die ich je geführt habe. Wäre es nicht seltsam? Wenn wir…«

»Wieso? Es geht nur ums Kommen. Heißt gar nichts. Wir sind Typen. Ab und zu muss man einfach abspritzen, oder nicht?«

»Ich…« Seth leckte sich über die Lippen und seine Augen wanderten zwischen Logans Gesicht und seinem Schritt hin und her. »Weißt du was? Ja. Normalerweise analysiere ich alles zu

Tode. Analyse Paralyse«, murmelte er. Dann, lauter: »Ja. Manchmal muss ich einfach abspritzen. Verdammt.«

»Ohh. Vorsicht bei der Wortwahl«, witzelte Logan. Sein Herz fing an wie wild zu schlagen und die Lust in seinen Venen baute sich immer weiter auf. Er konnte es in Seths Gesicht sehen. Die Entschlossenheit und das wachsende Selbstbewusstsein. Das erregte ihn wahnsinnig.

Mit einem Grinsen schob Seth den Kaffeetisch weg, damit er genug Platz hatte um vor Logan auf die Knie zu gehen. Sein Atem war flach, als er vor sich hin murmelte. »Ich werde es tun. Ich will es tun. Es ist nichts falsch daran.« Seine Augen waren fest auf Logans Schritt gerichtet.

Logan öffnete den Reisverschluss seiner Jeans und streifte die Hose zusammen mit seiner Unterhose ab. Er zog seinen linken Fuß heraus, damit er seine Beine weit spreizen konnte. Eine Hand wickelte er fest um seinen Schwanz und zog daran, während Seth ihm dabei zusah, als wäre er am verhungern.

»Tob dich aus«, sagte Logan.

Seth startete, ohne Logans Schwanz zu berühren. Er fuhr mit seinen Handflächen Logans behaarte Oberschenkel auf und ab und senkte seinen Kopf, um seine Nase an seinem Bauch entlangfahren zu lassen. Sein Atem war heiß und manchmal blies er ihn über Logans Schwanzspitze und ließ ihn erschaudern. Seths Hände fühlten sich nicht so rau an wie die vieler anderer Männer, doch sie waren groß und definitiv gröber als die einer Frau. Nicht besser oder schlechter, nur anders.

Wenn er Alkohol trank, dauerte es meistens einen Moment bis Logan komplett hart wurde, aber scheiße, Seth wusste genau was er tat – für einen Kerl mit innerlichen Hürden.

Vorspiel war etwas, das Logan mit Frauen in Verbindung brachte. In seiner Erfahrung mochten es die meisten von ihnen, sich ihre Zeit zu nehmen. Mit den Männern in öffentlichen Toiletten oder dem Wohnhaus gab es kein Vorspiel.

Aber verdammt, als Seth sich weiter duckte und über seinen Damm leckte, wollte Logan alles andere als sich zu beschweren. Seth ließ seine stumpfen Nägel über Logans Schenkel gleiten und er bekam Gänsehaut. Er war steinhart. Verdammt, es war wirklich schon viel zu lange her.

Als Seth ihn endlich in den Mund nahm, stöhnte Logan laut. Es war so eng und feucht und Seth tat etwas mit seiner Zunge an seiner Eichel, was Logan praktisch an die Decke gehen ließ. »Fuck, du bist gut«, murmelte er.

Seth zog sich mit einem lauten, von Speichel benässten, *pop* zurück. Er lächelte ihn an und seine Hände fuhren über Logans Knie, bis seine Daumen die sanfte Haut seiner Oberschenkelinnenseiten streichelten. Er lächelte nicht nur, Sonnenschein strahlte aus ihm heraus wie Laser und Logan konnte nicht anders als zurückzulächeln. Seth senkte seinen Kopf wieder, um ihn abermals tief in den Mund zu nehmen.

Obwohl er schon mehr gesagt hatte, als er es jemals zu einem anderen Kerl getan hatte – Grunzen und Nicken reichte normalerweise aus – wollte Logan das Lächeln wieder sehen. Seth war ein guter Mann. Vielleicht könnte er ein wirklicher Freund sein und offenbar brauchte er die Bestätigung. Außerdem lutschte er Schwänze, als wäre es sein Job.

Seth leckte seinen Schaft auf und ab und Speichel tropfte in Logans Schamhaar. Logan sagte: »Verdammt, du bist wie dafür gemacht.« Er konnte spüren, wie Seth um ihn herum grinste, als er einmal schwer schluckte und seine Wangen aushöhlte.

Logan stieß mit seinen Hüften unbeabsichtigt nach oben und Seth würgte kurz, bevor er seine Finger fester in Logans Haut presste.

Logan grunzte. »Tut mir leid.«

Offenbar hatte er ihm vergeben, denn Seth leckte ihn weiter, als gäbe es nichts anderes auf der Welt. Logan stöhnte und jegliche Anspannung fiel von ihm ab. Die negative Anspannung jedenfalls.

Die gute Art ließ Lust in ihm aufsteigen.

Er konnte ihre Reflexion in den dunklen, breiten Fenstern sehen und es machte ihn an, sich selbst so zu sehen. Beine breit und Atem schwer, mit Seth, der ihn lutschte. Den Blick auf die Reflexion gerichtet, ließ er seine Hand über Seths Kopf gleiten und streichelte über sein dickes Haar. Seth schien das zu gefallen und er gab fröhliche, kleine Laute von sich.

Scheiße, Logan liebte das. Er wollte Seth glücklich machen. Er murmelte: »Ich werde so hart kommen. Willst du es?« Manche Typen mochten es nicht zu schlucken und Logan konnte es ihnen nicht verübeln. Doch er hatte ein Gefühl, dass Seth anders war und tatsächlich, Seth sah zu ihm hinauf, Augen begierig, als er ihm ein kleines Nicken gab. Sein Mund immer noch voll mit Logans Schwanz.

Zu sehen, wie sich seine Lippen weit um Logans Penis streckten, seine blauen Augen aussahen, als würde er ihn anflehen, ließ Logans Bauchmuskeln und Eier sich zusammenziehen. »Ja, du willst es, oder?« Ohne nachzudenken streckte er eine Hand aus und fuhr Seths feuchte, geschwollenen Lippen mit seinem Finger nach. »Wirst du alles schlucken?«

Seth griff nach unten, um Logans Eier zu massieren. Ihre Augen trafen sich und Seths Nasenflügel blähten sich auf, als er noch härter an ihm saugte. Das Kribbeln in Logans Sack explodierte zu einem Orgasmus und er entleerte sich in Seths willigem Mund mit einem lauten Stöhnen, Finger in seinem dichten Haar.

»Fuck. Ja«, murmelte er.

Seth erhob sich von Logans zuckendem Schwanz und keuchte. Seine Brust hob und senkte sich rasend schnell. Weißer Samen tropften aus seinem Mund und Logan wischte sie mit seinem Finger weg, um sie Seth dann zu füttern. Seth schloss seine Augen und saugte an seinem Zeigefinger, wie er es mit seinem Schwanz getan hatte. Bei dem Anblick fing Logan wieder an zu pulsieren und ein paar letzte Tropfen entflohen seinem erweichendem

Penis.

Seths Schwanz war alles andere als weich und schlug ein ordentliches Zelt in seiner Anzughose. Logan lehnte nach vorne und zog ihn näher an sich, bis Seth aufrecht aufrecht kniete.

»Komm schon, hol ihn raus.«

Seth atmete schwer und blinzelte ihn an, bevor er die graue Hose herunterzog und dann seine Boxershorts, bis sein Schwanz heraussprang. Er war beschnitten und mächtig. So angespannt, dass er fast schon lila aussah und sich einige Lusttropfen gebildet hatten. Logan legte seine Hand darum und fing an ihn zu streicheln, während er die Flüssigkeit von der Spitze überall verteilte.

Seth balancierte mit einer Hand auf Logans Oberschenkel und stöhnte tief in seinem Hals, bevor er sich etwas nach vorne beugte. Heißer, feuchter Atem kitzelte Logans Hals unter Seths offenem Mund. In seiner linken Hand fühlte sich Seths Schwanz an wie eine Eisenstange. Heiß und bereit abzuschießen.

Seth wimmerte. »Oh. *Oh*, Ich…«

»Was muss ich tun, um dich zum fluchen zu bringen?« Scheiße, Logan wollte es herausfinden. Er wollte, dass Seth sich wirklich gehen ließ und er wollte ihm helfen an den Punkt zu kommen. Seth war gut, er hatte es verdient. »Du bist bald soweit, oder?«

Nach ein paar weiteren Handbewegungen krallten sich Seths Finger so fest in Logans Schenkel dass sie sicherlich blaue Flecken hinterließen. Mit einem Schrei kam er. Es überkam ihn wie ein Pistolenschuss und sein Körper versteifte sich, als er über Logans Hand spitzte. Es war warm und klebrig und lief über Logans Knöchel.

Er ließ Seth los und lehnte sich nach hinten, Arme an seinen Seiten. Seth folgte ihm, ließ sich gegen ihn sinken und vergrub sein Gesicht in Logans Nacken. Ihr lauter Atem und Logans trommelndes Herz füllten seine Ohren.

Er blinzelte auf den stumm gestellten Fernseher, wo die Post-

Game Jungs offenbar über ihre Statistiken sprachen, zumindest laut der Grafik auf dem Bildschirm. Logan wartete darauf, dass Seth sich bewegte, obwohl er sein warmes Gewicht auf ihm genoss.

Gerade wollte er mit einer Hand durch Seths Haare fahren, stoppte sich aber noch rechtzeitig. So lief das mit Typen nicht. Es ging nur darum zu kommen. Beiden einen Gefallen zu tun. Ein Bonusdeal zu ihrem Deal. Logan wollte ihn gerade anstupsen, als Seth sich aufsetzte. Sein Atem war immer noch schwer und sein Gesicht hochrot. Er lächelte wieder, dieses Grinsen voller Sonnenschein und Welpen oder so einem Scheiß.

Logan wusste nicht, was er sagen sollte, doch dann versuchte er ein Stöhnen zu unterdrücken, als Seth seinen Kopf senkte und Logans Hand sauber leckte. Seine Zunge verschwand in dem V seiner Finger und nahm seinen eigenen Samen auf.

Das sollte wahrscheinlich eklig sein, doch ein frischer Anfall Lust machte sich in Logans Bauch breit. Er streckte die Hand aus um Seths Kopf anzufassen. Diesem Drang seine Finger in seinem sanften, dichten Haar zu versenken, konnte er nicht widerstehen. Doch bevor er es tun konnte, sprang Seth auf die Beine und zog seine Hose wieder hoch.

»Du hattest recht, das habe ich gebraucht. Danke.« Seth sah aus als wollte er noch mehr sagen, doch nach ein paar Sekunden schnappte er sich ihre Gläser vom Tisch. »Noch eine Runde?«

Logan nickte und sah ihm dabei zu, wie er in Richtung Küche verschwand. Für einen Moment konnte er dort einfach nur sitzen, mit seinen Beinen gespreizt und seinem Schwanz zur Schau gestellt, während Seths Spucke darauf trocknete. Er befahl sich selbst sich zu bewegen und schaffte es seinen Fuß wieder in sein Hosenbein zu stecken, bevor er sie wieder hochzog und schloss.

Seth pfiff sanft vor sich hin als er zurück kam. »Meinst du sie werden Williams tauschen?« Er hielt Logan sein Glas hin.

Er nahm es ihm ab. »Hä?« Als Seth sich wieder am anderen

Ende der Couch niederließ und seine langen Beine ausstreckte, bevor er sie an den Knöcheln verschränkte, versuchte Logan sich an nur eine Sache über Williams und die Patriots zu erinnern. »Keine Ahnung.« Immerhin entsprach das der Wahrheit.

»Ich glaube, sie haben nicht genug Tiefgang ohne ihn. Es würde dem Team vielleicht kurzzeitig helfen, aber auf lange Sicht? Schlechte Entscheidung.« Er schaltete den Ton des Fernsehers wieder an und die sprechenden Köpfe füllten den Raum.

»Ja.« Logan nickte. »Stimmt.«

Was zum Teufel ist mein Problem? Komm wieder klar.

Seth schien in Ordnung zu sein. Seine Aufmerksamkeit lag auf dem Football Geschwätz des Fernsehprogramms, während Logans Herz raste wie verrückt. Er fühlte sich als wäre er Achterbahn gefahren, sein Magen und Kopf völlig verdreht. Alles was er denken konnte war:

Das war ein verdammt geiler Blowjob.

Kapitel Zehn

LOGAN HATTE RECHT—UNGEZWUNGENER Sex war *fantastisch*.

Als er am nächsten Morgen in der Dusche stand, grinste Seth vor sich hin. Er war fast schon ausgelassen, als er daran dachte, wie Logan seinen Mund gefüllt hatte. Salzig und *männlich* und mächtig.

Er zog an seinem harten Schwanz und war versucht, runter zu gehen und Logan zu wecken, in dem er ihn nochmal mit dem Mund befriedigte. Sich gegen ihn rieb und seinen Körper spürte, ihn küsste…

Seth verengte seinen Griff, bis er fast schmerzhaft war. Er musste die Kontrolle behalten.

Weil. na gut, vielleicht hatte er den ungezwungenen Teil noch nicht ganz gemeistert. Es war unfassbar gut gewesen, Logan zu schmecken und von ihm gefüllt zu werden. Und Logan hatte es offenbar genossen, so wie er sich in langen, klebrigen Stößen in Seths Mund entleert hatte.

Aber *oh*, dann seine raue Hand um seinen… seinen *Schwanz* zu spüren, hatte Seth erschaudern lassen. Peinlich berührt lachte er über sich selber und griff nach dem Shampoo. Auch nach dem ganzen Sex, den er mit Brandon gehabt hatte, viel es ihm schwer auch nur an versaute Wörter zu denken.

Es war irrsinnig, dass er den Sexakt an sich ausführen konnte, aber dann anfing rot zu werden, wenn er seinen Penis als Schwanz bezeichnen wollte. Er nahm ihn wieder in die Hand und strich darüber. Ein Schauer durchlief ihn, als er an all die schmutzigen Dinge dachte, die Logan gesagt hatte.

Seth und Brandon hatten im Bett nie viel miteinander gesprochen. Über die Jahre hinweg hatten sie eine Routine aufgebaut und die war gut gewesen. Seth hatte es immer geliebt, Brandon oral zu befriedigen. Aber jetzt öffnete sich eine neue Welt voller Möglichkeiten. Er atmete tief ein und die dunstige Luft und das heiße Wasser entspannten seine Muskeln. All die Dinge, die er und Logan tun könnten…

Nicht vergessen, das ist ungezwungener Sex.

Stimmt. Es ging nur darum zu kommen, wie Logan es gesagt hatte. Seth ließ sich selbst los und wusch das Shampoo aus seinen Haaren. Er durfte sich nicht zu sehr in die Sache reinsteigern. Aber oh, wie sehr er sich danach sehnte, Logan zu küssen. Die Bartstoppeln an seinem Gesicht zu spüren und ihn einzuatmen. Das würde aber eine Grenze überschreiten, nachdem Logan gesagt hatte, dass er nur Frauen küsste. Er hatte seine Grenzen klar dargelegt.

Seth hatte seine ganze Willenskraft aufbringen müssen, um sich von Logan zu entfernen und aufzustehen. Sich normal zu verhalten und ihm noch einen Drink anzubieten. Er hatte sich danach gesehnt, dass Logan ihn einfach in seine starken Arme nehmen und ihn halten würde, während sie sich beide wieder sammelten. Doch das war offenbar weit von den Parametern ihrer Abmachung entfernt.

Seths Knie hatten so sehr gezittert, dass er überrascht war, es in die Küche geschafft zu haben, ohne zu stolpern. Allerdings hatte er etwas Scotch über dem neuen grauen Quarz Tresen verschüttet und musste kurz stehen bleiben, um seinen Atem zu regulieren, bevor er in das große Wohnzimmer zurückkehren und über Football sprechen konnte.

Er und Logan hatten eine Abmachung und Seth würde sich

daran halten. Er konnte immer noch nicht fassen, dass Logan Sex mit anderen Männern hatte, obwohl er behauptete hetero zu sein. Es ging ihn nichts an, wie Logan sich identifizierte. Er fragte sich trotzdem, ob es etwas ändern würde, wenn sie nicht in einer Gesellschaft voller toxischer Männlichkeit leben müssten. Während Seth aufwuchs wurde jeder Junge, der nicht der traditionellen Norm entsprach, direkt als minderwertig angesehen und mit dem Sch-Wort beschimpft.

Was wäre ein Grund, damit ein Mann wie Logan Bisexualität anerkannte? Er wuchs in einer mittelständigen Familie in einem Vorort von Albany auf, ging zur Marine direkt nach der High School und arbeitete dann den Großteil seines Erwachsenenlebens bei der Bahn... Das waren nicht unbedingt die positivsten, tolerantesten Umgebungen.

Seth lachte spitz auf und schloss die Augen, als er unter dem heißen Wasserstrahl stand. Natürlich wusste er, wie sich das anfühlte. Er hatte schließlich als Jugendlicher alles versucht, um nicht anders zu sein.

Aber er hatte sich nie zu Frauen hingezogen gefühlt und es hatte sich als unmöglich herausgestellt, seine Vorliebe für Männer weggesperrt zu halten. Oder seine Liebe und Zuneigung. Offenbar fühlte Logan diese Art der sanften Gefühle nur für Frauen und Seth hatte kein Recht das zu hinterfragen.

Logan hatte allerdings auch preisgegeben, dass er bereits der Top für einige Männer gewesen war. *Wie fühlte sich das wohl an?*

Seth erschauderte und fasste sich selbst an. Er versuchte die Schuldgefühle, die automatisch in ihm aufstiegen, zu ignorieren. War es wirklich weniger sündig Sex zu haben, wenn man verliebt war? Wieso sollte er nicht fantasieren dürfen?

Er atmete tief ein und ließ seine Gedanken wandern. Die schmutzigen Wörter und die dazu passenden Bilder füllten seinen Kopf.

Wie wäre es, seinen Schwanz in meinem Arsch zu haben? Er ist so schön dick und würde mich so wundervoll weiten. In mich stoßen. Mich so gut ficken, genau wie ich es brauche.

Seths Atem stockte als seine Hand sich immer schneller bewegte. Viel zu schnell spritzte er ab und sein Sperma verteilte sich auf den grauen Granitfliesen, als er sich vorstellte, wie Logan in ihm kam und herrlich schmutzige Dinge in sein Ohr flüsterte.

Die Schuld drohte zurückzukehren, doch er schob sie weg. Er murmelte: »Wieso sollte ich mich nicht gut fühlen? Wieso sollte ich Sex nicht genießen? Ich muss nicht verliebt sein, um zu kommen. Wieso hätte Gott Orgasmen erschaffen, wenn wir sie nicht nutzen sollten? Haben sollten… Was auch immer.«

Er lachte spöttisch und schaltete das Wasser ab. »Ich rede wirklich zu viel mit mir selber.«

Auf der weichen Badematte rubbelte er seine Haare mit einem Handtuch trocken. Es war gut, dass er masturbiert und sich entspannt hatte. Wenn er in Logans Nähe war, musste er unbedingt die Fassung behalten und sich daran erinnern, dass es bei dem Sex nur um die körperliche Befriedigung ging. Logan tat all diese Dinge mit Fremden und da waren nie Gefühle im Spiel. Genau so musste das bei ihnen auch laufen.

Ja, Seth würde seine Angst überwinden und aufhören, Sex als eine so große Sache anzusehen. Er war auf der anderen Seite des Flusses. Vielleicht sollte er sich Grindr auf sein Handy runterladen und es einfach mit irgendeinem fremden Kerl treiben.

Allerdings lief ihm bei dem Gedanken ein unangenehmer Schauer den Rücken runter. Er griff nach seinem Bademantel und knotete das Band fest um seine Taille. Obwohl er Logan nicht einmal eine Woche kannte, vertraute er ihm, im Gegensatz zu irgendeinem Mann, den er im Internet traf.

Den Schritt zu wagen, sich einfach zwischen Logans Beine zu knien, um seinen Schwanz zu lutschen, war beängstigend gewesen. Allerdings hatte es sich genauso berauschend angefühlt, nachdem Logan ihm ein sicheres Gefühl gegeben hatte.

Genauso wie an dem Tag, als sie auf einer Straße in Saratoga Springs gestanden hatten, er groß und stark an Seths Seite gewesen war und ihm geholfen hatte, sich Brandon und den anderen zu stellen. Natürlich war Logan nur nett zu ihm. Er erfüllte nur seinen Teil ihrer Fake Beziehung, doch seine Unterstützung hatte sich echt angefühlt.

Vielleicht lag es an seiner Freundschaft mit Jenna, die dazu geführt hatte, dass er ihrem Bruder so schnell vertrauen konnte. Ja, sie hatten eine Abmachung, doch das hieß nicht, dass sie sich nicht wirklich anfreunden konnten. Seth hatte Logan bereits verletzlich und bebend in der Garage erlebt, als er sich zu sehr anstrengt hatte. Außerdem hatte er Logan seine eigene Schwächen gezeigt.

Du kannst dich nur mit ihm anfreunden. Mehr kannst du nicht von ihm wollen.

Er wischte das Kondenswasser vom Spiegel und hob seinen elektrischen Rasierer auf, bevor er sein Spiegelbild anstarrte. Sein Aussehen hatte sich nicht verändert und er lachte leise zu sich selbst. Hatte er etwa erwartet, anders auszusehen? Logan und er hatten zwar Orgasmen ausgetauscht, doch das war alles.

Logan schlief auf dem Sofa so wie er es jede Nacht, seitdem er eingezogen war getan hatte. Vorübergehend eingezogen. Nichts hatte sich zwischen ihnen geändert und egal wie gerne Seth ihn in sein Bett ziehen und nackt zusammen schlafen wollte, so gerne er ihn von Kopf bis Fuß berühren und sich gegen seinen haarigen Körper und Muskeln reiben wollte, es hatte sich nichts geändert. Auch, wenn er sich wünschte, ihn stundenlang küssen zu können.

Sie hatten einen Deal und das war ganz sicher nicht Teil davon. Seth durfte sich nicht in Logan verlieben. Sie taten nur so. Er nickte seinem Abbild im Spiegel zu.

Keine wenns, oder unds oder abers.

Er zog sich an, seine Hose herrlich warm von der Hosenpresse, die in der Ecke seines Schlafzimmers stand. Kurzerhand entschied er sich für eine dunkle Krawatte mit einem unauffälligen violetten Rautenmuster und betrachtete sich in dem Spiegel an seiner Schranktür.

Nachdem er versucht hatte, seine Haare zu bändigen, realisierte er, dass er sich benahm als würde er auf ein Date gehen und nicht ins Büro. Ja, Logan war im Wohnzimmer. Nein, Seth musste ihn nicht beeindrucken mit seiner feinsäuberlichen Hosenfalte.

Die Kaffeemaschine hatte sich automatisch eingeschaltet und Seth genoß den Duft, als er die Treppen runterging und um die Ecke des Wohnzimmers lief. Auf einmal hielt er inne und blinzelte Logan an, der neben dem Kühlschrank stand. Oberkörperfrei. Zum Glück trug er eine Jogginghose, doch jetzt, wo Seth wusste, wie sein Schwanz aussah – und schmeckte – konnte er ihn sich so leicht vorstellen…

»Morgen!«, platzte es aus Seth zu aufgeregt und laut hervor.

Logan lehnte eine Hüfte gegen den Tresen. »Morgen.« Er hielt eine Tasse in der Hand und lächelte angespannt. »Ich hoffe es ist okay, dass ich mir eine Tasse genommen haben.«

»Natürlich! Fühl dich wie zu Hause.« Seth stand auf der anderen Seite der Küchenzeile und versuchte sich etwas zu überlegen, was er sagen konnte. Ihm fiel absolut nichts ein. Logan sah ihn an und eine seltsame Stille bildete sich, bis Logan sich wegdrehte.

Er schenkte eine weitere Tasse Kaffee ein und hielt sie ihm hin. Seth zwang seine Füße dazu, sich zu bewegen. »Danke!« Sein Ton war immer noch zu fröhlich. Ihre Finger berührten sich und der Instinkt, Logan küssen zu wollen, wurde immer größer. *Ähm, nein. Er ist nicht dein Freund. Keine verschlafenen, süßen Morgenküsse.* Seth nahm einen Schluck Kaffee, auch wenn er zu heiß war.

Hör auf seine Brust anzustarren.

Logan lachte unsicher und verschränkte seine Arme. »Narben sind hässlich, ich weiß.«

»Hä?« Seth blinzelte ihn an und sah dann wieder auf seine

Brust. Erst dann fielen ihm die dünnen Narben auf, die sich durch das dunkle Haar auf Logans Brustbein zogen. Die rötlichen Kreise seiner festen Nippel hatten ihn zu sehr abgelenkt um sie überhaupt zu bemerkten. »Oh! Nein, überhaupt nicht hässlich. Die habe ich gar nicht gesehen.«

Er zwang sich seinen Blick abzuwenden und zuckte zusammen, als er seinen falschen Ton hörte. Obwohl er die Narben wirklich nicht bemerkt hatte, würde Logan sicherlich denken er log ihn an, nicht, dass er seine Nippel begaffte. Draußen war es noch dunkel und er konnte Logans breiten Rücken in der Fensterscheibe über der Küchenspüle sehen, was nicht weniger ablenkend war.

»Was hast du heute vor?«, fragte Seth.

Logan nickte in Richtung der Spüle. »Ich bringe den Fliesenspiegel an und verfuge das alles.«

»Oh! Stimmt.« Seth hatte sich die hellblauen Glasfliesen vor so langer Zeit ausgesucht, dass er sie fast schon vergessen hatte. »Ich hoffe sie gefallen mir noch.«

»Es wird gut aussehen.« Logan kratzte sich an der Brust und der Klang seiner Nägel über seiner haarigen Haut zog Seths Aufmerksamkeit auf sich. Seine Brustmuskeln waren herrlich behaart. Nicht zu viel, nicht zu wenig, genau richtig.

Du bist nicht Goldlöckchen, hör auf.

»Super! Danke. Hast du schon gefrühstückt? Es sind Eier im Kühlschrank, bedien dich ruhig.«

»Cool. Ähm, danke.« Logan drehte sich um und öffnete den Kühlschrank, um sich umzusehen.

Seth ging zur Speisekammer und griff blind nach etwas. Lässig. Sei lässig. Er blinzelte das Objekt an, das er nun in seiner Hand hielt. Backpulver. Schnell stellte er es zurück und schnappte sich stattdessen eine Packung Kekse, auf der er sich die Nährwertinformationen durchlas. Aus dem Augenwinkel sah er, wie Logan sich wieder gegen den Tresen lehnte und die Kühlschranktür mit einem sanften Geräusch zufallen ließ.

Nach einem Moment spürte Seth Logans Blick auf ihm. Sein Nacken wurde heiß und er stellte sich vor, spüren zu können, wie Logans Augen über seinen Körper wanderten. Was lächerlich war! Also sah Seth zu ihm rüber und redete sich ein, dass Logan ihn ganz sicher nicht ansah.

Doch das tat er.

Als ihre Augen sich trafen, erschraken sie beide und drehten sich wieder weg. Logan beschäftigte sich wieder mit dem Kühlschrank und Seth kam aus der kleinen Kammer, griff nach seinem Kaffee und trank davon.

Seth räusperte sich. Lässig. Das war alles keine große Sache. Logan lehnte sich über das Gemüsefach, wodurch sich die Jogginghose fest über seinen Hintern spannte. Seths Eier zogen sich zusammen und Lust entfachte sich in seiner Magengrube, als er sich vorstellte in Logans Körper einzudringen.

»Okay, ich mach mich dann besser mal auf den Weg. Hab einen guten Tag!« Seth rannte schon fast aus dem Raum. Er konnte sich Frühstück kaufen. Und Mittagessen.

»Hey, ist alles in Ordnung zwischen uns?«, fragte Logan, der sich von seiner Position vor dem Kühlschrank zu ihm umdrehte bevor er die Küche verlassen konnte.

Seth blieb stehen und sah ihn an. »Hmm?« Sein Herz raste. »Äh ja. Großartig. Danke nochmal fürs Helfen… ähm… damit klar zu kommen. Sozusagen.«

Logan grinste schief. »Jederzeit.« Er trank von seiner Tasse. »Naja, dann…hab einen guten Tag in der Arbeit.«

»Ja! Werde ich. Danke. Äh, du auch!« Seth winkte ihm zu, weil er offenbar ein kompletter Trottel war. Er floh, um sich in Windeseile seine Stiefel anzuziehen, seinen Mantel überzuwerfen und vor der Tür über den Weg zu seinem Auto und über frischen Schnee zu rutschen. Er machte den Motor seines SUV in der Garage an und wartete eine Minute, bis er warm lief.

Der Typ der im Sommer seinen Rasen mähte, kam auch im Winter vorbei um die lange Einfahrt von Schnee zu befreien. Seth verteilte Salz auf den Gehwegen, damit Logan nicht ausrutschte und er versuchte sein rasendes Herz wieder unter Kontrolle zu kriegen.

Ein peppiger Kelly Clarkson Weihnachtssong spielte im Radio und zum ersten Mal hatte Seth nicht den Drang, den Sender zu wechseln. Stattdessen erhöhte er die Lautstärke mit dem Knopf an seinem Lenkrad.

Seine Gedanken wanderten zu Logan und dazu, dass er in der Dusche masturbiert hatte. Aufregung packte ihn bei der Erinnerung daran, wie seine Lippen sich um Logans Schaft gedehnt hatten und daran, wie er es sich an dem Morgen selbst besorgt hatte.

»Es ist schon okay«, sagte er laut und unterbrach Kelly. »Ich hatte Gelegenheitssex und diesen Morgen habe ich… habe ich *gewichst* und das ist alles in Ordnung. Ich darf das. Daran ist nichts verkehrt.«

Die Schneepflüge und Salzstreuer waren offenbar unterwegs gewesen, denn seine Fahrt zur Arbeit verlief reibungslos. Vor allem, nachdem Seth die Zeit genutzt hatte, vor sich hin zu grinsen und daran zu denken, Logan am Abend wiederzusehen. Er fragte sich, ob sie es nochmal miteinander tun würden.

»Gelegenheitssex ist super.« Er wiederholte sein neues Mantra und klopfte mit den Fingern auf das Lenkrad, als ein weiterer Weihnachtssong anfing.

Er grinste immer noch, als er die Glastür zum Büro aufstieß. Becky japste aufgeregt, als sie ihn sah und hüpfte schon fast in ihrem Stuhl hinter der Rezeption. Ihre roten Locken hüpften dabei mit.

»Seth Marston!«, rief sie ihm zu. »Du kleiner Teufel. Es sind immer die stillen Gewässer, hm?«

Seths Grinsen gefror und er blieb wie angewurzelt stehen.

Matt hatte gesagt, er würde die Gerüchte auf der Arbeit eindämmen, doch es war Dienstag und offenbar konnte er sein Versprechen nur eine gewisse Zeit lang einhalten. »Ähm.«

Sie krümmte ihren Finger in seine Richtung um ihn dazu zu kriegen zu ihr zu gehen. »Keine Angst, ich habe es niemandem erzählt.«

Seth hielt sich zurück, ungläubig zu Prusten. »Danke.« Wenn nicht alle sowieso schon von der falschen Verlobung wussten, dann würden sie es bald.

»Starke Arbeit, Jennas heißen Bruder einzusacken. Ich wusste nicht einmal, dass er schwul ist!«, flüsterte Becky.

Ist er nicht, trotz dessen, dass ich letzte Nacht seinen Schwanz gelutscht habe und er sich mit einem Handjob revanchiert hat. Die Wörter nur zu denken schickte ihm einen Schauer den Rücken runter. »Ähm ja, wir haben uns einfach so gut verstanden. Jedenfalls muss ich mich jetzt an die Arbeit machen. Hab einen schönen Tag!« Er floh, bevor Becky ihn wirklich ins Verhör nehmen konnte.

Normalerweise kam er vor Jenna ins Büro, doch er schlitterte zu einem Stop, als er an ihrem Abteil ankam und Jenna an ihrem Tisch sitzen sah. Sie tupfte mit seinem Fleckenstift auf ihrer Hose, direkt über dem Knie herum.

Sie hob ihren Blick und schien sichtlich irritiert. »Ehrlich mal, wie bekommt dieses Baby Speichelflecken auf mein *Bein*?«

»Es ist ein Talent.« Seth lachte, doch es klang zu schrill. Wenn er Jenna ansah bildete sich eine seltsame Schuld in ihm.

Letzte Nacht hatte ich deinen Bruder in meinem Mund.

Sie zog die Augenbrauen zusammen. »Alles in Ordnung?«

»Jep! Was soll sein?« Er zog seinen Stuhl unter dem Tisch hervor und die Rollen stießen gegen seinen Fuß. Er spürte Jennas neugierigen Blick auf sich.

»Benimmt Logan sich?«

Ein unterdrücktes Lachen kam aus ihm heraus, als Bilder von

Logan mit breit gespreizten Beinen, hart und feucht seinen Kopf penetrierten. »Ähm jep.«

Jenna stöhnte laut auf. »Oh Gott, bitte sag mir, dass er nicht seine schwitzigen Socken überall liegen lässt oder furzt.«

Dieses Mal war Seths Lachen ehrlich und sein Blick fiel auf Jenna, die das Gesicht verzog. Er senkte seine Stimme. »Ich verspreche dir, er lässt weder seine Socken liegen, noch lässt er welche fahren. Er ist ein Vorzeige-Gast.«

Sie lachte und flüsterte zurück: »Okay, gut. Fairerweise muss man sagen, dass ich, seit er ein Teenager war, nicht mehr mit ihm zusammengewohnt habe und du weißt ja wie eklig die sein können. Nicht, dass du eklig warst.«

»Natürlich nicht.« Er hob hochmütig sein Kinn. »Ich habe nicht einmal geschwitzt.«

»Weißt du, du bist so sauber und ordentlich, dass ich dir das fast glaube.«

Matts wuscheliger Kopf erschien über der Trennwand. »Worüber flüstern wir?« Seine Augenbrauen hoben sich. »Geheimmission?«

»Ja!«, zischte Jenna. »Sei nicht so laut.«

Matt näherte sich und murmelte: »Keine Panik, es ist alles unter Kontrolle.«

»Das sagt sich so leicht!« Seth verdrehte die Augen. »Aber es sollte passen. Heute kommen neue Möbel und wir haben noch genug Zeit, alles einzurichten.«

»Wie geht's dem Boytoy?«

Hitzewellen stiegen in Seth auf und er fixierte seinen Blick auf seinen Computerbildschirm, obwohl ihm die Wörter vertauscht und bedeutungslos vorkamen. »Er ist nicht mein Boytoy.«

Matt schnaubte. »Das musst du für Angela aber besser vortäuschen können. Ich sag ja nur. Was kocht ihr für sie?«

Grauen gesellte sich zur Schuld und Scham dazu. »Keine Ahnung.« Seth schüttelte den Kopf und hob seine Stimme: »Ich hab keine Ahnung!«

»Shh!«, zischten Jenna und Matt gleichzeitig.

Matt zwinkerte ihm zu: »Ich setze Becky mal darauf an, herauszufinden, was Angela am liebsten isst. Keine Panik, Mann. Du schaffst das schon.« Er pumpte seine Faust in die Luft. »Geheimmission!«, formte er still mit dem Mund und verschwand dann wieder auf seine Seite.

Seth seufzte und hoffte, dass Matts Zuversicht nicht an die falsche Person gerichtet war.

EINE FRISCHE HAUBE Schnee knisterte unter den Autoreifen, als Seth auf seine Einfahrt einbog. Für einen kurzen Moment war Seth überrascht von dem warmen Lichtschein, der vom Inneren des Hauses kam, und von der Silhouette eines Mannes, der auf dem Gehweg stand, der von der Einfahrt zur Eingangstür führte.

Sein Herz setzte aus, als er Logan anblinzelte, der kurz aufhörte Schnee zu schippen und ihm zuwinkte. Die Garagentür stand offen und Seth fuhr langsam hinein, bevor er den Motor abstellte.

Der Mond war am Ende der Auffahrt hinter den Wolken hervorgekommen und Seth konnte sehen, dass der Briefkasten in der Distanz mittlerweile übervoll war. Es war nicht einmal mehr möglich die Klappe zu schließen. Er sollte ihn einfach ausleeren, dachte er, als er ein paar Flyer hervorblicken sah. Schließlich wusste er, was sich wahrscheinlich darin befand, und einfach nicht nachzusehen würde die Situation nicht ändern.

Trotzdem wandte er sich ab und lief den Gehweg entlang. Er versuchte durch den Stein in seinem Magen durchzuatmen und konzentrierte sich auf Logan. Das wiederum sendete das Gefühl von nervöser Aufregung durch ihn hindurch.

Gestern hatten wir Sex. Passiert es heute wieder? Will er mich so, wie ich ihn will?

Laut sagte Seth: »Du musst nicht Schnee räumen, das kannst du mir überlassen.«

Logans Atem schickte kleine Wolken in die Luft. »Ich mach das gerne.«

Seth blieb plötzlich stehen, nur ein paar Schritte vom Eingang entfernt. Er zog eine Augenbraue hoch. »Wirklich? *Gerne?*«

Logan lachte kurz auf. »Ob du's mir glaubst oder nicht, ja. Ich mag es zu arbeiten. Mich nützlich zu fühlen.« In dem gelben Lichtschein, der durch das Fenster fiel, sahen seine Wangen errötet aus.

»Ist das nicht zu anstrengend?« Es war wirklich beängstigend gewesen, als Logan an diesem einen Tag in der Garage nicht mehr atmen konnte.

Offenbar war das nicht das Richtige zu sagen, denn Logan verzog den Mund und murmelte: »Nö.«

»Okay, du solltest eine Mütze aufziehen. Sonst wirst du noch krank.« *Toll. Verhalte dich wie seine Mutter. Das ist wirklich sexy.* Doch sollte er versuchen *sexy* zu sein? Sie waren nur Freunde. Nicht einmal das, immer noch überwiegend Fremde.

Obwohl ihm das schiefe Lächeln auf Logans Gesicht schon vertraut vorkam, wollte Seth es immer wieder und wieder sehen. Er wollte alles sehen. Wollte alle Formen und Klänge hören, die Logan in sich hatte. Sein Gelächter war tief und das Geräusch sendete Lust durch Seths Körper. Logan holte seine schwarze Wollmütze aus seiner Tasche und zog sie sich über die Ohren. »Du bist der Chef.«

Seth lachte, obwohl ihm dabei unwohl war. »Lass mich die andere Schaufel holen und helfen.« Er wollte nicht, dass Logan das Gefühl bekam, sie wären nicht gleichgestellt.

»Mir fehlen nur noch die Stufen.« Logan sah kritisch auf die Einfahrt. »Ich dachte nicht, dass genug frischer Schnee da ist, um das alles auch noch zu schaufeln, aber wenn du willst kannst du das machen.«

»Nein, nein. Wie du gesagt hast, liegt nicht genug. Der SUV kommt ohne Probleme durch und wenn es doch zu viel wird, kommt ein Typ der sich darum kümmert.«

Logan nickte und bückte sich dann leicht, um eine Schaufel voll leichtem Schnee vom Weg zu räumen. »Ich bin in einer Minute fertig. Wieso siehst du dir nicht schonmal den Fliesenspiegel an?«

»Oh! Das habe ich fast vergessen. Danke.« Seth stieg die paar Stufen hoch und trampelte den Schnee von seinen Stiefeln, bevor er das Haus betrat. Auf der Fußmatte im Eingangsbereich zog er seine Schuhe aus und stieg vorsichtig nur in Socken auf den Hartholzfußboden, um kleinen Pfützen auszuweichen.

Nachdem er seinen Mantel aufgehängt hatte, trottete er durch das immer noch leere kleinere Wohnzimmer und in die Küche, wo er leise aufjapste. Die hellblauen Metrofliesen glänzten und erhellten den Raum wahnsinnig. Die weißen Küchenschränke kamen jetzt noch besser zur Geltung. Es sah alles so sauber und frisch und einladend aus und auf einmal hatte Seth den Drang unbedingt kochen zu wollen. Nicht nur vorgefertigte Stir-Fries und Bacon und Eier. Das war eine Küche, in der er Zeit verbringen wollte.

Grinsend bestaunte er die neue Einrichtung. Er ließ seine Hände über die glänzenden grauen Quartz Tresen gleiten, und das rhythmische Kratzen der Schneeschaufel draußen auf dem Boden wirkte seltsam beruhigend. Seth hatte mehr als ein Jahr lang alleine in diesem halb-fertigen Haus gelebt und Logan hier zu haben, der ihm half und Dinge für ihn erledigte, war…

Es war blöd, aber er fühlte sich umsorgt. Getröstet und friedlich, obwohl es nur Teil ihrer Abmachung war. Es war nicht echt. Es war nur vorübergehend. Schon bald würde er seinen eigenen Gehweg vom Schnee befreien müssen und wieder alleine sein.

Sein Lächeln verschwand und die Freude über die fertige Küche verblasste.

Ja, er würde sie trotzdem besser nutzen und für sich selbst kochen, sobald das neue Jahr gekommen war, doch eine Leere ersetzte den Trost, den er gerade noch gespürt hatte.

»Genug davon«, murmelte er. Logan war bei ihm und er würde es so lange genießen wie er konnte.

Schon bald hatte er Hähnchenbrust zubereitet, die Pasta gekocht und er rieb ein altes Stück Parmesan, nachdem er ein paar fragwürdige Stellen abgeschnitten hatte. Die Sauce würde zwar nicht ganz dazu passen, aber immerhin war sie von einer guten bio Marke. Er lächelte vor sich hin, als er Logan dabei zuhörte, wie er ins Haus kam und seine Winterausstattung ablegte.

»Das riecht aber gut«, sagte er, als er um die Ecke kam.

»Das kochende Wasser?«, witzelte Seth.

»Jep, das muss es sein.«

»Die Küche ist so schön geworden, dass ich direkt anfangen wollte zu kochen. Auch, wenn ich nicht unbedingt ein guter Koch bin. Danke. Ich kann dir gar nicht sagen, wie sehr ich es zu schätzen weiß.«

Logan zuckte mit den Schultern, doch sein Lächeln war definitiv zufrieden. »Freut mich, dass es dir gefällt.«

Er rieb eine Hand über sein kaltes, errötetes Gesicht und die Handbewegung über seinem Bart erzeugte ein kratzendes Geräusch, das direkt in Seths Unterleib schoss. Logan trug einen Pullover über seinen Jeans und er zog ihn über seinen Kopf, wodurch sein T-Shirt nach oben gezogen wurde und seinen Bauch freilegte. Schwarzes Haar zeigte nach unten, zu dem, was unter seinem Hosenbund lag.

»Trinkst du Wein?«, fragte Seth zu laut. »Ich habe einen guten Pinot. Naja, ich hoffe er ist gut.«

»Klar, ich bin da nicht schwierig.«

Seth beschäftigte sich, indem er die Flasche aus der Speisekammer holte. »Ich sollte mir ein ordentliches Weinregal besorgen statt den Wein neben den Cornflakes aufzubewahren.«

Logan erschien im Türrahmen mit seinen breiten Schultern. »Das sollte leicht sein. Wo willst du es haben? Dann messe ich das mal ab und frage meinen Dad, was er meint. Er war heute hier zur Aufsicht.« Er kam einen Schritt näher und sah an Seth vorbei, in die Ecke der Speisekammer. »Wenn er mir sagt wie, kann ich bestimmt ganz einfach selbst eins bauen.«

»Oh, das musst du aber nicht tun!«

Logan zuckte die Achseln. »Ich würde aber gerne.«

Sie standen nur ein kleines Stück voneinander entfernt und Seth konnte kaum atmen. Wenn er es tat, inhalierte er den schwachen aber frischen Duft von Irish Spring Seife. Dann stellte er sich Logan nackt und nass unter der Dusche vor, wie er sich damit einrieb, voller Seifenlauge und glatt…

»Seth?«

Der Wecker für die Nudeln piepste in der Küche und Seth klatschte ein Lächeln auf sein Gesicht, als Logan sich zurückzog, um ihn vorbeizulassen. Seth hastete zur Spüle, in die er ein Sieb stellte, bevor er die Nudeln reinschüttete.

Er fragte Logan: »Willst du den Wein öffnen? Ich glaube die Gläser sind in der Kiste in der Ecke. Ich muss immer noch die ganzen Schränke einräumen.«

»Sicher. Und ja, ich dachte mir, dass du das sicherlich alles selbst machen willst. Ich bin nicht der Beste, was Organisation angeht. Nicht so wie Jenna. Und du scheinst mir, als hättest du deine Dinge gerne… ordentlich.«

»Das ist nett ausgedrückt.« Seth schüttelte seinen Kopf und rührte die blubbernde Sauce um. »Schwer vorstellbar, dass ich so lange in diesem halb-leeren Chaos gelebt habe.«

Schon bald befanden sie sich vor dem Fernseher, schauten eine Folge *Brooklyn Nine-Nine* und lachten zusammen. Die Pasta war herzhaft und lecker genug und der Rotwein schmeckte zu gut, wenn man bedachte, dass es unter der Woche war. Seth schnalzte mit der Zunge, als er einen Tropfen Sauce auf sein graues Hemd spritzte.

»Ziehst du dich nicht um, wenn du nach Hause kommst? Jogginghose oder sowas?«, fragte Logan von seinem Ende des Sofas und über das mittlere Kissen hinweg, das sich zwischen ihnen befand.

»Normalerweise schon, doch.« Er wischte an dem Fleck herum.

»Naja, du musst dich nicht anders benehmen nur weil ich hier bin. Es ist dein Haus.«

»Na gut.« Er lachte sanft. »Ich glaube, ich bin es einfach nicht gewohnt, dass jemand hier ist. Vermutlich befinde ich mich in einem Gast-Modus oder sowas.«

»Naja, fühl dich wie zu Hause«, witzelte Logan.

Nach dem Abendessen ging Seth tatsächlich in sein Schlafzimmer und wechselte seine Arbeitskleidung gegen ein T-Shirt, eine Jogginghose und dicke, flauschige Socken aus, nachdem seine Füße im Winter immer kalt waren. Außerdem bespritzte er sich mit dem holzigen Parfüm, das er schon Ewigkeiten nicht mehr getragen hatte und versuchte sein kurzes Haar in Form zu bringen, als würde er gleich auf ein Date gehen. In seinem eigenen Wohnzimmer. Mit einem fast noch Fremden, den er am Vortag schon in seinen Mund genommen hatte.

Sehr normale Situation.

Sie sahen sich eine neue Netflix Sendung über Hausrenovationen an, deren Timing nicht besser hätte sein können. Zwischendrin machte Seth den Kamin an. Es war gemütlich und angenehm, mit Logan zusammenzusitzen, obwohl Stille zwischen ihnen herrschte, abgesehen von dem gelegentlichen Kommentar über Farben und Möbelstücke.

Auch Logan hatte sich eine Jogginghose angezogen, trug aber kein Oberteil. Was vielleicht ein bisschen ablenkend war, wenn Seth ehrlich sein sollte.

Um 10 Uhr pausierte Seth eine neue Folge und sagte: »Ich

glaube, ich sollte langsam ins Bett gehen.«

»Okay. Wie hast du letzte Nacht geschlafen?«

»Äh, gut! Gut.« Die Erwähnung der letzten Nacht ließ Seth aufhorchen und seine Erinnerungen entfachten erneut die Lust. Er versuchte Logan aus seinem Augenwinkel zu beobachten.

Fragte er nur eine unschuldige Frage? Während er hier so halb nackt und ausgestreckt und sexy saß? Logan hielt ein Glas Wasser in der Hand, mit dem er herumspielte, indem er seine Hand hoch und runter gleiten ließ und das Kondenswasser auffing. »Jep. Ich finde Kommen hilft. Mit dem Schlaf.«

»Ähm ja!«, quietschte Seth.

»Aber wenn du sofort ins Bett gehen willst—«

»Nein, schon okay. Ich meine, ich kann… Wir kön-nen…Wenn du willst…«

Logans grummelndes Gelächter war warm. »Komm her.«

Seth zwang sich dazu, sich langsam zu bewegen, anstelle sich Logan um den Hals zu werfen wie ein angreifendes Raubtier. Ihre Knie schlugen zusammen, als er versuchte, es sich bequem zu machen und bevor er einen Satz formulieren konnte, hatte Logan seine Hand schon auf Seths Schritt gelegt und hielt ihn durch die Baumwolle mit seiner starken Hand fest. Seth war sofort hart.

Er hob seine Hüften, damit Logan ihn befreien konnte und konzentrierte sich darauf zu atmen, während er auf das pausierte Bild auf dem Fernsehbildschirm starrte. Ihr Spiegelbild bewegte sich über der Darstellung eines halb zusammengefallenen Bungalows.

Der Drang, seinen Kopf zu drehen und seine Zunge in Logans Mund zu stecken, war so stark, dass es ihn fast innerlich verbrann-te. Er behielt seine Lippen fest aufeinander gepresst, seine Nasenflügel blähten sich auf und die Lust stieg weiter.

»Das ist keine große Sache«, murmelte Logan tief und rau. Er rieb über sich selbst – über seinen Schwanz – durch seine Jogginghose, als er Seth bearbeitete und spuckte ein paar mal in seine Hand.

So macht er es vermutlich in den öffentlichen Toiletten. Nur Spucke.

Aus irgend einem Grund fand Seth das wahnsinnig aufregend. Logans raue Handbewegungen und die Schmutzigkeit nur Spucke zu verwenden. Es fühlte sich verboten an. Seth lehnte sich gegen ihn und Logans Arm spannte sich zwischen ihnen an, während er Seth einen Handjob gab.

»Ist das nicht seltsam? Deine linke Hand zu benutzen?«, fragte Seth. Die Bewegungen waren so bedächtig und sicher und geschickt.

»Ich bin Linkshänder.«

»Oh!« Seths Atem stockte und das Geräusch wandelte sich in ein langes Stöhnen ab.

»*Ohhh.*« Es fühlte sich so gut an und Seth würde bald kommen und er wollte, dass Logan sich genauso gut fühlte wie er es tat. Sein Atem war zittrig, als er in seine rechte Hand spuckte, ein paar Mal drüber leckte und dann nach der Beule in Logans Hose griff. »Sollte ich...?«

»Verdammt, ja.«

Also saßen sie da, Hände in den Hosen des anderen, Knie und Ellbogen die zusammenstießen, als sie sich gegenseitig befriedigten.

Ihre lauten Atemzüge füllten die Luft und ihre Köpfe näherten sich immer weiter, als ihre Handbewegungen immer hektischer wurden.

Seth wollte Logan verschlingen. Ihn und die rauen Stoppeln um seine Lippen inhalieren. Er wollte Tomate und Knoblauch auf seiner Zunge schmecken und ihn durch ihre Orgasmen küssen.

Allerdings beließ er es bei den paar Zentimetern zwischen ihnen. Logan wollte das nicht. Er hatte seine Grenzen klar aufgezeigt und, obwohl Seth Logans pulsierenden Schwanz in der Hand hatte und das schwammige, eisenharte Stück Fleisch so belebt und stark war, konnte er nicht weiter gehen.

Trotzdem, als Seth sich über Logans Knöchel entleerte, stellte er sich den Kuss vor. Er schloss die Augen und ließ sich gehen, sein Kopf zurückgeworfen und sein Rücken durchgebogen.

Logan folgte ihm kurz darauf und das laute Stöhnen, als Seth ihn zum Höhepunkt brachte, war wundervoll. Seth zog seine schmutzige Hand frei und wischte sie an einer herumliegenden Serviette ab. Sie atmeten schwer und Seth murmelte: »Danke. Das war…«

»Jep.«

»Ich…Danke.« Bevor er sich aufhalten konnte, schmiegte er seine Nase gegen Logans Wange. Er küsste ihn nicht, aber fast…

Logan zog scharf einen Luftzug ein und erschauderte. Dann räusperte er sich und setzte sich aufrecht hin, wodurch er den Kontakt zwischen ihnen brach. »Alles Teil der Abmachung, stimmt's?«

Das war wie ein Eimer eiskaltes Wasser über seinem Kopf und Seth zog sich schnell wieder ordentlich an, bevor er nickte. »Jep. Ja. Okay, gute Nacht!« Er zerknüllte die Serviette in seiner Faust und rannte fluchtartig aus dem Zimmer.

Alles Teil der Abmachung, nichts weiter.

Er wiederholte diese Worte immer wieder, wie ein Mantra, als er zu Bett ging und viel zu lange an die Decke starrte.

Kapitel Elf

»MIST!« SETH VERSUCHTE krampfhaft die Pappkiste voller Weinflaschen festzuhalten, obwohl er sie rutschen spürte, als er gerade den Schlüssel ins Schloss steckte.

Seine Eingangstür flog auf und er fiel fast vornüber um, wären da nicht Logans starke Hände gewesen, die ihn festhielten. Logan nahm ihm die Box ab und legte sie sanft auf den Boden neben der Fußmatte. »Das war knapp. Beinahe hättest du geflucht.«

Seth lachte und schloss die Tür. Die Wärme des Hauses lockte ihn zu sich. Mal ganz abgesehen von Logans Anwesenheit. Sehnsucht füllte ihn. Der Drang Logan zu umarmen, ihn zur Begrüßung zu küssen, so wie er es mit einem Liebhaber tun würde. Mit einem Partner. Er musste sich weiterhin daran erinnern, dass sie nur etwas vorspielten.

Naja, abgesehen von den Orgasmen.

Die waren sehr, sehr real. Am Vorabend hatten Seth und Logan sich Thailändisches Essen bestellt und es im großen Wohnzimmer verspeist, während sie fernsahen. Nach einer Verdauungsphase hatte Seth sich zwischen Logans Beine auf die Knie begeben und hatte ihm einen geblasen. Noch nie war er so dankbar für den dicken Teppich gewesen.

Bislang hatte Logan nicht angeboten dasselbe für ihn zu tun und Seth hatte nicht gefragt. Er kam heftig genug mit nur der Berührung von Logans rauer Hand, seinem heißen Atem auf Seths Wange und dem Gefühl ihrer zusammengepressten Schenkel, als sie nah beieinander saßen. In diesen Momenten könnte Seth fast vergessen, dass es sich nur um eine Abmachung zwischen ihnen handelte.

»Der Tisch ist hier«, sagte Logan.

»Oh, Gott sei Dank!« Es hatte eine unvorhersehbare Verzögerung gegeben und Seth hatte sich schon einen Alternativplan zurechtgelegt. »Bin ich froh, dass wir kein IKEA Spezial zusammenbasteln müssen.«

»Ich auch. Er sieht richtig gut aus, die Bosslady wird ihn lieben.«

Heute war der große Tag, an dem Angela zum Abendessen vorbeikam. Seth hatte ein paar seiner angesammelten Überstunden genommen, um den Einkauf zu erledigen und mit dem Kochen anfangen zu können. Sein Magen zog sich zusammen. »Ich kann nicht fassen, dass Angela Barker wirklich zum Abendessen in mein Haus kommt.«

Es war an der Zeit, sich auf ihren Deal zu konzentrieren und sich daran zu erinnern, wieso sie überhaupt zusammen lebten. Zeit professionell zu sein und nicht den Kopf zu verlieren.

»Das wird super. Jenna meinte, dass der Typ mit dem Wuschelkopf sich schlau gemacht hat, was Angela am liebsten isst?«

»Matt, ja. Seine Freundin ist die Büromanagerin und sie weiß alles. Und Jenna hat Rezepte rausgesucht, die passen sollten.«

»Bestimmt hat sie dir auch eine sehr detaillierte Einkaufsliste gegeben.« Logans Lippen zogen sich zu einem Lächeln nach oben.

Oh, wie sehr Seth diesen Mund küssen wollte. Wollte zusammen mit Logan komplett nackt sein und seinen Körper von Kopf bis Fuß auf seinem spüren. Er wollte Logan stöhnen hören und seufzten und er wollte ihn glücklich sehen. Seth wollte ihm die Last, die er mit sich herumschleppte, abnehmen und ihn die ganze Zeit lächeln sehen.

»Ich frag mich, woher du das wohl weißt«, lachte er und Logans Grinsen weitete sich.

Und *na gut*, vielleicht entwickelte sich mehr als nur Lust in Seth. Aber er musste diese Gefühle im Zaum halten, denn Zuneigung stand nicht auf der Menükarte.

Logan sagte von sich selbst, er sei hetero und er hatte seine Grenzen klar aufgezeigt.

Auch, wenn er über Seths Haar streichelte, wenn er sich mal wieder zwischen seinen Beinen befand, änderte das nichts an der Sache. Auch, wenn er gestöhnt hatte, bevor er seine Hand ausstreckte, als hätte er irgendwie aufgegeben, es bedeutete nichts und Seth durfte nicht aus den Augen verlieren, dass es sich nur um ihre Abmachung handelte.

Er nickte in Richtung der Weinkiste und der Einkaufstüten, als er sich seine Winterstiefel auszog. »Teurer Bordeaux und Rib Eye Steaks. Ich sehe mir mal besser an, wie der Grill im Garten funktioniert.«

»Du hast ihn bisher nicht benutzt?«, fragte eine grummelige Stimme, als Füße in billigen Schlappen auf sie zugeschlurft kamen.

»Mr. Derwood!« Auf einmal war Seth nervös und beschämt, dass er gerade solch schmutzige Gedanken über dessen Sohn gehabt hatte. »Ich wusste nicht, dass Sie hier sind.«

Der Mann grunzte. Seine Schultern hingen nach unten und sein Gesicht war von Falten durchlaufen. Sein Bauch war groß und seine Finger von Tabak verfärbt. Er trug eine Jogginghose und einen gestreiften Pullover. Seth war erstaunt gewesen, als er erfahren hatte, dass der Mann erst in seinen Sechzigern war. »Dein Weinregal ist gekommen«, sagte Bill.

»Oh! Vielen Dank!«

»Hoffe, es ist in Ordnung. Und ich wusste nicht, wie du die Dekoration und den Baum handhaben wolltest. Ich verspreche, ich werde nicht böse sein, wenn du etwas veränderst«, fügte Logan hinzu.

»Ich bin mir sicher, dass alles wunderbar aussieht. Vielen Dank nochmal.«

Das kleine Wohnzimmer enthielt nun zwei Ohrenessel am Fenster mit einem kleinen Tisch dazwischen, einen langen Kaffeetisch aus Glas, der als Raumtrenner diente und eine neue beige Couch abgrenzte, die sie in einem nahgelegenen Laden gekauft hatten. Der Teppich war aus einem fluffigen weiß, marineblau und hellbraun.

Die Einrichtungsgegenstände waren am Tag zuvor geliefert worden und es war schön, den Raum möbliert zu sehen. Seth glaubte ehrlicherweise nicht daran, dass er das Zimmer oft nutzen würde, aber die Rückseite des Sofas eignete sich als Trennung zwischen Wohnzimmer und Küche.

Ein Weihnachtsbaum aus Keramik und erleuchtet mit goldenen Lichtern saß auf dem Tisch zwischen den Stühlen und ein echtes Tannenzapfen und -nadeln Kerzengesteck zierte den Kaffeetisch. Zwischendrin steckten farbenfroh und fröhlich die roten Beeren einer Stechpalme. Seth musste die Beeren anfassen, um sich zu vergewissern, dass sie aus Plastik waren, obwohl sie so real aussahen.

Auf dem Esstisch rechts neben der Küche saß ein ähnliches weihnachtliches Gesteck. Es passte zu dem großen rustikalen Tisch und Seth lächelte automatisch.

»Die Stühle passen wirklich gut, meinst du nicht?«, fragte er Logan. Sofort breitete sich Hitze in ihm aus, als er sich erinnerte, wie sie vor dem Schaufenster gestanden hatten, mit Logans Hand auf seinem Hintern und diesem sexy Flüstern…

»Stell dir vor, ich sage etwas wahnsinnig Schmutziges.«

Logans Vater stand direkt neben ihm und Seth war komplett außer Kontrolle.

Er hörte nicht einmal Logans Antwort, ging aber davon aus, dass er zustimmte.

Das Weinregal war in ein Ende der Küchenzeile eingebaut worden. Ein gitterartiges Konstrukt aus Holz, das weiß gestrichen worden war, um perfekt zu den Küchenschränken zu passen.

»Wow«, hauchte Seth. »Du hast das gebaut?«

Logan zuckte die Achseln. »Sicher. Dad hat mir gesagt, was ich tun soll. Du hast zwar ein bisschen Platz verloren, aber mit den Schränken und der großen Speisekammer glaube ich nicht, dass du ihn vermissen wirst.«

»Das ist perfekt. Vielen Dank.« Er drehte sich zu Logans Vater um.

»Mr. Derwood, ich würde Sie gerne für Ihre Beratung bezahlen.«

»Sicher doch. Ich bleibe zum Abendessen und gönne mir ein Steak.«

Seth erstarrte. »Ähm…« Er warf Logan einen Blick zu, der genauso sprachlos zu sein schien. An erster Stelle stand Angela zu beeindrucken. Aber vielleicht mochte sie den Familien Aspekt? Allerdings mussten Seth und Logan so tun als wären sie ein Paar. Was würde Logans Vater wohl *dazu* sagen?

Bill lachte. Ein raues, kratziges Geräusch, das sogar seine Schultern zum beben brachte. »Ich mach nur Spaß. Du brauchst mich nicht bei deinem vornehmen Essen. Außerdem will ich nicht zusehen, wie mein Junge so tut, als wäre er ein Homo.«

Seth machte einen Ruck. Moment, wann hatte Bill von dem Plan gehört? »Oh, ähm… naja…«, stammelte er und warf einen Blick auf Logan, der nervös sein Gewicht verlagerte mit den Händen in den Hosentaschen und einem hochroten Nacken.

Logan murmelte: »Dachte nicht, dass Jenna dir den Teil auch erzählt.«

Bill schnaubte. »Jenna musste es mir nicht sagen. Ich bin nicht taub. Meine Ohren sind eins der wenigen Dinge, die nicht den Geist aufgeben. Ihr seid alle nicht ganz so clever wie ihr denkt.«

Seth lachte reumütig. Das konnte er tatsächlich nicht von der Hand weisen. Anspannung zwischen seinen Schulterblättern entfachte einen Schmerz in seinem Nacken und er rubbelte über die Stelle. Er wünschte der Erdboden würde ihn einfach verschlucken.

Naja, vielleicht war „Homo" nicht das schlimmste Wort, das Bill hätte benutzen können. Allerdings war Logan eine angespannte Statue und Seth musste etwas sagen, doch seine Zunge fühlte sich zu dick an. »Hör zu, du scheinst mir ein guter Mann zu sein«, sagte Bill. »Warst immer gut zu meiner Jenny. Und Logan.« Er grunzte. »Geht mich nichts an, was du hinter verschlossener Türen machst. Läutet mir zwar nicht ein, aber…« Er grunzte erneut. »Zu meiner Zeit haben Leute nicht…« Er hob seine gealterten Hände und senkte sie wieder wegwerfend.

»Hör zu, du musst den Grill herrichten. Hast du Öl?«

»Ähm, ja.« Seth nickte und hastete zur Speisekammer. Er war dankbar für den plötzlichen Themenwechsel. Er konnte sich vorstellen, dass die „Leute" zu Bill Derwoods „Zeit" einfach im Closet geblieben waren. Trotzdem hatte der Mann immerhin nichts wirklich gemeines gesagt. Er hatte Seth immerhin nicht als Abscheu bezeichnet.

Er schnappte sich seine Winterkleidung und ging auf die Rückseite des Hauses. Damit er nicht Schnee und Salz im ganzen Haus verteilte, trug er seine Stiefel in der Hand. Doch als er das große Wohnzimmer betrat, blieb er abrupt stehen. Die Dekorationen in dem kleinen Zimmer waren nichts im Gegensatz zu der wahrhaftigen Weihnachtsexplosion, die er hier vorfand.

»Gute Güte«, stammelte er.

Logan hatte bunte Lichterketten und Girlanden entlang der Rückwand, auf dem metallenen Trenner im gewölbten Glas über den Schiebetüren und Jalousien aufgehängt. Mehr Gestecke aus Stechpalmen, Tannen und Kerzen saßen auf den Beistelltischen und dem Couchtisch. Die roten Schleifen, mit denen sie versehen waren, waren ordentlich und schienen zu leuchten.

Das Meisterstück war ein riesiger Tannenbaum, der zwischen dem Fernseher und dem schwarzen Kamin aufgestellt worden war. Er war behangen mit bunten Lichtern, Girlanden und Weihnachtsbaumkugeln. Hängende, silberne Eiszapfen ließen ihn fast schon glitzern. Ein beleuchteter silber-goldener Engel saß auf der Baumspitze und darunter befanden sich unzählige eingepackte Geschenke.

Seth atmete den frischen, waldigen Duft tief ein und sah sich staunend um. Der Raum hatte noch nie einen solch gemütlichen und warmen Eindruck gemacht. Wie… wie ein Zuhause. Plötzlich versuchte er Tränen zurückzuhalten.

So viele Jahre lang hatte er sich eingeredet, dass Weihnachten nicht für ihn bestimmt war. Dass er es irgendwie nicht verdient hatte. Jetzt vor diesem Baum zu stehen, umringt von festlichem Glitzer und Farben, sehnte er sich bis in seine Knochen danach, dass das hier der Wirklichkeit entsprach und nicht nur zum Schein existierte.

Doch genau das tat es.

Die charmant unbeholfen verpackten Geschenke waren sicher leer. Ein Schaufenster Display für das Leben, das er Angela vorgaukelte zu haben. Es war alles ein Schaufenster Display. Die neuen Möbel und Dekorationen und Logan selbst. Im neuen Jahr würde Logan verschwinden, die Dekorationen würden abgehängt werden und Seth würde wieder alleine sein.

»Ist es nicht gut?«

Seth hatte Logan nicht reinkommen hören und erschrak. Er lachte nervös und war froh, dass er es geschafft hatte, seine Tränen nicht fallen zu lassen. Er weigerte sich, Logans Blick zu treffen, zwang sich zu einem Lächeln und sah sich im Raum um. »Es ist fantastisch!«

»Ja? Jenna hat mir gesagt, was ich tun soll, also…«

Als Seth sich endlich dazu brachte, Logan anzusehen, beobachtete dieser Seth vorsichtig. Diesmal schaffte Seth es, ehrlich zu lächeln. »Es ist wirklich wundervoll. Danke.«

»Okay. Cool.« Logan trug seine eigenen Stiefel und sein Vater kam hinter ihm angeschlappt.

Bill ließ sich auf das Ende des Sofas fallen und stöhnte, als er sich runterbeugte um seine Stiefel anzuziehen. Logan machte einen Schritt auf ihn zu, doch sein Vater keifte: »Ich kann das schon!«

Also standen Seth und Logan unbeholfen an den Schiebetüren und warteten.

»Ich schaufel einen Weg frei«, kündigte Seth an und floh nach draußen. Er hatte eine extra Schneeschaufel auf der Terrasse deponiert und machte sich an die Arbeit.

Obwohl das alles nur zur Schau war, wurde wenigstens sein Haus fertig. Sogar sein Grill wurde vorbereitet! Und er hatte immerhin sein Problem mit Gelegenheitssex überwunden. Oder? Auch, wenn er sich nach mehr mit Logan sehnte, er würde es nicht bekommen und das war nunmal die Realität.

Ja, im neuen Jahr würde Seth wieder mit Männern ausgehen. Er würde die Apps installieren und sich mit jeder Menge Männer treffen und vielleicht würde er auf jemanden stoßen, der sich mehr mit ihm vorstellen konnte. Etwas Reales. In der Zwischenzeit konnte er die Feiertage mit Logan genießen, oder?

Naja, nach dem Abendessen und dem Wochenendausflug nächste Woche. Nachdem sie Angela davon überzeugt hatten, dass sie wahnsinnig ineinander verliebt seien. Gar kein Problem.

Zum Glück war Mr. Derwood ein Experte, was Grills anging und er brachte Seth bei, wie er ihn benutzen musste. Er erklärte ihm sogar verschiedene Garzeiten und Grilltechniken. Seth holte sein Handy raus und machte sich Notizen, trotz seiner eisigen Finger. Logan befreite die restliche Terrasse vom Schnee, auch wenn das eigentlich nicht notwendig war.

Die Zeit schritt voran und Logan fuhr seinen Vater nach Hause, während Seth die Steaks marinierte und den cremigen, käsigen Kartoffelauflauf vorbereitete. Als Logan nach Hause – *zurück* – kam, bot er murmelnd an staubzusaugen und zu wischen. Sein Blick landete überall, nur nicht auf Seth.

Brandon hatte sich ein Sound System gewünscht, das durch das ganze untere Stockwerk verlief und Seth hatte letztlich nachgegeben. Er hatte es zwar noch nie genutzt, aber nach einer Weile ging er zu der Stereoanlage, die sich in einer kleinen Nische zwischen dem Esszimmer und dem großen Wohnzimmer befand und machte einen Weihnachtsradiosender an.

Judy Garlands wundervolle, gefühlvolle Stimme hallte durch die Räume. Als Seth sich Gedanken um die Dicke der Kartoffelscheiben machte und darum, überall dieselbe Konsistenz zu erlangen, wechselte Logan den Bezug an dem Dampfbesen. Es war sehr wahrscheinlich, dass er ein solches Gerät zum ersten Mal benutzte, doch er fragte nicht nach Hilfe.

Es war alles ziemlich… häuslich und Seth versuchte so zu tun, als ging ihm dabei nicht das Herz auf.

Aber es ist nicht echt. Logan ist dein Fake Partner. Vergiss das nicht.

»Schönes Lied«, bemerkte Logan. »Allerdings ein bisschen traurig.«

»Oh, wenn sie „muddling through" in dieser Version singt, dann ist das kein Vergleich zum originalen Songtext. Das ist das depressivste Weihnachtslied das es gibt.«

»Wirklich?« Logan grummelte vor sich hin, während er sich über den Dampfbesen beugte.

Seth musste lachen. »Bist du bereit aufzugeben und mich zu fragen, wie man den Bezug anbringt?«

Logan funkelte ihn böse an, allerdings steckte keine Intensität dahinter. Er stellte sich aufrecht hin und stemmte die Hände in die Hüften. Das schwarze Henley, das sich über seine Brust und Arme streckte, hing fest an seinen Muskeln. Er sah aus, als gehöre er auf ein Mottorad und nicht an einen Dampfbesen.

Er tut das für mich.

Seth erinnerte sich daran, dass das alles zu ihrer Abmachung gehörte, als er Logan den Mechanismus zeigte, der den alten

Bezug lockerte, damit er den neuen anbringen konnte. Um sich von Logans Muskeln abzulenken, redete er weiter.

»Jep, die ursprüngliche Version von *Have Yourself a Merry Little Christmas* handelt davon, dass dieses Weihnachten unser letztes sein könnte, also sollten wir es genießen, solange wir noch können. Das ist nicht ganz unwahr, aber es hatte weniger den Vibe von „lebe jeden Tag, als wäre es dein Letzter" und mehr den von „das Leben ist ätzend und dann stirbst du". Sie haben es überarbeitet und dann wurde es noch einmal etwas für Sinatras Version abgeändert. Das ist die üblichste Version. Viel Freude und liebliche Nostalgie.«

»Hm. Das ist ja interessant.«

Seth stand auf und reichte ihm den Dampfbesen. »Du bist nur nett. Ich habe früher alles geliebt, was mit Weihnachten zu tun hat und habe mir offenbar bis heute die nutzlosen, langweiligen Fakten gemerkt.«

»Das ist nicht langweilig.« Logan bücke sich, um das Kabel am Rande der Küche einzustecken. Dunkler Jeansstoff betonte sein spektakuläres Hinterteil. »Vielleicht kannst du Weihnachten wieder lieben lernen.«

»Vielleicht.« Seth lief zur Speisekammer und blieb abrupt stehen. »Was ist das?«

Logan sah peinlich berührt aus, kratzte sich den Kopf und schien nicht still stehen zu können. Er schaltete den Besen aus. »Ich weiß, du hast ein teures Dessert gekauft, aber ich dachte, dass die Bosslady vielleicht etwas Selbstgemachtes mehr schätzt. Kann sein, dass es nicht schmeckt. Ist sogar ziemlich sicher so, nachdem ich es gemacht habe.«

Seth starrte den dunklen Kuchen, der unter einer Glaskuppel saß, an. Es sah aus wie Schokolade und ja, es war alles ein bisschen schief, doch das machte ihn nur umso charmanter. »Ich... Es ist perfekt. Vielen Dank. Ich wusste nicht, dass du backen kannst.«

Logan schnaubte. »Kann ich nicht.«

»Stimmt offenbar nicht, nachdem ich gerade deine Kreation ansehe.«

»Es war ein einfaches Rezept.« Er zuckte mit den Schultern und spielte mit dem Besenstiel indem er seine rauen Hände über das geformte Plastik gleiten ließ.

Etwas in Seths unterer Region regte sich. Er wollte diese Hände auf seinem Körper.

Hör auf an Sex zu denken!

»Das war der Lieblingskuchen unserer Mum. Den hatten wir jedes Jahr zu Weihnachten. Sie sagte Pie ist für Thanksgiving und Kuchen ist für Weihnachten, aber nicht dieses eklige Früchtebrot. Sie sagte Schokolade sei besser. Als Kind habe ich ihr damit geholfen.«

Wieder war Seth beschämt, solch schmutzige Gedanken gehabt zu haben, als er Logan dabei zusah, wie er lächelte. Eine traurige kleine Hebung seiner Lippen, Augen unfokusiert und offenbar in einer Erinnerung versunken. »Ich bin mir sicher, dass er lecker ist«, sagte Seth.

»Kann sein. Sie hat mir immer einen ihrer Schneebesen zum Ablecken gegeben, während sie den zweiten behalten hat. Wir hatten Schokolade auf der Nase, und am Kinn bei dem Versuch jedes Bisschen zu erwischen.«

Hör auf daran zu denken, was Logan noch alles lecken könnte! Das ist eine unschuldige Geschichte!

Seth räusperte sich. »Ich kann es kaum erwarten, ihn zu probieren. Danke.« Eine abgenutzte Blechdose stand neben dem Kuchenständer, der von Jenna gekommen sein musste.

Er trat einen Schritt nach vorne, nahm sie in die Hand und öffnete den Deckel. Im Inneren befanden sich Karteikarten die durch Registerkarten unterteilt worden waren, auf denen in sauberer Blockschrift stand: Salate, Vorspeisen, Hauptgerichte, Beilagen, Kekse & Riegel, Verschiedene Nachspeisen und Kuchen!

»Kuchen mochte sie am liebsten«, sagte Logan von seinem

Platz am Türrahmen aus.

Seth lächelte, als er das Ausrufezeichen hinter dem Wort sah, und blätterte durch die Karten. Die Rezepte waren in sauberer, schlaufiger Schreibschrift geschrieben und einige davon hatten Flecken, vermutlich von Tomatensauce-Resten oder Tropfen Öl. Er wusste, welches Kuchenrezept Logan benutzt hatte, als er an der richtigen Stelle ankam. Die Tinte war an einigen Stellen verblasst und das Papier war voller Schokoladenflecken. Die Ecken waren schon etwas ausgefranst, offenbar von der vielen Benutzung. Ehrfürchtig hielt Seth das Rezept in der Hand und stellte sich Logan vor, der über eine Rührschüssel gebeugt stand, in der er Butter und Zucker miteinander vermengte. Für einen wahnsinnigen Moment dachte er, er müsse gleich losweinen, wusste aber nicht wieso.

»Äh, Sauerrahm ist die Geheimzutat«, sagte Logan.

»Stimmt!«, antwortete Seth zu erfreut. »Das klingt wahnsinnig lecker!« Er las sich die Zutaten durch. »Meine Mutter hat immer Apfelmus in all ihren Rezepten verwendet.« Schon bildete sich wieder ein Klos in seinem Hals. »Tut sie sicherlich immer noch.«

Er hatte es vermieden, auch nur in Richtung des Briefkastens zu sehen, als er nach Hause gekommen war. Auch, wenn die Flyer vermutlich mittlerweile auf dem Boden verstreut lagen.

Vorsichtig legte Seth die Rezeptkarte an die richtige Stelle innerhalb des Kuchen! Teils zurück. Er ließ seine Finger über die dumpf-silberne Blechdose gleiten und entdeckte ein misslungenes Gänseblümchen, das auf der Seite aufgemalt war.

»Die habe ich in der neunten Klasse im Werkunterricht gemacht«, erzählte Logan verlegen.

»Sie ist schön. Wirklich.«

Er zuckte mit den Achseln. »Mum hat alle Rezepte, die sie als „zum Aufbewahren" angesehen hatte, darin gelagert. Ihr Frosting ist das beste. Oh. Hier.« Er verschwand und die Kühlschranktüre öffnete sich, bevor er mit einer kleinen Schüssel zurückkehrte, die er Seth hinstreckte. »Ich hatte etwas übrig. Probier mal.«

Seth starrte die Schüssel mit Schokoladenfrosting an, das in strudelartiger Form durch die Kälte hart geworden war. »Sollte ich einfach…?« Er hob einen Finger.

»Ich kann dir einen Löffel holen, wenn du das wirklich willst«, sagte Logan vorsichtig.

Lachend steckte Seth seinen Finger in die Schüssel und steckte ihn sich voller Schokoladenmasse in den Mund. Genußvoll schloss er seine Augen und stöhnte auf. »Ach du meine Güte. Das ist der Wahnsinn.«

Er leckte seinen Finger ab und öffnete die Augen wieder.

Logan beobachtete ihn mit halb geschlossenen Liedern. Seine Stimme war noch rauer als sonst, als er antwortete:

»Ja?«

»Ähm…« Was würde Logan tun, wenn Seth ihn jetzt küsste?

»Du hast…« Logan deutete auf Seths Mund und Seth leckte seine Mundwinkel, während die bekannte Lust zurückkam. Dann ließ er seinen Finger erneut in die Schüssel wandern und leckte ihn ab, den Blick stets auf Logan gerichtet, der ihn erwiderte. Ihr Atem war laut und schnell in der Stille der Speisekammer und die Luft schien immer dicker zu werden, als sie sich einander näherten—

Piep-piep-piep!

Sie sprangen auseinander und Logan hatte Mühe, die Schüssel nicht fallen zu lassen. Er machte einen Rückzieher und Seth folgte, um den Timer auf dem Tresen auszuschalten. »Der erste Teil der Kartoffeln ist fertig!«, kündigte er viel zu laut an. »Ich mache mich besser wieder an die Arbeit. In ein paar Stunden ist Showtime!« Er musste sich konzentrieren.

»Stimmt. Machst du dir Sorgen?«, fragte Logan, als er sich wieder dem Dampfbesen widmete, nachdem er das Frosting in den Kühlschrank verbracht hatte.

Seth hatte sich definitiv Sorgen gemacht und jetzt, wo er darüber nachdachte, fing er wieder damit an. Er versuchte sich davon freizumachen. »Ein bisschen, denke ich. Ist schon in Ordnung. Ich muss mich beeilen, damit ich mich noch umziehen kann, bevor Angela und Dale ankommen.« Sie hatte ihren Assistenten mit eingeladen, damit sie zum Abendessen zu viert waren, was Sinn ergab.

»Oh, scheiße. Was soll ich denn anziehen?« Der Besen fing an zu zischen und zog damit Logans misstrauischen Blick auf sich.

»Einfach ein Hemd und Slacks? Vielleicht eine Krawatte?«, schlug Seth hoffnungsvoll vor.

»Ähm…« Versuchsweise schob Logan den Dampfbesen über den Boden und schien zufrieden, als das feuchte Tuch über das Holz glitt. »Ich habe ein paar schöne Teile, die ich zu Bewerbungsgesprächen und sowas anziehe. Die müssten irgendwo sein. Ich musste mich schon ewig nicht mehr schick machen, also habe ich die vermutlich in eine meiner Taschen gestopft. All meine Sachen sind übrigens in deinem Zimmer. Kissen und Decke auch. Hast du ein Bügeleisen?«

Der Gedanke, kein Bügeleisen zu besitzen, war, als hätte man keinen Kühlschrank, doch Seth nickte nur. »Habe ich. Und eine Hosenpresse. Die zeige ich dir, wenn wir hier fertig sind.«

Schon bald waren Logans Slacks dabei gepresst zu werden und Seth fuhr mit dem Bügeleisen über das billige weiße Hemd. Er wünschte, Logan würde eines von seinen tragen, doch seine Schultern waren zu breit. »Hab sie!«, verkündete Logan, als er eine zerknüllte Krawatte aus einer Reisetasche herauszog.

»Ähm… Möchtest du dir eine von meinen leihen?« *Bitte leih dir eine von meinen.*

Logan lachte. »Sicher. Bosslady hat einen teuren Geschmack. Im Schrank?«

»Ja, da ist ein Ständer drin.«

Ein tiefes Pfeifen erklang. »Was du nicht sagst. Du hast einen Arsch voll Krawatten.«

»Das stimmt wohl. Hier, lass mich mal sehen. Zieh die mal an.«

Die dunkelgrüne Krawatte hatte silberne Akzente und passte wunderbar zu Logans haselnussbraunen Augen. Als Logan sich mit dem Knoten abmühte, griff Seth nach seinen Händen, die er sanft aus dem Weg schlug. Er richtete den Knoten und rückte Logans Kragen zurecht, dessen Atem über Seths Wange tanzte.

»Hier«, sagte Seth in einem schwachen Ton. Er räusperte sich. »Steht dir.«

»Ich versuche, nicht darauf zu kleckern. Und, mach dir keine Sorgen, das wird alles gut gehen.«

Logan drückte Seths Schulter kurz, was wohlige Wärme durch seinen ganzen Körper entsandte. »Wir können das vortäuschen.«

Die Wärme verschwand und Seth machte nickend einen Schritt zurück. Er stieß gegen die Wand. »Jep! Ich gehe mal nach den Kartoffeln sehen.«

Er floh in die Küche, die dank Logan jetzt wahnsinnig schön und leuchtend war, und versuchte sich auf das Abendessen zu konzentrieren. Es war an der Zeit, sich professionell zu verhalten und Logan hatte recht.

Wir können das vortäuschen.

Kapitel Zwölf

»ACH, ES IST so schön in einem wirklich bewohnten Zuhause zu sein.« Angelas Schmuck klimperte, wenn sie sich bewegte. Ihre glitzernden Ohrringe stellten Weihnachtskränze dar, mit Diamanten, Rubinen und Smaragden. Oder es waren wirklich glänzende Kunststeinchen. Logan war sich aber sicher, dass sie echt waren.

Außerdem war sie von ihren Stiefeln mit Absatz in ein paar rot-sohlige Stöckelschuhe geschlüpft, die mit jedem ihrer selbstbewussten Schritte auf den Holzboden klopften. Sie bahnte sich einen Weg durch Seths kleines Wohnzimmer und in die offene Küche hinein.

Logan fummelte an seiner Krawatte rum und starrte die Schuhe an. Er versuchte sich daran zu erinnern, wie die hießen. Als er aufsah, stellte er fest, dass Angela ihn dabei ertappt hatte. Er lachte verlegen. »Ähm, schöne Schuhe. Sind die französisch oder so?«

»Sie haben ein Auge für Mode, hm?« Angela strahlte ihn an. »Haben die Schwulen oft. Das sind Loubou-*tins*.«

Dale räusperte sich und sah aus, als wolle er etwas sagen, nach einer Sekunde entschied er sich allerdings um und lächelte ohne seine Zähne zu zeigen. Nachdem Seth neben der Küchenzeile stand und aussah wie ein verschrecktes Reh und offensichtlich schon durch die bloße Anwesenheit seiner Bosslady in seinem Haus die Nerven verlor, fühlte Logan sich, als müsse er sich um die Konversation kümmern.

Weil er ein Idiot war, sagte er: »Meine Frau wolltesolche. Sie hat die im Fernsehen gesehen oder so.«

Angelas glänzenden roten Lippen formten ein O, bevor sie ihren Kopf mitleidig schräg legte. »Ich habe gehört, dass sie von uns gegangen ist.«

Er versuchte seine Irritation bei der Ausdrucksweise runterzuschlucken und nickte. »Ähm, ja.«

Viel zu laut fragte Seth: »Kann ich Ihnen beiden etwas zum Trinken anbieten?«

»Einen G und T«, antwortete Dale – was auch immer das sein sollte. Er war in einem dunklen Anzug angekommen, hatte sich aber der Anzugsjacke entledigt und zusammen mit seinem Mantel aufgehängt.

Angela war weiterhin auf Logan fixiert. »Ich finde es außerordentlich, dass Sie das Glück wiedergefunden haben. Und mit einem Mann! Love is love.«

Er nickte und sah bewusst nicht in Seths Richtung. Den Gedanken, dass er in der letzten Woche so viel glücklicher gewesen war, als er sich je erinnern konnte zu sein, schob er bewusst von sich. »Danke.« Er dachte an Veronica und fühlte sich sofort schuldig.

Seth gab Angela und Dale eine Tour durch das Haus und Logan freute sich, als sie seine Dekoration lobten. Er musste sagen, dass der Baum schon verdammt gut aussah. Groß und glitzernd mit vielen bunten Lichtern und Kugeln und allem drum und dran. Es ließ das große Zimmer wirklich gemütlich wirken, vor allem, wenn der Kamin an war. Die Entscheidung zwischen einem Stern und einem Engel auf der Baumspitze war schwierig gewesen, doch Logan hatte beschlossen, dass Seth ein Engel-Typ war.

Sobald Angela und Dale ihre Cocktails in der Hand hatten, inklusive ausgefallener Rührstäbchen, fing Seth an mehrere Tabletts mit kleinen Vorspeisen auf dem Kaffeetisch des großen

Wohnzimmers abzustellen. Sie setzten sich hin und redeten über BRK und Angelas Kinder und Cheerleading. Angela schien wie eine dieser alten Puppen, die man aufziehen konnte und die dann anfingen zu sprechen. Logan war mehr als zufrieden damit, sie einfach reden zu lassen und lediglich zu nicken und zu lächeln. Offenbar ging es Seth und Dale genauso.

Nachdem er sein Bier ausgetrunken hatte, das Seth für ihn in ein Glas geschenkt hatte, zog Logan seinen Mantel an, um den Grill anzufeuern. Die Gelegenheit dem Small Talk entfliehen zu können, kam ihm gerade recht. Angela hatte sie darüber informiert, dass ihr Fahrer sie um 21 Uhr wieder abholen würde, nachdem es ein Abend unter der Woche war. Logan hatte das Gefühl, dass der Mann auf die Sekunde pünktlich sein würde. Also durfte das Essen nicht zu spät serviert werden und obwohl sein Dad Seth die Grundlagen erklärt hatte, hatte dieser Logan gebeten sich darum zu kümmern.

»Sie sind also der männliche Grillmeister?«, fragte Angela mit einem seltsamen Zwinkern.

»Jep.« Logan hatte beschlossen, einfach allem, was sie sagte, zuzustimmen.

Sie biss von ihrem Cracker mit Käse ab. »Sind bisexuelle Männer immer so?«

An der Schiebetür schlüpfte Logan in seine Stiefel. »Sicher!« Er entfloh nach draußen und schaltete das Gas ein. Hoffentlich würden die Schneeflocken, die auf ihn nieder rieselten, nicht größer. Vermutlich hätte er seine Handschuhe mitnehmen sollen, denn seine Finger froren jetzt schon ein, nachdem der eisige Wind ihm um die Ohren schlug.

Seine Lungen verkrampften sich und er versuchte die dabei entstehende Panik abzuwehren, bevor er ausatmete und sich eine eisige Wolke vor seinem Mund bildete. Er konnte noch atmen. Alles war in Ordnung. Das war alles nur in seinem dummen Kopf.

Bisexuell.

Logan goss mehr Öl aus und pinselte es über den Grill. Es war in Ordnung, dass Angela das annahm. Es sollte ihm nichts ausmachen, wenn sie das dachte. Das war er zwar nicht, er war schon immer hetero gewesen, aber es war in Ordnung.

Das Öl brutzelte auf dem Metall und er goss noch mehr darüber. So viel, dass es ihm über seine frierende Hand floss. Schneeflocken landeten auf dem Grill und schmolzen.

Sicher, er und Seth brachten sich gegenseitig zum Höhepunkt. Und Seth war auch nicht der erste Kerl, mit dem Logan etwas hatte. Doch das machte ihn nicht bisexuell. Das war nur etwas für eingebildete College Studenten die versuchten abenteuerlustig oder sowas zu wirken. All das hatte mit ihm nichts zu tun.

Er verstrich das Öl noch etwas und Tropfen davon flogen durch die Luft, als es erhitzte. Vielleicht freute er sich schon darauf, nachher mit Seth alleine zu sein, doch das hatte nichts zu bedeuten. Seth war so gut darin, seinen Schwanz zu lutschen, was Sinn machte, nachdem er wirklich ein schwuler Kerl war. Logan tat ihm nur einen Gefallen, doch es war nichts dagegen einzuwenden, das zu genießen.

»Wie läuft's?«

Logan erschrak sich so, wie Jenna es normalerweise tat, wenn Dad sich von hinten anschlich und sie kitzelte. »Tut mir leid, ich wollte dich nicht erschrecken«, sagte Seth und schloss die Schiebetür hinter sich. Sein Parka stand offen und er rieb seine nackten Hände aneinander, bevor er heiße Luft gegen sie hauchte. »Sollte das so rauchen?«

»Scheiße«, murmelte Logan. »Nee, bisschen zu viel Öl. Das verbrennt aber.« Er hatte eine einfache Aufgabe vermasselt. Typisch. »Tut mir leid.«

»Alles gut. Ich bin mir sicher, dass du alles unter Kontrolle hast. Du männliche Kreatur, du.«

Logan richtete das Gitter auf dem Grill ordentlich hin und das Lächeln auf seinem Gesicht schmerzte in den Wangen.

»Stimmt. Das bin dann wohl ich.«

Seth legte Logan eine Hand auf sie Schulter. Sie war stark, beruhigend und seltsam warm, sogar durch Logans Jacke hindurch. »Alles okay? Ich weiß, dass Angela manchmal ein bisschen… anstrengend sein kann mit all ihren Fragen.« Er lächelte und presste zwischen seinen Zähnen hervor: »Außerdem bin ich mir relativ sicher, dass sie uns gerade beobachtet. Es ist als hätte sie noch nie ein gleichgeschlechtliches Paar in ihrem natürlichen Umfeld gesehen.« Er ließ seine Hand fallen und flüsterte: »Nicht, das wir…«

»Ich versteh schon«, murmelte Logan. Er konnte Angelas Blicke auf ihm spüren. Dale war vermutlich zu Tode gelangweilt.

Logan bedachte Seth mit einem Lächeln und einem Zwinkern, als er ihn näher an sich heranzog. Seine Hand wanderte unter Seths Parka. Sanft streichelte er seine Hüfte und strich mit seiner Nase liebevoll gegen Seths Wange.

Seths Lachen klang etwas hysterisch. Er flüsterte: »Sollte ich so tun, als ob du etwas wirklich Schmutziges sagst?«

Logan lachte tief und lehnte sich etwas zurück. »Immer.« Dicke Schneeflocken hatten sich in Seths dunklem Haar verfangen und Logan strich sie automatisch weg.

Seth blickte in den dunklen Himmel hinauf und als er den Kopf wieder senkte, saß eine Schneeflocke direkt auf seiner Unterlippe.

Bevor sie schmelzen konnte, küsste Logan sie weg. Gerade mal ein leichtes Aufeinanderpressen ihrer Lippen. Es war nichts, nicht einmal eine Sekunde, aber Logan konnte nicht fassen, dass er das getan hatte.

Seine Brust fühlte sich wieder zu eng an. Er ließ seine Hand von Seths Rücken fallen und drehte sich wieder dem Grill zu. Zu laut sagte er: »Fleisch.«

Seth schien wie erstarrt. Mehr und mehr Schnee verfing sich in seinen Haaren und die Lippen die Logan gerade geküsst hatte, öffneten sich. Blinzelnd fragte Seth: »Was?« Dann nickte er. »Steak! Ja. Ich hole das Steak. Wir müssen… ja, genau. Abendessen! Ich hole das Fleisch.« Er drehte sich auf der Stelle um und stolperte fast über seine offenen Stiefel. Her winkte und Logan realisierte, dass Angela sie definitiv beobachtete.

Ihr Grinsen sah schon fast manisch aus. Die Hände hatte sie auf ihre Brust gepresst und sie schüttelte den Kopf. Würde sie gleich anfangen zu weinen oder sowas? Als Seth die Tür öffnete, konnte er sie aufgeregt sagen hören: »Schätzchen, es ist so wunderbar, Sie beide zusammen zu sehen. Wie ich es immer sage, Love is—«

Die Glastür schloss sich und dämpfte ihr Gequassel. Logan fummelte an dem Grill herum und sein Herz raste. Das war alles Teil der Abmachung. Seth so zu küssen war gar nichts. Sie hatten einen Deal und Angela war begeistert, also funktioniert es. Die Beförderung hatte Seth so gut wie in der Tasche. Logans Atem kam etwas ruhiger. Er wollte, dass Seth befördert wurde. Seth hatte all die guten Dinge verdient.

Im neuen Jahr würde Logan sich um sein eigenes Leben kümmern. Er würde sich einen Job suchen und Connor das Zuhause bieten, das er verdient hatte. Zwar wusste er noch nicht genau, wie er das anstellen sollte, doch es gab vorher noch wichtigeres. Erstmal musste er sich darauf konzentrieren, Seth zu helfen. Das war etwas, das er tun konnte.

Seth kam mit den Steaks zurück. »So weit so gut. Danke nochmal für…alles. Ich weiß, das muss…« Er wedelte mit der Hand in der Luft herum. »Jedenfalls, danke.«

»Alles gut«, antwortete Logan und konzentrierte sich auf den Grill und die Steaks und darauf, dass die Temperatur genau richtig eingestellt war. »Wir schaffen das.« Er rumpelte Seth verschmitzt mit seiner Schulter an und Seth lehnte sich gegen ihn.

Sobald das Essen auf dem Tisch stand und Angela und Dale die verschiedenen Gerichte gelobt hatten, konnte auch Logan zugeben, dass alles wirklich lecker war. Er musste sich zusammenreißen, es nicht zu schnell in sich reinzustopfen, und sagte: »Die Kartoffeln sind der Wahnsinn.«

»Danke, Schatz«, antwortete Seth vom anderen Ende des Tisches und lächelte. Das konnte Logan nur erwidern. Ein Weihnachtslied spielte sanft im Hintergrund, gesungen von einem dieser riesigen Kirchenchöre mit schönen Stimmen.

Logans Handy vibrierte. »Scheiße, tut mir leid.« Er verzog das Gesicht, als er es aus der Tasche zog um es auszuschalten. »Ähm, auch wegen der Ausdrucksweise.«

Angela lachte laut und klang dabei fast wie eine Hexe. »*Scheiße*, Schätzchen, ich habe schon viel Schlimmeres gehört.« Sie zwinkerte ihm zu. »Habe auch schon Schlimmeres gesagt. Sehen Sie ruhig nach wer es ist. Vielleicht ist es Ihr Junge.«

»Oh. Richtig. Ja. Er sagt, dass seine letzte Prüfung gut gelaufen ist.« Logan grunzte.

»Und dass der Witz, den ich ihm geschickt habe, blöd ist.« Schnell schrieb er ihm zurück: *Gut gemacht. Und der Witz war saulustig.* Connors sofortige Antwort war ein Emoji das die Augen verdrehte, doch aus irgendeinem Grund hatte er das Gefühl, dass das nicht ernst gemeint war. Logan lächelte und schob das Handy zurück in seine Hosentasche.

Angela schluckte einen Bissen Steak runter. »Er ist dreizehn? Freuen Sie sich schonmal darauf dieses Verhalten die nächsten paar Jahre aushalten zu dürfen. All unsere Witze sind langweilig und wir haben keine Ahnung von nichts. Aber sie wissen alles.«

Seth lachte. »Das klingt nach Connor.«

Logan lächelte Angela vorsichtig an. »Es bin also nicht nur ich, der nichts weiß?«

»Das passiert jedem, der einen Teenager hat, glauben Sie mir. Meine Mädels denken, sie wissen alles, was es auf der Welt zu wissen gibt.«

»Wie bleiben Sie da geduldig?«, wollte Logan wissen.

Angela hob ihr Glas. »Viel Merlot. Aber mal ehrlich, es ist manchmal wirklich schwer. Man will sie einfach schütteln und sie davor bewahren, Fehler zu machen, die man schon von weitem sehen kann. Ich erinnere mich einfach selbst daran, dass es meine Aufgabe ist, sie trotz all ihrer Fehler zu lieben. Sie zu umarmen, wenn sie es brauchen aber vor allem, wenn sie denken, dass sie es nicht tun. Denn am Ende des Tages brauchen sie all die Umarmungen und die Geduld, die wir ihnen geben können. Auch, wenn sie sich wie Arschlöcher benehmen. Vor allem dann.«

Auf einmal bildete sich ein Klos in Logans Hals, als er an Connors immer verzogenen Mund dachte. Seine verschränkten Arme und daran, wie er eine einzelne, wütende Einheit bildete. Logan musste irgendwie zu ihm durchdringen. Er musste ihm irgendwie helfen. Nickend bedankte er sich bei Angela und meinte es ernst.

»Connor ist eine richtige Herausforderung, aber Logan macht das wahnsinnig gut«, warf Seth ein. »Ein Elternteil zu sein ist nicht einfach. Ich bin so stolz auf ihn.« Er lächelte Logan an und vermutlich sagte er das nur, um Angela zu gefallen, aber verdammt. Logan wollte plötzlich nichts mehr, als Seth wirklich stolz zu machen.

»Schätzchen, Sie müssen es nur weiter versuchen. Vermutlich war ich als Teenager genauso, allerdings hatte mein Vater die Geduld eines Engels.« Sie grinste. »Mutter nicht wirklich.« Ihre Gesichtszüge wurden weich. »Doch Connors Verlust seiner Mutter muss wirklich hart für ihn sein. Vor allem zur Weihnachtszeit.«

Logan nickte und schob den gerösteten Kürbis und Pastinake auf seinem Teller herum. »Erstes Weihnachten ohne sie.«

Seth räusperte sich in der Stille und kündigte an: »Wir sind entschlossen, ihm trotzdem wundervolle Feiertage zu bescheren. Der Betriebsausflug ist der perfekte Start.«

»Es wird märchenhaft, nicht wahr, Dale?«, stimmte Angela zu.

Dale nickte und sagte zum ersten Mal an diesem Abend mehr als zwei Wörter: »Es gibt Kutschenfahrten und Schneemann-Bau-Wettbewerbe. Schlitten- und Schlittschuhfahren. Bastelstunden, viel Essen und es gibt außerdem ein großes Schwimmbad im Innenbereich. Mittags kommt ein Weihnachtsmann mit Spielzeug. Wir denken, dass die Kinder viel Spaß haben werden.«

»Wow«, äußerte Seth. »Wie haben Sie das alles in der letzten Minute hinbekommen?«

Angela zwinkerte Dale zu. »Dale ist mein kleiner Wundertäter. Fragen Sie ihn nicht wie, genießen sie es einfach. Apropos genießen, Seth, Sie und Logan haben uns einen wunderbaren Abend beschert.«

»Oh, vielen Dank«, antwortete Seth. »Das freut mich sehr zu hören.«

Logan fiel auf, dass Dales Lächeln etwas angespannt war. In seiner Wange fing ein Muskel an zu zucken, bevor er seinen Kiefer entspannte. Das „wir" in Dales Erzählungen beinhaltete sicherlich einen Arsch voll Arbeit für ihn, ohne jegliche Beschwerden.

Seth fügte hinzu: »Logans Vater hat uns mit dem Grill geholfen. Ich gebe zu, ich bin ein Neuling.«

Angela strahlte ihn an. »Ist das nicht eins der besten Dinge, wenn es um die Familie geht? Traditionen und Rezepte weiterzugeben, und altes Know-How. Stellen Sie sich vor, wie viel Wissen verloren gehen würde, wenn alle Schwulen von zu Hause rausgeschmissen werden würden? Jeder braucht eine Familie. Das habe ich schon immer gesagt.«

Sie hob ihr Weinglas um anzustoßen und sie folgten ihr sofort. Logan wusste, dass Seths Lächeln gekünstelt war, allerdings war er sich nicht genau sicher, woran er das erkannte.

Vermutlich weil Seths Familie nur aus Arschlöchern bestand und das an Weihnachten noch enttäuschender sein musste.

»Auf Seth und Logan und Ihre wunderbare, kleine Familie. Ich kann es kaum erwarten, Connor an diesem Wochenende kennenzulernen«, verkündete Angela und trank. Dann fügte sie hinzu: »Logan, ein kleiner Vogel hat mir gezwitschert, dass Sie den berühmten Schokoladenkuchen ihrer Mutter zum Dessert gezaubert haben?«

»Oh ja, ich hoffe, er ist nicht schlecht.« Er trank zu viel von dem Rotwein, der süßlich war und wahnsinnig gut schmeckte. »Ich meine, wenn meine Mum ihn gebacken hätte, wäre er wirklich gut und ich bin dem Rezept genau gefolgt.«

Er fragte sich, was sie wohl von der ganzen Sache halten würde. Von ihm und wie er vorgab Seths Partner zu sein. Das einzige Bild, das ihm in den Kopf schoss, war ihr schiefes Grinsen und das teuflische Funkeln in ihren blauen Augen. Sie hätte einfach mitgemacht.

»Er wird super lecker sein«, sagte Seth überzeugt. »Eventuell habe ich schon ein bisschen von dem Frosting gekostet. Mmm.« Er zwinkerte Logan zu und dann, als wäre er von sich selbst schockiert, erröteten seine Wangen.

Es war *entzückend* und Logan grinste breit.

»Also, was genau tun Sie bei der Bahn?«, fragte Angela.

Das warme, wohlige Gefühl explodierte wie eine Bombe. Logan zerquetschte fast die Gabel in seiner Hand bei der Erinnerung, dass er ein totaler Versager war. Er hätte einfach erneut lügen sollen, doch aus irgendeinem absurden Grund sagte er: »Ehrlich gesagt, hatte ich letztes Jahr einen Unfall. Der Arbeit kann ich nicht mehr nachgehen. Ich bin auf der Suche nach etwas Neuem, aber…« *Aber ich bin ein unnützer Sack Scheiße.*

Angela machte ein erschrecktes Geräusch und Dale sah ihn mitleidig an. Sie sagte: »Das tut mir so leid zu hören, Schätzchen! Sind Sie wieder vollkommen geheilt?«

Logan hatte das Gefühl, dass das nie passieren würde, sagte aber: »Fast.«

»Logan ist außerdem ein Veteran«, erzählte Seth. »Er diente eine Tour bei den Marines. Es sollte wirklich mehr unternommen werden, Veteranen dabei zu unterstützen, Arbeit zu finden.«

»Vielen Dank für Ihren Dienst«, sagte Angela ernst zu Logan. »Und ich könnte Ihnen nicht mehr zustimmen, Seth. Dale, machen Sie sich eine Notiz, um nach Arbeitsmöglichkeiten für Logan zu suchen.«

Oh, nein. »Ich möchte kein Mitleid!« Er rutschte auf Seths neuem Holzstuhl umher und hielt sich nur knapp zurück, nicht vom Tisch aufzuspringen. »Ich mache ehrliche Arbeit für ehrliche Bezahlung.« Sein Gesicht fühlte sich heiß an und in einem Moment würde er nicht mehr atmen können.

Angela schien von seinem Ausbruch nicht irritiert. »Ich versichere Ihnen, es ist kein Mitleid. Von jedem einzelnen meiner Mitarbeiter erwarte ich verdammt harte Arbeit. Auch von allen, die ich meinen Geschäftspartnern als Mitarbeitende empfehle. Ich bin gerade dabei, Kontakte in Albany aufzubauen und man weiß nie, was für Jobs sich präsentieren. Genauso funktioniert das. Es ist nichts Verwerfliches dabei, einen Fuß in der Tür zu haben. Dann liegt es an Ihnen, durch die Tür durchzugehen und nicht rücklings wieder rausgeschmissen zu werden. Es ist allgemein bekannt, dass ich meine Firma auf einem Silbertablett von meinem Vater überreicht bekommen habe. Aber ich habe Tag und Nacht daran gearbeitet, sie zu vergrößern und noch mehr Erfolge zu erzielen. Genau so habe ich auch vor, weiterzumachen. Es ist kein Mitleid.«

Logan bemerkte, dass er sich an der Tischkante festgekrallt hatte und atmete schwer aus. Er lehnte sich zurück und ließ die Hände fallen. »Ich… ich verstehe was Sie sagen. Tut mir leid.«

»Braucht es nicht.« Sie schenkte ihm ein freundliches Lächeln. »Aber seien Sie auch kein Dummkopf mit zu viel Stolz.«

Das brachte Logan zum Lachen. »Das ist ein guter Rat.«

Auch Seth lachte ruhig. »Ein Lebensmotto.« Er fügte hinzu: »Logan ist sehr geschickt und hat Erfahrung im Baubereich. Er hat das Weinregal in der Küchenzeile selbst gebaut.«

»Das habe ich vorhin bewundert!«, rief Angela aus und schien die Wahrheit zu sagen.

»Er hat die Küche eingebaut und mir beim Dekorieren geholfen«, sagte Seth und Logan musste zugeben, dass das stimmte.

»Was für ein schönes Zuhause Sie sich zusammen erschaffen haben.« Angela hob erneut ihr Glas. »Auf Ihr erstes gemeinsames Weihnachten als eine Familie und viele weitere glückliche und gesunde Feiertage in Ihrer Zukunft.«

Logan trank, konnte dabei Seth aber nicht ansehen. Für eine verrückte Minute wünschte er sich, dass das alles wahr sein könnte.

Kapitel Dreizehn

»S o.« SETH SCHLOSS die Haustür und lehnte sich dagegen. »Wir haben es geschafft.«

Sie hatten zitternd und winkend in der offenen Tür gestanden, als Angelas Fahrer die lange Auffahrt heruntergefahren war und auf die verschneite Straße. Logan rieb seine Hände zusammen und genoss die Wärme und Erleichterung. Er löste seine Krawatte und zog sie sich über den Kopf.

Seth lachte leise. »Da hast du dich schon darauf gefreut, was?«

»Jep.«

»Danke. Ich weiß, dass dieser Abend sicher nicht leicht war. Und der Kuchen war wirklich lecker. Vielleicht brauche ich noch ein Stück, um unseren Erfolg zu feiern.« Er stieß sich von der Tür ab und Logan folgte ihm in die Küche, insgeheim wahnsinnig glücklich darüber, dass Seth seinen Kuchen so gerne mochte. Mit einem Lächeln sah er Seth dabei zu, wie er sich ein Glas Milch einschenkte und den Karton dann fragend hochhob.

»Ein feierliches Glas Milch? Kein Scotch?«, fragte Logan.

Seth kräuselte die Nase. »Milch passt viel besser zum Kuchen. Willst du?«

»Warum nicht. Kuchen auch. Schön, dass er dir schmeckt.«

»Mmm.« Seth schnitt zwei große Stücken ab und fuhr dann mit einem Finger über die abgestumpfte Seite des Messers, bevor er das Frosting ableckte. »So cremig. Süß aber nicht übertrieben. Es ist wirklich ein exzellenter Kuchen.« Seine Zunge kam zum

Vorschein, um einen Rest Schokolade aus seinem Mundwinkel zu wischen. »Logan?«

»Ähhh.« Ihm fiel auf, dass er Seth anstarrte, wie er seinen Finger sauber leckte. »Ähm, danke.«

Sie standen an der Küchenzeile, aßen Kuchen und tranken Milch. Ein Weihnachtslied hallte durch die Luft mit einer sanften Melodie über Schnee und Mistelzweige. Logan wollte noch nicht zu viel darüber nachdenken, sagte aber: »Das war nett von ihr. Mit den Jobs. Führt vielleicht nirgends hin, aber…«

»Aber vielleicht ja doch! Ich glaube wir haben guten Grund optimistisch zu sein. Wenn irgendjemand etwas erreichen kann, dann ist es Angela Barker.«

Logan sah Seth dabei zu, wie er sich Milch von der Lippe leckte. *Wir.*

Seth runzelte die Stirn. »Ich weiß, dass du Angst hast zu hoffen, aber ich glaube wirklich, dass das etwas werden könnte.«

»Kann sein«, antwortete Logan. »Wir werden sehen. Aber danke.« Er steckte sich eine Gabel voll Kuchen in den Mund und wusch ihn dann mit seiner Milch runter. Mit dem Handrücken wischte er sich den Mund ab.

»Ich sollte die Lichter draußen aus machen.«

Seine Socken waren leise auf dem Hartholz, als er zurück zur Eingangstür ging und den Schalter umlegte. Im kleinen Wohnzimmer lehnte er sich über den kleinen goldenen Baum im Fenster und machte auch den aus. Er sah, dass die Reifenspuren die Einfahrt hinunter bereits mit frischem Schnee überdeckt waren und auch auf dem Briefkasten dort unten lag eine neue Schneeschicht.

»Oh, da fällt mir ein«, sagte er und ging zurück in die Küche. Er öffnete eine der Schubladen an der Küchenzeile, wo er die Post reingestopft hatte.

»Als ich vorhin angekommen bin ist mir aufgefallen, dass der Briefkasten überquillt. Vermutlich überwiegend Flyer und so ein

Zeug, aber…hier.« Er ließ den Stapel auf die Küchenzeile fallen und verputzte seinen letzten Bissen Kuchen.

Seth stand wie versteinert da, mit der Gabel halb zu seinem Mund geführt und starrte die Post mit einem seltsamen Gesichtsausdruck an. Logan beobachtete ihn und schluckte den Kuchen runter. Plötzlich wurde ihm klar, dass das Angst auf Seths Gesicht war. Das wurde offensichtlich, als Seth anfing, flach aber schwer zu atmen und seinen Blick nicht von dem Stapel Post nahm, als hätte Logan eine riesige, behaarte Spinne vor ihn hingesetzt.

»Was ist?«, fragte Logan. Er begutachtete die Flyer und Briefe und versuchte das Problem auszumachen, damit er es lösen konnte. Er hasste es, Seth so zu sehen.

Seth versuchte sich an einem Lächeln, riss seinen Blick los und blinzelte Logan an.

»Hmm? Ach, nichts.« Seine Stimme klang hoch und schrill.

»Bullshit. Sag mir was los ist.« Logan sah wieder auf die Briefe. Er hatte immer noch keine verdammte Ahnung, was es sein könnte. »Erwartest du schlechte Neuigkeiten oder sowas?« Heutzutage war die meiste Post sowieso nur Werbung. Schrieb irgendjemand überhaupt noch schlechte Nachrichten in einen Brief? Wäre das nicht einfacher, das telefonisch oder online zu klären?

Für einen Moment schloss Seth seine Augen und atmete schwer aus. Er schüttelte den Kopf und schob seinen Teller weg, bevor er nach dem Stapel griff. Ein Teil von Logan wollte sich ihm nähern und nach ihm greifen. Vielleicht seine Schulter klopfen, oder so etwas. Doch er blieb stehen. Es schien ihm besser, ihn nicht einzuengen.

»Es ist dumm«, murmelte Seth. Er stellte sich gerade hin und blätterte entschlossen durch die Flyer. Hier und da kam mal ein Brief zum Vorschein. Seine Hand gefror und sein bitteres Lächeln sendete furchteinflößende Schauer Logans Rücken hinunter. Seth hob einen viereckigen, roten Briefumschlag hoch.

Logan konnte sehen, dass die Empfangsadresse durchgestrichen worden war und *zurück zum Absender* in riesigen Großbuchstaben auf der Vorderseite des Umschlags stand. Es schien eine Weihnachtskarte zu sein. Allerdings konnte er nicht erkennen, an wen sie gesendet worden war.

Seth beantwortete seine ungestellte Frage. »Meine Eltern.« Er durchsuchte den Stapel und holte noch zwei identische Briefumschläge raus. Er hielt sie hoch. »Mein Bruder und meine Schwester.« Er ließ die drei Karten auf die Küchenzeile fallen und fügte hinzu: »Mit meinen Großeltern, Tanten und Onkel, Cousins und Cousinen versuche ich es schon gar nicht mehr. Aber jedes Jahr versende ich immer noch diese drei Karten in der Hoffnung…«

»Fuck. Tut mir leid.« Er hätte den Briefkasten einfach nicht anrühren sollen. Dumm.

Seth schüttelte den Kopf und versuchte sich an einem Lachen. »Das ist die Definition von Irrsinn, oder nicht? Dasselbe immer wieder zu tun und ein anderes Ergebnis zu erwarten?« Er fuhr mit einem Finger über die roten Umschläge. »Die Karten sind immer am selben Tag zurückgekommen, als marschierte meine Familie gemeinsam zum Briefkasten um meinen lächerlichen kleinen Olivenzweig in gemeinschaftlicher Abwertung an mich zurückzusenden.« Sein Blick landete wieder auf der restlichen Post. »Ich bin mir nicht sicher, welcher Tag es in diesem Jahr war. Die letzten zwei Wochen habe ich den Briefkasten nicht angerührt. Letztes Jahr…«

Nach einen paar dumpfen Schlägen seines Herzens fragte Logan leise: »Was?«

Seth hob einen der Briefe hoch und starrte ihn an. »Sie kamen am 23. zurück. Fast hatte ich schon daran geglaubt, es wäre das Jahr in dem meine Familie die Karten behielt. Das wäre das Jahr gewesen in dem wir vielleicht einen Weg gefunden hätten, Frieden zu schließen. Auch, wenn sie nur die Karten behielten, ich würde immer hin glauben können, dass sie sich nicht wünschten, ich wäre tot.« Er ließ den Brief mit einem sanften Geräusch wieder fallen.

»Ich bin mir sicher, dass sie sich das nicht wünschen.« Was für verdammte Arschlöcher, wenn sie es doch taten. Sogar noch schlimmer als Logan bislang gedacht hatte.

Seth lachte und Logan fiel erst auf, wie sehr er den normalen, sanften Bariton, den Seths Gelächter annahm, mochte, bis er diese zerfetzte Version hörte, die ihn nervös machte.

»Oh, sie wünschten sich definitiv ich wäre tot.«

»Ich bin mir sicher—«

»Nein, *ich* bin mir sicher. Komm, ich beweise es dir.« Er drehte sich um und marschierte zur Treppe, die er hochlief, ohne zu warten ob Logan ihm folgte. Das tat er allerdings und sein Puls fing an zu rasen. Das war alles so falsch. Vielleicht konnte er es wieder gut machen.

In seinem Schlafzimmer schaltete Seth die Deckenlampe ein und ging zu seiner Kommode, um die oberste Schublade zu öffnen. Er zog eine rechteckige Lederschachtel heraus. Dunkelbraun und wertvoll. Logan wartete nervös im Türrahmen. Er hätte seinen verdammten Mund halten und Seth einfach in Ruhe lassen sollen. Seth zitterte fast vor Anspannung, oder vielleicht Wut. Logan war sich nicht sicher. Er wusste nur, dass er es hasste ihn so zu sehen.

Mit einem Mal drehte Seth sich zu ihm um und hielt ihm ein zusammengefaltetes Stück Papier hin. »Hier.« Es klang, als hätte er Sand geschluckt.

Logan hatte keine andere Wahl, als reinzukommen und ihm das Papier abzunehmen, das an den Seiten zerknittert war, als wäre es tausende Male gelesen worden. Als Logan es entfaltete, stellte er fest, dass die Mittelfalte sehr tief war. Auf dem Papier standen gedruckte Worte, was Logan aus irgendeinem Grund nicht erwartet hatte. Er blinzelte auf den Text, die in einer engen Spalte auf die Seite gedruckt worden waren.

MARSTON, SETH
2. Oktober 1981 – 24. Dezember 2006

Seth Michael Marston ist plötzlich von uns gegangen. Seth wurde in den liebenden Armen Jesus Christi von seinen Eltern Mary und Stephen; Großeltern Doris und John, und Sarah (zu Christus 1998 zurückgekehrt) und Michael großgezogen. Seite and Seite mit seinen liebenden Geschwistern Christine (David) und Paul (Bethany).

Seth entschied sich tragischerweise für den Pfad des Teufels. Er sündigte schamlos und wählte die gottlose homosexuelle Lebensweise. Er brach die Herzen seiner Familie, die um seinen Verlust trauern und Trost in Jesus Christus unserem Herrn finden.

Es wird keinen Gottesdienst geben. Spenden werden von The Church of Christ's Grace in Macon, Georgia dankend entgegengenommen.

Logan starrte die Wörter an. Zuerst verwirrt, doch dann ungläubig. Dann schlug der Horror ein und sein Hals zog sich unangenehm zusammen. Er musste zweimal schlucken, bis er flüsterte: »Sie haben deine Traueranzeige geschrieben?« Das Papier zitterte in seiner Hand. »Verdammte Scheiße.«

Seth lachte hart. »Tatsächlich. Sie haben sie auch veröffentlicht, in der Lokalzeitung. Ich hätte nicht gedacht, dass sie jemals die Wahrheit ans Licht bringen wollten, aber vermutlich haben sie gedacht auf diese Weise die Kontrolle zu behalten. Sie wussten, dass es Gerüchte geben würde und so wurden sie als die rechtschaffenden Opfer dargestellt. Und ich denke, dass sie erwarteten, dass ich davon so beschämt und gedemütigt bin, dass ich für meine Süden büßen und sie um Vergebung anflehen würde. Doch das habe ich nicht. Konnte ich nicht.«

»Solltest du nicht!« Logan starrte auf die hasserfüllten Worte, die in Religion verpackt wurden. »Das sollten Christen nicht tun. Jesus würde das nicht tun.«

Seth lächelte schwach und nahm das Papier zurück. »Das glaube ich auch nicht. Es gibt viele offene Kirchen auf der Welt, aber meine gehörte nicht dazu. Um es gelinde auszudrücken. Jeder wusste es. All meine alten Freunde, Verwandtschaft. Niemand hat je wieder ein Wort mit mir gewechselt.«

Er legte das Stück Papier zurück in die Schachtel und verbrachte sie wieder in die Schublade. »Vielleicht erwarten sie immer noch von mir, dass ich sie um Vergebung bitte und zurückkehre.«

Logan fragte sich, wieso Seth das Papier überhaupt aufhob, ganz abgesehen davon, dass es in der teuren Schachtel saß als wäre es etwas Besonderes. Doch er hielt seinen Mund. »Das ist so abgefuckt.«

Von Kopf bis Fuß angespannt, nickte Seth. »Ich habe drei Jahre lang nach dem College mit Brandon in Atlanta gelebt. In einem Studio Apartment. Sie hätten früher darauf kommen können und ich hatte gehofft, dass sie es spätestens bemerkten, als sie mich eines Sommers besuchten, aber das taten sie offenbar nicht. Also beschloss ich, es ihnen in dem Jahr zu sagen, sobald alle an Weihnachten versammelt waren.«

Er ging ein paar Schritte durch das Zimmer und seine Finger drückten in seine Arme, wo er sie verschränkt hielt. »Ich sagte ihnen ich sei schwul und in Brandon verliebt. Dass ich wusste, dass ich mich nie ändern könne, egal wie viel ich betete. Dass… dass ich mich nicht ändern wollte. Dass Gott mich genau so erschaffen hatte.«

Seth zuckte ruckartig mit den Schultern. »Am nächsten Morgen schmissen mein Vater und mein Bruder mich aus dem Haus. Warfen mir meinen Koffer nach. Dann gab Mum mir das Blatt Papier mit der Traueranzeige, die sie geschrieben hatten. Meine Schwester und Großeltern waren auch da. Sie sahen von der Veranda aus zu. Alle weinten und beteten. Dann drehten sie mir ihre Rücken zu und verschlossen die Tür. Das war's.«

»Bis du deine Meinung änderst?«

»Stimmt. Aber das wird nicht passieren.« Er setzte sich wieder in Bewegung und schüttelte den Kopf. »Und jedes Jahr schicke ich ihnen Weihnachtskarten und erzähle ihnen aus meinem Leben, als würde es irgendetwas ändern. Sie sind zu engstirnig. Sie werden sich niemals ändern. Aber ich hoffe es dennoch jedes Jahr. Ich bin ein idiot. Lachhaft.«

»Hey, hör auf damit.« Logan machte einen Schritt auf ihn zu. »Das bist du nicht. Sei nicht wütend auf dich selbst, sei wütend auf sie. Das sind die Arschlöcher.« *Verfickte, feige Stücke Scheiße, die dich nicht verdienen.*

Seth starrte ihn an und als die Stille sich zwischen ihnen ausdehnte, hatte Logan kurz Angst zu weit gegangen zu sein, auch wenn er das meiste, was er eigentlich sagen wollte, heruntergeschluckt hatte. Dann stürzte Seth sich auf ihn und krallte sich an Logan fest. Der versuchte zu atmen und wusste nicht ganz, was er nun tun sollte. Er stand mit seinen Armen an den Seiten und mit Seth, der ihn umklammerte.

Er hatte nie einen anderen Typen *umarmt.* Zumindest nicht so. Da gab es kein Schulterklopfen und es hörte einfach nicht auf. Seth hing an ihm, als ginge es um Leben und Tod. Seine Arme lagen wie ein Schraubstock um ihn und er hatte sein Gesicht gegen Logans Hals gepresst, feucht und warm.

Scheiße, er *zitterte* und Logan legte seine Arme um ihn.

»Shhh«, murmelte er, nachdem er das mit Veronica oder seinen anderen alten Freundinnen getan hätte. Nicht, dass Seth eine Frau war, doch er war aufgebracht und musste getröstet werden.

Sie hatten praktisch die selbe Größe und Seth bückte sich, um sein Gesicht in Logans Genick zu vergraben. Er klammerte sich weiter an ihn. Logan ging nicht davon aus, dass er weinte, er hielt sich nur richtig fest. Statt Seth auf den Rücken zu klopfen, streichelte er sachte darüber. »Alles in Ordnung.«

»Tut mir leid«, murmelte Seth, sein Atem heiß auf Logans Haut. »Danke.«

»Mach dir keine Sorgen.« Sie waren zusammengepresst und Logan musste zugeben, dass es sich gut anfühlte. Warm und fest. Wie sie dort standen sollte vermutlich wirklich seltsam sein, war es aber nicht.

»Ich brauche…« Zitternd küsste Seth Logans Nacken, sein Halt festigte sich und seine Hände glitten Logans Körper hinab bis zu seinen Hüften. Funken flogen, als Seth ihre Körper aneinander rieb. »Ich will…« Er zog scharf die Luft ein. »Scheiße.«

Es war das stärkste Schimpfwort, das Logan von Seth gehört hatte und es entfachte etwas in ihm. Er konnte zwar Seths furchtbare Familie nicht ändern, aber das hier? Das konnte er.

Sachte strich er mit seiner Hand über Seths Arsch. »Willst du, dass ich dich ficke?«

Logan konnte das erleichterte Seufzen hören und fühlen, das Seth entfleuchte.

»Ja. Bitte. Bitte tu das.«

Seth schien die Wörter nicht aussprechen zu können, doch Logan hatte das Gefühl, dass er sie gerne hörte. Dass er das brauchte. »Das ist, was du willst? Meinen Schwanz in dir?«

Seth wimmerte und nickte gegen Logans Hals, als er mit den Hüften nach vorne stieß.

»Wie willst du es? Hart?«

Stöhnend, löste Seth sich. »Ja.« Er öffnete die Schublade am Nachttisch und holte eine ungeöffnete Schachtel Kondome und Gleitgel raus, die er dann auf das sauber gemachte Bett warf. Mit zitternden Fingern riss er sich seine Kleidung vom Leib und hinterließ sie in einem kleinen Haufen auf dem Teppich.

Logan war noch dabei seine Slacks auszuziehen, als Seth die Bettdecke von der Matratze zog und auf Händen und Füßen auf das Bettlaken krabbelte. Als er mit seiner Unterwäsche kämpfte, stellte Logan fest, dass er bereits steinhart war. Lust schoss durch seine Venen. Sein Atem kam in schnellen Stößen, doch seine Brust tat nicht weh.

Das Gleitgel spritzte ihm überall hin, aber er schaffte es immerhin etwas davon auf die Finger zu kriegen, bevor er sich hinter Seth kniete. Er starrte Seths straffen, geilen Arsch an und fasst ihn an.

»Fuck, bist du heiß.«Die Worte hatten seinen Mund verlassen, bevor Logan sich davon abhalten konnte. Eine weit entfernte Stimme zischte, dass das hier anders war als die anderen Male, die er mit Männern Sex gehabt hatte.

Er und Seth waren komplett nackt zusammen und obwohl er schon Männer gefickt hatte, war das nie auf einem Bett passiert. Außerdem hatte er nie einem anderen Mann gesagt, er sei heiß.

»Bitte«, flehte Seth ihn an. Sein Kopf hing vorn über und sein Körper bebte.

»Du willst meinen Schwanz? Willst du ihn in dir?« Logans Worte brachten seine eigenen Eier zum Kribbeln. Normalerweise sprach er mit Typen nicht, abgesehen vielleicht von einem „danke, Mann", nachdem beide gekommen waren.

Doch so wie Seth stöhnte und sich fallen ließ, so wie er von den Worten erregt wurde und sie ihm das gaben, was er brauchte, was er nicht selbst aussprechen konnte, das machte Logan verdammt heiß.

»Ich werde dich so hart rannehmen, Baby.« *Baby? Wo zur Hölle kam das denn her?*

Seth schrie auf, presste sich gegen Logans Hände zurück und spreizte seine Beine noch weiter. »Bitte.«

Wenn Logan es zuvor mit Kerlen getrieben hatte, hatten sich die Männer normalerweise selbst für ihn vorbereitet, oder sie hatten einfach Spucke benutzt. Schließlich hatte es im Irak oder im Wohnheim nicht allzu viele Optionen gegeben. Aber jetzt war er vorsichtig, als er mit einem Finger in Seth eindrang. Schließlich wollte er ihn nicht verletzen. Er wollte ihn *niemals* verletzen.

Seth presste sich um Logans Finger zusammen und, verdammte Scheiße, er stellte sich vor, wie sich das an seinem Schwanz anfühlte. Wundervoll. Er steckte den Finger noch weiter rein, nachdem er sichergegangen war, dass er von dem Gleitgel regelrecht triefte. »Gefällt dir das?«

»Ja.«

Logan wollte unbedingt in ihn eindringen, doch er ging die Sache langsam an. Irgendwann nutzte er einen zweiten Finger, als Seth anfing zu beben. Dann noch einen.

»Bitte, tu es einfach. Ich brauche es.« Seth stöhnte, als Logan sich tiefer in ihm vergrub. »Brauche dich.«

Logan versuchte zu ignorieren dass diese zwei Worte ein leichtes Gefühl in seiner Brust verursachten und seinen Schwanz noch härter machten. »Du willst es jetzt?« Er konnte das nicht vermasseln. Also fragte er nochmal. »Hart?«

»Ja, ja. Genau so.«

Nachdem er sich ein Kondom übergestülpt und sich mit Gleitgel eingerieben hatte, teilte er Seths Arschbacken und drang in ihn ein. Es musste wehtun und dennoch beschwerte Seth sich nicht. Er grunzte und stöhnte nur. Logan versuchte ihn mit sanften Berührungen auf seinen Kopf und Schultern zu beruhigen.

Wimmernd presste Seth sich gegen ihn und murmelte Zuspruch, den Logan nicht ganz verstehen konnte. Es handelte sich mehr um Geräusche als tatsächlich Worte. Dann kam eine Bitte, die er ganz klar aussprach: »Härter.«

»Fuck, du bist so eng. So gut.« Logan versenkte sich völlig in ihm und versuchte ihn hart zu nehmen. Trotzdem war er dankbar für das Gleitgel. Er wollte nicht riskieren Seth wirklich zu verletzen.

»Gefällt dir das? Willst du kommen, während mein Schwanz in dir steckt?«

»Ja«, keuchte Seth. Schweiß perlte zwischen seinen Schulterblättern und Logan senkte seinen Kopf, um über die salzige Haut zu lecken. Seth sagte noch etwas, das er nicht verstand und Logan hob den Kopf wieder. Er hatte die Dringlichkeit in seiner Stimme bemerkt.

»Was hast du gesagt?« War er zu heftig? Er verlangsamte seine Stöße und streichelte über Seths Kopf. Er vergrub seine Finger in seinem dichten Haar.

»Alles in Ordnung?«

»Ja!«, entfleuchte es ihm schluchzend. »Ich sagte, ich bin ein Schwuler. Das ist was ich bin.« Er presste sich zurück gegen Logan und drehte den Kopf, um ihn über seine Schulter mit wilden, herausfordernden Augen anzusehen. Sein Haar stand zu allen Seiten ab und seine Wangen waren knallrot. »Das ist wer ich bin. Und es tut mir nichtmal leid. Es wird mir nie leid tun. Auch wenn sie nie wieder mit mir sprechen, kann es mir nicht leid tun.«

»So it's richtig, Baby. Vergiss sie. Sie sind diejenigen, die zur Hölle fahren, aber nicht du. Du bist so perfekt.« Um seinen Worten Ausdruck zu verleihen, zog Logan sich fast gänzlich zurück, nur um einen Moment später wieder in ihn zu stoßen. Ihre Haut klatschte aneinander.

Schweiß lief Logans Stirn hinunter und er atmete schwer. Seine Brust fühlte sich fest an, aber es war nicht gefährlich. Auch wenn es das wäre, würde er nicht aufhören. Er wollte Seth das hier geben. Er würde ihn ficken und sicher gehen, dass er härter kam als Brandon es jemals geschafft hatte.

Mit einer Hand hielt er Seths Hüfte fest und mit der anderen griff er unter Seth, um seinen angespannten Schwanz anzufassen. Er war bereits feucht und Logan verschmierte den Lusttropfen mit seinem Daumen, als er murmelte: »Hast du davon mehr für mich? Willst du kommen? Gefällt es dir, wie ein Hund gefickt zu werden? Baby, du nimmst meinen Schwanz als wärst du dafür geboren worden.«

»Ja!«, japste Seth und sein ganzer Körper erschauderte. »Da, das ist—«

Logan versuchte den Winkel zu ändern, um mit seinen Stößen genau die richtige Stelle stimulieren zu können und mit einem lauten Schrei kam Seth zum Höhepunkt. Er erschauderte und spannte sich am ganzen Körper an. Logan ließ nicht los und liebte das Gefühl von Seths pulsierenden und zuckenden Schwanzes in seiner Hand. So lebendig und stark und gleichzeitig so verletzlich. Es brachte seine Eier zum Kribbeln. Er vergrub sein Gesicht in Seths Nacken, Lippen offen und auf die Haut pressend. Er fühlte einen wilden Puls.

Seths Arme ließen nach und er fiel auf seine Ellbogen. Sein Atem war laut und sein Hintern war immer noch in die Höhe gereckt, wunderschön und eng. Logan fasste ihm an die Hüften und machte hart weiter auf der Zielgeraden zu seinem eigenen Orgasmus.

»Scheiße, du fühlst dich so gut an«, murmelte er. »Werde so hart kommen. Seth…«

Er hielt ihn immer noch fest als er endlich abspritzte. Für einen Moment wünschte er, dass es kein Kondom zwischen ihnen gäbe, damit er direkt in Seth kommen könnte, bis sein Sperma aus ihm heraustropfte.

»Fuck«, stöhnte er auf. Die Lust so rein und tief, dass er zuckte und Seth perfekt um ihn herum presste. Das war der intensivste Sex gewesen, an den Logan sich erinnern konnte.

Er atmete heftig, doch seine Brust fühlte sich leicht und beflügelt an. Mit einer Hand streichelte er Seths Wirbelsäule entlang und küsste ihn auf die Wirbel, bevor er sich so sanft wie möglich aus ihm zurück zog. Beide stöhnten laut auf. Nachdem er das Kondom im Badezimmer weggeschmissen hatte, befeuchtete Logan einen Waschlappen und ging zurück ins Schlafzimmer.

Seth lag auf seinem Bauch, sichtlich ermattet. Normalerweise würde Logan ihm den Waschlappen zuwerfen und sich kurz bedanken, bevor er verschwand. Er stand am Fuße des Bettes und blickte auf Seth hinab. Die Deckenlampe schien hell auf seine errötete Haut und seine Gliedmaßen waren schlank und stark.

Obwohl er gekommen war, blieb der Drang nach Berührungen. Logans Finger zuckten. Kurzentschlossen krabbelte er neben Seth auf das Bett, bevor er sich davon abhalten konnte. Sanft wischte er Seths Arschloch ab und drängte ihn dann dazu sich umzudrehen. Er wusch, was er konnte mit dem Lappen, als Seths Augen aufflatterten. Ein süßes Lächeln zog an seinen Mundwinkeln.

»Danke.« Er fuhr mit seinen Fingerspitzen über Logans Wange und Logan drehte seinen Kopf um die Berührung zu genießen. Er ließ sich von Seths Fingern nach unten ziehen.

Dann küsste Seth ihn.

Ihre Münder trafen sich, bevor Logan wusste was passierte. Die Stoppeln an seinem Kinn kratzten gegen Seths, doch ihre Lippen waren weich und pressten aufeinander als passten sie perfekt zusammen.

Als hätten sie sich schon tausende Male so geküsst. Als machte es Sinn, die selbe Luft zu atmen und Süßes zu schmecken, das noch viel mehr war als nur der Schokoladenkuchen.

Der Kuss ähnelte nicht einmal im entferntesten dem kurzen Aufeinanderpressen ihrer Lippen, als Angela sie beobachtet hatte.

Ihre Münder öffneten sich, doch als ihre Zungen sich trafen, schreckte Seth zurück und schubste Logan von sich. »Tut mir leid!«

Blinzelnd versuchte Logan sich zu konzentrieren. Sein Puls raste und er wollte nichts mehr als sich auf Seth zu legen und ihn komplett zu schmecken. Ihn zu küssen, bis sie nicht mehr atmen konnten. Ihre nackten Körper aneinander reiben und die Decke über ihren Kopf ziehen.

Doch Seth starrte ihn an, als beobachtete er gerade einen Autounfall und Logans Brust verengte sich. Ein stechender Schmerz kam zurück.

Seth fuhr mit einer Hand durch seine Haare und hielt sie fest.

»Es tut mir so leid. Das war nicht Teil der Abmachung.«

Stimmt. Die Abmachung.

»Nein.« Aber… Fuck, Logan hatte nie zuvor einen anderen Mann geküsst und er wollte nichts mehr als Seth zu küssen. Er brauchte es.

Vielleicht war er schwul oder bi oder was auch immer. In dem Moment war es ihm egal. Es war ihm egal, dass Seth ein Kerl war. Alles was ihn interessierte, war es ihn erneut zu küssen.

Bevor Logan überhaupt versuchen konnte, die richtigen Wörter zu finden, um ihm all das zu sagen, hatte Seth sich schon aufgesetzt und zog seine Kleidung wieder an, obwohl es langsam Schlafenszeit war. Seine Finger zitterten, als er die Knöpfe an seinem zerknitterten Hemd zumachte und sagte: »Du hast mir so viel geholfen, aber ich glaube wir sollten ab jetzt nur noch professionell an die Sache rangehen. Wir müssen nur noch für den Ausflug etwas vorspielen. Nur noch ein paar Tage. Nicht mehr… sowas.« Er schüttelte den Kopf, und hatte seinen Blick auf seine zitternden Hände gerichtet. »Es tut mir wirklich leid. Das war ganz klar ein Fehler.«

Logan musste etwas sagen, doch die Enge in seiner Brust verschlimmerte sich und krampfender Schmerz pulsierte in ihm. Seth dachte es wäre ein Fehler gewesen? Verdammt, wahrscheinlich hatte er recht. Logans Gedanken drehten sich wie ein alter Schallplattenspieler mit einer feststeckenden Nadel.

»Ich hoffe, du akzeptierst meine Entschuldigung.« Seth stand stocksteif neben dem Bett. Sein Hemd hatte er sogar in den Hosenbund gesteckt.

Logan war immer noch nackt und er musste Seth irgendwie klar machen, dass er nicht wütend war. Dass er… dass er froh war. Doch das machte keinen Sinn. Er war immer hetero gewesen, er hatte noch nie einen Typen auf diese Weise gemocht. Das sollte nur etwas Lockeres sein, doch nun war Seth so aufgebracht und Logan wollte, dass es ihm wieder gut ging.

»Es ist okay«, sagte er, weil er absolut nutzlos war.

Seth nickte starr und verließ das Zimmer. Sein Zimmer. Und nun saß Logan hier nackt auf Seths Bett und versuchte herauszufinden, was zum Teufel hier passierte.

Er wusste überhaupt nicht wo er anfangen sollte, also stolperte er auf und zog sich seine Kleidung wieder an. Seth war unten. „Baby It's Cold Outside" erklang aus den Lautsprechern die sie angelassen hatten, bevor sie jetzt ausgingen.

In der Stille tapste Logan in das Badezimmer, das an das Gästezimmer angrenzte und schloss die Tür. Er lehnte sich über das Waschbecken und spritzte sich kaltes Wasser ins Gesicht.

Das sollte alles nur ein Spiel sein.

Während er sich gegen die Spüle lehnte, tiefe Atemzüge nahm und versuchte, zu verstehen was passierte, hörte er eine Tür, die geschlossen wurde. Er sah auf den Gang und stellte fest, dass es sich um die Tür von Seths Schlafzimmer gehandelt hatte. Sollte er klopfen gehen? Was zum Teufel würde er sagen? Vielleicht sollte er Seth in Ruhe lassen. Das schien er zu wollen, also sollte Logan ihn nicht bedrängen.

Leise schlich er die Treppen runter. Das große Wohnzimmer war durch den Weihnachtsbaum erleuchtet. Sanfte blaue, grüne, rote, gelbe und rosa Lichter, die in den großen Fenstern reflektierten. Logan presste seine Stirn gegen die Schiebetür und sah dem Schnee dabei zu, wie er zu Boden fiel und atmete den Duft frischer Tannen ein.

Alles war still. Friedlich. Doch in seinem Kopf hörte er Seth in Dauerschleife.

»Das war nicht Teil der Abmachung.«

»Das war ganz klar ein Fehler.«

Es war nach Mitternacht, als Logan akzeptierte, dass Seth nicht mehr runter kam. Sollte er nach oben gehen? Vermutlich sollten sie darüber sprechen, so unangenehm Logan das auch war. Würde Seth sich freuen, wenn Logan hochkam und sich zu ihm ins Bett legte?

Er kuschelte sich unter die Decke auf der Couch, schloss die Augen und versuchte, nicht darüber nachzudenken Seth zu küssen. Einmal in seinem verdammten Leben wollte er einfach wissen, was er tun sollte.

Kapitel Vierzehn

S ETH SAGTE SICH selbst immer und immer wieder, dass er aufhören musste zu sprechen.

Er quasselte unentwegt auf dem gesamten Weg zu Connors Schule. Logan murmelte nur hier und da Zustimmung, während Seth über den Klimawandel, die katastrophale Weltpolitik und einen kürzlichen Skandal, in den einer der Jurymitglieder einer Backshow involviert gewesen war, philosophierte. Als ob Logan sich auch nur im entferntesten für Backshows interessierte!

Obwohl, er hatte den Kuchen gebacken…

Als Seth die Autobahn verließ, flatterte es in seiner Magengrube und süße Wärme füllte ihn bei dem Gedanken an den charmant schiefen, wahnsinnig leckeren Kuchen, der Mrs. Derwoods Lieblingsrezept gewesen war. Dass Logan ihn für Seth gebacken hatte, füllte ihn mit solch Dankbarkeit und Zuneigung. Doch das war irrsinnig, nachdem er es nur zum Schein getan hatte.

Das war nur Teil der Abmachung, nichts weiter.

Es hatte sich aber nach mehr angefühlt. Genauso wie die letzte Nacht. Seths Hintern schmerzte dumpf, auf diese angenehme Art und Weise, die ihm verbotene Aufregung bescherte, sobald er sich auf seinem gewärmten Sitz bewegte. Es war so lange her, als er das letzte Mal solchen Sex gehabt hatte. Seit einem Jahr lebte er bereits enthaltsam, doch auch davor, mit Brandon, war die Flamme schon weit vorher erloschen.

Mit Logan fühlte er sich eingenommen. Beherrscht und umsorgt und auf eine Art und Weise vertraut, dass er vor Lust und Dankbarkeit fast geweint hätte. Logan hatte ihn *Baby* genannt und Seth hat sich geliebt gefühlt, auch wenn er wusste, dass das unmöglich war. In dem Moment hätte er es fast geglaubt.

Dann hatte er alles ruiniert, indem er Logan geküsst hatte. Und Logan hatte ihn aus Freundlichkeit nicht einmal weggeschubst. Das war mehr Freundlichkeit gewesen, als Seth es verdiente, nachdem er die Abmachung gebrochen hatte. Logan hatte sich gegen Küsse ausgesprochen und Seth musste sich stets vor Augen führen, dass nichts davon echt war.

Die ganze Idee hinter dem Gelegenheitssex war nur entstanden, um ihn von seiner Zurückhaltung zu befreien. Nicht um Logan mit seinen Familiengeschichten zu belasten und einen mentalen Zusammenbruch zu erleiden. Seth sollte sich dafür schämen, dass er all das auf Logan abgeladen und ihn dann nach Sex angefleht hatte.

Doch wenn er sich an das heiße Knurren von Logans Stimme in seinem Ohr erinnerte, erregte ihn das ungemein.

»Baby, du nimmst meinen Schwanz, als wärst du dafür geboren worden.«

»Jetzt kommt sie gleich auf der rechten Seite«, sagte Logan im hier und jetzt.

»Okay!« Seths Antwort kam viel zu laut, seine Stimme schrill und Wangen fieberig.

Er bog auf den geschwungenen Weg ab, der nach Rencliffe führte. Die kahlen Bäume standen still, frischer Schnee klammerte sich an ihre Äste und die Sonne blitzte hinter den Wolken hervor.

Der Weg war geräumt und gesalzen worden und als sie die gotischen Gebäude erreichten, fanden sie den nächstgelegenen Parkplatz voller Autos vor. Offenbar holten alle Eltern gerade ihre Söhne ab.

Seth parkte und stieg aus dem SUV aus. Er ging still neben

Logan her, nur das Knarzen ihrer Stiefel im Schnee war zu hören. Seth blieb plötzlich stehen. »Oh, warte mal. Wäre es dir lieber, wenn ich im Auto warte?«

»Nö. Connor ist wahrscheinlich freundlicher, wenn du dabei bist.« Logan hatte seine Hände in den Taschen seiner Lederjacke vergraben, als sie weitergingen und Seth dachte nur, dass er wirklich eine Mütze tragen sollte.

Bevor er sich aufhalten konnte, fragte er: »Du hast Winter Ausrüstung dabei, stimmt's?« *Ich klinge wie eine Nervensäge.* »Ich will nur nicht, dass du dieses Wochenende frierst«, fügte er lahmarschig hinzu.

»Jep«, antwortete Logan. Er hob sein Kinn. »Da ist er.«

Connor wartete unter einem hohen Steinbogen, seine Arme verschränkt und die Schultern hängend. Er trug eine hellrote Skijacke, die an den Ärmeln zu kurz war und einen gestreiften Schal, der selbstgemacht wirkte. Eine vollgestopfte Reisetasche lag zu seinen Füßen. Als Seth ihm zuwinkte, erschien eine hübsche Frau, die etwas zu Connor sagte.

Ihnen rief sie zu: »Guten Abend, Mr. Derwood! Frohe Feiertage.«

»Hey«, antwortete Logan. »Danke, äh, Ihnen auch Ms. Patel.«

Sie lächelte Seth an und wartete offensichtlich auf eine Bekanntmachung. Eine unangenehme Stille breitete sich zwischen ihnen aus, bis sie sprach: »Hallo, Mr...?«

»Oh! Das ist mein—« Logan brach ab, sichtlich überfordert. »Seth.«

»Seth Marston.« Seth streckte seine Hand aus. »Ich bin ein Freund von Logan.«

»Mira Patel.« Ihre Hand war weich, aber der Halt fest. Zu Logan sagte sie: »Könnten wir kurz sprechen?«

Logan warf Connor einen scharfen Blick zu, runzelte die Stirn, nickte und folgte ihr in die Schule. Seth lächelte Connor an. »Du bist bestimmt froh, dass die Schule aus ist, hm?« Dann erinnerte er sich daran, dass Connor mit Verweis gedroht wurde. »Ferien, meine ich. Über die Feiertage. Ich bin mir sicher, dass deine Prüfungen gut gelaufen sind.«

Connor zuckte mit den Schultern, die Arme immer noch über kreuz. Auch er brauchte eine Mütze, seine Ohren waren vor Kälte ganz rot. Seth rückte seinen eigenen Beanie zurecht und fragte sich, ob es seltsam wäre, sie Connor anzubieten.

»Ist alles glatt gelaufen?«, fragte Seth vorsichtig. *Bitte lass diesen Jungen seinen Schulplatz behalten.* Seth konnte sich vorstellen, wie vernichtend das Gegenteil wäre. Was würde Logan dann tun? Seth hatte versprochen, dass er und Connor bis zum neuen Jahr bleiben konnten, doch er hatte sich…naja, von Logan mitreißen lassen und der Extraklausel in ihrer Abmachung, anstelle darüber nachzudenken, was Logan ab Januar tun würde. Oder wie er und Connor Weihnachten verbrachten.

Die Unsicherheit des ganzen machte ihn nervös und er hoffte, dass Angela Logan irgendwie eine Jobmöglichkeit beschaffen konnte. In der Zwischenzeit musste er sich darauf konzentrieren den Betriebsausflug zu überleben.

Connor verdrehte die Augen. »Ja, ich hab in allen Schulaufgaben ne 1 bekommen.«

»Das ist wundervoll! Herzlichen Glückwunsch. Logan wird so stolz sein. Ich bin auch stolz, obwohl wir uns gerade erst kennengelernt haben.«

Seine grummelige Fassade brach etwas und Connor lächelte leicht. »Danke.«

»Das müssen wir am Wochenende in Lake Placid feiern. Was ist deine Lieblingssüßigkeit?«

»Weiß nicht.«

»Wir werden schon etwas finden. Danke nochmal, dass du mitkommst. Ich kann dir gar nicht sagen, wie viel mir das bedeutet.«

»Sicher.« Connor zuckte mit den Schultern, sein Lächeln weitete sich jedoch.

Vielleicht fühlte er sich gerne gebraucht. Wer tat das nicht? Seth beschloss, Wege zu finden, ihn darin zu bestärken. Als Logan zurückkam, rief Seth ihm entgegen: »Connor hat all seine Prüfungen mit Bravur gemeistert!«

Logan grinste. Ein richtiges Lächeln erleuchtete sein ermattet wirkendes Gesicht. »Weiß ich. Er kann im neuen Jahr wiederkommen. Gut gemacht.« Er klopfte Connor auf die Schulter und sagte genau das, was Seth sich leise erhofft hatte.

»Ich bin wirklich stolz.«

»Hab dir doch gesagt, dass ich das kann«, sagte Connor, doch sein Ton war alles andere als angreifend.

»Hast du«, stimmte Logan ihm zu.

Das war der vielleicht freundlichste Austausch der beiden, den Seth je miterlebt hatte. Er hoffte, dass das ein gutes Vorzeichen für das Wochenende bedeutete. »Wir sollten uns beeilen. Der Bus fährt um zwei vor dem Büro weg.«

Angela hatte allen Angestellten, die an dem Betriebsausflug teilnahmen – was alle, außer diejenigen die bereits feste Reisepläne hatten, betraf – erlaubt, das Büro Mittags zu verlassen um ihre Familien und Gepäck zu holen. Als sie nach Albany fuhren, stellte Seth Connor Fragen über seine Schularbeiten. Connor schien gewillt, ihm zu antworten und fand sogar Gefallen daran, über Computerwissenschaften zu sprechen.

»Bist du immer noch ein Fan von Robotern?«, fragte Logan.

»Ja«, kam Connors vorsichtige Antwort. In dem Rückspiegel konnte Seth sehen, wie sich seine Augen verengten und seine Schultern sich versteiften. »Das ist nicht nur Kinder-Zeug, weißt du.«

Logan öffnete den Mund, als würde er sich seine Antwort verkneifen, schloss ihn aber dann wieder. Als er sprach, klang seine Stimme neutral. »Jep, ich erinnere mich an diesen irrsinnig tollen Roboter, den du gebaut hast.«

»Das war nicht von Grund auf oder sowas. Ich hatte Anleitungen aus dem Internet.« Connor schien trotzdem zufrieden.

»Du hast ihn eines Morgens dazu gekriegt, deine Mum aufzuwecken, und sie hat so laut geschrieen, dass sie sogar den Kaffeepot hat fallen lassen.«

Der einstweilige Frieden war damit zerstört und Connor verzog sich sichtlich wieder in seinen Panzer. »Ich bin überrascht, dass du an dem Morgen überhaupt da warst.«

Logan öffnete und schloss seinen Mund wieder, und presste dann die Lippen aufeinander. Dieses Mal starrte er aus dem Fenster und sagte nichts mehr. Offenbar schien ihm Stille lieber zu sein als ein Streit.

Seth schaltete das Radio ein und „I Saw Mommy Kissing Santa Claus" erfüllte das Auto. Er verzog das Gesicht und presste mit dem Daumen den Knopf auf seinem Lenkrat, bis er einen Sender fand, der normale Musik spielte. Es lief gerade „Highway to Hell" von AC/DC. In seiner Kindheit war ihm dieses Lied verboten worden.

Er hoffte aufrichtig, dass sie an diesem Wochenende auf einem Highway zu einem weitaus besseren Ziel waren.

AN DER GREAT Adirondack Lodge angekommen, stellten sie fest, dass auch der Weihnachtsmann schon da war. Der Mann selbst begrüßte die BRK Sync Busse und verteilte Lindt Kugeln mit einem herzlichen »Ho-ho-ho!« In der frühen Abenddämmerung war Lake Pacid wirklich ein Winter Wunderland. Seine überschaubare Hauptstraße voller kleiner Läden wurde von Weihnachtslichtern und -kränzen erleuchtet und die Schneeverwehungen waren noch flauschig und weich, ohne irgendwelche Anzeichen von Matsch und Schmutz.

Die Hütte saß am Fuße der Hauptstraße, auf der eisigen Küste des Mirror Lake. Offenbar befand sich der wirkliche Lake Placid in der Nähe, aber außerhalb des nach ihm benannten Ortes. Das Olympische Center befand sich auf der gegenüberliegenden Straßenseite und Logan deutete darauf.

»Dad würde es hier lieben. Als die USA das russische Hockey Team bei der Olympiade 1980 besiegt hat, ist das zu einem der besten Momente in seinem Leben geworden.«

»Oh! Ja, davon habe ich gehört. Das sollten wir uns morgen mal ansehen. Was meinst du, Connor?«, meinte Seth sofort.

Mit seinem Mund voller Schokolade antwortete Connor: »Mir egal.«

Während der zweieinhalb stündigen Busfahrt hatte er mit ein paar anderen Kindern im hinteren Teil gesessen. Logan hatte Seth den Fensterplatz angeboten, woraufhin Seth die Zeit damit verbrachte hatte, aus dem Fenster auf die verschneite Landschaft zu blicken. Er versuchte krampfhaft nicht daran zu denken, wie sich seine und Logans Oberschenkel ab und zu berührten, oder dass ihre Schultern gelegentlich gegeneinander stießen. Logans Lederjacke roch dabei viel zu gut. Logan hatte sich zurückgelehnt und die Augen geschlossen, auch, wenn er nicht den Anschein gemacht hatte, wirklich zu schlafen.

Nicht, dass Seth ihm ab und zu einen Blick zugeworfen hätte oder so etwas.

Sie marschierten gemeinsam in die große Hütte, wo ein Mitarbeiter sich durch die Gästeliste kämpfte und Zimmerschlüssel ausgab. Es dauerte eine ganze Weile und Seth war mehr als bewusst, dass ihm seine Kollegen und Kolleginnen neugierige Blicke zuwarfen, nachdem er neben Logan stand. Connor hatte sein Gesicht wieder in seinem Handy vergraben, während Jenna damit beschäftigt war, einen weinenden Noah hin und her zu schuckeln, während Jun sich um Ian kümmerte.

Ein Schauer lief Seth den Rücken runter, als Logan sich nah zu ihm lehnte und seine starke Hand in Seths Genick landete.

Genau über dem Kragen seines offen stehenden Parkas. Logan flüsterte ihm direkt ins Ohr und seine Lippen berührten ihn dabei fast.

»Die Leute hier sind wahnsinnig neugierig, hm?«

Seth nickte und traute sich nicht zu sprechen, da er sich fast sicher war, dass er nur ein Quieken hervorbringen würde.

Logan lachte ruhig. »Tu so, als würde ich etwas Lustiges sagen.«

Natürlich spielte sich in Seths Kopf etwas ganz anderes ab, nämlich das, was Logan ihm zugeflüstert hatte, als sie auf Brandon gestoßen waren. Sein Lachen hörte sich demnach etwas hysterisch an, als er versuchte nicht an Logan zu denken, der etwas sehr Schmutziges sagte. Jetzt sahen noch mehr Leute zu ihnen herüber und Seth machte Blickkontakt mit Angela über die Menschenmenge hinweg. Ein Grinsen drohte ihr Gesicht entzwei zu brechen. Sie winkte ihm und zwinkerte.

Es ist alles nur Gespielt. Alles Teil der Abmachung! Jetzt spiel schon mit.

Er und Logan lachten über nichts und verhielten sich, als wären sie tief in ein geheimes Gespräch verwickelt. Connor sah sie mit gerunzelter Stirn an und verdrehte die Augen, doch Seth fand, dass das genau zu ihrem Spielchen passte, nachdem die meisten Teenager von ihren Eltern irritiert waren.

Als die Hotelmitarbeiterin rief: »Marston Familie!«, stellte Seth sich für einen Moment lang vor, wie es wohl anfühlen würde, wenn Logan wirklich sein Verlobter und Connor ihr Sohn wäre. Fast blieb ihm der Atem weg, so groß war das Verlangen danach und er fluchte leise, dass er ein solcher Idiot war.

Ihr Zimmer war im dritten Stock der Hütte und sie fuhren still mit dem Lift hoch. Connors Daumen flogen immer noch über seinen Handybildschirm. Sobald sie im Zimmer angekommen waren, setzte er sich plötzlich in Bewegung.

»Ich will ein eigenes Bett!« Er hastete auf das Bett neben dem

Fenster zu, warf seine Reisetasche drauf und kletterte dann selbst auf die Matratze.

Seth erinnerte sich an einen Spruch aus seiner Kindheit und er erwartete fast, dass Connor gleich sagen würde: »*Ohne Rück und Wiedergabe!*«

Vom Eingang aus konnte er den Minikühlschrank, Mikrowelle und eine Kaffeemaschine zu ihrer Rechten ausmachen. Dann ein Badezimmer und dahinter dann die Betten. Auf der linken Seite befand sich eine lange Kommode mit einem Fernseher darüber.

Seth und Logan beäugten das nahegelegene Bett misstrauisch. Immerhin war es ein Doppelbett, aber trotzdem. Seth rutschte nervös hin und her und räusperte sich dann. »Ich bin mir sicher, dass wir sie nach einem Klappbett fragen können.«

Connor sah sie über seine Schulter hinweg an, von wo er auf seinem Bauch lag und verzog das Gesicht. »Würde das nicht seltsam kommen, wenn ihr beiden verlobt seid?«

»Naja...« Seth wollte gerade sagen, dass keiner davon wissen müsse, doch mit seinem Glück befände Angela selbst sich auf dem Gang, wenn das Bett reingebracht wurde. »Da hast du recht.«

Connor funkelte Logan böse an. »Was, meinst du, dass das ansteckend ist oder so? Ich habe schon im selben Bett wie Jayden geschlafen, das ist keine große Sache.« Er verdrehte die Augen. »Ich bin mir sicher, dass Seth nicht über dich herfällt.«

Logan machte den Reisverschluss seiner Lederjacke auf und öffnete den bespiegelten Schrank in dem engen Eingang. »Natürlich ist das in Ordnung«, sagte er grummelig. »Natürlich schlafen wir in dem Bett.«

Seth fand es interessant, dass Connor, nachdem er bei ihrem ersten Treffen das Sch-Wort benutzt hatte, nun derjenige war, der Logan Homophobie unterstellte. Er musste dem Jungen einfach glauben, dass er an diesem Abend gedankenlos um sich schlagen wollte. Er wünschte sich nur, dass Connor aufhören würde Logan zu attackieren. Am liebsten würde er ihn dafür schimpfen, doch das ging sicherlich zu weit, oder? Vermutlich.

»Wir sollten uns fürs Abendessen umziehen. Das fängt relativ früh an.«

Logan und Connor starrten ihn an, bevor Logans Blick an sich herunter auf seine Jeans und sein Henley fiel. »Was umziehen?« Sein attraktives Gesicht strahlte plötzlich die pure Panik aus.

»Hätte ich etwas Schickes mitnehmen sollen?«

»Nein, nein. Ich bin mir sicher, dass der Dresscode leger ist.« Er trug sein typisches Hemd mit Krawatte und Slacks. »Ich bin vermutlich derjenige, der overdressed ist. Ich sollte mich umziehen.«

Seth beschäftigte sich damit seinen kleinen Koffer zu öffnen und die Kleidung aufzuhängen, die er mitgebracht hatte. Logan setzte sich auf das Bett und schaltete den Fernseher ein. Er ging die Programme durch, während Connor sich wieder seinem Spiel widmete. Seth hatte einen waldgrünen Kaschmirpullover mitgebracht, von dem er dachte er würde gut zu dunklen Jeans passen. Ja, das würde gut aussehen.

Fast nahm er die Kleidung mit in das Bad, um sich umzuziehen, entschied sich jedoch dagegen. Es würde sicherlich wahnsinnig verklemmt und seltsam wirken, vor allem Connor gegenüber. Nicht, dass er in den letzten Minuten mehr getan hatte als zu blinzeln, so vertieft war er in sein Spiel. Nachdem er seine Krawatte abgenommen hatte, fing Seth an sein Hemd aufzuknöpfen.

Logan sah ihm dabei zu.

Schmetterlinge flatterten wild in Seths Magen umher. Zwar beobachtete Logan ihn nur aus seinem Augenwinkel, aber ja, seine Aufmerksamkeit lag definitiv auf Seth. Er tat so, als hätte er es nicht bemerkt und versuchte, nicht mit den Händen zu zittern. Er zog den Bauch ein und schälte sich aus dem Hemd. Gleichzeitig blies er seine Brust auf und hoffte, dass er nicht rüberkam wie der größte Idiot.

Nur noch in seinen Boxershorts fing Seth an sein Hemd aufzuhängen und wickelte die Krawatte um den Hänger. Er konnte die Hitze von Logans Blick auf seiner nackten Haut spüren wie eine Liebkosung. Ohne es zu wollen, musste er unwillkürlich an die Nacht davor denken. Als er für Logan auf seinen Händen und Knien gewesen war und von ihm gefüllt wurde.

Er erinnerte sich an raue Zärtlichkeit. Logans Hände auf seinen Seiten, seinen Hüften, seinen Oberschenkeln. Seinem…

Schwanz.

Oh, guter Gott, Seth wurde hart. Er biss hart auf die Innenseite seiner Wange und blieb weiterhin vor dem Schrank stehen. Er dachte an seine alte Katze Agatha, was half, der aufkommende Schmerz des Verlustes die Lust übertönte. Er zog sich schnell wieder an und floh in das Badezimmer, um sich kaltes Wasser ins Gesicht zu spritzen.

Das Abendessen war ein Buffet voller Hausmannskost. Definitiv nichts Ausgefallenes. Das war aber tatsächlich eine Erleichterung und Seth schob sich die Mac and Cheese mit viel Freude in den Mund.

Er, Logan und Connor saßen zusammen mit Jenna, Jun und den Jungs zusammen, wobei Jenna sich darum kümmerte, dass die Unterhaltung an ihrem Tisch nie verstummte.

Matt und Becky saßen am Tisch nebenan und Matt zeigte Seth zwei Daumen nach oben, bevor er still die Worte: »Geheimmission, Geheimmission, Geheimmission!«, mit seinen Lippen formte. Sofort verschüttete Seth Bratensauce über seinem Pullover, weshalb er sich entschuldigte und sich zu den Toiletten begab, um mit einem Tuch über den Fleck zu tupfen.

Als er den Gang betrat, der zurück zum Hotel Restaurant führte, fand er dort Jenna vor, die einen quengelnden Noah schuckelte. Sie stöhnte auf. »Ich will einfach all die ungesunden Sachen essen und schlafen gehen. Kinder sind anstrengend.«

Seth flüsterte: »Reg dich nicht zu laut über das Mutterdasein auf, schließlich könnte Angela in der Nähe sein. Ach, ganz fair ist das nicht von mir. Sie hatte gestern Abend ziemlich gute Ratschläge für Logan.«

Jenna machte einen Schritt auf ihn zu. »Wie war's denn? Du hast kaum auf meine neugierigen SMS geantwortet.« Nachdem sie Freitags vorübergehend nicht im Büro war, war das die erste Gelegenheit in der Seth mit ihr darüber sprechen konnte.

»Wirklich gut, denke ich? Schien zumindest so. Sie hat viel gelächelt«, flüsterte er.

»Und Logan hat sich gut angestellt?«

Es war eine unschuldige Frage, doch Seths Gehirn versorgte ihn sofort mit der Erinnerung, wie Logan sich wahnsinnig gut in Seths Bett *angestellt* hatte. Das Grunzen, Stöhnen und das Aufeinanderklatschen von Haut hallte in seinem Kopf und er könnte schwören, dass es in seinem Hintern leicht zog. »Ähm, jep!«

Jenna stöhnte. »Oh nein. Was hat er getan? Was erzählst du mir nicht?«

»Nichts!«

»Du bist ein furchtbarer Lügner, Seth.«

Er rubbelte mit der Hand über sein Gesicht. »Ich weiß! Deshalb hätte ich mit dem Ganzen nie anfangen dürfen!« Der Gedanke, Logan über die letzten ein bis zwei Wochen nicht kennengelernt zu haben, fühlte sich an wie ein Schlag in die Magengrube. Er war schockiert, wie intensiv das Gefühl war. Seth atmete zittrig aus. »Aber ich bin froh, dass ich es getan habe. Logan war die ganze Zeit über wundervoll. Wirklich.«

Jenna zog die Augenbrauen hoch. »Ja? Okay, gut. Ihr scheint das echt gut zu machen. Fast möchte ich den ganzen sehnsüchtigen Blicken zwischen euch Glauben schenken.«

Das sollte ihn wirklich nicht verletzen, aber oh, das tat es dennoch. Seth versuchte sich selbst einzureden, dass es irrsinnig war, doch sein Herz schmerzte trotzdem. Er brachte sich nur dazu, ihr mit einem leichten Halblächeln zu antworten. Es war ihm gar nicht aufgefallen, dass er und Logan sich während des Abendessens Blicke zugeworfen hatten, vor allem keine sehnsüchtigen Blicke.

Ein Teil von ihm wollte glauben, dass das alles überhaupt nicht gespielt war. Dass der Sex, den er und Logan hatten – gehabt hatten – etwas bedeuten musste. Doch natürlich konnte er nichts davon zu Jenna sagen, nachdem sie keine blasse Ahnung hatte, dass ihr Bruder irgendetwas anderes war als 100% hetero. Zumindest soweit Seth das mitbekommen hatte. Und es gab definitiv keine Art und Weise, mit der er austesten konnte, ob sie etwas vermutete.

Jenna berührte ihn am Arm. »Es scheint, als hättet ihr beiden euch angefreundet? Das macht mich so glücklich. Ihr seid beide wundervolle Menschen, weisst du das?«

Dieses Mal war sein Lächeln ehrlich. »Genauso wie du.« Er umarmte sie kurz und versuchte Noah nicht zu zerquetschen, der sich endlich beruhigt hatte. »Und stimmt, ich hoffe, dass wir nach dem Deal Freunde sind. Logan macht sich zu viele Vorwürfe. Er und Connor, beide.«

»Dieses Wochenende tut ihnen hoffentlich gut. Und dir auch.« Sie sah sich um. »Wir sollten besser zurück gehen. Wahrscheinlich hält Angela jeden Moment eine „BRK ist eine riesige, glückliche Familie"-Rede.«

Und tatsächlich tat Angela genau das. Seth klatschte an den richtigen Stellen und nickte und lächelte und versuchte Logan nicht anzusehen. Es war eine Erleichterung, als sie endlich zurück in ihr Zimmer gehen konnten, allerdings erst nach einer Aufführung des örtlichen Chors.

Seth hatte einen penetranten Ohrwurm von „Santa Claus is Coming to Town", als er in seinen Flanelschlafanzug schlüpfte. Ihm war bewusst, dass Logan ihn wieder beobachtete und sah auf, als er die letzten Knöpfe zumachte. Logan stand auf seiner Seite des Bettes, in nur schwarzen Boxer Briefs gekleidet.

Sonst nichts.

»Oh«, murmelte Seth, ohne es zu wollen. Connor war im Badezimmer, also waren es in diesem Moment nur sie beide. Seth blickte auf seine karierten Pyjamas hinab. Er fühlte sich wahnsinnig prüde und overdressed.

»Ich sollte vermutlich…« Logan öffnete seine Reisetasche und holte ein einfaches graues T-Shirt raus. Er zog es sich über und verdeckte damit seine sexy behaarte Brust. »Hässlich, ich weiß.«

Seth erschrak als ihm auffiel, dass er gestarrt hatte und dass Logan von seinen Narben sprach.

»Nein, überhaupt nicht. Das war nicht…«

Connor verließ das Bad und trug ein zu großes T-Shirt und Boxershorts. Er gähnte laut, als er an ihnen vorbei schlurfte. In seinem Gesicht hatte er Anti-Pickelcreme verteilt.

Er mummelte sich in seine Bettdecke ein und sagte nicht einmal gute Nacht.

In ihrem Bett kroch Logan auf die linke Seite, die an der Wand lag, die das Schlafzimmer vom Badezimmer trennen sollte. Seth legte sich so nah an den Rand der Matratze wie nur irgendwie möglich. Es bestand eine realistische Gefahr, dass er herunter rollen und sich den Kopf am Nachttisch anhauen könnte. Er streckte die Hand aus, um das Licht auszumachen und murmelte: »Nacht.«

»Schlaf gut«, flüsterte Logan von hinter ihm. Nur ein paar Zentimeter trennte sie voneinander und Seth hatte das Gefühl die Wärme von Logans muskelbepacktem Körper spüren zu können.

Auch nach einer Stunde ließ dieses Empfinden nicht nach und er konnte nicht einschlafen. So sanft wie möglich drehte Seth sich um, sodass er Logan ansah. In dem weißen Schein der Digitaluhr auf dem Nachttisch, konnte er die Linien und Schatten auf Logans Gesicht erkennen. Das Heben und Senken seiner Schulter, als er ruhig atmete.

Als Logan die Augen öffnete, versuchte Seth jeglichen Laut zu unterdrücken, obwohl sein Herz einen Satz machte. Sie starrten einander an und Seths Körper reagierte darauf. Sein Atem wurde immer flacher und all sein Blut schien in Richtung Süden zu wandern, als er wahnsinnig hart wurde. Er erinnerte sich daran, dass Connor in dem anderen Bett schlief und selbst, wenn er es nicht täte, diese Verbindung zwischen ihm und Logan war nicht echt.

Sie konnten den Blick nicht voneinander abwenden, nur ein paar Zentimeter voneinander entfernt. Es wäre so einfach sich etwas nach vorne zu lehnen und Logan nochmals zu küssen. Ihn einzuatmen, nur für einen Moment, bevor sie schliefen. Er konnte die Hitze, die von Logan ausging, spüren und wollte in seine Haut kriechen…

Seth rollte sich wieder auf die andere Seite und presste seine Augen zusammen, als er versuchte es sich auf der Kante der Matratze bequem zu machen. Er könnte schwören, dass Logan ihn immer noch ansah und zwang sich dazu an irgendetwas anderes zu denken – egal was! – damit er endlich schlafen konnte, um diese Nacht heil zu überstehen.

Kapitel Fünfzehn

D AS GERÄUSCH EINES dumpfen Aufpralls und gedämpftes Fluchen weckte ihn und Logan war sofort hellwach. Er setzte sich auf und blinzelte Connor an, der in der Finsternis am Fuße des Bettes stand und auf einem Bein herumhüpfte.

Der Wecker auf dem Nachttisch zwischen den Betten spendete gerade einmal genug Licht, um Umrisse zu sehen. Es war kurz nach sieben Uhr. Neben Logan lag Seth von ihm weggedreht am Rande der Matratze und er konnte genug von seinem Gesicht erkennen, dass er wusste, dass Seth noch schlief.

Connor hatte sich seine Badehose angezogen und trug ein T-Shirt eines Rappers, an den Logan sich nur erinnerte, weil der Junge die Musik auf voller Lautstärke laufen ließ, wenn er und Veronica sich gestritten hatten.

»Ich gehe mit den anderen Kids schwimmen«, flüsterte Connor. Er deutete auf ein gefaltetes Stück Papier, das beim Fernseher lag und sagte abwehrend: »Ich habe euch einen Zettel geschrieben.« Als würde er erwarten, dass Logan sauer werden würde. Sein Kinn hatte er trotzig nach vorne geschoben. Jederzeit für einen Streit bereit.

Logan lächelte und nickte. »Viel Spaß«, flüsterte er. »Hast du deinen Zimmerschlüssel?« Er zog an dem Kragen seines T-Shirts, nachdem er es nicht gewohnt war in etwas anderem als nur seiner Unterwäsche aufzuwachen.

Connor sah ihn misstrauisch an, hielt aber die Plastikkarte

hoch. Mit der anderen Hand winkte er unbeholfen und tapste dann auf Zehenspitzen in den Flur. In dem Spiegel am Schrank konnte Logan seine Silhouette erahnen, als er sich seine Flip-Flops anzog und sich dann aus der Tür schlich. Das gelbe Licht vom Gang schien hell und verschwand sofort wieder, als Connor leise die Tür schloss.

Logan saß im Bett und hörte Seths regelmäßigem Atem und seinem niedlichen kleinen Gemurmel zu, als er sich wieder auf den Rücken legte. Was würde er tun, wenn Logan ihn mit einem Kuss weckte? Würde er es mögen? Oder würde er sich verkrampfen?

Würde ich es mögen?

Er hatte noch nie über einen anderen Kerl als „niedlich" nachgedacht. Seth hatte etwas an sich, das ihm all diese seltsamen…sanften Gedanken beschwerte. Nicht, dass Seth nicht männlich war, das war er. Sogar in seinen großväterlichen, zugeknöpften Pajamas. Logan wollte jeden einzelnen Knopf lösen und mit seinen Händen über Seths behaarte Brust fahren. Sich auf ihn rollen und ihn wach küssen, das Kratzen seiner Stoppeln spüren…

Die Wand befand sich auf Logans linken Seite und er kroch vorsichtig zum Fuße des Bettes, damit er aufstehen und pissen gehen konnte. Vor allem aber würde er aufhören, sich dumme Gedanken zu machen, die alles ruinieren würden. Sicher, Seth hatte ihn geküsst, nachdem er ihn gefickt hatte, doch dann hatte er bestürzt gewirkt. Vielleicht, weil er einen Loser wie Logan nicht küssen wollte.

Nachdem er das Licht im Bad ausgeschaltet hatte, öffnete er die Tür und schlich zurück, wo er fast direkt in Seth reinknallte. Seth machte einen Satz zurück und beide fingen an zu lachen. Schwaches Tageslicht kämpfte sich durch die Ränder der Vorhänge und Logan konnte Seths in alle Richtungen abstehende Haare sehen.

Außerdem seine Morgenlatte, die sich klar in den karierten

Pajamas abzeichnete.

Seths Augen weiteten sich, wie bei jemandem in einer Komödie und es war so verdammt *süß*. Er war vermutlich kurz davor eine Entschuldigung zu stammeln und Logan konnte sich nicht daran erinnern, wann er zuletzt jemanden einfach so gerne *gemocht* hatte. Er lachte wieder und Seth blinzelte ihn an, ein hoffnungsvolles kleines Lächeln auf den Lippen.

Logan wollte sich um ihn kümmern. Er wollte ihm so vieles sagen, wusste aber nicht wo er anfangen sollte. Er hatte es noch nie leicht gehabt, die passenden Worte zu finden. Aber scheiße, er brannte damit und bevor er wusste, was er tat, presste er Seth gegen die gestreifte Wand. Und ließ sich vor ihm auf die Knie fallen.

Seth japste auf und krallte seine Hände in Logans Schultern.

Auf seinen Knien zu sein und zu Seth aufzusehen, seine Brust, die sich unter dem zugeknöpften Oberteil wahnsinnig schnell hob und wieder senkte, seine Zunge, mit der er über seine Lippen leckte, das alles machte Logan wahnsinnig geil. Er rieb seine Wange gegen Seths harten Schwanz durch das weiche Flanell.

Es war schon Jahre her, dass Logan den Gefallen eines Blowjobs erwidert hatte. Damals hatte er sich beeilt und ja, es hatte ihm gefallen. Er hatte das Machtgefühl genossen, obwohl er derjenige auf seinen Knien war.

Aber mit Seth bedeutete es ihm viel mehr. Diesen zugeknöpften Mann dazu zu bringen, die Fassung zu verlieren, fand er wahnsinnig aufregend und es machte ihn verdammt stolz. Es brachte ihn dazu, Seth alles zu geben, was er auch nur im Entferntesten brauchen könnte.

Vielleicht war genau das Logans Aufgabe.

Er zog Seths Schlafanzughose runter und nahm ihn so tief in den Mund wie er konnte. Seth bockte mit den Hüften und japste erneut und Logan liebte jede Sekunde davon. Als er anfing zu würgen, zog er sich etwas zurück und behielt nur Seths Schwanzspitze in seinem Mund, während er durch die Nase atmete. Er saugte hart und bearbeitete den Schlitz mit seiner Zunge. Vermutlich war er nicht wirklich gut darin, doch Seth schien das nicht zu stören.

In der Stille des Zimmers schien das Grunzen und Stöhnen unfassbar laut und ließ Logans harten Schwanz in seinen Boxer Briefs fast zu Stein werden. Er liebte, wie Seth sich nun an seinem Kopf festhielt. Seine Finger vergruben sich eine Sekunde in seinen Haaren und in der nächsten streichelte er nur darüber.

Es war vermutlich seltsam, aber er liebte auch, dass Seth immer noch sein zugeknöpfte Oberteil trug, während seine unter Hälfte komplett nackt war und er seinen Schwanz gelutscht bekam. Er schmeckte herb und männlich und Logan leckte verzweifelt an ihm, nahm ihn wieder zu tief und Speichel lief ihm aus den Mundwinkeln, als er abermals würgte.

Seine Gedanken kreisten sich und sein gesamter Körper spannte sich an, als hinge sein ganzes Leben von diesem Blowjob ab. Seth zum Höhepunkt zu bringen fühlte sich an, wie die wichtigste Aufgabe auf der ganzen Welt.

Logan massierte Seths Eier und das war das Letzte was er tat, bevor Seth kam. Er entleerte sich in Logans Mund und stöhnte und wimmerte, während er weiterhin seinen Kopf festhielt. Logan schluckte so viel er konnte und ignorierte den bitteren Geschmack. Er saugte und leckte, bis Seths leichtes Zittern sich zu einem Beben verwandelte und seine Berührungen offenbar zu viel wurden.

Er ließ von Seths Schwanz ab und sein Mund fühlte sich schmuddelig an, seine Lippen geschwollen. Als er sich wieder aufstellte, griff Seth sofort nach ihm und rieb über Logans Schaft durch die Baumwolle seiner Unterhose.

Seth sah völlig zerstört aus. Sein Mund stand offen und sein Gesicht sah in dem schwachen Licht hochrot aus. Logan stöhnte und rieb sich an Seths Handfläche. Er lehnte sich gegen die Wand und hielt Seths Gesicht mit beiden Händen fest.

Er müsste sich nur ein paar Zentimeter nach vorne beugen und schon würden sie sich küssen.

Und *fuck*, Logan wollte ihn wirklich küssen. Wollte ihm seine Zunge in den Hals stecken und ihn küssen, bis sie nicht mehr atmen konnten. Würde Seth ausflippen, wenn er es tat? Er stöhnte, als Seth ihn aus seinen Boxer Briefs befreite und—

Das Geräusch einer Schlüsselkarte in der Tür hallte so laut wie ein Schuss durch das kleine Zimmer und Logan stolperte zurück. Er und Seth starrten einander erschrocken an und es kam ihm vor wie Slow Motion, als die Türklinge nach unten gedrückt wurde.

Logan flüchtete zurück ins Badezimmer und trat die Tür zu, bevor er sich ans andere Ende des Raumes begab, damit Connor ihn nicht schwer atmen hören konnte. Das T-Shirt fühlte sich nun viel zu fest an seinem Hals an und er zog es schnell aus.

Im Zimmer hörte er Connor sagen: »Ich hab meine Tauchbrille vergessen. Wir versuchen Pennies rauszufischen.«

»Cool!«, antwortete Seth und seine Stimme klang verdammt laut und künstlich, aber etwas weiter weg. Vermutlich lag er wieder im Bett mit der Decke bis zum Hals.

»Ähm, ja«, sagte Connor und Logan konnte sich vorstellen wie sich sein Gesicht mit seinem typischen „Du bist ein Idiot" Ausdruck verzog, den er normalerweise für Logan aufhob.

Nach ein paar Momenten sagte Connor: »Bis später!« Und alles war wieder still. Er lehnte sich gegen den Handtuchhalter, sein Kopf an der Fliesenwand und atmete tief durch. Sein Schwanz war immer noch schmerzhaft hart und er fasste instinktiv runter, um seine Boxer Briefs auszuziehen und sich in die Hand zu nehmen.

Die Tür zum Badezimmer öffnete sich und Seth erschien, der mittlerweile seine Schlafanzughose wieder trug. Das Oberteil war immer noch perfekt zugeknöpft. Sie starrten einander an und Seth öffnete den Mund um etwas zu sagen, vermutlich eine Entschuldigung oder so etwas, doch dann schloss er ihn wieder und sein Blick fiel von Logans Gesicht zu dem Schwanz in seiner Hand. Obwohl er gerade erst gekommen war – der Geschmack von ihm verweilte immer noch in Logans Mund – verdunkelten sich seine Augen und er leckte seine Lippen.

Logan spreizte die Beine und wichste sich selbst. Die Narben auf seiner Brust sahen bestimmt hässlich aus in dem hellen Licht, doch Seth schien das nicht zu stören, so wie er ihn anstarrte.

Als er sich bearbeitete, beobachtete Logan Seth und sah, wie sein Atem stockte. Wenn Seth ihn so ansah, erregte ihn das ungemein.

Er wollte schmutzige Dinge sagen und Seth wieder aufgeilen. Er würde sogar drauf wetten, dass er es schaffen könnte, sogar ohne Seth zu berühren. Doch die Wörter verdrehten sich alle in seinem Kopf und er konnte nur grunzen. Das Einzige, das sonst zu hören war, war das Gleiten seiner Hand an seinem Schwanz.

Vielleicht war nichts hiervon Teil ihrer Abmachung, Gelegenheitssex zu haben, denn als Logan kam, wölbte sich sein Rücken und seine Zehen rollten sich auf dem Fliesenboden ein. Er präsentierte sich Seth auf eine Art und Weise, die verdammt schwul war. Oder bisexuell oder wie auch immer Leute es nannten. Alles, was er wusste, war, dass sich nichts davon zwanglos anfühlte.

Er atmete schwer und ließ sich gegen die Handtücher fallen. Sie starrten sich gegenseitig an.

Letztlich sagte Seth viel zu laut: »Willst du zuerst duschen? Wir sollten uns fürs Frühstück vorbereiten. Zeit eine Show abzuliefern, stimmt's?«

Logan hatte so hart geatmet, dass seine Stimme ganz kratzig klang. »Ja. Keine Panik, wir werden sie alle hinter's Licht führen.« Er versuchte sich nicht für die Show zu schämen, die *er* gerade abgeliefert hatte.

Unter dem heißen Wasserstrahl der Dusche fragte er sich, wen sie eigentlich hinter's Licht führten.

»NEIN. AUF KEINEN Fall.« Seth verschränkte die Arme und starrte den Hügel hinab. »Wir bringen uns selbst um.«

Logan lachte. »Das ist beim Schlitten fahren doch der halbe Spaß!« Er stieg auf, ohne dass seine Brust auch nur zwickte, und auch nach der seltsamen Stimmung beim Frühstück, wo er versucht hatte, langweiligen Small Talk zu führen und nicht daran zu denken, wie dringend er Seths Schwanz wieder in seinem Mund haben wollte, freute er sich darauf Schlitten zu fahren. Das letzte Mal war Jahre her.

Sie befanden sich auf einem großen, weiten Hügel außerhalb des Ortes. Um sie herum waren Menschen, die Schlitten fuhren. Einige Einheimische, aber auch BRK Mitarbeitende, die alle am Rande des Hügels hochgelaufen kamen, nur um dann in der Mitte wieder runter zu rasen. Es war ein ziemlich wolkenverhangener Morgen und sie standen knöcheltief im Schnee.

Sie trugen Wollmützen und dicke Handschuhe und Logan hatte einen roten Schal über seine Lederjacke um seinen Hals gebunden. Jenna hatte den für ihn gestrickt. Sie, Jun, Ian und Connor trugen auch alle ihre Kreationen in verschiedenen knalligen Farben. Für Noah wurde in der Hütte gesorgt, zusammen mit einigen anderen Kindern, die entweder zu jung waren oder nicht Schlitten fahren wollten.

Sie stupste Seth spielerisch in die Seite. »Komm schon, wo ist deine Weihnachtsstimmung?«

»Seit wann hat Weihnachtsstimmung etwas damit zu tun, eine Böschung herunterzurasen und sich das Genick zu brechen?«

»Weihnachtsstimmung bedeutet zu Geben«, sagte Jenna. »Und es wird uns wahnsinnig viel Freude geben, dir dabei zuzusehen wie du diesen Hügel hinunterrast, Southern Boy.

Idealerweise schreist du die ganze Zeit über.«

Connor lachte. »Wild.« Jenna zwinkerte ihm zu und er grinste.

»Du bist meine Freundin, du solltest auf meiner Seite stehen!«, grummelte Seth. »Was, wenn ich unter einer Lawine begraben werde?«

Sie lachten alle und Jun sagte: »Wir sind auf der Spitze eines Hügels. Und das ist kein Berg.« Er deutete auf die zackigen grauen Gipfel in der Distanz. Schnee lag auf den Adirondack Mountains. »Das sind Berge.«

»Fühlt sich an wie ein Berg«, murmelte Seth und hob seinen runden Plastikschlitten hoch. »Und wir sollen auf dem hier da runter rasen?« Er rubbelte seinen Nacken.

Logans Grinsen verschwand, als er bemerkte, dass Seth tatsächlich nervös war. Mehr als das, er hatte Angst. »Hey, ist schon okay.« Er ging einen Schritt auf ihn zu und drückte Seths Schulter durch seinen dicken Parka. »Du kannst runterlaufen.«

Seth stöhnte auf. »Dann denken alle, dass ich ein Weichei bin. Und wir sind so... hoch oben. Es hat von unten nicht so hoch ausgesehen.«

Scheiße, hatte er etwa Höhenangst? »Ich gehe mit dir runter«, versprach Logan.

»Aber du wolltest Schlitten fahren.« Seth seufzte. »Ich bin nur eine Heulsuse.«

»Bist du nicht.« Er streichelte beruhigend über Seths Rücken. Hoch und runter, hoch und runter und Seth lehnte sich an ihn. »Wir gehen zusammen runter.«

»Oder ihr fahrt zusammen runter«, schlug Connor vor und beobachtete sie mit einer gerunzelten Stirn. Er sah aus, wäre er gerade dabei, eine schwere Mathematik Aufgabe zu lösen. »Logan weiß, was er tut, richtig?«

Es war vermutlich das erste mal, dass Logan Connor so etwas hatte sagen hören. Er versuchte nicht zu glücklich darüber zu sein, nachdem der Junge ihm sicherlich jede Sekunde mitteilte, was für ein Idiot er war. Logan rieb immer noch über Seths Rücken und klopfte ihn nun.

»Das tue ich. Jenna und ich sind mit diesen fliegenden Untertassen aufgewachsen.«

»Fliegend?« Seth erschauderte. »Kein fliegen, bitte.« Er trat gegen das Plastik. »Auf keinen Fall passen wir hier beide drauf.«

»Oh doch, kein Problem«, mischte sich Jun ein. »Meine Brüder und ich sind immer zu viert auf einem gefahren.«

Logan positionierte seinen Schlitten nahe der Hügelkante und setzte sich drauf. Er rutschte so weit nach hinten wie es nur ging und spreizte die Beine. »Komm schon.«

Für eine Sekunde stand Seth nur da. Sein Gesicht errötete und sein Atem bildete kleine Wolken. Dann murmelte er etwas in seinen Bart hinein und sah zum Himmel hinauf, als hätte er ein Gebet hochgeschickt.

Vorsichtig ging er in die Hocke und setzte sich hin. Logan zog ihn fest an sich, damit er zwischen seinen Schenkeln feststeckte. Aus Erfahrung trug er lange Unterhosen mit einer Schneehose drüber und das Material quietschte, als Seth sich zwischen seinen Beinen bewegte.

Der Bommel auf Seths Mütze war in Logans Gesicht, also legte er sein Kinn auf Seths Schulter. »Heb deine Arme über meine Beine.« Nun konnte Logan seine Arme fest um Seths Mitte legen. »Lehn dich gegen mich zurück und halte deine Füße nach oben. Das ist wirklich wichtig, okay? Füße hoch.«

Jenna lehnte sich zu ihnen runter und legte ihre Hände auf Logans Schultern, als dieser sagte: »Keine Drehung.«

»Okay, okay«, grummelte sie. »Keine Angst, Seth. Logan wird sich um dich kümmern. Wir sind direkt hinter euch!«

Logan festigte seinen Halt und presste seine Wange gegen Seths, dessen Haut frisch rasiert war und errötete Wärme ausstrahlte, trotz der kalten Luft. »Füße hoch!«

Schon schlitterten sie den Hügel hinunter. Der Wind peitschte ihnen ins Gesicht und Seth hielt seine Füße starr und ausgestreckt in die Luft, als wäre er ein Soldat, der einen Befehl befolgte. Die Welt um sie herum verschwand und alles, was noch existierte, waren sie und wie sie zusammengepresst so schnell durch die Luft segelten.

Adrenalin stieg in Logan hoch und er schrie auf. »Wooooo!«

Sie wurden immer schneller und Seth krallte seine behandschuhten Hände in Logans Oberschenkel. Kleine japsende Quietschgeräusche entfleuchten ihm, die so verdammt niedlich waren, dass Logan es kaum aushielt.

Am Fuße des Hügels wurden sie langsamer und rutschten auf dem flachen Boden auf einen Schneehügel zu, der offenbar erschaffen worden war, um sie davon abzuhalten gegen die riesigen Tannenbäume dahinter zu knallen. Als sie anhielten, atmeten sie beide schwer und die Schreie von Jenna, Jun und den Kindern hallten durch die Luft, als sie sich ihnen näherten.

»Siehst du?«, sagte Logan und drückte Seth mit seinen Armen. »Immer noch heil.«

Seth lehnte sich keuchend gegen ihn zurück und seine Hände hielten sich an Logans Knien fest. »Das war... meine Güte. Wow.«

Die Anderen kamen nicht weit von ihnen zum Stehen. Connor drehte sich und purzelte lachend von seinem Schlitten. Mehr und mehr Leute kamen den Hügel runtergefahren und sie mussten sich dringend aus der Zielgeraden entfernen. Auch, wenn Logan wünschte, er könnte hier und an Seth gekuschelt noch ein bisschen verweilen.

Jenna streckte Jun ihre Hand entgegen, der sie hochzog. Sie grinste Seth an. »Na?«

»Das war wahnsinnig beängstigend.« Er drehte seinen Kopf zu Logan um und seine blauen Augen fingen an zu funkeln. »Nochmal!«

Sie lachten alle, kletterten erneut auf den Hügel und rutschten noch ein paar Male wieder runter. Seth wollte nicht alleine fahren und Logan war mehr als bereit, ihm seine Hilfe anzubieten.

Als sie alle ermattet waren, war die Zeit für heiße Schokolade und Donuts gekommen, die sie nahe des Busses vorfanden. Dort befanden sich auch einige Klapptische, an denen sie sich ausruhen konnten. Dale hatte wirklich an alles gedacht, und Logan wollte ihm sagen, dass er großartige Arbeit geleistet hatte, allerdings fragte er sich, ob das als Einschleimen gewertet werden könnte, nachdem Dale ihm bei der Jobsuche helfen sollte.

Als er heiße Schokolade von einem großen Plastikbehälter in einen Pappbecher einschenkte, stieg die Aufregung in ihm. Würde Dale es wirklich schaffen, ihm einen Arbeitsplatz zu besorgen? Natürlich würde Logan zu einem Vorstellungsgespräch gehen und sich beweisen müssen oder was auch immer, aber wenn er es tatsächlich schaffen könnte, wieder Geld zu verdienen, wäre das eine solche Erleichterung.

Er stopfte sich ein Stück gezuckerten Donut in den Mund. Es wäre mehr als eine Erleichterung wieder arbeiten gehen zu können. Zum einen würde er sich nicht mehr nutzlos fühlen. Er könnte eine Wohnung bezahlen und müsste sich nicht mehr bei Seth durchschnorren.

Allerdings musste er auch zugeben, dass der Gedanke, aus Seths Haus auszuziehen, nicht ganz so fröhlich war, wie er wahrscheinlich sein sollte. Vermutlich, weil er sich selbst mit Job nie einen so schönen Wohnbereich leisten könnte. Und nachdem Connor in seinem Internat war, wäre er die meiste Zeit über alleine. Doch das war in Ordnung. Vielleicht könnten Seth und er weiter zusammen abhängen. Vielleicht…

Logan steckte sich noch ein Stück Donut in den Mund und redete sich ein, nicht so ein Idiot zu sein. Vielleicht würde er nicht einmal mit Dales Hilfe einen Job finden. Außerdem war die ganze Sache sowieso ein großes „vielleicht“. Und er und Seth… Es war blöd darüber nachzudenken. Sie hatten eine Abmachung und das war's. Es war nur vorübergehend.

»Ich dachte du tust nur so… mit Seth?«

Logans Magen drehte sich um und seine Finger verengten sich um seinen Pappbecher, als er einen Schluck nahm und sich den Mund verbrannte. »Tue ich.«

Connor hielt seinen eigenen Becher und sah ihn misstrauisch an. Seine Augenbrauen trafen sich fast in der Mitte. »Wirklich?«

»Natürlich.« Logan zwang sich zu einem Lachen.

»Weil du siehst ihn an, wie du meine Mum angesehen hast. Ganz am Anfang. Als ich dachte, dass vielleicht nicht alles scheiße ist.«

Logan versuchte herauszufinden, was Connor damit meinte. Das machte keinen Sinn. »Als du dachtest…Aber du hast mich vom ersten Tag an gehasst.«

Connor blickte auf seinen Donut runter und zuckte mit den Schultern. »Vielleicht warst du nicht so übel.« Er biss rein.

»Ich…« Logan hatte keine Ahnung, was er dazu sagen sollte. »Oh. Danke?«

Connor schnaubte und biss noch einmal von seinem Donut ab. Er murmelte: »Jedenfalls scheint Seth auf dich zu stehen. Aber du tust ja nur so, stimmt's?«

»Sprich nicht mit vollem Mund«, sagte Logan, doch seine Augen wanderten zu Seth, der mit Jenna und Jun herumstand, heiße Schokolade trank und über etwas lachte.

Connor verdrehte die Augen und leckte ein paar Krümel von seinen Lippen. Er sah Logan erwartungsvoll an und wartete offenbar auf eine Antwort.

Mit rasendem Herzen stürzte Logan sein heißes Getränk runter und wischte sich dann den Mund ab. »Dann sind wir wohl beide gute Schauspieler.« Sicher, er und Seth trieben es miteinander und sie genossen es, aber das war's auch schon. Das war die Abmachung. Casual.

»Seid ihr wohl.«

Logan versuchte an etwas zu denken, was er sagen konnte. »Freust du dich schon auf das Mittagessen mit dem Weihnachtsmann?«

Da war das altbekannte böse Funkeln in seinem Blick. »Ich bin kein kleines Kind.«

»Ich weiß, aber es ist Weihnachten. Meine Mutter hat immer gesagt, dass wir an Weihnachten alle Kinder sein dürfe.« Daran hatte er sich jahrelang nicht erinnert und für einen Moment vermisste er sie schrecklich.

Das war Connors erstes Weihnachten ohne Veronica und er wollte ihm sagen, dass es okay war und dass es mit der Zeit leichter wurde. Zumindest würde es anders werden. Es würde Zeiten geben, in denen der Verlust mehr schmerzte, aber das war kein Dauerzustand.

Doch er sagte nichts davon, denn Connor hatte sich bereits mit noch ein paar mehr Donuts aus dem Staub gemacht, um mit ein paar Jugendlichen in seinem Alter abzuhängen. Scheiße, Logan brauchte wirklich Geschenke für Connor. Jenna würde an Heiligabend sicherlich etwas für ihn unter ihrem Baum haben, aber am Weihnachtsmorgen waren sie bei Seth.

Und Scheiße, er brauchte auch dringend etwas für Seth. Mehr als ein Geschenk. Ohne Geld würde er sich etwas von Jenna und Jun leihen müssen. Doch was, wenn er den Job letztlich doch nicht kriegen würde? Auf einmal packte ihn eine solche Panik, dass er Angst hatte, den ganzen Kakao in den Schnee zu kotzen.

»Alles gut?«, fragte Seth, als er sich ihm näherte. »Sag mir bloß nicht, dass dir bei dem ganzen Schlittenfahren schlecht geworden ist und mir nicht.« Er legte seine Hand in Logans Nacken, direkt über seinen Schal, und drückte einmal sanft und beruhigend zu. Logan konzentrierte sich darauf tief durchzuatmen. Ein stechender Schmerz meldete sich in seiner Brust, verschwand dann aber wieder.

Fast wollte er sagen, dass alles in Ordnung war und sich aus Seths Griff befreien. Doch er blieb stehen und ließ sich von Seth beruhigen, bis er ihm ein richtiges Lächeln schenken konnte.

Kapitel Sechzehn

»NA WENN DAS nicht das verträumte Gesicht eines verliebten Mannes ist!«

Seth erschrak, als Angelas texanischer Dialekt erklang und schon viel näher zu sein schien, als er es erwartet hatte. Ihm fiel auf, dass er damit beschäftigt gewesen war, Logan dabei zuzusehen, die Basis eines Schneemannes zu rollen. Und vielleicht Logans festes Hinterteil, als er sich vorn über beugte um seine Aufgabe zu erledigen. Seine kurze Lederjacke war hochgerutscht und die Jeans krallten sich an seinem Hintern und Schenkeln fest.

Er versuchte verlegen zu lachen. »Schuldig.« Er hob seine behandschuhten Hände. Ha, ha, ha. Super witzig.

Der Bommel auf Angelas fuchsiafarbener Mütze wackelte hin und her, als sie sich zu ihm gesellte. Seth stand an dem Geländer der großen Steinterasse, von wo aus er einen perfekten Blick auf all die Schneemenschen werfen konnte, die gerade in allen Formen und Größen im Garten des Hotels gebaut wurden.

Der See dahinter war von einer dicken Eisschicht überzogen, die leider trotzdem zu dünn zu sein schien, um darauf Schlittschuh zu fahren. Davon ging Seth zumindest aus, nachdem sie später zum Olympischen Center zum Schlittschuhlaufen gingen.

Sonnenschein flutete die ganze Szene in helles Licht und ließ den Schnee glitzern. Die Wolkendecke hatte sich verzogen und hinterließ ein perfektes blau, obwohl die Luft eiskalt war.

»Hier ist es wirklich wahnsinnig festlich«, sagte Seth und nickte in Richtung der Dekorationen, die zwischen zwei Laternen gespannt worden waren.

»Das ist es. Ich liebe die Feiertage. Jeder sollte den Weihnachtsmann und Rudolf genießen können, ganz unabhängig von der eigenen Herkunft. Wenn man das möchte. Es ist schön, so viel Schnee zu bekommen, auch wenn es kälter ist als der Schniedel eines Pinguins.«

Seth lachte und verschluckte sich zugleich, was zu einem Hustenanfall führte. »So kann man das auch ausdrücken.«

Angela lachte. »Ich sage nur wie es ist.« Ihr Blick fiel auf Connor, der in der Distanz mit verschränkten Armen im Schnee stand und Logan dabei zusah, wie er den riesigen Schneeball rollte. Der kleine Ian half Logan. Connor sagte etwas.

Angela schnaubte sanft. »Sagt Daddy wahrscheinlich, dass er alles falsch macht.«

Seth lächelte zerknirscht. »Wahrscheinlich. Connor kann ganz schön anstrengend sein.« Er verhielt sich, als hätte er den Jungen nicht gerade erst getroffen, und Schuldgefühle nagten an ihm, dafür, dass er alle anlog. Trotzdem hatte er Connor ein bisschen kennenlernen können und würde die Feiertage mit ihm verbringen. Er verdrehte innerlich die Augen. *Als würde das sein Leben weniger schwierig machen.*

»Logan ist sein Stiefvater, richtig? Sein biologischer Vater ist nicht da?«

»Nicht wirklich. Er lebt in Florida und meldet sich kaum.«

Sie schüttelte den Kopf und ihr Bommel tat es ihr gleich. »Das ist hart für ein Kind, vor allem wenn es gerade erst seine Mama verloren hat.«

»Ja.« Seth dachte an seine eigenen Eltern. Er war erwachsen gewesen und dennoch war es immer noch hart für ihn, mit der Ablehnung zu leben.

»Es wird leichter, wenn Sie und Logan ersteinmal verheiratet sind. Das wird ihm gut tun und ihm Beständigkeit geben. Mir fällt auf, dass ich völlig vergessen habe, nach den Einzelheiten zu fragen, als ich zum Abendessen bei Ihnen war. Wann ist es denn soweit?«

Oh nein. Wollte sie eingeladen werden? Seth stammelte. »Ähm. Naja, sehen Sie, ich, uh.« Er schloss den Mund und konnte spüren, dass seine Ohren unter der Mütze heiß wurden.

Immerhin hatte er jetzt Angelas volle Aufmerksamkeit. Ihre fein gezupften Augenbrauen trafen sich fast in der Mitte. »Gibt es ein Problem?«

»Nein! Es ist nur… ich muss eine Kirche finden.«

»Oh! Ich bin mir sicher, dass es hier oben ein paar tolerante Gotteshäuser gibt? New York State könnte nicht demokratischer sein. Sie wären sogar von einigen der Kirchen in Texas überrascht. Ich gebe zu, nicht von allen, aber ich glaube das ist überall so.« Sie seufzte laut. »Ich habe einfach nie verstanden, wieso wir unseren Nächsten nicht einfach lieben können, so wie der gute Gott ihn erschuf.«

»Meine Eltern hätten da sicherlich einige Gedanken dazu.« Seth zuckte zusammen, sobald er das gesagt hatte. »Jedenfalls, bin ich mir sicher, dass wir bald etwas Passendes finden.« Er fummelte an den Fransen seines karierten Schals herum. »Wir gehen nachher Schlittschuhfahren, stimmt's? Ich freue mich schon!«

Doch Angela antwortete ihm nicht. Stattdessen sah sie ihn mit offener Traurigkeit an und ihre Mundwinkel verzogen sich nach unten. »Unterstützen Ihre Eltern Ihre Beziehung mit Logan nicht?«

»Nein. Naja, sie wissen nicht, dass Logan existiert. An einem Weihnachten sagte ich ihnen, ich sei schwul und dass ich einen Freund hatte, und sie zeigten mir die Tür.« Er zuckte mit den Schultern und versuchte sich gleichgültig zu zeigen. Vermutlich machte er einen genau gegenteiligen Eindruck.

»Oh, Schätzchen.« Seth hielt das Geländer fest umklammert und spürte die eisige Kälte sogar durch das insultierte Leder seiner

Handschuhe. Angela legte ihre Hand auf seine und drückte liebevoll zu. »Das bricht mir das Herz. Ich hoffe, Sie wissen, dass Sie nicht alleine sind.«

Seth nickte und spürte einen Frosch im Hals, der ihn zu erdrosseln drohte. Im folgenden Januar wäre er wieder alleine. Natürlich würde er Jenna auf der Arbeit sehen, aber er würde jeden Abend zu seinem endlich fertiggestellten und leeren Haus zurückkehren. Niemand wäre mehr da, nicht einmal Agatha.

Auf einmal vermisste er sie mit einem dumpfen Gefühl in der Brust. Er hatte sich alleine bei dem Gedanken sie zu „ersetzen" schuldig gefühlt, doch er brauchte wieder eine Katze. Und nachdem er es laut gesagt hatte, fiel ihm auf, dass er wirklich gerne eine Kirche finden würde.

Ungeplant fing er an zu sprechen. »Nachdem meine Familie mir den Rücken zukehrte, bin ich nicht mehr zur Kirche gegangen. Ich hätte mir eine in Atlanta suchen sollen, doch ich sagte mir, dass ich eine persönliche Beziehung mit Gott habe. Und das tue ich, aber es wäre schön, einen Ort zu finden, in dem ich ich selbst sein könnte.« Er schüttelte seinen Kopf. »Tut mir leid, ich weiß nicht, wieso ich Ihnen das alles erzähle.«

Angela zwinkerte ihm zu, ihre lange Wimpern mit Mascara zugeklebt. »Weil ich unfassbar neugierig bin.«

»Ich bin unsicher, ob ich zustimmen sollte oder nicht.«

Sie lachte laut. »Zu viele Leute denken, sie müssen mir schön tun. Und nun erzählen Sie mir von den Ideen, die sie für Ihren Fachbereich haben. Kein Stress, auch wenn ich Sie gerade in einen Zugzwang gebracht habe.«

»Oh! Na klar, kein Problem.« Für einen furchtbaren Moment war sein Kopf komplett leer. Doch er sah Logan dabei zu, wie er mit den Kindern einen weiteren Schneeball rollte und atmete tief durch. »Ich würde unser ursprüngliches Konzept überarbeiten.«

Sie standen am Geländer und besprachen Seths Ideen. Angela stellte ihm scharfsinnige, intelligente Fragen, bevor sie von Dale gerufen wurde. Bevor sie ihn verließ, zwinkerte sie Seth zu und sagte ihm, HR würde sich im neuen Jahr zwecks seiner Beförderung bei ihm melden. Fast wollte er an Ort und Stelle ein Rad schlagen, trotz des schneebesetzten Steinbodens.

Als sie alle zum Olympischen Center zum Schlittschuhlaufen fuhren, konnte er nicht aufhören zu Grinsen. Logan lehnte sich zu ihm und sein Atem tanzte warm über Seths Wange. »Was hat dich denn so glücklich gemacht?«

Alles. Die Beförderung. Du.

»Ich bin mir ziemlich sicher, dass ich den Job bekommen habe«, flüsterte Seth.

Logan grinste breit und sein schroffes Gesicht war schön auf eine Art und Weise, die Seth nie erwartet hätte, als sie sich das erste Mal getroffen hatten. Es schien unfassbar, das das nicht einmal zwei Wochen her war. Als Seth sich anstellte, um Schlittschuhe auszuleihen, zählte er in seinem Kopf.

Ja, elf Tage. Doch das war ein weiterer Grund dafür, wieso das zwischen ihnen nur vorübergehend war. Sie kannten einander kaum und hatten eine Abmachung, die für beide Seiten von Vorteil war.

Und sie waren erfolgreich! Seth hatte offenbar die Stelle bekommen, Logan könnte selbst einen Job abstauben und er hatte ein Dach über dem Kopf, während er Seth dabei half, Sex ohne Gefühle zu haben. Er war überrascht, bei dem Gedanken an den Gelegenheitssex keine Schuldgefühle zu bekommen.

Das kommt daher, weil es kein Gelegenheitssex ist.

Sein verräterisches Gehirn versorgte ihn sofort mit Bildern von Logan am Morgen. Auf seinen Knien und den Mund voller… Naja, Seth. Er erzitterte vor Lust, wenn er nur daran dachte. Und daran, was danach kam. Logan dabei zuzusehen, wie er sich einen runterholte, war überraschend elektrisierend gewesen. Die Stille zwischen ihnen hatte das Ganze noch geheimnisvoller und besonders gemacht.

»Dir hat es gefallen, mir beim wichsen zuzusehen, hm? Ich wette, das macht deinen Schwanz hart, wenn du daran denkst. Willst du mich noch einmal beobachten? Oder willst du dich auf Hände und Knie begeben, damit ich dich ficken und in deinem L—«

»Größe?«

Für einen furchtbaren Moment am Kopf der Schlange, konnte Seth nur über Penisse nachdenken. Dann schaffte er es zu sprechen: »Fünfundvierzigeinhalb«, und das gelangweilte Mädchen hinter dem Tresen knallte ihm ein paar Schlittschuh auf den Tisch. Seth fügte hinzu: »Und einmal vierundvierzig und einmal achtunddreißig, bitte.«

Die Schlittschuh waren an ihren Schnürbändern zusammengebunden und er trug sie über seine Finger gespannt zu einer der Bänke, die eine weiße Wand entlangliefen, und auf der Connor und Logan auf ihn warteten.

Er war sehr dankbar, dass sein Parka ihm fast bis zu den Knien reichte und er zwang sich dazu, seine Gedanken der Gegenwart zuzuwenden. Schlittschuhfahren. Mit zahlreichen Kindern. Hier war kein Platz für Sex, weder casual, noch irgendetwas sonst. Er steckte seine Füße inklusive Socken in die Schlittschuhe und konzentrierte sich darauf sie zuzubinden.

»Die müssen enger sein«, sagte Logan eine Minute später. Er und Connor trugen ihre Schlittschuhe bereits und standen wartend vor ihm. Logan kniete sich vor Seths Füße, um seine Schnürsenkel neu zu binden, was so lieb war und gleichzeitig nicht hilfreich, was den halbharten Ständer in Seths Hose anging.

Die schwarzen Schlittschuhe waren groß und klotzig und offenbar für Hockey gemacht, auch, wenn Seth sich nicht sicher war, wie genau sie sich von denen für Eiskunstlauf unterschieden.

Als er aufstand, krallte er sich in Logans Arm fest. »Oh! Ich weiß nicht, ob ich in denen laufen kann, und aufs Eis klettern erst recht nicht.«

»Bist du noch nie Schlittschuh gefahren?«, fragte Connor.

»Ich komme aus einem kleinen Ort in Georgia. Ich glaube, es

hat dort eine Eishalle gegeben, aber da war ich nie.« *Viel zu beschäftigt mit den ganzen Kirchenaktivitäten.*

Connor sagte: »Es ist fast wie Laufen. Nur, du weißt schon, schneller oder sowas.«

»Okay. Kein Problem.« Seth stellte sich aufrecht hin und setzte selbstbewusst einen Fuß vor den anderen. Na also. Er konnte es schaffen.

Sein Selbstbewusstsein ging in dem Moment in Luft auf, in dem die dünnen Kufen das Eis berührten. Er hielt sich an der Bande neben dem Eingang fest, wo andere hinter ihm darauf warteten, endlich aufs Eis laufen zu können. Seine Knie zitterten und er bewegte sich einen winzigen Schritt nach vorne, um den Weg frei zu machen. Sofort verlor er das Gleichgewicht und landete auf seinen Knien und nackten Händen. Dummerweise hatte er seine Handschuhe bei seinen Stiefeln gelassen, nachdem es zwar kalt in der Halle war, aber ziemlich angenehm im Gegensatz zu draußen.

»Whoa!« Logan war sofort da, ebenfalls mit nackten Händen, die er um Seths Hüften legte, um ihn hochzuheben. Seth lehnte sich zu stark zurück und gegen Logan, wodurch seine Schlittschuhe anfingen schneidende Bewegungen zu machen. Doch Logan stand wie ein Fels hinter ihm und lachte leise, als er Seth an die Bande und damit in Sicherheit schob.

»Du bist wie Bambi«, sagte Connor lachend und um seine Augen bildeten sich kleine Lachfalten.

»Das war ein Fehler, das schaffe ich nicht.« Seth krallte sich an der Bande fest. Seine gesamte untere Hälfte schien außer Kontrolle, aber immerhin war sein unangenehmer Ständer verschwunden.

Andere Menschen zogen vorbei und umkreisten die Eisfläche gegen den Uhrzeigersinn. Über die Lautsprecher sang jemand darüber um den Weihnachtsbaum zu tanzen. »Geht ihr mal vor. Ich warte auf der Bank. Helft mir nur dort hinzukommen.«

Nun fing auch Logan an zu lachen und nahm Seths Hand,

nachdem er sie von der Bande losgebrochen hatte. »Komm schon, nur eine Runde.«

Connor stupste Seth auf der anderen Seite. »Wir werden dich nicht fallen lassen. Wenn du es doch tust, dann fallen wir alle hin.« Er stupste nochmal gegen Seths Hand. »Lass los.«

Nach einem schnellen Gebet, bei dem er darum bat, sich keine Knochen zu brechen, ließ Seth die Bande los und machte einen winzigen Schritt vorwärts. Dann noch einen. Connor umfasste seine rechte Hand mit seinen kleinen Fingern und Logan hielt ihn immer noch fest an der linken. Vorsichtig lief Seth über das Eis. Er hielt ihre Hände in einem festen Griff, doch sie beschwerten sich nicht.

Die Schlittschuhe schmerzten an den Füßen und seine Oberschenkel brannten von der Anstrengung, aufrecht stehen zu bleiben, doch er machte Fortschritte. Jenna, Jun und Ian flogen an ihnen vorbei, mit Ian zwischen ihnen, und winkten ihnen zu.

»Ich bin wie ein Fünfjähriger«, grummelte Seth. »Nur, dass Ian sich viel besser anstellt.«

»Das ist in Ordnung«, sagte Connor. »Wir müssen alle ab und zu Zeug lernen. Versuch dich ein bisschen abzustoßen.« Er machte es ihm vor und glitt auf dem rechten Fuß, während er Seth mit sich zog. »Es ist leichter, wenn man schneller fährt.«

Seth versuchte ihm die gleichmäßige Bewegung nachzumachen und fiel dabei fast auf sein Gesicht. Geduldig halfen sie ihm, sich wieder aufrecht hinzustellen und er versuchte es nochmal. Und nochmal. Und nochmal. Als Madonnas Cover von „Santa Baby" gespielt wurde, lief er fast von alleine.

»Ich tue es!«, rief er aus, wankte nach vorne, überkorrigierte seine Haltung zurück und plumpste auf seinen Hintern auf das Eis. Logan und Connor zog er, der Schwerkraft sei Dank, mit ihm runter.

Alle drei saßen mit ihrem Hinterteil auf dem Eis und fingen an zu lachen, während die anderen Familien um sie herumfahren mussten. »Tut mir leid!« Seth schüttelte den Kopf. »Oh Gott, wie komme ich wieder hoch?«

Connor war bereits wieder auf den Beinen und Logan rollte sich auf seine Knie, bevor er sich aufrichtete. Zu Connor sagte er: »Keine Ahnung, vielleicht sollten wir ihn einfach hier lassen.«

Connor blinzelte ihn an als wäre er überrascht, in einen Witz mit einbezogen zu werden. Er zuckte gespielt gleichgültig mit den Schultern. »Können wir machen. Wir können ihn in ein paar Runden aufheben. Er wird noch hier sein.«

Seths Herz pochte glücklich, als er ihnen dabei zusah miteinander zu scherzen, auch wenn er der Leidtragende ihres Witzes war. Er schnaubte theatralisch. »Geht schon. Verlasst mich!«

Matt und Becky segelten an ihnen vorbei und Matt grölte vor Lachen, als er auf Seth deutete während Becky nur ihre Augen verdrehte.

»Nö«, sagte Connor und sie nahmen jeweils wieder eine von Seths Händen, bevor sie ihm auf die Füße halfen. »Mit dir macht es mehr Spaß.«

Hand in Hand setzten sie sich zu dritt wieder in Bewegung. Dieses Mal schaffte Seth es, eine halbe Runde weit zu kommen, bevor er ausrutschte und sie wieder in einen Haufen Gelächter auf den Boden zog.

DAS ABENDESSEN WAR vorbei, doch es schien als hätte Angela noch eine weitere Aktivität geplant.

Vielmehr hatte Dale die Aktivität geplant und war gerade dabei, einigen Volontären zu erklären, wie sie zwei Reihen Stühle in der Mitte des Raumes aufbauen sollten, während die Hotelmitarbeiter die Buffettische abräumten.

Neben Seth beäugte Logan die Stühle misstrauisch. »Was soll das werden? Die Reise nach Jerusalem oder so ein Scheiß?« Er trank von seinem Rotwein.

In dem Raum roch es immer noch nach Rinderbraten und Soße und Seth war mehr als voll. Connor war mit einigen der anderen Jugendlichen mitgegangen, die in einem der Konferenzzimmer *Kevin – Allein zu Haus* gezeigt bekamen. Angela hatte ihnen Beanbags, Süßigkeiten und eine Popkornmaschine versprochen.

»Logan!« Dale kam mit einem Lächeln auf sie zu. »Ich wollte Ihnen noch sagen, dass ich Ihren Lebenslauf an Bob Ricci weitergeleitet habe. Ihm gehört eine landesweite Baufirma, die bereits für Angela in New York City gearbeitet hat. Er wird Sie nach Weihnachten anrufen. Unter uns gesagt, er möchte unbedingt wieder für Angela arbeiten, also wenn Sie das Vorstellungsgespräch nicht absolut – und ich meine *absolut* – vermasseln, dann hat er ab Januar einen Job für Sie. Er sagte er habe ein Renovierungsprojekt einiger Büros in downtown Albany. Das ist also perfektes Timing.«

»Wow.« Logan sprang auf die Füße und streckte seine Hand aus, um Dales übereifrig zu schütteln. »Vielen Dank.«

Seth grinste und konnte sich gerade so zurückhalten, Dale nicht zu umarmen, dafür, dass er das möglich gemacht hatte. Logan strahlte vor Glück und Seths Herz zog sich bei dem Anblick zusammen.

Logan sagte: »Ich verspreche, bei dem Gespräch nicht auf den Tisch zu kacken.«

Dale warf seinen Kopf zurück und lachte. »Sie erinnern mich an Angela. Sie sagen beide genau das, was ihnen gerade durch den Kopf schießt. Und nicht vergessen, obwohl sie die Tür geöffnet hat, liegt es an Ihnen durchzugehen.« Er nickte Seth zu. »Frohe Weihnachten. Es war schön, Sie beide kennenzulernen.«

Seth stand auf und schüttelte seine Hand und er und Logan tauschten ein Grinsen aus, als Dale weg war. Seth legte seine Hand in Logans Nacken und drückte kurz zu, obwohl er ihn viel lieber an sich herangezogen und geküsst hätte. Er wollte ihn herumwirbeln und feiern, obwohl Logan vermutlich zu schwer war, um ihn zu heben.

Am Tisch neben ihnen federte Jenna auf ihrem Stuhl auf und ab, und sie und Jun gaben ihnen beiden einen Daumen nach oben. Offenbar hatten sie Dales Neuigkeiten mitbekommen. Ian war zur Filmvorführung gegangen und Noah steckte noch für ein paar Stunden in der Kinderbetreuung des Hotels. Jenna hatte ihre Zeit damit verbracht, laut an ihrem Rotwein zu riechen und genoss sichtlich jeden Schluck.

Logan setzte sich wieder hin, ein verträumter Blick auf seinem lächelnden Gesicht. »Ich habe vielleicht einen Job.«

Seth legte seine Hand auf Logans Handgelenk, obwohl er viel lieber ihre Finger miteinander verschränkt hätte. »Du wirst das Vorstellungsgespräch mit links machen. Das weiß ich.«

Wenn Logan natürlich einen Job hatte, dann gäbe es keinen Grund für ihn nicht im Januar wieder auszuziehen, genauso wie sie es abgemacht hatten. Das fühlte sich an wie ein Eimer eiskaltes Wasser über Seths Glück, obwohl Seth sich nichts mehr wünschte, als dass Logan diese Arbeitsstelle bekam. Er wollte, dass Logan… alles bekam. Absolut alles.

Es gab nichts, das er nicht mit ihm teilen wollte.

Wir haben eine Abmachung. Keine Gefühle. Hör auf, da mehr draus zu machen.

Seth legte seine Hände in seinen Schoß und hörte zu, als Angela sich neben die zwei Reihen Stühle stellte und einen langen Ast in der Hand hielt, an den ein rotes Band gebunden worden war, von dem ein Zweig Beeren herunterhing, als wäre es eine Angel.

Sie wedelte mit dem Ast umher und sagte: »Sie wissen sicherlich alle um was es sich hier handelt, oder? Wir werden ein lustiges Spiel für die Erwachsenen spielen. Wie die Reise nach Jerusalem, aber wer auch immer am Ende übrig bleibt, muss seinem Schatz einen Schmatzer unter dem Mistelzweig geben. Keine Angst, BRK ist eine Familienfirma und das hier bleibt alles Jugendfrei. Vielleicht PG-12, wenn sich jemand danach fühlt. Maestro?«

„Have a Holly Jolly Christmas" erfüllte die Luft und Pärchen standen auf, um sich zu den Stühlen zu begeben. Einige eher zögerlich, während andere schon fast vor Freude hopsten. Seth lachte, als Matt Becky mit sich zog, doch sein Lachen gefror, als Angela direkt auf ihn zeigte.

Sie rief: »Kommen Sie schon! Wir brauchen hier drüben mehr Vielfalt!«

Jenna und Jun zogen an Logan und Seths Armen. Jun murmelte: »Wenn wir da mitmachen müssen, müsst ihr es auch.«

Sie begaben sich zu den Stühlen, die Rücken an Rücken aufgestellt worden waren. Seth warf Logan ein entschuldigendes Lächeln zu, doch dieser zuckte nur mit den Schultern und lächelte zurück, als er sich zu den Menschen gesellte, die um die Stühle herumtanzten.

Die Stille war so abrupt, gefolgt von Schreien und Gelächter, als sie um die Stühle kämpften. Logan und Seth hatten jeweils einen Stuhl ergattert und saßen nur ein paar Leute voneinander entfernt. Miriam aus der IT-Abteilung stand noch und zog einen Mann zu sich hoch, von dem Seth ausging, dass es sich um ihren Ehemann handelte. Sie küsste ihn mit einem lauten Schmatz, während Angela die Mistelzweig-Angel über ihre Köpfe hielt.

Alle um sie herum applaudierten und die Musik fing wieder an. Burl Ives freundliche Stimme spornte sie dazu an, eine Tasse Freude und einen Kuss unter dem Mistelzweig zu genießen. Das Spiel ging weiter und Seths Herz fing an zu rasen, als sie wieder um die Stühle kreisten und auf den Schock der Stille warteten, bevor sie um einen Sitzplatz kämpften.

Gerade wollte er sich hinsetzen, als Matt ihm zuvorkam. Sein wildes Haar flog um ihn. Er flüsterte: »Geheimmission!«, mit einem breiten Grinsen auf dem Gesicht. Logan stand auf und gesellte sich zu Seth. Angela hielt den Mistelzweig über ihre Köpfe mit einer Freude, die sie gar nicht erst versuchte zu verstecken.

»Ein Applaus für unsere Turteltäubchen!«, rief sie.

Alle um sie herum fingen an zu klatschen und zu pfeifen und Seth fühlte sich, als würde er von Kopf bis Fuß rot anlaufen. Logans Lächeln war zu künstlich und er konnte nicht aufhören sich zu bewegen.

Seth lachte nervös und trat einen Schritt auf Logan zu, um ihm einen blitzschnellen Kuss auf die Lippen zu geben. Mehr Applaus und Seth winkte und lachte und war mehr als bereit wieder zu ihrem Tisch zurückzukehren.

Dann blockierte Logan seinen Weg.

Dann nahm Logan Seths Gesicht zwischen seine rauen Hände.

Dann küsste Logan ihn.

Dann küsste Logan ihn wirklich.

Keinen flüchtigen Kuss. Einen richtigen Kuss. Süß und sanft und sicher. Gleichzeitig pressten sie ihre Lippen zusammen, als gäbe es die Welt um sie herum nicht mehr. Es gab nur noch sie. Nichts davon war casual.

Seths Gedanken drehten sich und er hielt sich an Logans Hüften fest. Sein Herz schlug wie Donner in seinen Ohren, als der Kuss andauerte. Ihre Münder schlossen sich zusammen und er spürte, wie seine Knie zu zittern anfingen. Logan roch nach Erde und Tannenzapfen und Seth schmolz dahin.

Als er nach Luft schnappte, bemerkte er, dass der Donner nicht nur von seinem Herzen kam, es waren auch aufstampfende Füße und Handflächen, die auf Tische schlugen. Ein andauernder und immer lauter werdender Applaus und Unterstützung von allen, die mit ihnen im Raum waren. Seths Haut fing an, unter so vielen Blicken zu kribbeln, doch Logans warmer Gesichtsausdruck war alles, was zählte.

Was passiert hier gerade?

Er konnte niemandem in die Augen sehen, als er und Logan an ihren Tisch zurückkehrten. Sein Herz pochte und sein Körper vibrierte mit Adrenalin und hartnäckiger Freude. Als Logan an seinem Handgelenk zog, folgte Seth ihm aus dem Esszimmer und in den Aufzug. Keiner von beiden sprach und sie starrten stur geradeaus.

Der Kuss hatte sich so real angefühlt. Doch Logan bereute ihn sicherlich. Er wollte bestimmt in ihr Zimmer fliehen, um dem Spiel zu entkommen.

Das Hotelzimmer war nur schwach beleuchtet und still, als die Tür hinter Seth mit einem *klick* zufiel. Sein Herz hämmerte in seiner Brust, als Logan sich zu ihm umdrehte und ihn ernsthaft in dem kleinen Gang ansah.

Dann küsste er Seth wieder. Diesmal stieß er seine Zunge durch Seths Lippen, als er ihn festhielt. Seth konnte nur aufstöhnen und Logans Zunge mit seiner eigenen treffen. Feucht und beharrlich, mit dem Geschmack von Bratensauce und Wein und Perfektion.

»Will dich«, murmelte Logan gegen Seths Mund und ihre Küsse wurden nur von kleinen Pausen um nach Luft zu schnappen gebrochen.

»Oh!« Er vibrierte vor Lust und als Logan auf die Knie fiel, so wie er es bereits an dem Morgen getan hatte, ließ Seth sich nach hinten gegen die Tür fallen. Bereits hart und—

Er japste und stellte sich stocksteif hin. Seine Finger pressten in Logans Schulter und er starrte mit panischer Ungläubigkeit auf das Bett unter dem Fenster, neben dem Connor plötzlich erschienen war. Sie hatten die kleine Lampe neben dem Bett angelassen, als sie zum Abendessen aufgebrochen waren. Diese erleuchtete Connor nun zum Teil. Eine Hälfte seines Gesichts verbarg sich im Schatten, während die andere verwirrt aussah.

»Was macht ihr da?«

Logan sprang sofort auf die Füße. »Ich dachte, du schaust den Film an.«

Connor presste seine Zähne aufeinander und sagte: »Den hab

ich schon eine Million Mal gesehen. Wir haben beschlossen, nochmal schwimmen zu gehen. Ich wollte mich nur umziehen.« Er trug immer noch seine Jeans, ein langes Oberteil und seine Turnschuh. Er fragte noch einmal, diesmal in einem härteren Ton: »Was macht ihr da?«

»Nichts!«, riefen sie sofort im Chor, als wären sie die Kinder und Connor der Erwachsene.

Connor ballte seine Hände zu Fäusten, seine Ärmel sichtlich zu kurz für ihn und er kam auf sie zu marschiert. Er funkelte Logan böse an. »Du lügst ihn an, so wie du es mit Mum getan hast, stimmt's? Stimmt's!« Sein Gesicht verzog sich vor Wut. »Ich hätte es wissen müssen. Ich hatte gehofft, ich habe unrecht, aber das habe ich nicht.«

Logan schien wie versteinert. Seth sagte: »Connor, alles ist in Ordnung. Ich weiß, das muss verwirrend für dich sein, aber—«

»Er spielt nur mit dir!«, schrie Connor. »Kannst du das nicht sehen? Er sagt alles, was du hören willst. Er ist ein Lügner, glaube ihm ja kein Wort! Er mag dich nicht wirklich!« Er lachte Logan hämisch an. »Du bist nicht einmal schwul, aber tust alles, um zu bekommen, was du willst. Du interessierst dich gar nicht wirklich für ihn. Oder für mich. Ich wette, du nimmst ihm all sein Geld weg.«

»Ich habe deine Mutter nicht wegen ihrem Geld geheiratet«, sagte Logan ruhig. Seth hoffte, dass seine Zurückhaltung andauern würde.

»Dein Pech, sie hatte nämlich keins«, zischte Connor. »Aber du hast eine Unterkunft gebraucht, also hast du ihr vorgespielt sie zu lieben. Das war alles gelogen, stimmt's?«

»Nein!« Logans Brust hob und senkte sich mit einem scharfen Atemzug. »Ich habe sie wirklich geliebt und sie mich. Wir haben uns ineinander verrannt. Wir dachten, wir könnten einander helfen und haben zu schnell gehandelt. Wir hätten nie heiraten dürfen, doch ich habe nicht ein einziges Mal gelogen, als wir unsere Ehegelübde ablegten. Es war alles zu gut, um wahr zu sein, doch ich wollte unbedingt daran glauben, dass wir miteinander glücklich sein könnten.«

Logans Blick fiel auf Seth, seine Augen flehend. »Und vielleicht bin ich wieder genauso dumm, aber ich mag dich wirklich.«

Seth nahm seine Hand und drückte Logans raue Finger. »Ich mag dich auch.«

Connor war hochrot um Gesicht und knirschte mit den Zähnen. »Aber ich habe dich heute Morgen gefragt und du hast gesagt, ihr spielt das nur vor!«

»Ich wusste nicht, was ich sagen sollte«, gestand Logan. »Es sollte alles nur gespielt sein. Das war die Abmachung.«

»Und jetzt bist du auf einmal schwul?«

»Nein.« Logan rieb sich mit seiner freien Hand über das Gesicht. Mit der anderen hielt er verzweifelt an Seths fest. »Ich weiß ehrlich gesagt nicht, was ich bin. Offenbar bisexuell. Mehr als ich dachte. Alles was ich weiß, ist, dass ich Seth mehr mag als ich irgendjemanden in einer ziemlich langen Zeit gemocht habe.«

Connor blickte zwischen ihnen hin und her und sein pickliges Gesicht verzog sich. Er funkelte Logan böse an. »Aber du wirst alles vermasseln! Seth ist so cool und du wirst ihn verarschen!«

Seth versuchte ruhig zu bleiben. »Okay, lasst uns hinsetzen und tief durchatmen. Dann können wir darüber sprechen.«

»Er benutzt dich nur! Was gibt es da zu besprechen? Scheiß drauf.« Connor schob sich an ihnen vorbei und öffnete dann mit einer überraschenden Stärke die Tür hinter Seth. Er war verschwunden, bevor sie ihn aufhalten konnten.

»Scheiße!« Logan folgte ihm sofort und Seth machte sich auch auf den Weg. Sie joggten den Teppich auf dem Gang hinunter und an hölzernen Türen vorbei.

Connor hastete ins Treppenhaus und sie folgten ihm runter und durch einen Notfallausgang direkt nach draußen. Seth verzog den Mund und seine Lederschuhe füllten sich mit eisigem Schnee, der ihm bis zu seinen Waden reichte.

»Connor, komm zurück!«, rief Logan. Doch Connor ignorierte ihn und lief eisern durch den Schnee hinter dem Hotel. Er bahnte sich einen Weg zwischen den Schneemännern vorbei und auf den vereisten See. Seths Lungen brannten in der eisigen Kälte, doch er hörte nicht auf zu rennen.

»Komm zurück! Komm vom Eis runter!«, schrie Logan. „Sofort!"

»Fick dich!« Connor rutschte mit ausgestreckten Armen nach vorne, als hätte er Schlittschuhe an den Füßen anstelle seiner Sneaker. Seth versuchte es etwas freundlicher. »Connor, bitte! Komm zurück, dann können wir reden!«

Connor ignorierte ihn und bewegte sich immer weiter vom Ufer weg. Seth war sich nicht einmal sicher, wo genau der Boden endete und der See anfing.

Logan rief: »Ich schwöre dir, wenn du nicht sofort zurückkommst—«

Wütend drehte Connor sich um. »Was? Was wirst du tun? Ich hasse dich! Ich werde zu meinem Dad nach Florida ziehen.«

»Hast du mit ihm gesprochen?«, fragte Seth laut, nachdem er stehen geblieben war. Keiner von ihnen trug eine Jacke und es war viel zu kalt, um draußen zu sein.

Connor sah sie von ein paar Metern entfernt aus an.

Er stotterte und als er endlich wieder richtige Worte hervorbrachte, rief er: »Er ist beschäftigt! Er hat einen harten Job.« In dem Mondschein konnte man sogar aus der Entfernung die Tränen auf seinem Gesicht sehen. Ein unterdrücktes Schluchzen ließ ihn nach Luft japsen. »Aber er ist mein Dad, also muss er mich lieb haben. Er muss.«

Logan atmete schwer in eine weiße Wolke aus. In einem ruhigeren Ton rief er: »Komm rein und wir sprechen darüber.«

Er warf einen Blick nach hinten und Seth realisierte erst da, dass sie die Aufmerksamkeit der anderen Gäste auf sich gezogen hatten. Gesichter standen hinter den Fenstern und ein paar Menschen lungerten sogar in offenen Türen herum. Sie zitterten, sahen ihnen aber dennoch zu.

»Bitte komm zurück«, versuchte Logan es erneut.

Connor lachte spöttisch. »Angst, was die Leute von dir denken? Sie sollten die Wahrheit erfahren. Du hast meine Mutter benutzt und jetzt benutzt du auch Seth.« Eine frische Welle Wut schien in ihm auszubrechen. »Verpiss dich!« Er drehte sich um und schlitterte über das Eis. Der Wind hatte den Schnee von einigen Stellen weggeweht.

Es gab kein dramatisches *knaaaaaaack!* oder ein Warnsignal. In der einen Sekunde war Connor noch da und in der nächsten war er in ein dunkles Loch verschwunden. Das Geplätscher hallte in der Nacht.

Seths Herz hämmerte gegen seine Rippen und er sprintete auf den See. Schreie erklangen in der Distanz und Logans Finger hielten ihn an seinem Ärmel fest. Er machte einen Satz nach vorne und versuchte Logan abzuschütteln.

»Warte!«, rief Logan. »Du wirst—«

Das Eis brach unter ihm und das Wasser zog Seth in seine eisigen Tiefen. Die Kälte fühlte sich an wie ein Schlag in die Magengrube und er konnte nicht atmen. Seine Muskeln versteiften sich und er konnte seine Gliedmaßen nicht mehr bewegen. Sein Gehirn schrie ihn an, er solle mit den Füßen strampeln um sich zurück an die Oberfläche zu befördern, aber sein Körper wollte nicht – konnte nicht – gehorchen.

Seine Lungen brannten und sein Körper gefror und er sank immer tiefer.

Finger zogen ihn an den Haaren nach oben, doch das spürte er kaum. Als er wieder auftauchte, sog er einen tiefen, verzweifelten Atemzug ein. Logan lag auf dem Bauch und zog Seth aus dem See. Er sagte etwas, das Seth nicht verstand.

Dann war Logan weg und andere Menschen schlitterten auf

dem Bauch über das Eis, um ihn zu erreichen und ihn in Sicherheit zu ziehen.

Aber Connor! Seth versuchte zu sprechen, doch nur ein verzerrtes Grunzen kam aus seinem Mund. Hinter ihm hörte er einen Schrei. Schwach und schrill, ein tierisches Geräusch, das ihn bis in die Seele traf. Seine Arme und Beine verkrampften sich.

Einige Menschen versuchten mit ihm zu sprechen, zogen an ihm und wickelten ihn in eine Decke ein. Seths Lungen stotterten und er schrie innerlich seinen Körper an, ihm zu gehorchen.

Endlich konnte er seinen Kopf drehen, um nach Connor und Logan Ausschau zu halten.

Sie waren nicht da.

Panik ließ ihn auf die Füße springen. War er auf dem Boden gesessen? Er stolperte zurück zum See und ignorierte die Stimmen um ihn herum sowie die Hände, die versuchten, ihn aufzuhalten. Verstanden sie denn nicht? Logan und Connor waren da draußen! Seth musste sie finden!

Jemand hielt ihn an den Schultern fest und stellte sich direkt vor ihn hin. Seth blinzelte und realisierte erst dann, dass es Matt war. Matt, der mit ihm sprach. Seth hatte das Gefühl, als würde er versuchen, einen bestimmten Radio Sender zu finden, war aber noch ein paar winzige Grade davon entfernt. Die Worte kamen von weit weg und klangen verzerrt.

»Okay«, sagte Matt.

Seth bemühte sich, Matt seine gesamte Aufmerksamkeit zu schenken. »Was?«, brachte er mit kratziger Stimme hervor.

»Sie sind okay. Ihr seid alle in Sicherheit.« Er hielt weiterhin Seths starre Schultern fest und warf einen Blick hinter ihn. »Siehst du?«

Blinzelnd konnte Seth ein Grüppchen Menschen hinter sich sehen, Logan und Connor in der Mitte. Erleichterung erfüllte ihn und er stolperte auf sie zu. Er zitterte am ganzen Körper, doch immerhin hörte der wieder auf Seths Befehle. Eine Sirene heulte in der Ferne.

Da waren so viele Stimmen, doch sie klangen alle wieder verzerrt, als Seth nach Logan griff und sich gegen ihn fallen ließ. Zwischen ihnen befanden sich mehrere Lagen durchnässte Baumwolle, als Logan ihn fest in den Arm nahm, obwohl auch er zitterte. Connor kauerte sich gegen ihre Körper, als jemand Decken um sie wickelte.

Sanitäter erschienen mit hellen Lichtern und sehr lauten Fragen. Sie stupsten und piksten. Jemand sagte ihnen, wie viel Glück sie gehabt hätten, so nah am Hotel und dem Ort zu sein, und dass sie sich nur für eine kurze Zeit im Wasser befunden hatten.

»Ich will meine Mum.«

Connors Worte stachen durch den restlichen Lärm, so furchtbar traurig, dass es allen die Sprache verschlug. Er sagte es noch einmal und sein kläglicher Schrei bohrte sich tief in Seths Herz.

»Ich will meine Mum!«

Zusammen streckten Seth und Logan ihre Hände nach ihm aus. Connor versuchte sich einen Moment lang zu wehren, bevor er sich gegen sie fallen ließ. Er weinte und seine Schluchzer waren so gewaltig, dass es ein Wunder zu sein schien, dass sein kleiner Körper sie in sich tragen konnte, ohne komplett auseinanderzubrechen.

Seth und Logan hielten ihn sicher zwischen sich und hielten einander fest, während Connor nach der Mutter weinte, die er nie wieder haben würde.

Kapitel Siebzehn

»NUN, *DAS* WAR eine ordentliche Szene.«

Logan saß auf der Seite eines Krankenhausbettes und sah auf. Angela stand in dem offenen Vorhang, der um sein Abteil in der Notaufnahme gespannt worden war.

Hände an den Hüften, Lippen zu einem Spalt verengt, schüttelte sie ernsthaft ihren Kopf und ihre edlen, hängenden Ohrringe glänzten in dem ausgewaschenen Neonlicht.

Logan zuckte zusammen. Das letzte, was er nun tun wollte, war irgendjemandem etwas vorzuspielen. »Tut mir leid«, raunte er, sein Hals immer noch trocken.

Ihre Gesichtszüge wurden weich, als sie nach seiner Hand griff und sie sanft drückte. »Schätzchen, ich mach nur Spaß. Dachte mir, ich würde die Stimmung auflockern. Es gibt nichts, wofür Sie sich entschuldigen müssten. Wir sind einfach alle so wahnsinnig erleichtert, dass es Ihnen, Seth und Connor gut geht.«

»Oh. Ähm, Danke.« Eine der Sorgen, die ihn nicht in Ruhe zu lassen schienen, entfleuchte ihm: »Sie werden Seth nicht entlassen?«

Sie prustete. »Wie kommen Sie denn auf die Idee? Denken Sie, ich habe Zeit eine,n neuen Systemschulungsmanager zu finden? Morgen ist der dreiundzwanzigste Dezember und ich fliege nach Hause, sobald wir zurück in Albany sind. Außerdem ist er der beste Mann für den Job. Ganz außer Frage.«

»So ein Glück«, murmelte Logan und fühlte sich sofort erleichtert. Er hatte in seinen Krankenhausjogginghosen und dem Pullover immer noch gezittert, doch nun entspannte er sich etwas. Er hatte Seths Leben also nicht vermasselt.

»Wieso das niedergeschlagene Gesicht?« Angela ließ seine Hand los und hievte sich auf das Bett um neben ihm zu sitzen. Ihre kurzen Beine baumelten und ihre hochhackigen Lederstiefel schlugen gegeneinander. Logan trug nur dicke Socken, doch seine Füße fuhren über den Linoleumboden.

»Weiß nicht. Ich mach mir Sorgen um Connor und Seth. Jenna sagt, es geht ihnen gut. Sie ist zwischen uns dreien hin und hergelaufen. Ich habe versucht, bei Connor zu bleiben, doch er wollte mich nicht bei sich haben.« Logans Herz schmerzte von der Ablehnung, doch es ging hier nicht um ihn. Wenn Connor gerade Jenna am meisten brauchte, dann würde er sie kriegen.

»Sie warten nur auf ihre Entlassung, genauso wie Sie.«

»Gut. Ich weiß auch nicht, was mit mir nicht stimmt.«

»Ich würde sagen, es ist eine ordentliche Portion Schock.«

»Ja, das hat der Arzt auch gesagt.«

»Ein unerwartetes Eisbad zu nehmen bringt das mit sich. Ganz abgesehen davon, zusehen zu müssen, wie ihr Sohn und ihr Mann untergehen. Das muss Ihnen einen ordentlichen Schreck eingejagt haben.«

Sein Sohn. Sein Mann.

Eine dicke, zähe Emotion schlug ihm in den Magen. Logan wollte nichts mehr, als dass ihre Worte der Wahrheit entsprachen. Er wollte eine Familie. *Diese* Familie, mit Connor und Seth.

»Ich hätte nie gedacht, dass ich einen Mann so lieben könnte.« Er legte seine Hand flach auf seine Brust und konnte fast seine Narben durch die dünne Baumwolle seines Pullovers spüren. »Mit—mit meinem ganzen Herzen.« Er musste aufpassen, dass er Angela nichts von ihrer Schauspielerei verriet.

Doch es fühlte sich nicht mehr an wie ein Spiel.

Er fing an wie wild zu zittern. »Ich dachte sie wären weg.«

Angela legte ihm mit einer überraschenden Kraft ihren Arm um die Schultern und Logan ließ sich gegen sie fallen. Dann fing er wieder an zu reden, obwohl sein Gehirn ihm zurief, er solle vorsichtig sein.

»Ich kriege das einfach nicht aus meinem Kopf. Sie verschwinden zu sehen.« Er rieb mit seinen Händen über seine Oberschenkel, um die nervöse Energie loszuwerden, die ihn zu überwältigen schien.

»Sie waren da und auf einmal waren sie weg. Ich glaube, ich hatte noch nie so viel Angst. Nicht einmal, als ich als Soldat gekämpft habe. Vielleicht ist das Gefühl über die Jahre nur verblasst, aber das hier... das war, als würde ich ersticken. Manchmal kann ich nicht atmen, wegen des Unfalls. Und so hat es sich angefühlt, nur noch viel schlimmer. Ich dachte, ich würde auch sterben, wenn sie umgekommen wären.«

Das laut auszusprechen war verdammt beängstigend, doch es fühlte sich gleichzeitig gut an.

»Sie haben ihren Mann rausgezogen und sind dann ihrem Jungen hinterher gesprungen wie ein riesiger verdammter Held.«

Sein Gehirn spielte die Szene noch einmal ab: Connor, der im See versank, Seth, der ihm hinterher lief und nicht wusste, dass er sich auf den Bauch legen sollte, um sein Gewicht zu verbreiten, nachdem er in Georgia ohne Eis aufgewachsen war. Die knochentiefe Erleichterung, als er Seth wieder rauszog und der Terror, den er bei dem Gedanken verspürte, dass Connor außer Reichweite war.

Er schnaubte. »Ich bin kein Held. Immerhin bin ich der Grund, wieso Connor rausgelaufen ist. Ich habe es vermasselt. Mal wieder.«

Als Logan tief Luft geholt hatte und in das Wasser eingetaucht war, um Connor zu retten, war ein Teil von ihm sicher gewesen, dass er in einem Albtraum steckte. Der Gedanke daran, Connor zu verlieren, ihn so zu enttäuschen und nie der Vater zu sein, den er brauchte, war nicht auszuhalten gewesen.

Angela klopfte ihm auf die Schulter. »Zeigen Sie mir ein Elternteil, das behauptet, noch nie einen Fehler gemacht zu haben und ich zeige Ihnen einen Menschen, der so krumm ist wie das Hinterbein eines Hundes.«

Logan musste lachen, was sich gut anfühlte. Dann überkam ihn die Schuld wieder. Er hatte versagt und Connor und Seth waren deshalb fast umgekommen. Das letzte, was er verdient hatte, war zu lachen.

»Der arme Junge, der so bitterlich nach seiner Mutter weinen musste. Das ist ein Schmerz, den Sie nicht heilen können«, sagte Angela sanft.

»Wenn ich in der Nacht, in der sie starb, dagewesen wäre, hätte ich sie vielleicht retten können. Wir waren dabei uns zu trennen und…«

Angela seufzte. »Das Leben ist manchmal ein richtiger Tritt in die Klöten. Sie wünschten sich die Zeit umdrehen zu können, um die Situation irgendwie zu retten. Doch alles, was Sie und Seth tun können, ist es, dem Jungen alle Liebe der Welt zu schenken. Und ich weiß, dass sie das werden.«

Werden wir das? Können wir das? Logan wollte es so sehr. Der stetige dumpfe Schmerz in ihm wuchs und stahl ihm den Atem. Es war nicht nur, dass er nicht alleine sein wollte. Er wollte Seth. Und Connor. Er wollte eine Familie mit ihnen bilden.

Eine richtige.

»Wir kennen uns noch nicht so lange«, sprudelte es aus ihm heraus, weil er ein Idiot war.

Doch Angela schien nicht misstrauisch zu werden und zuckte lediglich mit den Schultern. »Na und? Ich wusste, dass mein Ehemann der Richtige ist, seit ich ihn das erste mal traf. Rosebud County Fair in 1984. Ich war gerade mal sechzehn.«

»Rosebud?«

»Jep, südlich von Waco. Paul kontrollierte die Eintrittskarten am Riesenrad – knarziges altes Ding. Lassen Sie mich ihnen Eines sagen. Meine Freundinnen haben sich geweigert mitzufahren, also bin ich alleine losgezogen. Ich war schon immer abenteuerlustig und Paul war zu niedlich um es nicht zu wagen. Er war schüchtern, stammelte aber ein paar Sätze und jedes Mal, wenn ich mich dem Boden näherte, winkte ich ihm zu und er winkte zurück. Als meine Zeit um war, ließ er mich trotzdem weiterfahren. Ich saß eine Stunde lang in diesem alten Rad bevor der Jahrmarkt zumachte. Dann gesellte er sich zu mir. Sein Kumpel hielt das Rad an, als wir uns am höchsten Punkt befanden und wir saßen dort oben und unterhielten uns. Naja, ich redete und er hörte mir zu. Ich wollte nie wieder auf den Boden zurück. Manchmal weiß man es einfach.«

»Ich dachte, ich wüsste es mit Connors Mutter Veronica.« Logan rieb seine Hände über sein Gesicht. »Das ist gelogen. Ich wusste, dass wir uns nur etwas vormachten, doch ich konnte nicht aufhören. Ich will mit Seth nicht schon wieder alles vermasseln. Es fühlt sich anders an, doch was, wenn ich mich täusche?«

Sie zuckte mit den Schultern. »Es gibt nur einen Weg das herauszufinden.«

Logan war still und konnte nur noch das Piepen der Maschinen und die gemurmelten Gespräche hinter den anderen Vorhängen hören. »Die Sache mit Seth passiert ganz schön schnell.« Er sagte ihr allerdings nicht *wie* schnell. »Aber ihn und Connor durch das Eis brechen zu sehen... Zu sehen, dass sie mir einfach so genommen werden könnten...« Er schnippte mit den Fingern. »Das ist schon mit Veronica passiert.« Er schnippte nochmal.

»Dann wissen Sie, wie kostbar das Leben ist. Halten Sie die Menschen fest, die ihr Herz glücklich machen und lassen Sie sie nie los. Zum Teufel mit denjenigen, die etwas dagegen haben.«

»Ist das, was Sie getan haben?«

»Oh ja. Wir haben bis nach der High School gewartet, um zu

heiraten. Ich wusste, dass er der Richtige war, aber ich war auch nicht dumm. Es wird schon seit Jahren über uns getuschelt.« Sie lachte. »Aber er hört mir immer noch zu, bis ich zu müde bin, um zu reden. Jedes Wort.«

»Das ist, was ich will.«

»Und daran ist nichts verkehrt.«

Doch was wollte Seth? Logan glaubte, dass Seth ihn mochte, doch es war alles so neu. Was, wenn das hier wieder ein Fehler war?

Es gibt nur einen Weg das herauszufinden.

ES WAR SCHON nach Mitternacht, als sie wieder im Hotelzimmer ankamen. Sie trugen alle die grauen Jogginganzüge aus dem Krankenhaus und billige Flip-Flops. Ihre Schuhe waren immer noch pitschnass.

Jenna hatte ihnen eingebleut, sie sollten den Gang runterkommen und an ihrer Zimmertür klopfen, sobald sie etwas brauchten, doch alles, was sie jetzt gebrauchen konnten, war Ruhe. Sie gingen abwechselnd ins Badezimmer und zogen sich ihre Pajamas an.

Logan sah Seth dabei zu, wie er zitterte, als er versuchte seine Großvater Pajamas zuzuknöpfen. Er wollte ihn so gerne küssen. Er wollte, dass Seth sich nie wieder fürchtete oder verletzt wurde. Verdammt, er wollte nicht einmal, dass Seth kalt war.

Connor saß gegen das gepolsterte Kopfteil seines Bettes gelehnt. Sein großes T-Shirt hatte er sich bis zu seinem Kinn hochgezogen, zusammen mit der dicken Bettdecke. Seth fragte: »Soll ich die Heizung noch etwas aufdrehen?« Connor schüttelte den Kopf und Seth setzte sich auf das zweite Bett. »Wir sollten schlafen gehen, hm?«

Connor nickte, bewegte sich aber nicht. Die kleine Lampe

zwischen den Betten tauchte das Zimmer in ein seichtes, goldenes Licht. Logan setzte sich neben Seth und zitterte in nur einem T-Shirt und seinen Boxer Briefs. Er lehnte sich gegen Seth und das Flanell und widerstand nur knapp dem Impuls, ihn auf seinen Schoß zu ziehen, um ihn festzuhalten.

Keiner sagte etwas und die Stille breitete sich aus. Seth sah Logan besorgt an. Logan ging davon aus, dass Connor reden wollte, ansonsten wäre er längst eingeschlafen. Oder würde zumindest so tun. Doch er saß immer noch auf dem Bett.

»Ich vermisse meine Mum«, flüsterte er. Seine Augen waren immer noch rot und aufgequollen von seinem Ausflug am See und er schien auf einmal so klein in dem großen Bett. Würde Logan einen Fehler machen, wenn er versuchte, ihn zu umarmen?

Logan räusperte sich. »Ich weiß. Ich wünschte, ich könnte sie dir zurückbringen. Ich wünschte, ich könnte die Zeit zurückdrehen und da sein und alles ändern.«

Nach einem Moment der Stille murmelte Seth: »Ich dachte, sie hätten gesagt, dass es nichts gibt, das man hätte tun können.«

»Aber ich *war* da!« Connors Lippe zitterte und Tränen stiegen ihm in seine großen braunen Augen. »Ich war lange wach, weil ich Videospiele gespielt hab, obwohl sie wollte, dass ich sie ausmache und schlafen gehe. Ich hatte meine Kopfhörer auf und irgendwann bin ich einfach eingeschlafen und das Spiel war immer noch an. Was, wenn sie… was, wenn sie nach mir gerufen hat? Was, wenn sie nach Hilfe geschrien hat?«

Logan schüttelte den Kopf. »Mit der Art Aneurysma gibt es nichts, was du hättest tun können. Es hat nur ein paar Sekunden gedauert, dann war es vorbei.« Er schnippte seine Finger. »Einfach so.«

Er war sich nicht ganz sicher, ob das wirklich stimmte. Die Ärzte vermuteten es, aber niemand würde je sicher sagen können, wie lange es gedauert hatte, und ob sie dabei leiden musste. Doch er würde nicht zulassen, dass Connor sich Vorwürfe machte. Er war ein Kind und er brauchte sichere Antworten. Logan musste sich sicher sein. Wie lautete der Satz nochmal? *Fake it 'till you make it.*

»Aber was, wenn nicht?«, flüsterte Connor. »Was, wenn sie da gelegen ist mit ihrem explodierenden Gehirn und ich sie nicht gehört habe? Was, wenn sie sich gefürchtet hat? Ich war direkt nebenan und sie hatte mir gesagt, ich solle aufhören zu spielen. Ich habe nicht gehört und dann konnte ich *sie* nicht hören!« Er fing an laut zu schluchzen. »Verstehst du nicht? Es ist meine Schuld!«

»Nein.« Logan war sofort auf den Füßen und für einen Moment stand er regungslos an Connors Bett, bevor er sich auf den Rand der Matratze setzte. Connor hielt seine Knie unter der Decke immer noch fest gegen seinen Körper gepresst.

Vermassle das jetzt ja nicht.

Logan sagte: »Es war nicht deine Schuld. Du hast nichts falsch gemacht. Und du weißt, dass deine Mum genau dasselbe sagen würde. Sie hat dich mehr geliebt als irgendetwas anderes auf der Welt und sie würde dir nie die Schuld geben. Nicht in einer Million Jahre.«

»Ich wollte, dass sie mir Frühstück macht.« Connor schniefte laut und wischte seine Nase mit seinem Ärmel ab. »Weil ich zu faul war, es selbst zu machen. Ich war ein Arschloch. Deshalb hab ich sie gesucht. Nicht, weil ich besorgt war. Ich hätte es sein sollen. Ich hätte bemerken sollen, dass die Kaffeekanne immer noch verkehrt herum neben der Spüle stand, wo sie sie am Abend zuvor abgewaschen hatte. Aber ich habe nur an mich selbst gedacht.«

»Du bist ein Kind«, sagte Logan. »Das ist, was Kinder tun. Denkst du, ich habe alles wertgeschätzt, das meine Mum für mich getan hat? Auf keinen Fall. Hab es für selbstverständlich angesehen, bis ich zur Marine gegangen bin. Und dann war sie auf einmal nicht mehr da und ich konnte mich nicht einmal verabschieden.«

Connor blinzelte ihn an und frische Tränen liefen ihm die geröteten Wangen herunter.

»Wirklich? Das wusste ich nicht.«

»Ja. Das war beschissen. Es war wirklich richtig beschissen. Ich konnte mit ihr über den Computer sprechen, aber das war nicht dasselbe. Sie war so blass und… klein. Ich habe nicht verstanden, wie sie so schnell so geschrumpft war.«

Connor zitterte. »Mum war ganz grau«, flüsterte er. »Wie Wachs, als wäre sie nicht echt. Aber sie war es. Und dann haben sie ein Tuch über sie gelegt als wäre sie *nichts*. Dabei war sie *alles*!«

Logan legte seine Hand über den Hügel unter der Bettdecke, wo Connors Knie sich befanden. »Ich weiß. Deine Mum und ich haben einen Fehler gemacht, als wir geheiratet haben. Aber ich bin so froh, dass ich sie getroffen habe. Und dich.«

Connor wischte sich die Tränen vom Gesicht und grunzte. »Ja klar. Du wirst mich nur einfach nicht mehr los.«

»Genau darum geht es doch, wenn man eine Familie ist. Man wird einander nicht mehr los.« Er hatte seine Hand immer noch auf Connors Knien und blickte zu Seth rüber, der weiterhin auf dem anderen Bett saß. »Und manchmal ist deine biologische Familie scheiße und sie werfen dich raus, so wie Seths Familie es getan hat. Oder Sie kümmern sich nicht um dich so wie sie es sollten, wie dein Dad.«

Logan hielt die Luft an und erwartete, dass Connor ausrastete und seinen Arschloch Vater verteidigte. Doch das tat er nicht. Er nickte und schniefte laut. »Mein Dad ist scheiße.« Er sah Seth an. »Deine Familie auch.«

»Jep«, sagte Seth. »Aber weißt du, wir können uns unsere Familien auch aussuchen. Du und Logan könnt euch einander aussuchen. Deine Mum hat euch zusammengebracht, aber ihr könnt euch dazu entscheiden, eine Familie zu sein.« Er lächelte schwach. »Und vielleicht ein bisschen mehr Rücksicht aufeinander nehmen?«

Logan und Connor sahen einander an und fingen auch an zu lächeln. Sofort bekam Logan ein warmes, klebriges Gefühl in der Brust. »Das klingt doch nach einem Plan, oder?« Er schubste Connors Knie hin und her.

»Okay.« Er wischte sich erneut über die Augen. »Danke, dass du mich gerettet hast.«

Logan erinnerte sich daran, wie knöchrig und verletzlich Connor sich unter seinen eingefrorenen Händen angefühlt hatte, als er ihn auf das Eis hievte. Wie zerbrechlich. Er konnte nicht zulassen, dass Connor zerbrach. Vielleicht würde er nicht immer das richtige tun oder sagen, aber er würde jeden Tag sein Bestes geben.

Er würde der beste Dad sein, der er sein konnte.

Nachdem er sich geräuspert hatte, sagte er: »Jederzeit. Aber lass uns das nicht nochmal wiederholen. Und lass uns nicht… Hör zu. Es tut mir leid, dass ich dich wegen Seth und mir angelogen habe. Ich hätte dir die Wahrheit sagen sollen, auch wenn es verwirrend war. Für mich, meine ich.«

Er warf Seth einen Blick zu, der ihn anlächelte. Logan fuhr fort und sein Herz fing an zu rasen. »Es sollte alles nur gespielt sein und so fühlt es sich aber nicht mehr an. Es fühlt sich echt an und ich will, dass es echt ist. Ich mag Seth wirklich gerne.«

Sein Blick lag immer noch auf Seth, dessen Lächeln immer breiter wurde. Er war so hübsch und süß und jep, Logan wollte nie aufhören ihn zu küssen. Er wollte Seth küssen bis ihre Lippen schmerzten. Er lächelte zurück, bevor er sich wieder Connor zuwandte.

Connor beobachtete ihn mit zusammengezogenen Augenbrauen. »Meinst du das echt ernst?«

»Das tue ich. Ich versuche nicht, Seths Geld zu stehlen oder so etwas.«

Connors Wangen erröteten und er blickte nach unten. »Ich weiß«, murmelte er. Er befreite eine Hand von unter der Decke und zog an einem losen Faden an der Naht. »Hast du meine Mum betrogen?« Er sah Logan direkt in die Augen.

»Niemals.« Logan musste die Überzeugung in seiner Stimme nicht einmal vortäuschen. »Ich habe sie nie betrogen. Auf die lange Sicht gesehen waren wir nicht füreinander bestimmt, aber während ich mit ihr zusammen war, habe ich nie eine andere Frau angesehen.« Er zögerte kurz. »Oder einen anderen Mann. Ich bin viele Dinge, auf gar keinen Fall bin ich perfekt, aber ich würde nie jemanden betrügen.«

Connor nickte. »Ich glaube dir. Ich denke… ich denke, das habe ich die ganze Zeit gewusst.«

Er ließ seinen Kopf nach vorne fallen. »Es tut mir leid, dass ich dich so oft dumm genannt habe. Ich… du bist nicht dumm. Ich werde manchmal einfach so wütend.« Er ließ seine dünnen Schultern fallen.

»Versteh ich«, sagte Logan unbeholfen. »Und das ist auch okay. Wie wäre es mit einem Neuanfang? Wie Seth gesagt hat, wir können ein bisschen mehr Rücksicht aufeinander nehmen.«

»Ja okay.« Connor wischte sich über seine Nase. »Ich bin müde, kann ich jetzt schlafen?«

Als Logan nickte, drehte Connor sich auf die Seite mit dem Gesicht in Richtung des dunklen Fensters. Die Vorhänge waren fest zu.

»Wir sollten alle schlafen«, sagte Logan und stand auf, um über die Matratze auf seine Seite zu kriechen. Er verzog sich neben Seth unter die Bettdecke und legte sich auf den Rücken.

Seth machte es sich bequem und löschte das Licht. »Schlaf gut, Connor.«

In der Dunkelheit drehte er sich Logan zu. Seine Hand war warm und beruhigend, als er sie auf Logans Brust legte. Er flüsterte: »Wie ist die Atmung?«

»Gut«, flüsterte Logan zurück. Jetzt noch besser.

»Es war so schwierig zu atmen, nachdem ich in dem eiskalten Wasser war. Das muss für dich noch schlimmer gewesen sein.« Er rieb seine Finger leicht über die Stelle an der sich Logans Narben unter der Baumwolle befanden.

»Daran habe ich gar nicht gedacht. Alles was wichtig war, waren du und Connor. Ihr seid beide verschwunden. Es hat nur ein paar Sekunden gedauert, aber es hat sich wie eine Ewigkeit angefühlt.«

Seth zitterte und Logan drehte sie beide um, bis er direkt hinter ihm lag und er seine Brust an Seths Rücken pressen konnte. Da war nichts sexy an ihrer Position, schon gar nicht, nachdem Connor nur ein paar Schritte von ihnen entfernt lag, aber es fühlte sich richtig an.

Trotz der Wärme im Zimmer, konnte Logan Connors Zähne klappern hören. In dem seichten Licht des Weckers tauschten Logan und Seth einen besorgten Blick aus und setzten sich auf. Connor lag immer noch dem Fenster zugewandt und seine Schultern zitterten.

»Ist dir noch kalt, Connor?«, fragte Seth.

Eine kleine, bibbernde Stimme sagte: »Ja.«

Seth sah Logan an und deutete auf ihr Bett. Logan nickte und Seth fragte: »Willst du bei uns schlafen? Uns ist auch kalt.«

Die Stille dauerte ein paar Atemzüge an und dann flüsterte Connor: »Okay.«

Er kletterte aus seinem Bett und stand auf, Arme fest um sich selbst geschlungen, als Logan sich noch weiter an die Wand presste. Seth hob seine Beine an, damit Connor zwischen sie kriechen konnte und sich zudecken.

»Es ist zu still«, sagte Connor.

Seth griff nach der Fernbedienung und schaltete den Fernseher ein. Der Bildschirm flackerte blau in der Dunkelheit. Er schaltete die Lautstärke herunter und änderte das Programm, bis er auf *Elf* landete.

Das sanfte Gemurmel vom Fernseher hatte etwas Beruhigendes an sich, obwohl Logans Gedanken sich immer noch kreisten.

Es gab so viel, was er zu Seth sagen wollte. Sie mochten einander aber… was nun?

Jetzt schläfst du erstmal, Arschloch.

So gerne Logan Seth in seinen Armen halten würde, sich in die Bettdecke zu kuscheln mit Connor zwischen ihnen, war auf eine ganz eigene Art beruhigend. Als die Charaktere im Film anfingen „Santa Claus is Coming to Town" zu singen, schlief Logan ein und ließ sich selbst hoffen.

Kapitel Achtzehn

SETH WAR MIT Connors knochigem Knie in seinem Rücken und einem Arm halb über seinem Gesicht aufgewacht. Sie fingen alle drei an zu grummeln, dass es in dem Zimmer viel zu warm war.

Allerdings waren die Beschwerden nur halb ernst gemeint. Obwohl die Atmosphäre etwas seltsam und gekünstelt war, bereiteten sie sich zwar still aber freundlich fürs Frühstück vor, während der Mormon Chor im Fernseher Weihnachtslieder sang.

Beim Frühstück verbrachten sie die meiste Zeit damit zu lächeln und zu nicken, nachdem sich offenbar alle anderen Gäste nach ihrem Wohlbefinden erkundigen wollten. Seth war erleichtert, als sie wieder in die Busse einstiegen, die sie zurück nach Albany brachten. Connor saß mit Ian zusammen und vergrub seine Nase in den Spielen auf seinem Handy, während Seth neben Logan ein Nickerchen machte und sich ihre Arme stetig streiften.

Die zerbrechliche Stille hielt an, als sie zu Seths Haus zurück fuhren, nachdem sie sich von Angela verabschiedet hatten. Am nächsten Tag war Heiligabend und das Büro war bis nach dem zweiten Weihnachtsfeiertag geschlossen. Seth war erleichtert, etwas freie Zeit zu haben, obwohl er nervös war, wegen des Gesprächs, das er mit Logan führen musste. Außerdem fragte er sich, ob Connors Ruhe anhalten würde.

Es hatte noch ein bisschen geschneit und der Nachmittagshimmel war grau. Seths lange Auffahrt war frisch geräumt worden von dem Mann, den er dafür angeheuert hatte. Im Haus angekommen, ließ Seth seine Tasche fallen und sah sich überrascht um.

»Ich hab fast vergessen, dass das Haus jetzt fertig ist«, platzte es aus ihm heraus.

Logan lachte, als er sich die Lederjacke auszog und sie im Schrank aufhängte. »Gefällt's dir noch?«

»Ja.« Seth lächelte, als er durch die Küche lief und die Lichter anmachte. »Definitiv.«

Connor folgte ihm und begutachtete jeden Zentimeter. »Wow. Sieht cool aus.«

»Das ist alles Logan zu verdanken«, verkündete Seth. »Er hat wirklich gute Arbeit geleistet.« *Bitte sei nett*, versuchte er Connor durch Gedankenübertragung mitzuteilen.

Der stand mittlerweile im Türrahmen zum großen Wohnzimmer, wo der geschmückte Baum auf sie wartete und nickte. »Es ist wirklich gut.«

Logans Lächeln war schüchtern und zurückhaltend und Seth wollte ihn so dringend küssen, dass er sich fühlte wie ein schmachtender Teenager. Mit rauer Stimme sagte Logan: »Danke.«

»Kann ich in meinem Zimmer abhängen?«, fragte Connor Seth. »Ich meine, also, oben?«

»Natürlich. Wir bestellen etwas zum Abendessen in ein paar Stunden. Gibt es etwas, das du möchtest? Chinesisch oder Thai oder Pizza oder Chicken Wings? Alles was du willst.«

»Süß-Saure Chicken Bällchen und gebratener Reis wäre cool. Kann ich eine Cola haben?«

»Auf jeden Fall«, versprach Logan.

Ein bisschen später befand sich Connor im ersten Stock und Seth und Logan ließen sich auf ihren Plätzen auf der Couch nieder, Kissen zwischen sich. Sie schauten Football und die farbigen Lichter des Weihnachtsbaums reflektierten in der Fensterscheibe, als der Himmel draußen immer dunkler wurde.

Es gab so vieles zu besprechen, aber vielleicht brauchten sie beide einfach etwas Ruhe, bevor sie sich unterhielten. Allerdings wurde Seth immer nervöser und irgendwann sprudelte es aus ihm hervor: »Wenn wir uns gegenseitig mögen, heißt das, dass wir—« Er versuchte das richtige Wort zu finden und entschied sich für: »Nicht casual sind?«

Logan schien den Atem angehalten zu haben und er atmete aus, während seine Schultern sanken. »Ja.« Er lehnte sich auf der Couch nach vorne und stellte den Fernseher auf stumm, bevor er seine Hand auf Seths Oberschenkel legte. Sofort schien Seth wie elektrisiert. »Du weißt doch, wie man sagt „fake it 'til you make it"?«

»Jaaaa?«

»Es fühlt sich nicht an, als würden wir noch irgendetwas faken.«

Seth legte einen Arm um Logans breite Schultern. Sie trugen beide Jeans und Pullover und die alte Wolle von Logans Oberteil war so weich unter Seths Fingern. »Du sagtest, du willst mich«, flüsterte Seth.

»Verdammt ja.« Logan drückte seine Hand auf Seths Schenkel. »Ich will dich überall mit meinem Sperma markieren.«

Seth musste lachen. »Danke?«

Auch Logan fing an zu lachen und seine Augen warfen wundervolle Lachfältchen. »Ich meine nur… Du machst mich wirklich an. Ich will Dinge mit dir tun, die ich nie mit einem Typen tun wollte.«

Er warf einen Blick auf den Eingang zum Wohnzimmer, lehnte sich nach vorne und schien sichergehen zu wollen, dass sie immer noch alleine waren.

Logan räusperte sich und sprach weiter. »Was ich meine ist, wenn ich sage ich mag dich, dann meine ich mehr als nur einen Freund.«

Seths Herz stockte. »Und nicht nur für Gelegenheitssex?«

»Nein.« Er runzelte die Stirn. »Das willst du doch auch nicht, oder? Ich hatte das Gefühl, dass du da nicht sonderlich gut drin bist.« Schnell fügte er hinzu: »Casual zu sein meine ich! Du bist wundervoll was den Sex angeht.«

Nun lief Seths Gesicht rot an, aber er sagte: »Danke. Und ja. Alle sagen immer, ich sollte mir die ganzen Hookup Apps holen, und mit Männern ausgehen und Spaß haben. Aber ich will nicht mit dutzenden von Männern Spaß haben. Das bin ich einfach nicht. Ich will mit dir zusammen sein.«

»Ja?« Logan grinste und Seths Herz schien sich ums vielfache zu vergrößern.

Mit seinem Finger fuhr er Logans Ohrmuschel nach. Er hatte seinen Arm immer noch fest um ihn geschlungen, als er flüsterte: »Ich liebe es, mit dir Sex zu haben. Es ist... befreiend.«

Sie küssten sich und bewegten sich gleichzeitig aufeinander zu. Ihre Münder öffneten sich und ihre Zungen fingen an, sich gegenseitig neu zu entdecken. Es war langsam und süß und Logan ließ seine Hand über Seths Oberschenkel streicheln. Seth kribbelte überall, war aber zufrieden damit, es für den Moment dabei zu belassen, einfach nur zusammen zu sein.

»Habe nie einen Kerl geküsst«, murmelte Logan und vergrub sein Gesicht in Seths Genick. »Ist tatsächlich gar nicht so viel anders als eine Frau zu küssen.« Er lehnte sich zurück. Sein Lächeln war sanft und seine Augen schienen verletzlich. »Habe mich definitiv noch nie in einen Typen verliebt vor dir.«

Seth küsste Logan innig und legte seinen Kopf schief, als wollte er direkt in seinen Körper kriechen. Mit einem sanften Stöhnen flüsterte er: »Ich habe mich auch in dich verliebt, nur für den Fall, dass das nicht glasklar war.«

»Ich höre es trotzdem gerne.« Logan presste seine Finger in Seths Schenkel. Seine Gesichtszüge wurden ernst und nachdem er seine Nase noch einmal gegen Seths Hals rieb, setzte er sich auf. »Ich will das hier nicht vermasseln. Mit Veronica ist die ganze

Sache zu schnell passiert, aber ich schwöre dir, so bin ich eigentlich nicht. Und mit ihr...«

Nach einem Moment der Stille sagte Seth: »Du musst nicht darüber sprechen.«

»Ich will es aber.« Logan rieb sich müde über sein Gesicht. »Ehrlich gesagt, wusste ich, dass es ein Fehler war. Ich wusste es. Sie war diejenige, die mir einen Antrag gemacht hat und ich wollte nicht nein sagen. Sie hatte es auch erst getan, als sie nicht mehr meine Krankenschwester war, damit das nicht komisch rüberkam, aber ich war immer noch im Krankenhaus. Ich war gerade gefeuert worden und keiner meiner Kumpel von der Arbeit hatte mich besucht. Ich hatte mich schrecklich gefühlt und Veronica war wie ein Engel. Sie hatte eine Krankenversicherung und andernfalls wäre ich durch die Krankenhausrechnungen bankrott gegangen. Wir haben uns beide von der Idee mitreißen lassen, dass diese Hochzeit all unsere Probleme lösen würde.«

»Das verstehe ich.«

»Sie war eine gute Frau.«

»Natürlich!«

Logan schüttelte den Kopf und sagte mit ruhiger Stimme: »Ich kann mir nicht vorstellen, wie es für ihn gewesen sein muss, sie tot aufzufinden.«

Das konnte Seth auch nicht. Armer, armer Connor. »Immerhin hat er darüber gesprochen. Wir sind einfach für ihn da und hören zu und unterstützen ihn.«

»Das möchte ich gerne. Als ihr beiden durch das Eis gebrochen seid...Ich dachte, das war's. Dass ich euch beide verloren hätte und nie die Chance bekommen würde, meine Beziehung mit Connor zu richten. Oder die Beziehung zu dir real zu machen.«

Seth konnte kaum atmen, als er darauf wartete, dass Logan weiterredete.

Logan atmete tief durch und sah ihn intensiv an. »Wir hatten abgemacht, dass wir bis Januar bleiben. Was... Was denkst du darüber?«

»Ich denke, dass wir offenbar eine neue Abmachung brauchen. Eine, bei der wir viel nicht-casual Sex haben und du und Connor für immer hier bleibt. Wir werden sehen, was passiert. Wir brauchen keine Grenzen oder Deadlines. Außer, dass wir Partner sind, die sonst mit niemandem schlafen. Ich weiß, offene Beziehungen können für Menschen toll sein, aber…«

»Hmm.« Logan schien intensiv darüber nachzudenken.

Die Haare in Seths Genick standen ab und ein eiskalter Schauer lief ihm den Rücken runter. War das vielleicht zu viel für Logan?

»Verdammt, sieh dir dein Gesicht an!« Lachend presste Logan einen feuchten Kuss auf Seths Wange. »Tut mir leid, ich wollte dich nur ärgern. Ich will niemand anderen. Offene Beziehungen sind nichts für mich. Waren sie noch nie.«

Seth stieß ihn sanft mit seinem Ellbogen in die Seite. »Idiot. Also haben wir einen neuen Deal?« Er nahm seinen rechten Arm von Logans Schultern und streckte ihm förmlich seine Hand hin. »Boyfriends-Schrägstrich-Partner-Schrägstrich-wie auch immer wir das bezeichnen wollen. Für immer. Zusammen leben, weil wieso zum Teufel nicht?«

Sie waren alt genug, um zu wissen, was sie wollten, und wenn sich das als Katastrophe entpuppte, dann war es so. Sie würden sich damit auseinandersetzen, wenn es soweit war.

Logan schüttelte seine Hand fest. »Was ist das denn für eine Ausdrucksweise von dir.«

Er wackelte mit den Augenbrauen. »Da will ich dich direkt ficken.«

Seth grinste. »So ein Talent für Worte.«

»Tu nicht so, als würden dir meine Worte nicht gefallen.« Er legte seine Lippen gegen Seths Ohr und fügte hinzu: »Später werde ich dir ganz genau erzählen, wie gerne ich dein enges Loch ficken will und—«

Sie schienen gleichzeitig die dumpfen Aufschläge auf der Treppe zu hören und entfernten sich voneinander. Sofort fingen sie an zu lachen und Seth fühlte sich wieder wie ein Teenager, auf die beste Art und Weise. Connor erschien auf den paar Stufen, die in das große Wohnzimmer führten.

»Was ist?«, fragte er misstrauisch.

Seth zog Logan auf der Couch näher an sich heran und legte ihm wieder einen Arm um. »Nichts. Komm, setz dich zu uns.«

»Ihr seid komisch, aber ja, okay.« Er kam auf sie zu und setzte sich auf Logans andere Seite, sodass dieser in der Mitte saß. »Hey, können wir die neue Staffel *Stranger Things* anschauen? Die ist gerade auf Netflix rausgekommen. Es gab keine Vorwarnung oder sowas.«

»Auf jeden Fall.« Seth deutete auf die Fernbedienung. »Das ist der Knopf ganz oben. Du musst wissen, wie man die bedient, nachdem Logan und ich beschlossen haben, dass ihr beide hier bleibt. Natürlich gehst du im neuen Jahr zurück zur Schule, aber wir würden uns freuen, wenn du an den Wochenenden heimkommst.«

»Ja?« Connor griff nach der Fernbedienung und spielte damit. »Das ist ziemlich schnell, aber cool.« Er machte Netflix an und lehnte sich zurück. »Können wir Essen bestellen? Ich hab Hunger.«

»Bist du jemals nicht hungrig?«, fragte Logan und wollte ihn offenbar etwas necken.

Connor wurde sichtlich wütend. »Na und?«

»Nichts.« Logan hob ruhig seine Hände. »Tut mir leid, ich wollte nur einen Scherz machen.«

»Okay«, murmelte Connor und seine blassen Wangen erröteten. Er spielte wieder mit der Fernbedienung und zog seine Schultern bis zu den Ohren hoch.

Auf einmal sagte er: »Mum hat immer gesagt, ich sei hungrig als wäre es mein Job, und als würde ich mich um eine Beförderung bemühen.«

Seth und Logan lachten und Seth sagte: »Sie hatte dich durchschaut, was? Keine Angst, wir werden immer genug in der Speisekammer haben.« Vielleicht würde Connor anfangen, mehr von seiner Mutter zu erzählen.

Er schenkte Seth ein kleines Lächeln. »Cool. Danke.«

Seth wusste, dass es ein langer Weg sein würde, aber vielleicht war Connor bereit dafür zu heilen.

Kapitel Neunzehn

Nachdem es Heiligabend war und er an Jennas Küchentisch saß, hätte Logan sich eigentlich darauf konzentrieren sollen, den Brokkoli und Blumenkohl für die Gemüseplatte aufzuschneiden.

Stattdessen dachte er daran, wie er an dem Morgen mit Seth aufgewacht war. Nackt mit ihm aufgewacht. Mit ihm aufgewacht und Seth dann ordentlich zum erröten gebracht, indem er sich neue schmutzige Dinge hatte einfallen lassen, die er ihm sagen konnte. Morgen-Blowjobs und Küsse und dann noch mehr Küsse.

»Hörst du mir überhaupt zu?« Mit einem riesigen gelben Kürbis in der Hand, drehte Jenna die Lautstärke der schlechten Cover-Version von „Jingle Bells" runter, die durch die Lautsprecher ihres Tablets kam. Ihr blondes Haar war zu einem ausgefallenen Zopf hochgebunden und sie trug eine Mrs. Claus Schürze über ihrem samtigen blauen Kleid. Sie hatte sich beschwert, dass es zu eng sei, doch Logan fand es hübsch.

Er schreckte auf. »Entschuldigung, was?«

»Was ist los mit dir?«

»Nichts«, sagte er automatisch.

Sie presste ihre Lippen zusammen. »Wieso hast du angeboten, mir zu helfen, anstelle draußen zu spielen? Was ist los? Ist es wegen des Jobs? Das waren doch tolle Neuigkeiten, dass Angela dir ein Vorstellungsgespräch verschafft hat. Sag mir bloß nicht, dass dein Stolz dir in die Quere kommt.«

»Nein!« Logan schnitt ein großes Stück Blumenkohl in zwei Teile. »Glaube mir, ich hab keinen Stolz mehr übrig. Ich bin dankbar für alles, was ich kriegen kann.« Jetzt sah Jenna traurig aus und er fühlte sich schlecht. »Ich meine nicht…Was ich meine, ist, dass ich Angela sehr dankbar bin. Sie hat sich wirklich für mich ins Zeug gelegt. Ich werde das nicht vermasseln, versprochen.«

»Okay. Weißt du, du hast nur gute Dinge in deinem Leben verdient.« In der Ferne schallte Gelächter und Jenna ging zum Fenster. »Die Schneeballschlacht sieht ziemlich cool aus. Du solltest mit Seth und Connor rausgehen. Auch, wenn es aussieht, als könnten Jun und Ian die Hilfe mehr gebrauchen.«

Ihr Dad saß auf seinem üblichen Platz im Wohnzimmer und sah sich Game Shows an, während Noah in seinem Laufstall schlief. Logan und Jenna waren alleine, also war es an der Zeit, es ihr zu sagen.

Jeden Moment war es soweit.

Jenna wandte sich vom Fenster ab und sah Logan an. Viel zu beiläufig sagte sie: »Das war ein ziemlich inniger Kuss während der Reise nach Jerusalem. Sehr überzeugend. Ich hatte keine Ahnung, dass du so ein guter Schauspieler bist. Seth auch nicht, nachdem er der schlechteste Lügner der Welt ist.«

Der Druck in Logans Brust stieg an. Er hatte sich eine Krawatte von Seth geliehen und zog nun daran. Doch dann musste er lachen. »Wieso weißt du immer alles?«

Ihre Augenbrauen schossen in die Höhe. »Jun sagte, ich bilde mir das nur ein. Warte mal, meinst du das ernst?« Sie warf einen Blick auf die Tür, die den Gang hinunter ins Wohnzimmer führte. Sie zog einen Stuhl unter dem Tisch raus und lehnte sich nach vorne. Mit leiser Stimme fragte sie: »Du und Seth? Wirklich?«

Sein Herz raste, doch er zuckte nur mit den Schultern. »Jep.«

Ihre Kinnlade fiel quasi auf den Boden. »Aber du hast nie…

mit einem Kerl. Oder?«

»Nur Sex. Im Irak und ab und zu im Wohnheim.«

Sie stand auf und holte eine Flasche Weisswein aus dem Kühlschrank. Sie schenkte ihnen beiden ein großes Glas ein. Logan mochte den süßen Wein nicht sonderlich, trank ihn aber trotzdem nervös, während sie sich ihm wieder gegenüber setzte. Sie schien in die Ferne zu sehen.

»Sag etwas«, murmelte er. »Normalerweise bist du doch nicht still zu kriegen.« Er versuchte sich einzureden, dass es ihm nichts ausmachte, doch das tat es. Ziemlich sogar.

»Oh! Tut mir leid. Ich bin am Verarbeiten.« Jenna griff über das Gemüse und nahm seine Hand. »Du weißt, dass ich dich liebe und dich einhundert Prozent unterstütze.«

Er atmete laut aus. »Dachte ich mir, aber es ist trotzdem schön zu hören.« Er drückte ihre Finger mit seinen.

»Das muss sich ganz schön furchterregend anfühlen.«

»Jep.« Er schluckte schwer. »Das ist eine ziemliche Veränderung. Ich werde aber nicht den Schwanz einziehen. Es—er bedeutet mir zu viel. Vielleicht wird das einigen Leuten nicht gefallen, aber dann haben sie Pech gehabt. Ist ja nicht so, als hätte ich viele Freunde übrig.«

»Die wichtigen Menschen werden hinter dir stehen. Punkt.«

»Auch Dad?«, flüsterte er.

Jenna zog scharf die Luft ein. »Ich denke schon? Er ist irgendwie ruhiger geworden. Vermutlich wird er es am Anfang nicht so toll finden, aber er wird sich daran gewöhnen. Er will, dass du glücklich bist. Er macht sich Sorgen um dich, mehr als du meinst.«

»Hm.« Logan wusste nicht, was er darüber denken sollte.

Sie lehnte sich zurück und nahm ihr Weinglas in die Hand. »Du und Seth! Das ist perfekt. Ihr seid beide so einsam gewesen, auch wenn ihr es nicht zugeben wollt. Und das zwischen euch ist nicht nur körperlich?«

»Nein!« Er rutschte auf seinem Stuhl hin und her und verschränkte die Arme. Darüber zu sprechen war furchtbar, vor allem mit seiner kleinen Schwester. »Mit Seth ist es anders.«

Ihr Lächeln erinnerte ihn an den schwärmenden Blick, den sie aufsetzte, wenn sie sich eine RomCom ansah. »Du magst ihn.«

»Ja.« Er grummelte. »Ziemlich sogar, okay?«

»Und vorher war es aber immer nur körperlich mit Männern? Da waren nie Gefühle im Spiel?«

»Stimmt.«

»Aber wieso?«

»Weil!« Er grunzte und in dem Moment fiel ihm auf, dass er klang wie Connor. »Es ist nur…Ich dachte immer, dass man mit Frauen ausgeht. Beziehungen mit ihnen eingeht. Ab und an mal mit Männern rumzumachen habe ich separat betrachtet.«

»Okay.« Jenna trank von ihrem Wein. »Aber du glaubst nicht, dass daran etwas falsch ist, oder? Gleichgeschlechtliche Beziehungen?«

»Nein.« Er schnaubte. »Ich dachte nur, dass es nichts für mich ist. Es hat sich aber herausgestellt, dass ich damit falsch lag. Seth und ich haben am Anfang nur so getan, aber jetzt…« Er hob ein Messer hoch und schnitt den Stamm eines Brokkoli ab.

»Du wirst ganz rot!« Jenna klatschte erfreut. »Das ist das beste Weihnachtsgeschenk, das du mir geben konntest.«

»Gern geschehen«, sagte er mit so viel Sarkasmus in der Stimme wie er nur konnte.

»Also bist du…bisexuell?«

Es fühlte sich immer noch komisch an, sich nicht mehr als hetero zu bezeichnen, nachdem er so lange darauf bestanden hatte. Er räusperte sich. »Ja, ich bin bisexuell.« Logan atmete schwer aus und ein Knoten in seiner Brust schien sich zu lösen.

»Darauf trinken wir!« Jenna hob ihr Glas und ließ es gegen seins klirren.

»Du trinkst auf alles«, witzelte er mit einem dankbaren Lachen.

»Ich habe heute früh eine Tonne Milch abgepumpt, auf jeden Fall tue ich das. Es ist Weihnachten.« Sie nahm einen großen Schluck. »Du ziehst also wirklich bei ihm ein? Ist Connor deshalb so gut gelaunt?«

»Ich glaube schon. Wir schauen mal, wie es läuft, aber ja. Wir ziehen ein.«

»Das wird wundervoll werden, das weiß ich!«

»Das ist, was ich über Veronica gedacht habe.«

Jenna zog ihre Lippen zusammen. »Nein, hast du nicht. Du wusstest vom ersten Moment an, dass es ein Fehler war. Aber jetzt haben wir Connor. Alles passiert aus einem Grund.« Sie verzog ihr Gesicht. »Nicht, dass Veronica gestorben ist, so meinte ich es nicht.«

»Ich weiß, was du meinst.« Er sah aus dem Fenster, wo sich Connor gerade vor einem Schneeball duckte und lachte, als der stattdessen Seth traf. »Ich wünschte, sie wäre noch am Leben, aber ich würde ihn nicht aufgeben wollen.« Er schüttelte den Kopf.

»Ich hätte nie gedacht, dass ich das einmal sagen würde.«

»Du bist über Nacht zum alleinerziehenden Vater geworden und das ist alles andere als einfach. Du lernst immer noch und du bist genau das, was Connor braucht.«

Logan fing an, das wirklich zu glauben. »Er wird mich wahrscheinlich bald wieder zur Weißglut treiben, aber wir bemühen uns. Wir haben uns den ganzen Tag nicht gestritten. Wir haben diese achtziger Sendung auf Netflix angeschaut, über die Kinder und die Monster. Seth und ich hatten die noch nicht gesehen, also hat Connor darauf bestanden, dass wir die ganze Serie von vorne anfangen sollten. Es macht Spaß, das zusammen zu machen.«

»Das ist toll! Alles, was du tun kannst, ist, dich zu bemühen, auch wenn er sich wie ein Arschloch benimmt. Kinder sind manchmal furchtbar aber sie sind immer die Besten.« Jenna stiegen Tränen in die Augen und sie lachte. »Tut mir leid, du weißt wie emotional ich an Weihnachten werde. Aber wenn es einen Moment gibt, um neu anzufangen, dann ist es jetzt, meinst du nicht?«

»Ja, Frieden und Wohlwollen und das Zeug.«

Sie lachten und der Ofenwecker klingelte. Jenna sprang auf. »Ich muss nach dem Truthahn sehen. Vielleicht solltest du mit Dad sprechen?«

»Was denn, *jetzt?*«

»Frieden und Wohlwollen und das Zeug.«

Na gut. Logan schluckte den Rest seines süßen Weins runter und begab sich ins Wohnzimmer, bevor er den Mut verlor. Es war besser, das Pflaster einfach abzureißen.

Noah schlief immer noch fest in seinem Laufstall neben Dads Sessel. Sein kleiner Mund stand offen und sein Gesicht war so unschuldig, dass Logan ihn hochheben und festhalten wollte. Das würde ihn aber natürlich aufwecken und er hatte ein Gespräch, das er führen musste.

Dad trug ein Hemd und eine schicke Hose zusammen mit seinen hässlichen alten Schlappen. Am Heiligabend hatten sie sich schon immer schick gemacht, um den Truthahn zu essen und zum Mitternachtsgottesdienst zu gehen. Der erste Weihnachtsfeiertag wurde dann im Schlafanzug verbracht, wenn sie Geschenke öffneten und die Überreste vom Vortag aßen.

Nun, da Jenna und Jun jedes Jahr mit Dad und den Kindern zu Juns Eltern fuhren, hatte sich die Routine geändert. Sie gingen nicht mehr zur Kirche und schliefen sich stattdessen aus, bevor sie in der Früh aufbrachen. Logan freute sich auf den Tag im Schlafanzug mit Seth und Connor. Er wünschte sich, dass es bereits soweit war, doch es gab vorher noch einiges zu erledigen.

Einfach abreißen!

Logan setzte sich auf den Rand des Sofakissens und blickte auf den Weihnachtsbaum mit den goldenen Lichtern und dem alten Engel an der Spitze, der bereits nach rechts taumelte. Er fragte:

»Geben die Leute gute Antworten?« Er nickte in Richtung des Fernsehers, auf dem *Family Feud* lief.

Dad grunzte. »Ein paar.«

Nun mach schon. Sei kein verdammter Feigling. Sag es einfach. »Du weißt ja, dass Seth und ich zusammen wohnen, oder? Ich werde im Januar dort bleiben. Wir mögen uns wirklich. Am Anfang haben wir nur so getan aber jetzt ist es echt.«

Dads graue buschigen Augenbrauen trafen sich in der Mitte und er starrte Logan an. »Was genau meinst du damit? Bist du jetzt ein Homo?«

Logans erster Instinkt war es, das lautstark abzustreiten. Er zwang sich dazu, tief einzuatmen. Seine Brust verengte sich. »Weiß nicht. Schon irgendwie? Ich habe immer Mädels gemocht. Tue ich immer noch. Aber ich denke, ich mochte auch Kerle. Mehr als ich zugeben wollte.«

Dad schob sich eine handvoll Salzbrezeln in den Mund. Er kaute laut und sah einer Familie dabei zu, wie sie versuchten, die populärste Antwort auf die Frage „schönste Art am Morgen aufzuwachen" zu erraten. Es wurde geklatscht und gerufen und das Blut rauschte in Logans Ohren. Sein Herz pochte so laut, dass er kaum seine eigenen Gedanken hören konnte.

Er wartete.

Dann wartete er noch ein bisschen. Jeder seiner Muskeln war angespannt und sein Hintern berührte kaum noch das Sofakissen. Würde Dad ihm sagen, er solle verschwinden? Würde er ihm sagen, dass er ihn anekelte? Dass er eine Abscheu für diese Familie war und—

»So wie der Typ bei *Schitt's Creek*«, sagte Dad, während er in seiner Snackschale herumkramte und ein orangenes Erdnuss M&M herausfischte.

»Was?« Logan brachte das Wort kaum hervor.

»Du weißt schon. Die Sendung mit Eugene Levy. Reiche Familie kommt in einen kleinen Ort. Lustige Serie. Es ist wie Shit, aber es wird anders geschrieben.«

Logan versuchte durchzuatmen. »Stimmt. Ja, kenn ich. Ich weiß nicht… was ist damit?«

Dad sah ihn nun an. »Der Kleine in der Show. Er ist…wie nennt man das? *Bipan-hinterfragend* oder so.« Er zuckte mit den Schultern. »Das ist heutzutage wohl in, hm? Das sieht man jetzt überall. Ich versteh's zwar nicht, aber mich fragt sowieso niemand mehr nach meiner Meinung.«

Logans Lungen entspannten sich etwas. »Ich frage. Was du denkst.« Er ballte seine Hände zu Fäusten zusammen, so fest, dass seine Nägel in seine Handfläche drückten.

Mit gerunzelter Stirn starrte Dad ihn an. »Du sagst also, ihr seid…«

Er winkte mit einer faltigen Hand durch die Luft.

Ein Teil von Logan wollte alles abstreiten. Wollte sagen, er solle es vergessen und weglaufen. Doch das tat er nicht. Er nickte.

Dad verzog sein Gesicht. »Ich verstehe nicht, wieso du das wollen würdest. Du bist ein gutaussehender Kerl. Die Mädels sind dir immer hinterhergelaufen.«

»Darum geht es nicht. Es ist nicht so, dass ich keine Frau abbekomme und mich deshalb mit einem Mann zufriedengebe oder so etwas.«

»Hm.« Darüber schien er nachzudenken. »Das macht dich glücklich? Mit ihm zusammen zu sein? Auf so eine Art und Weise?«

»Ich weiß, dass dir das komisch vorkommen muss, aber ja, tut es.«

Dad grunzte und Logan wusste nicht, wie er das deuten sollte. Dann sagte er: »Du wirkst glücklicher. Das habe ich vorhin zu Jenny gesagt. Der Junge auch. Das ist gut. Und du meintest, ihr wohnt weiterhin bei ihm?«

»Jep. Wir schauen einfach was passiert. Vielleicht klappt's nicht, aber…«

Dad grunzte erneut und drehte sich wieder dem Fernseher zu. »Du kannst es nicht wissen, wenn du's nicht versuchst. Du könntest es schlechter haben.« Dann rief er: »Die Zeitung lesen! Liest heutzutage denn niemand mehr die Zeitung am Morgen?«

Jenna erschien mit einem Teller Plätzchen. Ihr Kleid schwang um ihre Beine und sie hatte ganz offensichtlich zugehört. »Weißt du, wer jeden Morgen die Zeitung ließt? Seth. Er ist da ziemlich altmodisch. Er kauft sie sich jeden Morgen auf dem Weg zur Arbeit.«

Logan war sich nicht sicher, ob das stimmte, aber Gott, er liebte seine Schwester. Dad lachte und ein raues Ächzen kam aus ihm heraus. »Jenny wird mich bald davon überzeugen, dass Seth die Wiederauferstehung Christi ist, wenn es nach ihr geht.« Er schnappte sich drei Plätzchen und biss herzhaft in eines hinein. »Nur eure Mutter hat bessere Schokoladenplätzchen gemacht. Möge sie in Frieden ruhen.«

Jenny setzte sich neben Logan auf die Couch, streichelte ihm über den Arm und küsste ihn auf die Wange. Auch er nahm sich ein Plätzchen. »Die schmecken wirklich wie die von Mum.«

Sie strahlte ihn an. »Danke.« Dann flüsterte sie: »Das ist besser gelaufen als gedacht!«

»Wie oft soll ich euch denn noch sagen, dass ich noch nicht verdammt taub bin«, grummelte Dad und biss in noch ein Plätzchen. Er fragte Logan mit vollem Mund: »Hast du nicht den Schokoladenkuchen deiner Mutter für das große Abendessen mit der Chefin gebacken?«

»Jep«, sagte Logan. »Alle haben ihn geliebt.«

»Du solltest ein paar Plätzchen für zu Hause einpacken«, sagte Dad. »Seth und Connor kriegen sonst keine ab, wenn wir sie alle aufessen.«

»Vielleicht habe ich für euch Jungs heute morgen ein ganz eigenes Blech gebacken.« Jenna zwinkerte Logan zu.

Zu Hause.

Logan ließ sich auf der Couch zurückfallen und aß noch mehr von seinem süßen, weichen Plätzchen.

Die Eingangstür öffnete sich mit einem lauten Knall. Sofort wachte Noah auf und schrie so laut, dass Logan dachte, er läge im Sterben. Kalte Luft füllte den Raum.

»Schließt die verdammte Tür!«, rief Dad, als Jenna Noah auf den Arm nahm und das Getrampel von Winterstiefeln aus dem Flur ertönte.

Jun, Seth, Connor und Ian gesellten sich im Wohnzimmer zu ihnen. Ihre Wangen waren rosig von ihrer Zeit an der kalten Luft. Seth nahm sich ein Plätzchen und setzte sich neben Logan auf die Couch, bevor er kurz wimmerte.

Logan runzelte die Stirn. »Alles in Ordnung?«

»Meine Slacks sind feucht. Aber das habe ich davon, mich in eine Schneeballschlacht einzumischen.«

Logan lachte. »Vielleicht solltest du sie ausziehen.« Er realisierte, was er gesagt hatte, doch da war es schon zu spät.

»Hebt euch das für später auf!« Dad gluckste und sein Bauch wackelte, als er über seinen eigenen Witz lachte.

Jun hatte den Mund voller Plätzchen, murmelte aber: »Warte, was?«

»Hosen aus!«, schrie Ian und zog sich seine kleinen Slacks aus, wobei sich auch eine Socke von seinem Fuß löste. In seinen Superman Unterhosen und seinem Hemd raste er über den Teppich und streckte den Arm aus, um die Weihnachtsbaumkugeln zum Wackeln zu bringen, sobald er daran vorbeilief. Die gold und silbernen Eiszapfen baumelten gefährlich in der Luft.

»Alle lassen ihre Hosen an!« Mit Noah auf dem Arm lief Jenna ihm hinterher und Ian versuchte, ihr zu entkommen. Er quietschte laut, als er in Richtung Küche floh.

Seth war hochrot bis zu den Ohren und Connor lachte sich kaputt. »Weihnachten bei den Derwoods«, flüsterte Logan Seth zu. »Das ist, worauf du dich einlässt. Sag ja nicht, ich hätte dich nicht gewarnt.«

Immer noch knallrot, grinste Seth. Er stupste Logans Schulter mit seiner eigenen an und Logan gab dasselbe zurück. Er war noch nicht bereit dafür, vor seiner Familie mehr Zuneigung zu zeigen, vor allem, wenn sein Dad da war. Doch Seth würde von *mehr* wahrscheinlich sowieso ohnmächtig werden.

Ein Teil von Logan konnte es immer noch nicht glauben. Er und Seth. Er und Seth *wahrhaftig*. Alle wussten Bescheid und es schien keinen zu stören. Vielleicht lag das am Frieden und dem Wohlwollen und dem Zeug aber woran auch immer es lag, er nahm es dankend an.

Kapitel Zwanzig

Schnee fiel am ersten Weihnachtsmorgen vom Himmel hinab.

Immer noch unter der Bettdecke sah Logan den dicken, flauschigen Flocken dabei zu, wie sie vor Seths Schlafzimmerfenster vorbeisegelten. Der Himmel war wolkenverhangen, war aber so hell, dass man wusste, dass der ganze Boden von weißem Schnee bedeckt sein musste. Der perfekte Tag, um ihn im Schlafanzug vor dem Fernseher zu verbringen und alles zu essen, was Jenna ihnen mitgegeben hatte.

Mit ihren Mägen voller Truthahn und Füllung und Schokoladenkuchen, hatte es am Vorabend lediglich für eine träge Dusche gereicht, bevor sie sich in Seths weiches Bett fallen ließen. Obwohl sie zu müde waren, um etwas miteinander anzufangen, war es trotzdem wahnsinnig aufregend, es sich nackt zusammen unter der Decke bequem zu machen.

Logan befand sich hinter Seth und seine Morgenlatte presste gegen Seths Arsch. Logan umkreiste Seths Loch und fragte sich, wie es sich wohl anfühlte, einen Schwanz in sich zu haben. Er hatte Seth gesagt, dass er es nie getan hatte und das stimmte. Er hatte ihm außerdem gesagt, dass er es nie ausprobieren wolle, doch das…stimmte weniger.

Es stimmte mit jeder verdammten Minute weniger.

»Mhhh«, murmelte Seth und gähnte.

»Frohe Weihnachten.« Logan küsste seine Schulter.

Seth verspannte sich. »Stimmt. Weihnachten.« Er lachte unsicher. »Du wirst denken, dass ich spinne, aber es fühlt sich so unanständig an, mich das feiern zu lassen. Das ist das erste Jahr seit ich mein Elternhaus verlassen habe, in dem ich Weihnachten überhaupt wahrnehme und es feiere. Ganz abgesehen von Dingen wie einem richtigen Truthahn Festmahl.«

Zum Teufel mit Seths Familie und damit, dass er sein Zuhause verlassen musste. Zum Teufel mit ihrer Traueranzeige. Zum Teufel mit ihren religiösen, scheinheiligen Arschgesichtern.

»Du verdienst jedes Stück Weihnachten, das es gibt«, sagte er mit Nachdruck.

Seth ließ sich gegen ihn sinken und drehte seinen Kopf um Logan sanft zu küssen.

»Danke. Ich wünschte, ich hätte dir mehr gekauft als nur eine neue Krawatte.«

Logan lachte und ließ die Wut, die er auf die Marstons hatte, verfliegen. Sie waren es nicht wert, sich über sie aufzuregen. Nicht, wenn er mit Seth zusammen nackt im Bett lag und die Tür zugesperrt war. »Ähm, eventuell habe ich dir Socken besorgt, die Jenna ursprünglich für Jun gekauft hatte. Zu meiner Verteidigung: Ich war ziemlich beschäftigt.«

Grinsend drehte Seth sich auf den Rücken. »Wir müssen nächstes Jahr definitiv unser Geschenkelevel anheben.«

Er wusste, dass sie nicht an das Weihnachten in einem Jahr denken sollten, aber was machte das schon. »Abgemacht. Immerhin gibt es Geschenke für Connor.«

»Ja. Jenna hat versprochen, dass sie die mit Sorgfalt ausgesucht hat und hat darauf bestanden, dass wir die Lorbeeren dafür einstreichen sollten.«

»Sie ist die Beste, wenn es um Geschenke aussuchen geht. Genauso wie unsere Mutter es war. Ich werde ihr das Geld zurückzahlen wenn…naja, falls ich den Job bekomme. Wenn nicht—«

»Nö. Du kriegst den. Punkt. Ich habe absolutes Vertrauen in Angela Barker.«

Logan lachte. »Na okay.« Er fuhr mit seinen Fingern durch Seths Brusthaar und küsste seinen Hals. »Nochmal zurück zu dem Moment als du meintest, du seist unanständig… Ich hätte da ein paar Ideen.«

»Mhh. Das glaube ich dir sofort.« Er strich mit seinem Fuß Logans Wade entlang. »Da bin ich gespannt.«

»Wie wäre es damit, dass du mich fickst?«

Seth riss die Augen auf. »Oh! Ich… Bist du dir sicher? Das musst du nicht tun. Ich meine, du musst mir nichts beweisen. Oder es tun, weil du denkst, du musst.«

»Ich will es«, sagte Logan. »Vielleicht war ich schon eine ganze Weile neugierig, habe das aber heruntergeschluckt.« Er fing an nervös mit dem Fuß zu zittern und spürte, wie seine Wangen heiß wurden. »Ich habe es nie wirklich in Betracht gezogen. Aber mit dir ist es anders.« Er zuckte mit den Schultern. »Ich vertraue dir.«

Seth lächelte und lachte und weinte fast alles zur gleichen Zeit und Logan musste ihn küssen, bis sie beide schwer atmeten.

Dann begab er sich auf seine Hände und Knie auf dem weichen Bett. Das hatte er niemals erwogen, doch nun zitterte er vor Neugier und Lust. Auch, wenn er es nicht mochte, er wollte wissen wie es sich anfühlte.

Er wackelte mit dem Hintern. »Komm schon. Nimm mich hart ran.«

Doch Seth hatte offenbar keine Eile und er strich mit seinen langen Fingern über Logans Oberschenkel. Er küsste seine Wirbelsäule hinab, murmelte ihm gut zu und drehte ihn auf seinen Rücken.

Logan erstarrte. In dieser Position fühlte er sich so *entblößt* und er schloss seine Augen, bevor er wusste, was er tat.

»Logan. Sieh mich an. Willst du das wirklich tun? Du musst es nicht. Ich liebe es…penetriert zu werden.« Seth kratzte sich am

Nacken und er war so verdammt hübsch, wie er zwischen Logans Beinen kniete. »Ich bin nicht so gut mit den Worten.«

»Brauchst du auch nicht sein. Fick mich einfach nur.«

Sie lachten beide und schon fiel Logan das Atmen wieder leichter. Seth schob seine Knie zurück und öffnete ihn. Handflächen gegen die Unterseite seiner Schenkel. Logan wand sich, ließ Seth ihn aber begutachten. Sie waren beide hart, doch Logan wusste, dass sich das schnell ändern würde, wenn er sich nicht entspannte.

»Sag mir, was du willst«, flüsterte Seth. »Als wenn du in meiner Position wärst.«

Logan verstand sofort. Seth liebte Dirty Talk, war aber zu schüchtern, um die Worte selbst zu sagen. Jetzt war Logan derjenige, der etwas verlegen war. Er räusperte sich.

»Ich will, dass du deinen fetten Schwanz in mich reinschiebst.«

Seth japste auf und seine Hände fingen leicht an zu zittern. Oh ja, das gefiel ihm offenbar.

»Du hast einen riesigen Schwanz, weißt du das? Du solltest stolz darauf sein.«

Logan griff danach, um seine Finger an seinem Schaft entlangzufahren. »Du bist schon ganz feucht für mich. Du wirst dich so gut in mir anfühlen. Du bist so groß, du wirst mich entzweibrechen und ich werde jede Sekunde davon lieben. Ich will dich so sehr, ich will, dass du—*mmpf.*«

Logan konnte nicht mehr weiterreden, nachdem Seth ihm seine Zunge in den Hals gerammt hatte. Sie küssten sich hart und feucht. Seth stöhnte, als er sich an ihm rieb.

Logans Beine waren immer noch an seinen Körper gepresst, Seth lag schwer auf ihm und seine Finger hatten sich in Logans Haaren vergraben.

Er liebte es, Seth so ungeniert zu sehen und die vorangegangene Nervosität verschwand. Sie lösten sich voneinander um Luft zu schnappen, und ein Speichelfaden spannte sich zwischen ihnen.

Logan fragte: »Willst du mich rimmen?«

Seth schreckte auf und errötete noch mehr. Oh ja, das wollte er. Logan versuchte, nicht zu breit zu grinsen.

»Du willst über mein Loch lecken? Deine Zunge in mich reinschieben? Ich wette schon. Du willst mich lecken wie ein Hund einen Knochen. Dein Gesicht in meinem Arsch vergraben und—«

Nun war Logan an der Reihe einen Ruck nach vorne zu machen, nachdem Seth genau das tat. Er benutzte seine Hände um Logans Arschbacken weiter zu spreizen und presste sein Gesicht gegen seine Arschfalte. Seine Zunge glitt über die empfindliche Haut und Logan biss sich auf die Zunge, während seine Hände sich an Seths Schultern festhielten. »Oh fuck, Baby. Das ist so gut. Ich könnte genau so kommen. Mit deiner Zunge in mir.«

Seth stöhnte gegen sein Loch. Heiß und feucht und verdammt perfekt, als er Logan mit seiner Zunge öffnete. In der Vergangenheit hatte Logan mit ein paar Frauen Ass Play ausprobiert, doch das hier war auf einer ganz anderen Ebene, nachdem Seth so offensichtlich Gefallen daran hatte.

Die Worte glitten aus Logans Mund. »Hätte nie gedacht, dass mich mal jemand ficken würde, aber ich will, dass du meinen Arsch mit deinem fetten Schwanz fickst. Will dass du mich fickst, bis ich nicht mehr laufen kann.«

Stöhnend hob Seth seinen Kopf. Seine Augen waren dunkel, seine feuchten Lippen leicht geöffnet und er atmete schwer. Blind griff er nach dem Kondom und dem Gleitgel.

»Ich wünschte, du könntest in mir kommen. Ohne etwas zwischen uns.« Logan dachte nicht einmal darüber nach, was er sagte, doch alles, was aus seinem Mund kam, war die Wahrheit. »Das machen wir, nachdem wir getestet wurden. Willst du das? Willst du mich ohne Kondom ficken, Baby?«

»Ja«, Seth stöhnte rau auf und küsste Logan wild. »Oh *Gott*, ja.«

Logan konnte seinen eigenen Hintern schmecken. Doch anstelle davon abgeturnt zu sein, machte ihn das nur noch geiler. »Komm schon. Tu es.« Er hob seine Hüften, als Seth unbeholfen Gleitgel in ihm verteilte. »Ich bin bereit. Fick mich. Gib mir deinen Schwanz.«

Mit holprigen Bewegungen fing Seth an in ihn einzudringen und Logan presste sich gegen ihn zurück. Sie beide pressten ihre Zähne aufeinander. Seth schrie auf, als er den ersten Muskel durchbrach und sich ganz in ihm versenkte.

Logan ignorierte den brennenden Schmerz und hob die Hand um sie über Seths Mund zu legen. »Wände. Nicht so. Dick«, grunzte er. Er behielt seine Hand über Seths Mund, als er seinen Rücken durchbog, seine Brust angespannt. Seth fühlte sich zu groß an, um in ihn hineinzupassen, doch er war bereits drin und sein Schamhaar kitzelte Logans Hintern. Schweißtropfen liefen Seths Gesicht runter und Logan fühlte sich, als stünde er in Flammen, seine eigene Haut feucht.

»Fühlt es sich gut an, mich aufzubrechen?«

Seth nickte hart gegen Logans Hand und blähte seine Nasenflügel auf.

»Beweg dich. Ich kann dich nehmen. Ich kann jeden deiner Zentimeter nehmen.« Er ließ ließ seine Hand von Seths Mund fallen und legte sie ihm stattdessen an die Wange.

Seth keuchte und zog sich zurück. Er sah Logan tief in die Augen, als er wieder in ihn stieß. *Hart.*

»Oh, fuck ja. Genau so. Nagel mich.« Logan musste seinen Mund öffnen um zu atmen und versuchte sein Stöhnen so leise wie möglich zu halten. »Du fühlst dich so gut an.«

Seth legte seine Hand flach auf Logans Brust und fing an, in einem gleichmäßigen Rhythmus in ihn zu stoßen. Seine Finger bewegten sich und Logan dachte zuerst, er hielt sich fest, doch durch den Nebel seines ansteigenden Orgasmus, realisierte Logan, dass er seine Narben nachfuhr. Sein eigener Schwanz wippte zwischen ihren Körpern auf und ab, doch nach der Realisation stockte sein Atem und für einen Moment explodierte seine alte Panik. Logan wollte Seth von sich stoßen und weglaufen. Er war nackt auf eine Art und Weise, die er nie jemandem gezeigt hatte, nicht einmal Veronica zu ihren Hochzeiten.

Er hatte Seths Schwanz tief in sich und er liebte es. Er war nicht hetero und er war nie hetero gewesen und verdammt, er würde gleich anfangen zu weinen, wenn er nicht aufpasste.

Mit beiden Händen hielt er nun Seths Kopf fest und vergrub seine Finger in seinen Haaren. Ihre verschwitzten Körper rieben aneinander. Seth berührte genau den richtigen Punkt, der Blitze an Logans feste Eier entsandte. Er war fast in der Hälfte durchgebogen und seine Hüften schmerzten langsam.

»Bitte, lass mich kommen«, flehte er. Das war kein Dirty Talk mehr. Logan brauchte es auf eine Art und Weise, die er nicht erklären konnte.

»Du bist so schön«, flüsterte Seth, als er Logans Schwanz in die Hand nahm und mit dem Daumen über seinen Lusttropfen strich. Mit der anderen Hand stützte er sich auf dem Bett neben Logans Schulter ab, als er in ihn stieß und ihn streichelte. »Ich liebe dich.«

Logan bäumte sich auf, als er sich über seinen eigenen Körper entleerte. Sein Mund stand offen und er japste nach Luft. Die Befriedigung brach wie Wellen über ihn hinein, bis er sich zurücklehnte, komplett leer. Allerdings war er alles andere als leer. Naja, sein Sack war es, aber sein Herz war so voller Liebe, dass er nicht wusste, was er damit anfangen sollte.

»Komm schon«, murmelte er und presste seinen wunden Hintern zusammen, in den Seth weiterhin stieß. »Lass los. Ich kann fühlen wie geil du bist. Stell dir vor, wir tun es ohne Kondom und du kannst in mir kommen, bis dein Sperma aus mir heraustropft.«

Seth versteifte sich und Logan legte wieder eine Hand über seinen offenen Mund um den Schrei, den er ausstieß als er abspritzte, abzudämpfen. Seth hatte seinen Kopf zurückgeworfen und die Augen zusammengepresst. Logan liebte es, ihn loslassen zu sehen. Seinen Orgasmus mit ihm zu teilen als wäre er es, der nochmal kam.

Als Seth sich auf ihn fallen ließ, grunzte Logan. Sein Hintern schmerzte und seine Beine schliefen ein und Seth war schwer und verschwitzt.

»Bestes Weihnachten der Welt«, murmelte Logan.

Seth lachte schwach gegen seinen Nacken. »Ho ho ho.« Er hob seinen Kopf und Logan fand eine plötzliche Ernsthaftigkeit in seinen Augen vor. Seine Haare standen auf alle Seiten ab. »Tut es weh?«

»Ja, aber es fühlt sich nicht schlecht an. Zumindest, wenn du bald von mir runter gehst.«

Natürlich war Seth fast unfassbar sanft, als er sich aus Logan rauszog und seine Beine auf die Matratze legte. Er presste Küsse gegen Logans Knie, bevor er das Kondom wegschmiss und sie mit einem nassen Waschlappen sauber machte. Logan nahm sein Gesicht zwischen seine Hände und Seths Bartstoppeln kratzten über seine Handflächen.

»Ich liebe dich auch.«

Sein Adamsapfel bewegte sich auf und ab und Seths Augen fingen an zu strahlen. »Du musst es nicht sagen, nur weil ich es getan habe. Ich weiß, dass es zu früh ist.«

»Ich sage es, weil es wahr ist. Ich liebe dich.«

»Oh Mist. Ich glaube wir sind verliebt.«

»*Mist*, glaube ich auch.«

Seth lachte. »Das hört sich aus deinem Munde komisch an.«

»Fuck-a-doodle-doo, ich glaube wir sind verliebt. Besser?«

»Viel besser.« Seth zog die Bettdecke über sie.

Logan beschloss, dass sie hier den ganzen Tag verbringen könnten und er würde sich kein Bisschen beschweren.

SETH FAND CONNOR in seinem Schlafanzug neben dem Weihnachtsbaum im großen Wohnzimmer vor. Er sah aus den Schiebetüren und den fallenden Schneeflocken zu. Die farbigen Lichter leuchteten und der glitzernde Engel auf der Baumspitze strahlte auf sie hinab. Die ganze Welt dahinter war weiß. »Hey«, flüsterte Seth, weil es sich nach einem Flüstermoment anfühlte. »Frohe Weihnachten.«

Connor drehte sich zu ihm um. »Frohe Weihnachten.« Seine Augen waren leicht rötlich, doch er hatte offenbar schon vor einer Weile aufgehört zu weinen.

Seth wollte ihn so gerne umarmen, doch er wusste nicht, ob er es zulassen würde. »Du bist schon früh wach.«

»Ihr seid ziemlich laut.«

Oh, grundgütiger Gott. »Ich…Es tut mir so leid, wir…es ist… oh Gott.«

Connor lachte. »Werd, also, werd ja nicht ohnmächtig oder sowas. Es ist eklig aber egal.« Schnell fügte er hinzu: »Nicht weil ihr Männer seid! Weil ihr so… alt seid und so.«

»Wir werden das im Kopf behalten.« Er sah sich nach Inspiration für einen Themenwechsel um.

»Der Weihnachtsmann hat dir ein paar Geschenke gebracht.«

»Mir?« Connors Blick fiel auf den kleinen Haufen eingepackter Geschenke unter dem Baum. »Wirklich?«

»Wirklich.« Seth hatte die leeren Kisten, die Logan für Angelas Besuch eingepackt hatte, entsorgt.

Gähnend und nur in Boxer Shorts und einem T-Shirt kam Logan ins Zimmer geschlurft und drückte Seth eine Tasse frischen Kaffee in die Hand. »Frohe Weihnachten. Gibts Truthahn zum Frühstück?«

Seth sagte: »Ich hätte eher an Bacon und Rühreier und Pommes, die in dem Baconfett gebraten werden, gedacht. Damit wir den Truthahn und so fürs Abendessen aufheben können.«

»Hmm. Klingt gut.« Logan schnipste gegen den Kragen von Seths Pyjamaoberteil und zwinkerte ihm zu. Zu Connor sagte er: »In Ordnung?«

Connor beobachtete sie mit einem unlesbaren Gesichtsausdruck. »Ja okay, cool.« Dann fiel sein Blick wieder auf die Geschenke.

Seth kniete sich neben den Baum. »Na komm schon, sei nicht schüchtern.«

Zögerlich kniete Connor sich neben ihn und Logan tat es ihnen gleich. Seth verteilte die Geschenke. Sieben davon waren für Connor. Er riss das Geschenkpapier auf und holte eine Art Lautsprecher raus. »Cool! Das ist der wasserfeste Bose! Das ist so nice.«

»Der Weihnachtsmann kennt sich aus«, sagte Seth. Jenna hatte für ihre Hilfe wirklich einen Tag im Spa verdient.

Connor war bereits dabei, das nächste Geschenk auszupacken. »Das neue *Call of Duty*!« Scharfsinnig betrachtete er die übrigen Geschenke, schnappte sich ein größeres und riss das Geschenkpapier auf. »Die neuste Xbox!« Sein Gesicht strahlte und Seth und Logan tauschten ein Lächeln aus.

»Schön, dass es dir gefällt«, sagte Logan.

»Ich liebe es! Können wir sie anschließen?«

»Auf jeden Fall«, versprach Seth.

Connor öffnete noch seine restlichen Päckchen, in denen ein paar mehr Spiele und ein paar Adidas Schuhe enthalten waren, die er als „krank" bezeichnete. Seth nahm das als ein Kompliment. Connor bereitete die Xbox vor, als er sagte: »Oh, wartet mal. Ihr müsst eure Geschenke noch auspacken.«

Mit schiefen Lächeln auf ihren Gesichtern packten Logan und Seth ihre blaue Krawatte und schwarzen Socken aus. Connor verzog den Mund. »Wie jetzt? War's das?«

»Wir müssen uns nächstes Jahr mehr Mühe geben«, stimmte

Logan zu.

»Scheiße, glaube ich auch.« Connor widmete sich wieder den Kabeln hinter dem Fernseher. »Aber Danke. Das Zeug ist so cool. Ich… ich habe gar nichts für euch.«

»Das ist okay«, versprach ihm Seth.

Logan sagte: »Wie wäre es, wenn du versucht die restlichen Feiertage kein frecher Lümmel zu sein? Das nehmen wir gerne an.«

Nach einer Pause fing Connor an zu lachen. »Ich gebe mein Bestes. Aber können wir bald Frühstück machen? Ich bin am Verhungern.«

Seth schaltete den Weihnachtskanal am Radio ein und jazzy Weihnachtsmusik erfüllte das untere Stockwerk. Er summte vor sich hin, als er die Eier und den Bacon aus dem Kühlschrank holte. Logan hatte darauf bestanden, dass er und Connor sich um die Kartoffeln kümmern würden.

»Ich glaube, man soll die längs aufschneiden«, sagte Logan.

»Sagt wer?«, grummelte Connor.

»Weiß nicht. Sieht besser aus.«

Connor verdrehte die Augen. »Seit wann bist du ein Kochexperte?«

»Seit nie. Lass es uns googeln.«

»Na gut. Was Google sagt wird gemacht, deal?«

Logan lachte. »Deal.«

Seth sagte: »Wir haben ziemlich gute Erfahrungen mit Deals gemacht.« Er grinste Logan an, der ihm zuzwinkerte, während Connor mit seinem Handy beschäftigt war.

Als Seth die Baconstreifen voneinander löste, trank er nebenbei seinen Kaffee und summte das Sinatra Lied mit, in dem er über glückliche „golden days" sang und über Sorgen, die meilenweit entfernt waren.

Epilog

»Hey!« Logan drehte sich in der Speisekammer um und klatschte Seths Hand weg, doch es war schon zu spät. »Du weißt doch, dass du keinen rohen Teig essen sollst. Das kann dich umbringen oder sowas.«

Seth saugte den rohen Schokoladenkuchenteig von seinem Zeigefinger mit einem nassen *pop*, der Logans Schwanz aufweckte und ihm Ideen gab, für die sie keine Zeit hatten.

Seth sagte: »Die Gefahren, rohe Eier zu essen, wurden maßlos übertrieben. Man kann mir meinen Cookie Dough und Kuchenteig nur über meine Leiche wegnehmen.« Mit einem Zwinkern steckte er seinen Finger erneut in die Teigschüssel. »Das ist es wert.«

»Okay aber es muss genug für den Kuchen übrig bleiben. Und ich hatte auch noch nichts davon.«

»Aha! Die Wahrheit kommt ans Licht! Du sorgst dich überhaupt nicht um Salmonellen, du willst nur, dass genug übrig bleibt, damit du die Schüssel auslecken kannst!« Er saugte seinen Finger sauber.

Logan zuckte mit den Schultern und versuchte nicht zu lachen. »Schuldig.«

Seth legte einen Arm um Logans Hüften und seine warme Hand stahl sich unter sein durchgetragenes T-Shirt. Er kam mit seinem Gesicht immer näher. Sie küssten sich tief und innig und

Seths Zunge war noch voller Kuchenteig. Logan ließ sich gegen ihn fallen und jagte dem Zucker hinterher.

Als sie sich lösten, senkte Seth seine Stimme auf die niedliche Art und Weise auf die er es manchmal tat, wenn er kurz davor war, aus Spaß einen Anmachspruch loszulassen. »Lass mich wissen, wenn du bereit bist, die Schüssel auszulecken.«

»Weißt du, alle denken immer, du seist so unschuldig, aber du bist eigentlich…« Logan versuchte das richtige Wort zu finden.

»Eine Füchsin?« Seth wackelte mit seinen dicken Augenbrauen. Ein paar graue Haare hatten sich an seinen Schläfen eingeschlichen und es war verdammt sexy.

»Sicher. Belassen wir es dabei. Aber du bist der Einzige, der so ein Wort vorschlagen würde. Stimmt's Hercules?« Logans Blick fiel auf ihre rundliche getigerte Katze, die sich an seinem Bein rieb und nach etwas zu Essen miaute. Seth hatte ihn *Hercule* nennen wollen, nach irgendeinem Detektiv, doch sie hatten sich auf Hercules geeinigt.

Logans Handy vibrierte auf der Küchenzeile. »Ist vielleicht die Arbeit«, sagte er, als er danach griff. Er war gerade erst zum leitenden Handwerker befördert worden und war bei Ricci and Sons nun für seine eigenes Renovierungsteam verantwortlich. Er musste sich mit mehr Problemen auseinandersetzen, doch das war es wert.

»Oh, es ist Connor.« Er tippte auf den Bildschirm auf dem Connors Foto erschienen war. Ein Schnappschuss, der von seinem ersten Tag an der Harvard University ein paar Monate vorher entstanden war. In seinem Lächeln war klare Empörung zu erkennen und ein paar Pickel waren auch noch auf seiner Haut verteilt. Er hatte darauf bestanden, dass es keine große Sache war, aufs College zu gehen und dass es keinen Grund gab, wieso Logan und Seth ihn fotografieren sollten, als sie ihn dort ablieferten.

»Hey, Con«, sagte Logan und stellte ihn auf Lautsprecher. »Wo bist du?«

»Gerade an Auburn vorbeigefahren, aber es schneit.« Connors Stimme klang jedes Mal etwas tiefer, wenn Logan mit ihm sprach. Er war nun größer als Logan und Seth, aber immer noch schlaksig. »Die Leute fahren, als hätten sie noch nie diese fremde Substanz gesehen, die vom Himmel fällt.« Logan konnte hören, wie er die Augen verdrehte, was ein Lächeln auf sein Gesicht zauberte.

Seth schnaubte. »Das glaube ich sofort. Lass dir Zeit. Passt auf euch auf und sag Asher, er soll vorsichtig fahren.«

»Ja«, sagte Connor mit einem Seufzen und vermutlich mit einem weiteren Augendreher. »Wird er.«

»Und du bist dir sicher, dass es kein Umweg für ihn ist, dich zu Hause abzusetzen?«, fragte Seth.

»Was? Ja, da bin ich mir sicher.« Dann verblasste Connors Stimme, als er mit jemand anderem sprach, vermutlich seinem Kumpel Asher. »Komme schon! Ich musste nur kurz meine Dads anrufen, während wir Netz haben. Bestell mir große Pommes und ein Root Beer, okay?«

Logans Brust hatte sich zusammengezogen und seine Atmung wurde flach, als er und Seth einander anstarrten und ihr Blick dann wieder auf das Handy fiel.

»Tut mir leid«, sagte Connor und sprach wieder direkt in sein Telefon. Er zögerte. »Seid ihr noch da?«

»Ja!«, antwortete Logan zu laut. Er räusperte sich. »Danke für den Anruf. Fahrt vorsichtig. Macht nichts, wenn ihr erst spät hier ankommt, okay?«

»Ja. Es wird scheiße sein, Tante Jennas Truthahn zu verpassen.«

»Wir warten auf dich«, versprach Seth und seine Stimme war etwas angekratzt. »Auch wenn es Mitternacht ist.«

»Okay. Sollte aber nicht später als Sieben werden. Bis später!«

Logan presste den roten Knopf auf seinem Bildschirm und lehnte sich auf die glänzenden Küchenzeile, Hände ausgestreckt. Seth legte seine Hand auf Logans und verschränkte ihre Finger miteinander.

Logan traf seinen Blick und murmelte: »Fuck. Wow.«

Seine *Dads.*

»Jep.« Seth blinzelte Tränen aus seinen Augen, die in seinen Wimpern hängen blieben. »Wow.«

Mit einem lauten Knarzen öffnete sich die Eingangstür. »Ho, ho, ho!«, rief Jun aus dem Flur. Stiefel trampelten auf der Eingangsmatte und Stimmen und Aktivität erfüllte die Luft. Ein kalter Luftzug hatte bereits den Weg in die Küche gefunden.

Sie hatten nicht einmal gemerkt, dass ein Auto vorgefahren war. Logan schluckte schwer um den Frosch in seinem Hals herum und wischte mit seinen Daumen die Tränen unter Seths Augen weg, bevor er ihn sanft küsste.

Seth nickte und schenkte ihm ein schiefes Lächeln, bevor sie ihre Familie mit einem herzlichen: »Frohe Weihnachten!«, begrüßten.

Logan griff nach seinem Handy und blickte auf den Sperrbildschirm, auf dem ein Bild zu sehen war, dass er sich schon eine Million Mal angesehen hatte. Er und Seth in schicken Anzügen vor der örtlichen unitarischen Kirche. Freunde und alle Derwoods um sie herum. Auch Angela Barker und ihre Familie und Connor hatte ein richtiges Lächeln auf dem Gesicht.

Die Einladungen, die sie an die Marstons geschickt hatten, wurden ungeöffnet an den Absender zurückgesendet und Seth hatte Frieden damit geschlossen, sie nicht mehr zu kontaktieren.

Logan steckte sich das Handy in die Hosentasche und begrüßte Dad, der an ihm vorbei grummelte. Sein Vater stützte sich auf seinem Gehwägelchen ab und begab sich ins große Wohnzimmer und in den Liegesessel, den sie extra für ihn gekauft hatten. Seth folgte ihm, setzte sich neben Logans Dad und stellte ihm all die richtigen Fragen, um ihn zum Reden zu kriegen. Logan hörte dem Gemurmel ihrer Stimmen zu, als Jenna zur Tür reinkam.

»Vorsicht!« Jenna hielt eine riesige, silber glänzende Einweg-

Röstschale in der Hand. Alufolie wölbte sich über den sich darunter befindenden Truthahn. »Untersetzer!«

Logan legte schnell ein paar große Untersetzer auf die Küchenzeile. »Yes, Ma'am.«

Sie ließ den Truthahn drauffallen. »Haben du und Seth die Kartoffeln und den Kürbis fertig?«

»Scheiße, hätten wir das tun sollen?«

Die Farbe schoss ihr aus dem Gesicht. »Sag mir, dass du nur Spaß machst.«

»Nur ein Witz, nur ein Witz.«

Sie küsste Logan auf die Wange. »Du kleine Dreckssau. Zieh dich mal lieber ordentlich an.« Dann entdeckte sie den Kuchenteig. »Bäckst du den Kuchen erst jetzt? Der muss kalt werden bevor du ihn verzieren kannst!«

»Ist alles in Ordnung! Es hat etwas länger gedauert, alles andere fertig zu kriegen. Entspann dich. Schenk dir einen Wein ein.«

Noah lief seinem älteren Bruder hinterher und rief etwas. Jun sagte ihnen, sie sollen aufhören und seufzte dann schwer. »Vielleicht kann Ian nachher nach Hause fahren. Ich brauche auch einen Drink.«

»In sechs Jahren kann er unser Fahrer sein«, antwortete Jenna und schenkte sich ein Glas süßen Weißwein ein. »Das kommt schneller als wir denken.«

Seth kam zurück und scheuchte Jenna und Jun in das große Wohnzimmer, um sich zu entspannen. Der frische Duft von dem Tannenbaum wehte hinein und Logan atmete tief ein, bevor er Seth in eine Umarmung zog.

»Hmmm.« Seth ließ sich gegen ihn fallen. »Wir müssen den Kuchen in den Ofen stellen.«

»Ich weiß. Eine Minute.«

Seth lehnte ihre Köpfe zusammen. »Meine offizielle Vermutung lautet übrigens: gepunktet.«

»Aber was für Farben?«

»Rot und Grün.«

Logan lachte. »Glaubst du wirklich, ich habe dir weihnachtlich gepunktete Socken gekauft?«

Jedes Jahr schenkte er Seth Socken und Seth legte ihm eine Krawatte unter den Baum. Genauso, wie die furchtbaren Geschenke an ihrem ersten gemeinsamen Weihnachten. Wetten abzuschließen, was die Farben und Muster anging, war ebenfalls zu einer Tradition geworden. Er hatte sich tatsächlich für grau und marineblaue Streifen entschieden, denn so gerne Seth über knallige farbige Socken witzelte, er würde sie niemals tragen. Zumindest nicht zur Arbeit.

»Vielleicht hast du dich wild gefühlt.« Seth ließ seinen Finger über Logans Rücken wandern.

»Hmm. Wir werden später wild werden.«

Nachdem sie sich lachend geküsst hatten, machten sie sich wieder an die Arbeit und ein paar Stunden später erklang die zu tiefe und erwachsene Stimme ihres Sohnes, als er rief: »Bin Zuhause!«

Logan und Seth tauschten ein Lächeln aus, als sie aufstanden um ihn zu begrüßen. Nun waren sie alle Zuhause.

ENDE

Über die Autorin

Keira strebt in ihren schwulen Liebesromanen nach der perfekten Mischung aus Charakter, Handlung und Leidenschaft. Sie schreibt alles Mögliche, von abenteuerlichen Piratengeschichten bis hin zu herzerwärmenden Weihnachtsromanzen. Ihre liebsten Genres sind Enemies-to-Lovers, Altersunterschied, erzwungene Nähe und leidenschaftliche erste Male. Und obwohl sie ihren Protagonisten weder Herzschmerz noch Drama erspart, garantiert Keira immer ein Happy End!

Mehr unter:

keiraandrews.com

9 781998 237357